蘇東坡編年詩選講疏

蘇東坡編年詩選講疏

陳湛銓 著
陳達生 陳海生 編

商務印書館

本書由伍福慈善基金贊助出版

蘇東坡編年詩選講疏

作　　者：陳湛銓
編　　者：陳達生　陳海生
責任編輯：許海意
封面設計：涂　慧
出　　版：商務印書館（香港）有限公司
香港筲箕灣耀興道三號東滙廣場八樓
http://www.commercialpress.com.hk
發　　行：香港聯合書刊物流有限公司
香港新界大埔汀麗路三十六號中華商務印刷大廈三字樓
印　　刷：美雅印刷製本有限公司
九龍觀塘榮業街六號海濱工業大廈四樓A室
版　　次：二〇二〇年十月第一版第二次印刷

ISBN 978 962 07 4493 8
Printed in Hong Kong

陳湛銓教授事略

陳教授諱湛銓，字青萍，號修竹園主人。廣東新會縣人。民國五年丙辰生於縣之外海鄉松園里。考諱旭良，字佐臣。居港經商。平生輕財仗義，急人之急。月入雖甚豐，而到手輒盡。鄉里皆稱善人。及下世，囊中遺財僅七十元耳。

教授少聰慧，從鄉宿儒陳景度先生受經學、詩、古文辭及許君書，並隨伍雪波習技擊。十五歲失怙。越年，赴穗垣入讀禺山高中。此前並未接受新式學校教育，遑論初中矣。於時家道中落，寄食七叔父家。教授出身苦學生，每每晨起至夕始得一飯。雖則飢腸轆轆，然益自奮厲，每試必超優，屢得獎學金並免學費。高中教育因以完成。弱冠投考國立中山大學，本欲研物理。會回鄉省親，茶座中與景度師偶及此事，為師所止。謂吾道賴汝昌，姦凶奮誅鋤。因改弦易轍，攻讀中國文學系。師事大儒李笠雁晴、詹安泰祝南、古直公愚、陳洵述叔、黃際遇任初。抗心希古，出入經史百家。詩則取徑於陶、杜、蘇、黄、放翁、遺山諸大家。既學積而氣雄，人豪而材大，所為詩已橫絕不可當。自弱冠而越壯年，諸同學並前輩均以「詩人」見呼。雖師輩亦嘉為江有汜、真宗盟也。畢業後即獲張雲校長器重，聘為校長室秘書兼講師，此殊榮為該校畢業生之第一人。時年二十五耳。

抗日軍興，教授隨校轉進坪石、澂江等地。越二年，任教貴陽大夏大學文學院。明年，避兵離貴陽至赤水。於時見知於陳寂園、尹石公、葉元龍、孫亢曾諸前輩。煮酒論詩，時多唱和。石老自恨其晚，葉公尊之為天下獨步。及勝利回粵，本以歷數年抗戰奔波，不再擬遠行，然終以難卸大夏大學之再三催促而赴滬。及後，廣東教育耆宿黄麟書先生籌創廣州珠海大學，乃慕名遠赴上海聘其返穗。教授亦冀能多造福桑梓，毅然辭退大夏大學教席，返穗任珠海大學中文系教授。民國三十八年，神州易手。隨校轉遷香港，並講學於學海書樓。迨蔣法賢先生籌辦聯合書院，禮聘教授規畫中國文學系。及蔣氏去職，教授激於義憤，接淅而行。於時兒女成行，家累奇重，倉卒離校，實朝不謀夕者也。而惟義是重，一切不之計。其高風亮節，足以振末世而起頑愚。

教授專力於羣書六十餘年，以國學為終身事業。積學既厚，真氣彌充。乃於民國五十年創辦經緯書院，宣揚國故，恢開義路，嘉惠來士，力迴狂瀾。宿儒曾希穎曾稱經緯為「國學少林寺」。今港中後輩治國故之真能拔乎其萃者，多出其門下，誠無愧此錫號矣。惜時地未便，雖艱苦支撐，亦七年而止。嗣先後任浸會書院、嶺南書院中文系主任。迨八年前因健康欠佳而辭退所有教席，惟仍講學於學海書樓，潛心述易賦詩。其著述計有周易乾坤文言講疏、周易繫辭傳講疏、莊學述要、詩品補注、陶淵明詩文述、元遺山論詩絕句講疏、杜詩編年選注、蘇詩編年選注、修竹園叢稿、讀書劄記及修竹園詩都三萬六千餘首。

教授一生，肩擔大道，既儒且俠，嚴霜烈日，積中發外，故多行負氣仗義之事。視己所當為，恒不顧人之是非。尤恨僞學，輒痛斥之。下筆萬言，廉礪剽悍，銛於干莫。嘗謂在今日橫流中，如出周、程、朱、張之醇儒，實不足以興絕學。要弘吾道，都須霸儒。蓋遏惡戡姦，似非天地溫厚之仁氣所能勝也，故自號霸儒。平素以拘謹勝縱恣，爭萬古，不爭朝夕。教子姪勉諸生，謂仲尼稱射且必爭，況名山真事業耶。至塵俗間之浮名虛位，如不忽之浮塵，視同土梗。且不足以論事功，何文辭之精聖賢之學所以發揮哉。以故教授不甘挫志損心，折腰於廊廟。於衣、食、住三者幾不知享用。斯君子固窮，道勝無戚顏之真儒也。民國七十五年十二月二十日以疾卒，春秋七十有一。

夫人陳琇琦淑德賢良，通曉文墨。教授詩所謂「老萊有婦共逃名，詞賦從來陋馬卿。自讀家人久中饋，何須夫婿在專城」者也。子樂生、赤生、海生、達生，女更生、香生、麗生並研習國故，紹其家學。

（原載於一九八七年五月三日「陳湛銓教授追思大會」場刊）

目錄

序

蘇東坡編年詩選講疏者，吾師新會陳先生湛銓之所撰也。海生達生兩世兄出示舊稿，謂將付印，囑為序言。且謂先生家藏撰述，將以次付印。甚盛事也。而日月逾邁，先生捐館距今已二十八年矣。

先生少日即以詩鳴穗垣。三十後違難居港，益孜孜矻矻，窮研國故，於四部三學靡不深究。任各大專院校教席外，復主學海書樓及商業電臺國學講座。四十年間，港人言及國故，咸推先生為大師。蓋先生深悼世衰文敝，視振興國故為己任。居恆徹宵不寐，專力撰述。古昔聖賢所謂上說下教，強聒不捨，學不厭而教不倦者，近世非先生而誰何哉！此書蓋主講學海書樓時所撰之東坡詩講稿，網羅諸家說而外，時復註中有註，疏中有疏，不惜詳且盡。蓋先生所撰述大抵皆然，觀是書可見其用心之一斑矣。

乃文記四十年前，曾為文壽先生。謂先生著述用千萬字計，敢請發篋編次，刊佈天下，使異地學者得讀其書，以振興絕學。今先生家藏稿將源源刊佈，果如所願矣。獨是乃文年逾八十，目昏體憊，才退學荒，操筆序是書，蓋不勝其愧且感也。

甲午四月廿八日門人何乃文敬撰。

蘇東坡編年詩選講疏

蘇軾，字子瞻，眉州眉山人（今四川眉山縣）。宋仁宗景祐三年丙子十二月十九日卯時生。【一〇三六——一一〇一。少梅堯臣三十四歲，少歐陽修、張方平、范鎮二十九歲，少蘇洵二十七歲，少文同十八歲，少曾鞏、司馬光、劉敞十七歲，少蘇頌十六歲，少王安石十五歲，少劉攽十四歲，少呂大防、范純仁九歲，少劉摯六歲，少程顥、劉恕四歲，少程頤三歲。長孔文仲二歲，長蘇轍三歲，長范祖禹五歲，長黃庭堅九歲，長劉安世十二歲，長秦觀、李公麟十三歲，長米芾十五歲，長賀鑄十六歲，長陳師道、晁補之十七歲，長張耒十八歲，長李廌、蘇邁二十三歲，長朝雲（王氏）二十七歲，長蘇過三十六歲。】父洵，字明允，號老泉。兄景先，早世。（東坡本行二，故山谷稱為蘇二，又稱端明二丈。但因其兄早世而與子由知名天下，故世稱蘇長公耳。）弟轍，字子由，號潁濱遺老。（有《欒城集》傳世，故後人亦稱蘇欒城。）父子皆知名天下，世稱三蘇。（宋 謝維新《合璧事類》：「蘇洵生軾、轍，以文章名世，故時人謠曰：『眉山生三蘇，草木盡皆枯。』」又宋 張端義《貴耳集》卷上：「蜀有彭老山，東坡生則童，東坡死復青。」）仁宗慶曆五年，十歲。父洵游學四方，母程氏親授以書。聞古今成敗，輒能語其要（已有史識）。程氏嘗讀《後漢書・范滂傳》慨然太息。【《後漢書・黨錮・范滂傳》：「字孟博，汝南征羌人也。少厲清節，為州里所服。舉孝廉光祿四行。（桓帝時。四行：敦厚、樸質、遜讓、節儉。）時冀州饑荒，盜賊羣起，乃以滂為清詔使，案察之。滂登車攬轡，慨然有澄清天下之志。及至州境，守令自知臧汙，望風解印綬去。其所舉奏，莫不厭塞眾議。遷光祿勳主事。……復為太尉黃瓊所辟。後詔三府掾屬舉謠言，（李賢注引東漢應劭《漢官儀》云：「三公聽採長史臧否，人所疾苦，還條奏之，是為舉謠言也。頃者舉謠言，掾屬令史都會殿上，主者大言州郡行狀云何，善者同聲應之，不善者默爾銜枚。」）滂奏刺史、二千石、權豪之黨二十餘人。尚書責滂所劾猥多，疑有私故。滂對曰：『臣之所舉，自非叨穢姦暴，深為民害，豈以汙簡札哉？……間以會日迫促，故先舉所急，其未審者，方更參實。臣聞農夫去草，嘉穀必茂；忠臣除姦，王道以清。若臣言有貳，甘受顯戮。』吏不能詰。滂覩時方艱，知意不行，因投劾去（自劾罪狀去官）。太守宗資先聞其名，請署功曹，委任政事。滂在職，嚴整疾惡，其有行違孝悌，不軌仁義者，皆埽迹斥逐，不與共朝。顯薦異節，抽拔幽陋。……後牢修誣言鉤（引也）黨，滂坐繫黃門北寺獄，……遂與同郡袁忠，爭受楚毒。桓帝使中常侍王甫，以次辨詰。……滂乃忼慨仰天曰：『古之循善，自求多福；今之循善，身陷大戮。身死之日，願埋滂於首陽山側，上不負皇天，下不愧夷、齊』。甫愍然為之改容，乃得並解桎梏……南歸。建寧（靈帝年號）二年，遂大誅黨人，詔下急捕滂等。督郵吳導至縣，抱詔書，閉傳舍，伏牀而泣。滂聞之，曰：『必為我也』，即自詣獄。縣令郭揖大驚，出解印綬，即與俱亡，曰：『天下大矣，子何為在此？』滂曰：『滂死則禍塞，何敢以罪累君，又令老母流離乎！』其母就與之訣，滂白母曰：『仲博（滂弟）孝敬，足以供養；滂從龍舒君（滂父顯，故龍舒侯相。）歸黃泉，存亡各得其所。惟大人割不可忍之恩，勿增感戚。』母曰：『汝今得與李、杜齊名，死復何恨！（同書《黨錮・杜密傳》：「與李膺俱坐，而名行相次，故時人亦稱李、杜焉。」前乎李膺、杜密者，順帝時有李固、杜喬，同書《李固杜喬傳贊》云：「李、杜司職，朋心合力。」又桓帝時有李雲、杜眾，亦稱李、杜。延熹三年，李雲為白馬令，上書，坐直諫下獄，弘農五官掾杜眾上書云：「願與李雲同日死。」遂俱死獄中。見同書《桓帝紀》及《襄楷傳》中。）既有令名，復求壽考，可兼得乎？』滂跪受教，再拜而辭。顧謂其子曰：『吾欲使汝為惡，則惡不可為；使汝為善，則我不為惡。』行路聞之，莫不流涕。時年三十三。」蘇、黃志行氣節，略與東漢黨錮諸賢相似，實其幼時已受忠烈事迹感動矣。宋岳珂《桯史》卷十三云：「人府丞余伯山禹績之六世祖若著，倅宜州日，因山谷謫居是邦，慨然為之經理舍倌，遂遣二子滋、滸從之遊，時黨禁甚嚴，士大夫例削札掃迹，惟若著數遇不怠，率以夜遣二子奉几杖，執諸生禮。一日，攜紙求書，山谷問以所欲，拱而對曰：『願寫《范孟博傳》一傳。』許之，遂默誦大書，盡卷僅有二三字疑誤（一零五八字）。二子相顧愕服，山谷顧曰：『《漢書》不能盡記也，如此等傳，豈可不熟。』聞者敬歎。」】軾請曰：『軾若為滂，母許之否乎？』程氏曰：『汝能為滂，吾顧不能為滂母邪？』仁宗至和元年，年十九，始娶眉州青神王方女（王氏時年十六，先生三十喪妻。）。至和二年，先生既冠，博通經史，屬文日數千言，好賈誼（《新書》）陸贄（《陸宣公奏議》）書。既而讀《莊子》，歎曰：『吾昔有見，口未能言，今見是書，得吾心矣。』是年游成都，謁張方平，（字安道，號樂全居士，忼慨有氣節，望高一時，時為益州太守。）一見，待以國士。（《史記・淮陰侯列傳》蕭何對高祖稱韓信曰：『至如信者，國士無雙。』又司馬遷《報任少卿書》稱李陵云：「……然僕觀其為人，自守奇士。事親孝，與士信，臨財廉，取與義，分別有讓，恭儉下人，常思奮不顧身，以徇國家之急，其素所蓄積也。僕以為有國士之風。」李善注：「一國之中推以為士。」）仁宗嘉祐元年，二十一歲，中州郡試，赴京師舉進士。二年，年二十二，二月，試禮部。時歐陽修以翰林學士知貢舉（即後世會試之總裁），以時文磔裂，詭異之弊勝，思有以救之；梅堯臣與其事，得軾《刑賞忠厚之至論》，以示歐公，歐公驚喜，以為異人，欲以冠多士，疑其門下士曾鞏所為，乃置第二。【時狀頭章衡，衡字子平，善射，資兼文武，然文章實遜二蘇及曾子固也。楊萬里《誠齋詩話》：「歐陽公作省試知舉，得東坡之文驚喜，欲取為第一人，又疑其門人曾子固之文，恐招物議，抑為第二。坡來謝，歐陽問坡所作《刑賞忠厚之至論》，有『皐陶曰殺之三，堯曰宥之三』，『此見何書？』坡曰：『事在《三國志・孔融傳注》』。（實見《後漢書・孔融傳》，誠齋誤記。）歐退而閱之無有，他日再問坡，坡云：『曹操滅袁紹，以袁熙妻賜其子丕，孔融曰：「昔武王伐紂，以妲己賜周公。」操驚，問何經見？融曰：「以今日之事觀之，意其如此。」（原作「以今度之，想當然耳」。）堯皐陶之事，某亦意其如此。』歐退而大驚曰：『此人可謂善讀書，善用書，他日文章，必獨步天下。』」陸游《老學庵筆記》卷八：「東坡先生省試《刑賞忠厚之至論》，有云：「皐陶為士，將殺人，皐陶曰殺之三，堯曰宥之三。」梅聖俞為小試官，得之，以示歐陽公。公曰：『此出何書？』聖俞曰：『何須出處！』公以為皆偶忘之，然亦大稱歎。初欲以為魁，終以此不果。及揭榜，見東坡姓名，始謂聖俞曰：『此郎必有所據，更恨吾輩不能記耳！』及謁謝，首問之，東坡亦對曰：『何須出處！』乃與聖俞語合。公賞其豪邁，太息不已。」李廌（字方叔，東坡所愛重之後輩。）《師友談記》：「初、赴舉之召到都下，是時同試者甚多（《文獻通考》謂與試者恒六七千人）。相國韓魏公（韓琦，時為樞密使，翌年始同平章事。）語客曰：『二蘇在此，而諸人亦敢與之較試，何也？』此語既傳，於是不試而去者，十蓋八九矣。】復以《春秋》對義居第一，殿試中乙科。後以書見修，修語梅聖俞曰：『吾當避此人出一頭地。』聞者始譁不厭，久乃信服（見《宋史》本傳）。是年四月，丁程氏母憂。嘉祐四年，年二十四，服除。五年，年二十五，授河南府福昌縣主簿。六年辛丑，年二十六，歐陽修以才識兼茂薦之祕閣，試六論。舊不起草，以故文多不工；軾始具草，文義粲然。閏八月，復對制策（仁宗御崇政殿策試賢良方正，能直言極諫者。），入三等。自宋初以來，制策入三等，惟吳育（字春卿，前於東坡，官至參知政事。）與軾而已。除大理寺評事，簽書鳳翔府判官。赴官，弟轍送至鄭州而還。有「辛丑十一月十九日，既與子由別於鄭州西門之外，馬上賦詩一篇寄之」【注一】七古，極有名，詩云：

「不飲胡為醉兀兀？此心已逐歸鞍發。【注二】歸人猶自念庭闈，今我何以慰寂寞？【注三】登高回首坡壠隔，但見烏帽出復沒。【注四】苦寒念爾衣裘薄，獨騎瘦馬踏殘月。【注五】路人行歌居人樂，童僕怪我苦悽惻。【注六】亦知人生要有別，但恐歲月去飄忽。【注七】寒燈相對記疇昔，夜雨何時聽蕭瑟？君知此意不可忘，慎勿苦愛高官職。」【注八】

【注一】宋 趙次公 彥材注：「以《潁濱遺老傳》（子由自撰）考之，先生與子由俱以賢科（賢良方正）中第，尋除簽書鳳翔判官；子由除商州推官，以策訐直，忤時政，（文載《潁濱遺老傳上》。策入，轍自謂必見黜，然考官司馬光第入三等，胡宿以為不遜，力請黜之，仁宗不許，宰相曾公亮不得已，寘之下科，除商州軍事推官。轍乃奏乞養親。）告未即下而先生先赴。時老泉被命修禮書，留京師。先生既當赴官，子由送至鄭州，而還侍老泉之側也。」

【注二】白居易《代書詩一百韻寄微之》：「不飲長如醉，加餐亦似飢。」又《對酒》五古結句：「所以劉、阮輩，終年醉兀兀。」北宋 李元中《蓮社圖記》：「遠公結社廬山……陶潛時棄官居栗里，每來社中，或時纔至，便攢眉迴去；遠師愛之，欲留不可，道士陸修靜居簡寂觀，亦常來社中，與遠相善。遠自居東林，足不越虎溪，一日，送陸道士，忽行過溪，相持而笑。又常令人沽酒，引淵明來。故詩人（一云晚唐僧貫休，一云齊己。）有『愛陶長官醉兀兀，送陸道士行遲遲。沽酒過溪俱破戒，彼何人斯師如斯？』」清 紀昀批云：「起得飄忽。」

【注三】趙次公注：「歸人，指子由。」晉 束皙《補亡詩》：「循彼南陔，言采其蘭。眷戀庭闈，心不遑安。」李善注：「庭闈，親之所居。眷戀，思慕也。」蘇轍《潁濱遺老傳上》：「轍年……二十三，舉直言，仁宗親策之於廷。……是時先君被命修禮書，而兄子瞻出簽書鳳翔判官，傍無侍子，轍乃奏乞養親。」紀昀批云：「歸人句，加一倍法。」

【注四】《隋書・禮儀志七》：「帽，古野人之服也。……宋、齊之間，天子宴私著白高帽，士庶以烏。」又云：「隱居道素之士，被召入謁見者，黑介幘。」宋許顗《彥周詩話》：「燕燕于飛，差池其羽；之子于歸，遠送于野，瞻望弗及，泣涕如雨。」（《詩・邶風・燕燕篇》）此真可泣鬼神矣。……東坡送子由詩云：『登高回首坡壠隔，惟見烏帽出復沒』。皆遠紹其意。」紀昀批云：「妙寫難狀之景」。

【注五】白居易《別舍弟後月夜》五古結句：「如何為不念，馬瘦衣裳單。」又《送張山人歸嵩陽》七古起句：「黃昏慘慘天微雪，循行坊西鼓聲絕，張生馬瘦衣且單，夜扣柴門與我別。」又《與張籍》詩：「嗟君馬瘦衣裘薄。」

【注六】二句謂路上行人及鄭州居民皆歌且樂，惟己獨悽惻，故童僕以為怪；不知己別弟之情，殊難已已也。

【注七】釋氏《涅槃經》：「八相為苦，所謂生苦，老苦，病苦，死苦，愛別離苦，怨憎會苦，求不得苦，五陰盛苦。」又《四諦論》：「可愛相遠，明愛別離苦。」梁劉勰《文心雕龍・序志篇》：「歲月飄忽，性靈不居。」紀昀曰：「作一頓挫，便不直瀉。直瀉是七古第一病。」

【注八】先生自注：「嘗有夜牀對雨之言，故云爾。」唐韋應物《示全真元常》（自注：「元常，趙氏生。」全真，道士之稱。宋王十朋注以為二人，未是。）五律三四云：「寧知風雪（一作雨）夜，復此對牀眠。」趙次公注：「子由與先生在懷遠驛（驛在京師，是年正月也。）讀韋詩至此句，惻然感之，乃相約早退，共為閑居之樂，正在京師同侍老泉時近事，故今詩及之。其後子由與先生彭城相會，作二小詩，其一曰：『逍遙堂後千尋木，長送中宵風雨聲，誤喜對牀尋舊約，不知漂泊在彭城。』（見子由《欒城集》卷七。時神宗熙寧十年，先生四十二歲。）至先生在東府（宋時東府是中書門下及尚書省文官所居，西府是樞密院武官所居），雨中作示子由（原題是東府雨中別子由，五古。）詩，有云：『對牀空（今作定）悠悠，夜雨今（今作空）蕭瑟。』（時哲宗元祐八年，先生五十八歲，在禮部尚書任。）蓋皆感歎追舊之言也」。子由《逍遙堂會宿二首并引》云：「轍幼從子瞻讀書，未嘗一日相舍。既壯，將遊宦四方，讀韋蘇州詩，至『安知風雨夜，復此對牀眠』，惻然感之，乃相約早退，為閑居之樂。故子瞻始為鳳翔幕府，留詩為別曰『夜雨何時聽蕭瑟』。」白居易《讀李杜詩集因題卷後》五排：「不得高官職，仍逢苦亂離。」紀昀曰：「收筆處又遠一波（謂寒燈二句），高手總不使一直筆。」

送子由後，過澠池（河南縣名），前赴試時所寓居僧舍，主持奉閑已死，有《和子由澠池懷舊》【注一】七律云：

「人生到處知何似？應似飛鴻踏雪泥，泥上偶然留指爪，鴻

飛那復計東西。【注二】老僧已死成新塔，壞壁無由見舊題。【注三】往日崎嶇還記否？路長人困蹇驢嘶。」【注四】

【注一】子由《欒城集》卷一《懷黽池寄子瞻兄》原作云：「相攜話別鄭原上，共道長途怕雪泥。（歐陽修詩：「瘦馬尋春踏雪泥。」）歸騎還尋大梁陌，行人已渡古崤西。曾為縣吏民知否？（自注：「轍嘗為此縣簿，未赴而中第」。）舊宿僧房壁共題。（自注：「轍昔與子瞻應舉，過宿縣中寺舍，題其老僧奉閑之壁。」）遙想獨遊佳味少，無言騅馬但鳴嘶。

【注二】清 查慎行《補注東坡編年詩》：「《傳燈錄》【宋 釋道原撰。清 馮應榴《蘇文忠詩合注》云：「此條見《五燈會元》（宋 釋普濟撰），非《傳燈錄》也。」】天衣義懷禪師云：『雁過長空，影沈寒水，雁無遺蹤之意，水無留影之心；若能如是，方解向異類中行。』先生此詩前四句暗用此語。紀昀曰：「前四句單行入律，唐人舊格；而意境恣逸，則東坡本色。」又曰：「渾灝不及崔（顥）《黃鶴樓詩》，而撒手游行之妙，則不減義山『杜牧司勳』一首。」按：義山《贈司勳杜十三員外》起四句云：「杜牧司勳字牧之，清秋一首《杜秋詩》，前身應是梁 江總，名總還曾字總持。」視先生遠遜矣。

【注三】清 王文誥《蘇文忠公詩編注集成・總案》云：「嘉祐元年丙申，公年二十一……至河南，馬死二陵間，騎驢至澠池，止於奉閑僧舍，與子由留題壁上。嘉祐六年辛丑（二十六歲），公再經其地，則奉閑已死，題壁亦毀，因和子由詩云：『老僧已死成新塔，壞壁無由見舊題。』……今兩集題壁詩皆不載。」近人陳衍為鄭孝胥作《海藏樓詩序》云：「東坡云：『老僧已死成新塔，壞壁無由見舊題。』『獨眠牀上（應作林下）夢魂穩（應作好），回首人間憂患長。』『簾前柳絮驚春晚，頭上花枝奈老何！』『酒闌病客惟思睡，蜜熟黃蜂亦懶飛』（皆見後），此例極多，何等神妙流動！」

【注四】先生原注：「往歲馬死於二陵，騎驢至澠池。」《左傳》僖公三十二年：「殽有二陵焉：其南陵，夏后皐（桀之祖父）之墓也；其北陵，文王之所辟風雨也。」賈誼《弔屈原賦》：「騰駕罷牛，驂蹇驢兮。」《說文》：「蹇，跛也。」杜甫《偪仄行贈畢曜》七古：「東家蹇驢許借我，泥滑不敢騎朝天。」

仁宗嘉祐七年壬寅，二十七歲，官於鳳翔。有「壬寅重九不預會，（不預府會也。時鳳翔府太守陳公弼，方山子陳慥季常之父也。）獨遊普門寺山閣，有懷子由」七律，三四云：「憶弟淚如雲不散，望鄉心與雁南飛。」憶弟思鄉，情見乎辭。又有《九月二十日微雪懷子由弟》七律二首云：

「岐陽【注一】九月天微雪，已作蕭條歲暮心。短日送寒砧杵急，冷官無事屋廬深。【注二】愁腸別後能消酒。白髮秋來已上簪。【注三】近買貂裘堪出塞，忽思乘傳問西琛。」【注四】

「江上同舟詩滿篋，鄭西分馬涕垂膺。【注五】未成報國慚書劍，豈不懷歸畏友朋。【注六】官舍度秋驚歲晚，寺樓見雪與誰登？遙知讀《易》東窗下，車馬敲門定不譍。」【注七】

【注一】趙次公注：「岐陽，即鳳翔府也。」查慎行《補注》：「《元和郡縣志》：『岐陽縣，漢杜陽地；唐貞觀七年、割扶風、岐山二縣置，以在岐山之南也。』《文獻通考》：『秦內史（掌治京師）地，漢為右扶風，後魏置岐山，西魏改為岐陽郡，唐鳳翔府。』」杜甫《喜達行在所》三首之一起句云：「西憶岐陽信，無人遂卻回。」

【注二】杜甫《醉時歌・贈廣文館博士鄭虔》七古起句云：「諸公袞袞登臺省，廣文先生官獨冷。」宋師尹民瞻注：「公為鳳翔簽判，太守陳公弼命公兼府學教授，故詩用冷官事。」紀昀曰：「屋廬深三字傳神。」

【注三】清吳任臣輯《十國春秋》：「閩主曦（王審知少子，梁太祖封為閩王）謂周維岳曰：『岳身甚小，何飲之多？』左右曰：『酒有別腸，不必長大。』」范仲淹《御街行》詞：「愁腸已斷無由醉。」此反其意。杜甫《春望》五律結句：「白頭搔更短，渾欲不勝簪。」

【注四】《戰國策・秦策一》：「黑貂之裘弊，黃金百斤盡。」《漢書・高帝紀下》：「（田）橫懼，乘傳詣洛陽。」魏如淳注：「律，四馬高足為置傳，四馬中足為馳傳，四馬下足為乘傳，一馬二馬為軺傳。急者，乘一乘傳。」顏師古注：「傳者，若今之驛，古者以車，謂之傳車；其後又單置馬，謂之驛騎。傳，音張戀反。」《詩・魯頌・泮水》：「憬彼淮夷，來獻其琛。」《毛傳》：「琛，寶也。」《爾雅・釋地》：「西北之美者，有崑崙虛之璆琳琅玕焉。」《書・禹貢》：「黑水、西河惟雍州。……厥貢惟球琳琅玕。」紀昀曰：「居下僚而不得志，憤激而為立功邊外之思，鬱抑時實有此想，驟看時若不相屬也。」

【注五】趙次公注：「首句、言昔與子由趨京師，泛舟而往也；詩滿篋，則今所傳《南行集》是已。」《南行集》今無傳本。先生《南行集前敘》云：「己亥（仁宗嘉祐四年二十四歲）之歲，侍行（侍老泉）適楚，舟中無事，侍奕飲酒，非所以為閨門之歡；山川之秀美，風俗之朴陋，賢人君子之遺迹，與凡耳目之所接者，雜然有觸於中而發於詠歎。蓋家君之作與弟轍之文皆在，凡一百篇，謂之《南行集》。」趙次公曰：「鄭西兮馬句，則前所謂『別於鄭州西門之外』也。」

【注六】《史記・項羽本紀》：「項籍少時，學書不成；去學劍，又不成。」孟浩然《自越之洛》

五律起句：「皇皇三十載，書劍兩無成。」《詩・小雅・出車篇》：「豈不懷歸？畏此簡書。」又《左傳》莊公二十二年：「詩云：翹翹車乘，招我以弓，豈不欲往？畏我友朋。」杜預注：「逸《詩》也。翹翹，遠皃，古者聘士以弓。言雖貪顯命，懼為朋友所譏責。」先生之意，謂己未報國而遽歸，實愧對友朋也。

【注七】趙次公注：「先生與子由之於《易》，蓋家學也。此指子由在京師懷遠驛之東窗。」查慎行《蘇詩補注》：「蘇籀《雙溪集》載子由言：『先君晚歲讀《易》，玩其爻象以觀其辭，皆迎刃而解。』又云：『「作《易傳》未完，命二子述其志。」初，二公少年，皆為《易說》，既而東坡成書，公乃送所解與坡，今《蒙卦》獨是公解。』籀，子由之孫也。」（東坡《蘇氏易傳》九卷，今存。）

十月，有「病中聞子由得告，不赴商州」【注一】七律三首，其一、三兩首云：

「病中聞汝免來商，旅雁何時更著行？【注二】遠別不知官爵好，思歸苦覺歲年長，著書多暇真良計，從宦無功漫去鄉。【注三】惟有王城最堪隱，萬人如海一身藏。」【注四】

「辭官不出意誰知？敢向清時怨位卑！【注五】萬事悠悠付杯

酒，流年冉冉入霜髭。【注六】策曾忤世人嫌汝，《易》可忘憂家有師。【注七】此外知心更誰是？夢魂相覓苦參差。」【注八】

【注一】趙次公注：「子由除商州推官，而知制誥王介甫猶不肯撰辭，告未即下，故先生自去年十一月先赴鳳翔，至今年秋，子由方告下，而以旁無侍子，乃奏乞養親三年，此所以得告而不赴也。」商州，今陝西商縣，古商國，秦商君之邑，張儀詐以商於之地六百里賂楚即此。

【注二】趙次公注：「商州雖屬山南西道，而在鳳翔之東南，子由若赴商州，可以至鳳翔；今既不然，是為羈旅之雁不著行矣。」宋任淵《山谷內集注》引「《唐宋遺史》：有女子作詩送兄云：所嗟人異雁，不作一行飛。」《禮・王制》：「父之齒隨行（其人年與父同），兄之齒雁行，朋友不相踰。」沈約《詠湖中雁詩》：「懸飛竟不下，亂起未成行。」

【注三】《史記・虞卿傳贊》：「然虞卿非窮愁，亦不能著書以自見於後世云。」（《漢志・六藝略・春秋家》著錄「《虞氏微傳》二篇」，亡。）《論語・微子篇》：「柳下惠為士師（獄官也），三黜，人曰：『子未可以去乎？』曰：『直道而事人，焉往而不三黜？枉道而事人，何必去父母之邦！』」此用其意。沈約《酬謝宣城朓》詩：「從宦非宦侶，避世作（《文選》作「不」）避諠。」

【注四】《春秋》昭公二十二年：「劉子（周大夫劉狄）、單子（單旗）以王猛（周景王子王子猛，《史記》作悼王。）入于王城。」杜預注：「今河南縣（即洛陽）。」宋程縯注：「王城在洛陽。」查氏《補注》：「王城，指開封也。」查說是。西漢元、成間博士褚少孫補《史記・滑稽列傳・東方朔傳》：「朔行，殿中郎謂之曰：『人皆以先生為狂。』朔曰：『如朔等，所謂避世於朝廷間者也。』古之人乃避世於深山中。時坐席中，酒酣，據地歌曰：『陸沈於俗【《莊子・則陽篇》：「方且與世違，而心不屑與之俱，是陸沈者也。」晉郭象注：「人中隱者，譬無水而沈也。」唐陸德明《經典釋文・莊子音義》引晉司馬彪云：「當顯而反隱，如無水而沈也。」此陸沈之本義，蓋隱居者流也。王充《論衡・謝短篇》云：「夫知古不知今，謂之陸沈。……夫知今不知古，謂之盲瞽。」此陸沈謂不識當世務者。《晉書・桓溫傳》：「眺矚中原，慨然曰：『遂使神州陸沈，百年丘墟，王夷甫（衍）諸人不得不任其責。』此陸沈始指世變之甚。】避世金馬門，宮殿中可以避世全身，何必深山之中，蒿廬之下！』」金馬門者，宦署門也，門旁有銅馬，故謂之曰金馬門。」紀昀曰：「忽觸《客位假寐》之感，卻說得和平無迹。」王文誥《蘇文忠公詩編注集成》云：「凡從無賴中尋出好處，必要完出證據，於虛中占實步，此其天性生成，落筆處所在皆是也。」

【注五】李陵《答蘇武書》：「策名清時。」杜牧《將赴吳興登樂遊原一絕》起句：「清時有味是無能。」又先生《和劉道原見寄》七律起句云：「敢向清時怨不容？直嗟吾道與君東。」

【注六】韓愈《贈鄭兵曹》七古結句：「杯行到君莫停手，破除萬事無過酒。」蕭梁王筠《東南射山》詩起句：「還丹改客質，握髓注流年。」晚唐吳融《寄尚顏師》五律五六：「臨風翹雪足，向日剃霜髭。」《說文》：「頿，口上須也。」今俗頿作髭，須作鬚。《離騷》：「老冉冉其將至兮，恐修名之不立。」王逸注：「冉冉，行貌。」王文誥曰：「凡此等句，皆說得傷筋動骨，但看去不覺耳。」

【注七】子由《欒城後集・潁濱遺老傳上》：「舉直言，仁宗親策之於廷，時上春秋高，始倦於勤（時嘉祐六年，仁宗年五十二，後二年卒。）轍因所問，極言得失曰：『……今海內窮困，生民愁苦，而宮中好賜，不為限極，所欲則給，不問有無。司會（《周禮・天官》有司會，主邦國之財用者。）不敢爭，大臣不敢諫，執契持敕，迅若兵火。國家內有養士養兵之費，外有北狄西戎之奉，陛下又自為一阱，以耗其遺餘，臣恐陛下以此得謗，而民心不歸也。』策入，轍自謂必見黜，然考官司馬君實第以三等，范景仁（鎮）難之，蔡君謨（襄）曰：『吾三司使也（五代及後唐以鹽鐵、戶部、度支為三司，天下財計皆歸焉，置三司使總其事，宋仍之，至神宗元豐間乃改歸戶部左右曹。），司會之言，吾愧之而不敢怨。』胡武平（宿）以為不遜，力請黜之，上不許，曰：『以直言召人，而以直棄之，天下謂之何！』宰相不得已，置之下第，除商州軍事推官。知制誥王介甫意其右宰相，專攻人主，比之谷永（西漢成帝時為光祿大夫，前後上疏言四十餘事，專攻帝身與後宮，而黨於大將軍王鳳及平阿侯王譚等五侯，成帝亦知之，不甚親信也。），不肯撰辭。宰相韓魏公（琦）哂曰：「此人策語謂宰相不足用，欲得婁師德、郝處俊而用之（唐高宗時，婁師德為相，郝處俊為中書令，守正不阿，得大臣體，武后不能害。），尚以谷永疑之乎？』」宋師尹注：「老蘇有《易傳》。」按《宋史．藝文志》無老蘇《易傳》，據其曾孫蘇籀《雙溪集》謂「作《易傳》未完，命二子述其志」，今所傳東坡《易傳》九卷，子由解《蒙卦》，蓋繼述其父師之志事者也。

【注八】韓愈《別知賦》：「惟知心之難得，斯百一而為收。」晚唐僧貫休《書石壁禪居屋壁》七絕結句：「禪客相逢只彈指，此心能有幾人知？」《文選》沈約《別范安成（岫）詩》結句：「夢中不識路，何以慰相思。」李善引《韓非子》（今無此條，蓋佚文也。）曰：「六國時，張敏與高惠，二人為友，每相思不能得見，敏便於夢中往尋，但行至半道，即迷不知路，遂回，如此者三。」劉禹錫《泰娘歌》：「舉目風煙非舊時，夢尋歸路多參差。」王文誥曰：「是時子由為宰執兩制譏錯之甚，自其年少釋褐，又舉直言，一鼓足氣，至是消磨盡矣。公既憐之痛之，又欲解之勉之，讀之真乃可歌可泣，非深知其故，不可得其情也。曉嵐多以較館後進試帖，法繩此集，而其中茫如，又惡足以語此哉！」

仁宗嘉祐八年癸卯，二十八歲，三月二十九日，仁宗崩。四月一日，英宗即位，（仁宗無子，以堂侄鉅鹿公曙為皇太子，及崩，皇太子即位，是為英宗，蓋太宗曾孫也。）以覃恩轉大理寺丞（前為大理寺評事。覃恩，蓋朝廷有大典時，對臣下普行封贈賞賜或赦免等之廣布恩澤也。）仍官鳳翔。七月，大旱，有「七月二十四日，以久不雨，出禱磻溪，是日宿虢縣。二十五日晚，自虢縣渡渭，宿於僧舍曾閣，閣故曾氏所建也。夜久不寐，見壁間有前縣令趙薦留名，有懷其人」【注一】七律云：

「龕燈明滅欲三更，欹枕無人夢自驚。【注二】深谷留風終夜響，亂山銜月半牀明。【注三】故人漸遠無消息，古寺空來看姓名。欲向磻溪問姜叟，僕夫屢報斗杓傾。」【注四】

【注一】磻溪，在今陝西寶雞縣東南，一名璜河，又名凡谷。源出終南山茲谷，北流入渭。溪中有茲泉，相傳姜太公垂釣於此遇文王。磻溪神，蓋姜太公也。先生《禱雨磻溪文》有云：「虢有周文、武之師太公……夫生而為上公，沒而為神人，非公其誰當之？」虢縣，今陝西虢鎮，在鳳翔南，渭水北岸。虢令趙薦，字賓卿，四川臨邛人，登仁宗皇祐三年鄭獬榜進士第（前先生五年），與先生友，是年二月，有《送虢令趙薦罷任還蜀》五古云：「嗟我去國久，得君如得歸；今君舍我去，故人從此稀。」又前一歲有「病中大雪，數日未嘗起觀，虢令趙薦以詩相屬，戲用其韻答之」五古云：「寒更報新霽，皎月懸半破，有客獨苦吟，清夜默自課，詩人例窮蹇，秀句出寒餓。」可見二人之相得矣。

【注二】龕，借作盦，《說文》：「龕，龍皃。」「盦，覆蓋也。」溫庭筠《宿秦僧山齋》五律五六：「龕燈落葉寺，山雪隔林鐘。」白居易《夜雨》五絕起句：「早蛩啼復歇，殘燈滅又明。」元稹《雨後》五絕起句：「倦寢數殘更，孤燈暗又明。」宋王十朋注引《煙花錄》載陳後主詩云：「午醉醒來晚，無人夢自驚。」元稹《晚秋》五律結句：「誰憐獨攲枕，斜月透窗明。」

【注三】王文誥《蘇文忠公詩編注集成》云：「寫景入神，皆隨手觸發，而毫不費力，獨此集為擅長，故魯直每謂是不食煙火人語也。」（《山谷題跋》卷二《跋東坡樂府》云：「缺月挂疎桐云云，東坡道人在黃州時作，語意高妙，似非喫煙火食人語，非胸中有萬卷書，筆下無一點塵俗氣，孰能至此？」）

【注四】杓，音標，北斗柄也。《史記・天官書》：「直斗杓所指，以建時節。」唐司馬貞《史記索隱》引《春秋運斗樞》云：「斗，第一天樞，第二旋，第三璣，第四權，第五衡，第六開陽，第七搖光。第一至第四為魁，第五至第七為杓，合而為斗」。《大戴禮・夏小正》：「七月，斗柄懸在下，則旦。」

英宗治平元年甲辰，二十九歲，官於鳳翔。正月十九日，自清平鎮至盩厔（音舟窒，今陝西縣名。）二十日，商洛令章惇來謁，同游樓觀（觀名）、五郡（城名）、大秦寺、延生觀、抵仙遊潭。潭下臨絕壁萬仞，橫木為渡。惇揖先生書壁，先生卻之。惇平步而過，乘索挽樹，攝衣而下，以漆墨濡筆大書石壁上曰：「蘇軾章惇來。」既還，神采不動。先生拊惇背曰：「子厚他日必能殺人。」惇曰：「何也？」先生曰：「能自判命者，能殺人也。」（以上據王文誥《蘇詩總案》。文誥云：「《中庸》曰：『君子居易以俟命，小人行險以徼幸』，此公與惇之分也。」按《禮・曲禮上》：「不登高，不臨深，不苟訾，不苟笑。孝子不服闇，不登危，懼辱親也。」章子厚無君親之命，而徒以膽氣雄人，此其所以能為大奸慝也。）有「自清平鎮遊樓觀、五郡、大秦、延生、仙遊，往返四日，得十一詩，寄子由同作」，其首篇《樓觀》【注一】七律云：

「鳥噪猿呼晝閉門，寂寥誰識古皇尊？【注二】青牛久已辭轅軛，白鶴時來訪子孫。【注三】山近朔風吹積雪，天寒落日淡孤村。【注四】道人應怪遊人衆，汲盡堦前井水渾。」【注五】

【注一】先生嘗於壬寅（前二年）二月，西至樓觀、大秦寺、延生觀、仙遊潭，歸作五言排律五十韻記所經歷，有云：「尹生猶有宅，老氏舊停輈。」自注云：「是日遊崇聖觀，俗所謂樓觀也。乃尹喜舊宅，山腳有授經臺尚在。」又別有《樓觀》七律，起四句云：「門前古碣臥斜陽，閱世如流事可傷。長有幽人悲晉惠，強修遺廟學秦皇。」題下自注云：「秦始皇立老子廟於觀南，晉惠帝始修此廟。」查慎行《蘇詩補注》：「《元和郡縣志》：樓觀，在盩厔縣東三十七里，本周康王大夫尹喜宅也。相承至秦漢，皆有道士居之，晉惠帝時重置，其地舊為尹先生樓。」

【注二】紀昀曰：「起得有力。有神肅肅穆穆，仿佛見之。」

【注三】《史記・老莊申韓列傳》：「老子居周久之，見周之衰，迺遂去。至關，關令尹喜曰：『子將隱矣，彊為我著書。』於是老子迺著書上下篇，言道德之意五千餘言而去，莫知其所終。」唐司馬貞《史記索隱》引魏文帝《列異傳》云：「老子西遊，（關令尹喜望見其有紫氣浮關，而老子果乘青牛而過。」）宋施元之《施注蘇詩》：「別說：老氏乘青牛薄板車。」陶潛《續搜神記》：「丁令威，本遼東人，學道於靈虛山。後化鶴歸遼，集城門華表柱，時有少年舉弓欲射之，鶴乃飛，徘徊空中而言曰：『有鳥有鳥丁令威，去家千年今始歸，城郭如故人民非，何不學仙塚纍纍！』遂高上沖天。今遼東諸丁，云其先世有升仙者，但不知名字耳。」

【注四】曹植有《朔風詩》五章，四言。中唐李益有《立春日寧州行營因賦「朔風吹飛雪」五古》，八句。又晉王讚《雜詩》：「朔風動秋草，邊馬有歸心。」晉《子夜四時歌・冬歌》「天寒歲欲暮，朔風舞飛雪。」（南朝）宋謝靈運《歲暮詩》：「明月照積雪，朔風勁且哀。」宋王十朋《蘇東坡詩集注》引古樂府：「朔風吹積雪。」施元之《施注蘇詩》仍之。按：古樂府無此句，漢、魏、六朝詩亦無之，王龜齡臆注非實，不可從。此先生自鑄偉辭，非出古句也。《紀批蘇詩》單圈第六句，云：「句好」，蓋徒閱舊注，以為上句取自他人耳！

【注五】杜甫《示從孫濟》五古：「淘米少汲水，汲多井水渾；刈葵莫放手（肆意），放手傷葵根。」紀昀曰：「反托出起處之意，措語沈着。」

其第九篇《玉女洞》【注一】五律云：

「洞裏吹簫子，終年守獨幽。石泉為曉鏡，山月當簾鈎。【注二】
歲晚杉楓盡，人歸暮雨愁。送迎應鄙陋，誰繼楚臣謳？」【注三】

【注一】先生五言排律五十韻長篇自注有云：「遂宿中興寺，寺中有玉女洞，洞中有飛泉，甚甘，明日以泉二缾歸至郿，又明日乃至府。」

【注二】班固《西都賦》：「袪黼帷，鏡清流。」潘岳《懷舊賦》：「仰睎歸雲，俯鏡泉流。」杜甫《月》詩五律起四句云：「四更山吐月，殘夜水明樓，塵匣原開鏡，風簾自上鈎。」

【注三】此謂其送神迎神之歌曲鄙陋，不知誰與正之矣。東漢王逸《楚辭・九歌章句序》：「《九歌》者，屈原之所作也。昔楚國南郢之邑，沅、湘之間，其俗信神而好祠（祀也），其祠必作歌樂，鼓舞以樂諸神。屈原放逐，竄伏其域，懷憂苦毒，愁思沸鬱，出見俗人祭祀之禮，歌舞之樂，其詞鄙陋，因為作《九歌》之曲。」【按・宋程縯注云：「沅、湘間，其俗信鬼，作歌舞以樂諸神。屈原放逐，見其辭鄙陋，遂為作《九歌》之曲。」明本王逸序，而清馮應榴《蘇文忠詩合注》云：「此注似本沈亞之（中唐人）《屈原外傳》，考《外傳》又云：『原棲玉笥山，作《九歌》，（託以風諫），至《山鬼》篇成，四山忽啾啾若啼嘯，聲聞十里外，草木莫不萎死。』」沈氏《外傳》亦本王逸，且云「辭甚俚」，與坡詩用「鄙陋」不同；續引之事又與坡詩原意無涉，可謂兩失；而王文誥《編注集成》用之，使讀者徒生疑障，甚無謂也。】韓愈《柳州羅池廟碑》（羅池神，柳宗元也。）：「余謂柳侯生能澤其民，死能驚動福禍之以食其土，可謂靈也已！作迎享送神詩遺柳民，俾歌以祀焉。」

七月，游岐山周公廟，觀潤德泉，有「周公廟、廟在岐山西北八九里，廟後百許步有泉依山，湧冽異常，國史所謂潤德泉，世亂則竭者也」【注一】七律云：

「吾今那復夢周公！【注二】尚喜秋來過故宮。翠鳳舊依山硉兀，清泉常與世窮通。【注三】至今游客傷離黍，故國諸生詠雨濛。【注四】牛酒不來烏鳥散，白楊無數暮號風。」【注五】

【注一】北宋僧文瑩《湘山野錄》卷上：「雍熙（太宗）二年，奏岐山縣周公廟有泉涌。舊老相傳：時平則流，時亂則竭。唐安、史之亂，其泉竭，至大中（宣宗）年復流，賜號潤德泉，後又涸。今其泉復涌，澄甘，瑩潔，太宗嘉之。」

【注二】《論語・述而篇》：「子曰：甚矣吾衰也！久矣吾不復夢見周公。」

【注三】《竹書紀年》：「殷商 丁文十二年（原注：「周文王元年」），有鳳集於岐山。」《國語・周語上》周大夫內史過曰：「周之興也，鸑鷟鳴於岐山。」吳 韋昭注：「鸑鷟，鳳之別名也。《詩》云：（《大雅・卷阿篇》）『鳳凰鳴矣，于彼高岡。』其在岐山之脊乎。」《說文》：「鸑、鸑鷟、鳳屬，神鳥也。《春秋國語》曰：『周之興也，鸑鷟鳴於岐山。』」郭璞《江賦》：「碧池遺瀃而往來，巨石硉矹以前卻。」《說文》無硉矹，本止作聿兀，疊韻形容詞，危高皃也。杜甫《多病執熱奉懷李尚書之芳》七律三四：「大水淼茫炎海接，奇峯硉兀火雲升。」 王文誥《編注集成》云：「窮通二字，押得精神。非此二字，則一三聯皆貫不得。」

【注四】《詩・王風・黍離篇》：「彼黍離離，彼稷之苗。行邁靡靡，中心搖搖。」《詩序》：「《黍離》、閔宗周也。周大夫行役，至於宗周，過故宗廟宮室，盡為禾黍，閔周室之顛覆，彷徨不忍去，而作是詩也。」《詩・豳風・東山篇》：「我徂東山，慆慆不歸；我來自東，零雨其濛。」《詩序》：「《東山》，周公東征也。周公東征，三年而歸，勞歸士，大夫美之，故作是詩也。」 王文誥曰：「此聯用《詩序》閔宗周及東征事，曲折而切當。曉嵐謂

『周公廟如何著語，此種題正以不作為是』，此乃立意不看耳！其所有識見，以之論元、明詩及館閣試帖最善；論蘇本屬溢出。此如蹇足之人，強拉疾馳者相與同道，故疾馳者在處逢下馬陵也。」（中唐 李肇《國史補》卷下：「舊說：董仲舒墓門，人過皆下馬，故謂之下馬陵，後語訛為蝦蟆陵。」白居易《琵琶行》「自言本是京城女，家在蝦蟇陵下住」是也。）

【注五】牛酒不來，謂無人來祀也。《史記・田單傳》：「乃令城中人，食必祭其先祖於庭，飛鳥悉翔舞城中下食。」《古詩十九首》：「白楊多悲風，蕭蕭愁殺人。」

十二月，有《和子由木山引水》七律二首，首篇五六句云：「崎嶇好事人應笑，冷淡為歡意自長。」句淺語淡，味雋理完；次篇結句云：「材大古來無適用，不須鬱鬱慕山苗」，則興寄遙深，篇終接混茫矣。（杜甫《古柏行》起云：「孔明廟前有老柏，柯如青銅根如石，霜皮溜雨四十圍，黛色參天二千尺；」結句云：「志士幽人莫怨嗟，古來材大難為用。」左思《詠史詩》八首之二云：「鬱鬱澗底松，離離山上苗，以彼徑寸莖，蔭此百尺條；世胄躡高位，英俊沈下僚，地勢使之然，由來非一朝……」。）

是月以磨勘（考驗成績也）轉殿中丞，罷鳳翔簽判任。自鳳翔回京，至長安，有《和董傳留別》七律【董傳，字致和，洛陽人，時家於二曲，（即盩厔縣，山曲曰盩，水曲曰屋。）有詩名於時，嘗在鳳翔與先生遊。】起句云：「麤繒大布裹生涯，腹有《詩》《書》氣自華」，千古名句也。至華陰，有《華陰寄子由》七律，首四句云：「三年無日不思歸，夢裏還家旋覺非。臘酒送寒催去國（國，此指所居之地，謂鳳翔。），東風吹雪滿征衣。」在華州逆旅，遇淫雨徹旬，遂留度歲。

英宗治平二年乙巳，三十歲。正月，歸至京，為殿中丞，判登聞鼓院（懸鼓於朝堂外，民有諫言或冤情者，許擊鼓上達，謂之登聞鼓。唐於東西兩都並置登聞鼓，宋置登聞鼓院，簡稱鼓院，掌收臣民章奏者。）。英宗為鉅鹿公時，已聞先生名，至是，欲以唐故事，召入翰林，知制誥，（為翰林學士，正三品；最少為中書舍人，正四品。）宰相韓琦曰：「軾之才，遠大器也。他日自當為天下用，要在朝廷培養之；使天下之士，莫不畏慕降伏，皆欲朝廷進用，然後取而用之，則人人無復異詞矣。今驟用之，則天下之士，未必以為然，適足以累之也。」英宗曰：「且與修注如何？」（為起居舍人，從六品。）琦曰：「記注與制誥為鄰，未可遽授；不若於館閣中近上貼職與之。」且請召試。英宗曰：「試之，未知其能否；如軾，有不能邪？」琦猶不可，二月，召試學士院，及試二論，復入三等，得直史館（以殿中丞直史館，仍是正八品。）先生聞琦語，曰：「公可謂愛人以德矣。」（《禮·檀弓上》：「君子之愛人也以德，細人之愛人也以姑息。」）韓琦此舉，雖非出妒賢，然使先生遲二十一年始為翰林學士，而天下事已全非矣。先生無怨者，蓋秉性純良，忠厚之至也。王文誥《蘇詩總案》云：「《墓誌》但云『宰相限以近例』，何《史》文之冗邪？（以上蓋本《宋史》本傳）蓋公既入翰林，必兼講讀越兩年（治平四年正月，英宗崩，神宗即位後，於是召王安石為翰林學士，參知政事，至同中書門下平章事矣。）安石挾呂惠卿、曾布、謝景溫、李定之流競進；使公在位，足以助司馬光（為翰林學士兼侍讀學士）而有為，馮京、趙抃在執政（參知政事，副相。）勢亦足以均也。光一長者，斷非惠卿之敵。逮光論安石、惠卿，不聽；舉公為諫官，公不用。光始於進講日與惠卿苦爭之，使公在，惠卿不能敵也。再後（馮）京舉公直舍人院，范鎮復舉公為諫官，皆為所沮，並不能為呂誨、范純仁之助，（時二人同知諫院），而安石、景溫且因是攻去之（呂誨、范純仁），此豈英宗之貽謀乎。韓琦奏罷青苗法，曾布疏駁之，攽行天下，琦遭其侮弄，由是困頓以老；司馬光且去，而宋寖衰矣。其後元祐召還，亦以資淺為朔黨劉摯等所壓。無補於宣仁之政（見後），而徒供羣小之口舌。凡此，皆琦之咎。《史》不嫌蕪累，特書之者，蓋微詞也。」誥既定此案後，見葉水心（南宋葉適，字正則，學者稱水心先生，有《水心集》二十九卷。）讀公《上神宗書》，著論所見略同，並錄於後，葉適曰：『英宗欲以唐故事召軾翰林，韓琦但用近例，入館而已。使軾已列侍從，與安石較其輕重，宜不止此。琦號名宰相，乃使俊傑異能之人；計尋常，抱尺寸，以為苟賤委身之地；與絳、灌、馮敬忌賈誼【絳、絳侯周勃；灌、灌嬰也。《史記・賈生傳》「天子議以為賈生任公卿之位，絳、灌、東陽侯（張相如）、馮敬（時為御史大夫）之屬害之。乃短賈生曰：『雒陽之人，年少初學，專欲擅權，紛亂諸事。』於是天子後亦疏之，不用其議。」】名異而實同也。』」葉、王所論皆是，此非惟先生畢世榮瘁之所繫，亦北宋社稷安危之樞機也。惜夫！三月，子由出為大名府推官。五月妻通義君王氏卒，有子邁。

治平三年丙午，三十一歲。四月，父洵編禮書成，奏上之。作《易傳》未完，疾革（革，讀作急亟之亟，急也。），命先生述其志。又以兄澹（字太白，東坡伯父。）早亡，子孫未立為囑，先生泣受命。二十五日卒，年五十八。英宗聞而哀之，詔賜銀一百兩，絹百匹。先生辭賜，求贈官。六月九日，特贈光祿寺丞，又特敕有司具舟載喪歸蜀。韓琦賜賻三百兩，歐陽修二百兩，皆辭不受。遂與子由護喪出都，自汴入淮，泝江而上，抵江陵，初識劉摯（時為江陵府觀察推官）。治平四年丁未，三十二歲。正月八日，英宗崩，年三十六（在位四年）。太子頊（時年二十）即位，是為神宗。四月與子由護喪至家。八月，合葬父洵母程氏於眉州東北彭山縣安鎮鄉老翁泉側，遵父治命（合理之遺命）也。

神宗熙寧元年戊申，三十三歲。正月一日改元，日有食之。四月二日，王安石以知江寧府越次入對。王文誥曰：「王安石之進，非消長迭興之比也。自行新法，引用呂惠卿、曾布、章惇、蔡卞、蔡京，結成黨禍。元祐更化，僅如一日之暴，復為此曹覆敗。至蔡京獨相，不分黨矣，而黨禍日甚，循至靖康之難。流入南渡，朋黨復起，駕名偽學，（寧宗慶元三年，籍偽學，以朱子為偽學之魁，趙汝愚、周必大、陳傅良、樓鑰、孫逢吉、劉光祖、葉適、項安世、蔡元定等五十九人，皆以偽學逆黨得罪。）如韓侂胄、史彌遠、賈似道之徒，皆借為攻擊進取之術，實則本諸布、惇、京、卞諸人也。故自王安石開端，其禍甚烈，天心仁愛，特示警於改元之始耳。時有老尼者，素為韓琦敬信，一日，語琦曰：『天下從此不好，相公莫管閑事可也。』如此尼者，亦可謂恢詭矣。」七月，除喪。十二月，與子由首途還朝。

熙寧二年己酉，三十四歲。正月，至長安，董傳自二曲來謁（見前），會於傳舍，有《記董傳論詩》（見《東坡題跋》卷三）云：「故人董傳，善論詩，予嘗云：『杜子美不免有凡語「已知仙客意相親，更覺良工心獨苦。」』（杜甫《題李尊師松樹障子歌》：「老夫平生好奇古，對此興與精靈聚。已知仙客意相親，更覺良工心獨苦。」）豈非凡語耶？』傳笑曰：『此句殆為君發；凡人用意深處，人罕能識，此所以為獨苦，豈獨畫哉！』」二月，還汴京，時神宗以王安石參加政事，富弼同平章事（十月罷相，安石實已專政）。王文誥《蘇詩總案》云：「熙寧二年二月，王安石已專政，呂惠卿、曾布疊為謀主，盡變宋成法，以亂天下，正儇少競進之日，羣小得志之秋也。」按：王介甫務欲富國強兵，致君堯、舜，其意本足欽；且所立諸法，亦未必皆不善也。然其人，性情桀驚，自用自雄，與君子仇，與小人伍，夫如是也，雖有堯、舜、周、孔之法，而行之非人，焉不敗哉！《中庸》曰：「文、武之政，布在方策，其人存，則其政舉；其人亡，則其政息。」《荀子・君道篇》云：「有亂君，無亂法；有治人，無治法。羿之法非亡也，而羿不世中；禹之法猶存，而夏不世王。故法不能獨立，類（例也）不能自行，得其人則存，失其人則亡。」《淮南子・泰族訓》云：「故法雖在，必待聖而後治；律（十二律）雖具，必待耳而後聽。故國之所以存者，非以有法也，以有賢人也；其所以亡者，非以無法也，以無賢人也。」此皆的論。近世動言法治，不知人治為尤要，故黨禍繁興，生民水火，藐是流離，可為慟哭！雖有善法，使無善人，其法必敗，介甫但與小人為伍，天下焉有不亂者乎！故北宋之亡，實亡於王安石變法；而王安石變法之禍敗，則在與君子仇而與小人伍也。安石素惡先生議論異己，仍以殿中丞直史館，抑置官告院。（為官誥院判院，掌文武官吏授官及封贈之命令，是兼官，閒職耳。）四月，聞董傳訃，為經紀其喪。八月，有「石蒼舒（字才美，善行草，人謂得草聖三昧。）醉墨堂」七古，發端云：「人生識字憂患始，姓名麤記可以休。」感歎深矣。翰林學士兼翰林侍讀學士司馬光薦先生為諫官，（諫議大夫，正四品下。）王安石、呂惠卿爭之，不行。是年，王鞏定國來從學。（鞏，山東莘縣人，名相王旦之孫，端明殿學士工部尚書王素之子。《宋史・王素傳》：「子鞏，有雋才，長於詩，從蘇軾游」。先生於元祐三年有《辨舉王鞏劄子》云：「鞏與臣世舊，幼小相知，從臣為學。」餘詳後。）

熙寧三年庚戌，三十五歲。三月，呂惠卿知貢舉，先生為編排官。時舉子希合執政意，爭言成法非是。葉祖洽試策言祖宗法度，苟簡因循，當與忠智豪傑之臣，合謀而鼎新之。呂惠卿置三等，先生奏黜之，葉祖洽竟以第一人及第。先生憤甚，奏上「擬進士對御試策一道」，並責前宰相曾公亮救之，皆不行。（宋王偁《東都事略》：「曾公亮陰助安石……蘇軾責以不能救正，公亮曰：『上與安石如一人，此乃天也。』」）四月，館閣校勘劉攽貢父以論新法忤王安石，出倅泰州（今江蘇泰縣，清屬揚州府。）有「送劉攽倅海陵」【注一】七古。云：

「君不見阮嗣宗，臧否不挂口，【注二】莫誇舌在齒牙牢，是中惟可飲醇酒。【注三】讀書不用多，作詩不須工，【注四】海邊無事日日醉，夢魂不到蓬萊宮。【注五】秋風昨夜入庭樹，蓴絲未老君先去。【注六】君先去，幾時回？【注七】劉郎應白髮，桃花開不開？」【注八】

【注一】宋李燾《續通鑑長編》卷二百十：「熙寧三年四月乙酉（二十五日），詔館閣校勘劉攽與外任。……王安石因并逐攽。」宋施元之《施注蘇詩》：「劉攽，字貢父，臨江新喻（江西）人。博記，能文章，政事侔古循吏，身兼數器，守道不回。與王介甫為友，介甫得政，行新法，貢父時在館閣，詒書論其不便。……介甫怒，斥通判泰州。題館壁云：『壁門金闕倚天開，五見宮花落古槐，明日扁舟滄海去，卻從雲氣望蓬萊。』元祐間，拜中書舍人，卒於官。」清查慎行《蘇詩補注》：「《宋史》劉攽與兄敞（原父）同登科，仕州縣二十年，始為國子直講，熙寧中，判尚書考功，嘗貽王安石書非新法，安石怒，斥通判泰州。」《宋史・劉攽傳》：「……竟以疾不起，年六十七（卒於哲宗元祐三年）。攽所著書百卷，尤邃史學。作《東漢刊誤》，為人所稱頌。司馬光脩《資治通鑑》，專職《漢》史。為人疏儁，不脩威儀，喜諧謔，數用以招怨悔，終不能改。」

【注二】嵇康《與山巨源絕交書》：「阮嗣宗口不論人過，吾每師之，而未能及。至性過人，與物無傷，唯飲酒過差耳。」《晉書・阮籍傳》：「籍雖不拘禮教，然發言玄遠，口不臧否人物。」《詩・大雅・抑篇》：「於乎小子，未知臧否！」陸德明《釋文》：「臧，善也；否，惡也。」

【注三】宋 師尹 民瞻注：「案公赴詔獄，招此詩譏諷朝廷新法不便，不容人直言，不若耳不聞而口不言也。（見宋 朋九萬《烏臺詩案》）」《史記・張儀列傳》：「始，嘗與蘇秦俱事鬼谷先生。學術，蘇秦自以不及張儀。張儀已學，而游說諸侯，嘗從楚相飲，已而楚相亡璧，門下意張儀，曰：『儀貧無行，必此盜相君之璧。』共執張儀，掠笞數百，不服，醳（通釋）之。其妻曰：『嘻！子無讀書游說，安得此辱乎！』張儀謂其妻曰：『視吾舌尚在不？』其妻笑曰：『舌在也。』儀曰：『足矣。』」《南齊書・謝瀹傳》：「初，兄朏（音匪）為吳興（太守），瀹於征虜渚送別，朏指瀹口曰：『此中唯宜飲酒。』瀹建武（齊明帝年號）之初，專以長酣為事。」又《南史・謝朏傳》：「為吳興太守，明帝謀入嗣位，【齊明帝 蕭鸞，時為宣城王，後廢其主昭文（鸞之堂侄）為海陵王而自立，未幾復弒之。】引朝廷舊臣，朏內圖止足，且實避事，弟瀹時為吏部尚書，朏至郡，致瀹數斛酒，遺書曰：『可力飲此，勿豫人事。』」

【注四】讀書不用多句，宋 王十朋《東坡詩注》及施元之《施注蘇詩》皆無注語，而清 馮應榴《蘇文忠詩合注》云：「施注：《南史・衡陽王鈞》（湛銓案：《南齊書》及《南史・

衡陽王鈞傳》皆無以下之文，施元之無注，原文如此，必有脱字。）《論語》曰：誦此，能行足矣，焉用多讀而不行乎！」馮氏此注無實，王文誥《蘇文忠公詩編注集成》全本之，失檢矣。《論語・子路篇》：「子曰：誦《詩》三百，授之以政，不達；使於四方，不能專對，雖多，亦奚以為？」此其意矣。白居易《贈楊秘書巨源》七律結句：「个用更教詩過好，折君官職是詩名。」

【注五】《史記・封禪書》：「自威、宣、燕昭，使人入海求蓬萊、方丈、瀛州，此三神山者，其傳在勃海中。」此蓬萊宮借指帝居及史館秘書閣也。杜甫《莫相疑行》：「憶獻三賦（天寶十載四十歲，進三大禮賦，玄宗奇之，命待制集賢院。）蓬萊宮，自怪一日聲光赫。」又李白「宣州謝朓樓餞別校書叔雲」七古：「蓬萊文章建安骨，中間小謝又清發。」《後漢書・竇章傳》：「是時學者稱東觀（天子藏書之所）為老氏臧室，道家蓬萊山。」時劉貢父以館閣校勘謫官，故云。

【注六】劉禹錫《秋風引》：「何處秋風至，蕭蕭送雁羣，朝來入庭樹，孤客最先聞。」又《團扇歌》：「秋風入庭樹，從此不相見。」《晉書・張翰傳》：「翰有清才，善屬文，而縱任不拘，時人號為『江東步兵。』……齊王冏辟為大司馬東曹掾，時執權。……翰因見秋風起，乃思吳中菰菜、蓴羹、鱸魚膾，曰：『人生貴適志，何能羈宦數千里，以要名爵乎！』遂命駕而歸。……俄而冏敗，人皆謂之見機。」後魏賈思勰《齊民要術》：「食膾魚、蓴羹、芼羹之菜，蓴為第一。四月蓴生莖而未葉，名作雉尾蓴，第一肥美。葉舒長足，名曰絲蓴，五月六月用絲蓴，入七月盡九月。十月內不中食，蓴有蝸蟲著故也。」杜甫「陪王漢州留杜綿州泛房公西湖」五律五六：「豉化蓴絲熟，刀鳴鱠縷飛。」

【注七】柳宗元《再上湘江》五絕：「好在湘江水，今朝又上來。不知從此去，更遣幾年回。」杜甫《送翰林張司馬南海勒碑》五律結句：「不知滄海上，天遣幾時回？」

【注八】劉禹錫《徵還京師見舊番官馮叔達》七絕結句：「南宮舊吏來相問，何處淹留白髮生？」又「元和十一年，自朗州承召至京，戲贈看花諸君子」七絕：「紫陌紅塵拂面來，無人不道看花回。玄都觀裏桃千樹，盡是劉郎去後栽。」又「再遊玄都觀絕句并引」：「余貞元二十一年，為屯田員外郎，時此觀未有花。是歲出牧連州，尋貶朗州司馬。居十年，召至京師，人人皆言：有道士手植仙桃滿觀如紅霞，遂有前篇，以志一時之事。旋又出牧，今十有四年，復為主客郎中，重遊玄都，蕩然無復一樹，唯兔葵燕麥，動搖於春風耳。因再題二十八字，以俟後遊，時太和二年三月。」詩云：「百畝中庭半是苔，桃花靜盡菜花開。種桃道士歸何處？前度劉郎今又來。」唐孟棨《本事詩・事感》：「劉尚書自屯田員外郎左遷朗州司馬，凡十年始徵還。方春作《贈看花諸君子詩》曰：……其詩一出，傳於都下，有素嫉其名者，白於執政，又誣其有怨憤。他日見時宰，與坐，慰問甚厚，既辭，即曰：『近者新詩，未免為累，奈何？』不數日，出為連州刺史。」

四月，有《送安惇秀才失解西歸》七古，起句云：「舊書不厭百回讀，熟讀深思子自知。」（《魏志・王肅傳》裴松之注引晉魚豢《魏略》曰：「董遇，字季直，性質訥而好學。……人有從學者，遇不肯教，而云：『必當先讀百遍。』言讀書百遍，而義自見。從學者云：『苦渴無日。』遇曰：『當以三餘。』或問三餘之意，遇曰：『冬者歲之餘，夜者日之餘，陰雨者時之餘也。』」）結句：「萬事早知皆有命，十年浪走寧非癡？與君未可較得失，臨別惟有長嗟咨。」（《南史・沈攸之傳》：「攸之晚好讀書，手不釋卷，《史》《漢》事多所記憶。嘗歎曰：『早知窮達有命，恨不十年讀書。』」）

熙寧四年辛亥，三十六歲。正月，樞密副使馮京，薦先生直舍人院，神宗不答。王安石（時已同平章事）欲變亂科舉，興學校，詔兩制三館議之（翰林學士掌內制，中書舍人掌外制，是謂兩制。三館，崇文館，集賢館及史館也。）。先生以為變改無益，徒為紛亂，以患苦天下。上《議學校貢舉狀》，議上，神宗悟，曰：「吾固疑此；得軾議，意釋然矣。」即日召見，問「方今政令得失安在？雖朕過失，指陳可也。」先生對曰：「陛下生知之性，天縱文武，不患不明，不患不勤，不患不斷；但患求治太急，聽言太廣，進人太銳。願鎮以安靜，待物之來，然後應之。」神宗悚然曰：「卿三言，朕當熟思之。凡在館閣，皆當為朕深思治亂，無有所隱。」既退，安石知之，不悅。神宗欲以先生為同修起居注，安石難之。又意先生文士，不通曉吏事，改權開封府推官，欲以訟獄煩瑣諸事困之。然先生斷決精敏，聲聞益遠。會「上元」日近，勅府司市買浙燈四千餘盞，又令損價收購，遂上《諫買浙燈狀》，有云：「賣燈之民，例非豪戶，舉債出息，畜之彌年，衣食之計，望此旬日。陛下為民父母，惟可添價貴買，豈可減價賤酬。此事至小，體則甚大。」又云：「……亦見陛下勤恤之德，未信於下；而有司聚斂之意，或形於上。……臣忝備府寮，親見其事，若又不言，臣罪大矣。」及奏上，即詔罷之。先生既承治亂無隱之命，復聞買燈停罷，驚喜過望，至於感泣，以為有君如此，惟當披露腹心，捐棄肝腦，盡力所至，不知其他，而王安石創行新法，實治亂之機也。二月，有《上神宗皇帝》萬言書；三月，有《再上神宗皇帝書》，皆不報。先生見王安石為政，每贊人主以獨斷，神宗專信任之；因考試開封進士，發策，以「晉武平吳，以獨斷而克，苻堅伐晉，以獨斷而亡。秦穆專信孟明而霸，燕噲專信子之而敗。事同而功異」為問，安石益怒。【《東坡一集》卷二十二《國學秋試策問》云：「問：所貴乎學士大夫者，以其通古今而考成敗也。昔之人，嘗有以是成者，我必襲之；嘗有以是敗者，我必反之，如是其可乎！昔之為人君者患不能勤；然而或勤以治，亦或以亂；文王之日昃（《書・無逸》：「文王……自朝至於日中昃，不遑暇食。」），漢宣之勵精（《漢書・宣帝紀》：「元康二年，詔曰：「其赦天下，與士大夫厲精更始。」）始皇之程書【《史記・始皇本紀》：「侯生盧生（方士）相與謀曰：『天下之事，無大小，皆決於上，上至於衡石量書（石，百二十斤。），日夜有呈（同程），不中呈，不得休息。貪於權勢至如此，不可為求僊藥。』於是乃亡去。」始皇勤政，至於每日親閱文書百二十斤，不足不止，其於治天下也。可謂備極精勤矣；然自并吞六國以至秦二世，共十五年而亡，仁義不施，貪殘自用，雖勤何益哉！】隋文之傳餐（《隋書・高帝紀》稱隋文帝「每旦聽朝，日昃忘倦。……自強不息，朝夕孜孜。」傳餐、本韓信破趙，下井陘時，駐馬令其裨將傳餐而食之，見《史記・淮陰侯列傳》。此以喻隋文帝之勤勞也；然亦三十八年而亡矣。）其為勤一也。昔之為人君者，患不能斷；然而或斷以興，亦或以衰：晉武之平吳（晉武帝平吳前，王濬、杜預、張華主戰；賈充、荀勗、馮紞等大臣力爭，以為不可輕進。後晉武獨斷，伐吳，四月而吳平。），憲宗之征蔡（中唐憲宗時，諸軍討淮西蔡州賊吳元濟，四年不克。李逢吉等言師老財竭，竟欲罷兵；惟裴度主戰，憲宗能獨斷聽信之，卒收平淮西之功。），苻堅之南伐【前秦苻堅不聽王猛遺言（「臣沒之後，願勿以晉為圖」）及苻融、權翼、石越等大臣之諫，揮大軍九十七萬南伐晉，以為「投鞭於江，足斷其流」，「較其強弱之勢，猶疾風之掃秋葉」，卒為謝玄敗於淝水，士卒死亡略盡，（十之七八）未幾而亡，此獨斷之過也。】，宋文之北侵（南朝宋文帝劉義隆於元嘉二十七年北伐，為魏太武帝拓跋纛所敗，數州淪破，魏主親至揚州瓜步，聲言渡江。建康震懼，民皆荷擔而立。文帝登石頭城，有憂色，謂吏部尚書江湛曰：「北伐之計，同議者少，今日士民勞怨，不得無慙。貽大夫之憂，予之過也。」），其為斷一也。昔之為人君者，患不信其臣；然而或信以安，亦或以危。秦穆之於孟明（春秋秦穆公信用孟明，為晉一敗於殽山，再敗於彭衙，然猶用之，及第三次伐晉，濟河焚舟，晉人避而不出，遂霸西戎，用孟明也。），漢昭之於霍光（漢昭帝在位十三年，事無大小，皆委之大將軍霍光。《漢書・昭帝紀贊》曰：「成王不疑周公，孝昭委任霍光，各因其時以成名，大矣哉！」），燕噲之於子之（燕噲王昏惑，國事皆決於其相子之，至於學堯、舜讓位，燕國大亂。齊湣王乘間伐燕，燕國幾亡，此專信之過也。），德宗之於盧杞【盧杞入《新唐書・姦臣傳》，其人有口辯，體陋甚，鬼貌藍色。唐德宗專信之，超遷，至為首相。陰賊險很，專害忠良，天下大亂。初，郭子儀病甚（德宗建中二年），百官造省，不屏姬侍；及杞至，則屏之，隱几而待。家人怪問其故，子儀曰：「彼外陋內險，左右見，必笑。使後得權，吾族無噍類矣。」此又德宗專信之過也。】，其為信一也。此三者，皆人君之所難；有志之士，所常咨嗟慕望，曠世而不獲者也。然考此數君者，治亂興衰安危之效，相反如此！豈可不求其故歟？夫貪慕其成功而為之，與懲其敗而不為，此二者皆過也。學者將何取焉？按其已然之迹而詆之也易，推其未然之理而辨之也難。是以未及見其成功，則文王之勤，無以異於始皇，而方其未敗也，苻堅之斷，與晉武何以辨？請舉此數君得失之源，所以相反之故，將詳觀焉】】。先生蓋已知安石之必亂宋矣，亦知言哉！會詔舉諫官翰林學士兼侍讀范鎮舉先生，安石懼，使御史知雜謝景溫力排之，誣奏先生居喪服除，多差人船，販賈私鹽。安石窮治之，無所得，范鎮為上疏辨誣，且攻安石，詔鎮致仕。端明殿學士判西京御史臺司馬光奏對垂拱殿，神宗諭曰：「蘇軾非佳士，卿誤知之。」光曰：「安石素惡軾，陛下豈不知？以姻家謝景溫為鷹犬，（景溫未得仕於中朝，乃結好安石，以妹嫁安石弟安禮，得驟擢侍御史。）使攻之，且軾雖不佳，豈不賢於李定之不服母喪，禽獸之不如！」（李定少學安石，以孫覺薦至京，力言民喜青苗法，於是言不便者皆不聽，立拜御史。）先生不辯，但乞補外。六月，以太常博士（正八品）直史館通判杭州。瀕行，聞歐陽修致仕（避王安石），歸潁州（今安徽阜陽縣。修時年六十五，明年卒。）有《賀歐陽少師致仕啟》云：「伏維抗章得謝（凡七請致仕），釋位言還。天眷雖隆，莫奪已行之志；士流太息，共高難繼之風。凡在庇庥，共增慶慰。伏以懷安（懷戀高位享安樂）天下之公患；（《左傳》僖公二十三年：「懷與安，實敗名。」）去就（戀戀不肯去位）君子之所難。（《莊子・秋水》：「知道者必達於理，達於理者必明於權，明於權者不以物害己。……言察乎安危，寧於禍福，謹於去就，莫之能害也。」）世靡不知，人更相笑。而道不勝欲，私於為身，君臣之恩，係縻之於前；妻子之計，推挽之於後。至於山林之士，猶有降志於垂老；（謂雖隱居者流，猶有熱中不甘者，於垂暮之年，尚欲居官而降志辱身也。）而況廟堂之舊，欲使辭福於當年？有其言而無其心，有其心而無其決，愚智共蔽，古今一塗。是以用舍行藏，仲尼獨許於顏子（《論語・述而》：「子謂顏淵曰：用之則行，舍之則藏，唯我與爾有是夫！」）存亡進退，《周易》不及於賢人。（《易・乾文言》：「其唯聖人乎！知進退存亡而不失其正者，其唯聖人乎！」）自非智足以周知，仁足以自愛；（《易・繫辭上傳》：「知周乎萬物而道濟天下，故不過；……安土敦乎仁，故能愛。」）道足以忘物之得喪，志足以一氣之盛衰，則孰見幾禍福之先，脫屣塵垢之外？（《易・繫辭下傳》：「君子見幾而作，不俟終日。」《史記・封禪書》漢武帝曰：「嗟乎！吾誠得如黃帝，吾視去妻子如脫躧耳。」《漢書・郊祀志上》作「屣」）常恐茲世，不見其人。伏維致政觀文少師（觀文殿學士，太子少師。），全德難名，巨材不器；事業三朝（仁、英、神）之望，文章百世之師；功存社稷而人不知，躬履艱難而節乃見。縱使耄期篤老（《漢書・疏廣傳》：「廣上疏乞骸骨，上以其年篤老，許之。」篤老，衰老之甚也。），猶當就見質疑，而乃力辭於未及之年（《禮・曲禮上》：「七十曰老，而傳。」歐公時年六十五。），退託以不能而止。大勇若怯，大智如愚，至貴無軒冕而榮，至仁不導引而壽（《莊子・天運》：「至貴，國爵并焉；至富，國財并焉。」又《刻意篇》：「不刻意而高，无仁義而修，无功名而治，无江海而閒，不道引而壽。」），較其所得，孰與昔多？軾受知最深，聞道有自，雖外為天下惜老成之去，而私喜明哲得保身之全（《詩・大雅・蕩篇》：「雖無老成人，尚有典刑」。又《烝民篇》：「既明且哲，以保其身」。）。伏暑向闌，台候何似？伏冀為時自重，少慰輿情。」（輿，猶眾也。）國朝無人，怨憤具見矣。又劉恕忤王安石，以親老求監南康軍（治今江西星子縣）酒稅，有《送劉道原歸覲南康》【注一】七古。中有云：

「孔融不肯下曹操，汲黯本是輕張湯，【注二】雖無尺箠與寸刃，口吻排擊含風霜。」【注三】

【注一】《宋史・文苑六・劉恕傳》：「字道原，筠州（今江西高安縣）人。……少穎悟，書過目即成誦。……未冠舉進士，……擢為第一。……為人重意（意氣）義（道義），急然諾。……篤好史學，……上下數千載間，鉅微之事，如指諸掌。司馬光編次《資治通鑑》，英宗命自擇館閣英才共修之，光對曰：『館閣文學之士誠多，至於專精史學，臣得而知者，唯劉恕耳。』即召為局僚。……王安石與之有舊，欲引置三司條例（王安石新法有「制置三司條例司」，所以理財求富者。），恕以不習金穀為辭，因言『天子方屬公大政，宜恢張堯、舜之道，以佐明主，不應以利為先。』又條陳所更法令不合眾心者，勸使復舊。至面刺其過。安石怒，變色如鐵，恕不少屈；或稠人廣坐，抗言其失，無所避，遂與之絕。方安石用事，呼吸成禍福，高論之士，始異而終附之，面譽而背毀之，口順而心非之者皆是也；恕奮厲不顧，直指其事，得失無所隱。……恕以親老，求監南康軍酒以就養。……官至秘書丞卒，年四十七。……著《五代十國紀年》……《通鑑外紀》。家素貧，無以給旨甘，一毫不妄取於人。自洛南歸，時方冬，無寒具，司馬光遺以衣襪及故茵褥，辭不獲，強受而別，行及潁，悉封還之。……好攻人之惡，每自訟，平生有二十失，十八蔽，作文以自警，亦終不能改也。」

【注二】《後漢書・孔融傳》：「融知紹、操終圖漢室，……負其高氣，志在靖難。……既見操雄詐漸著，數不能堪，故發辭偏宕，多致乖忤。」《漢書・汲黯傳》：「張湯以更定律令為廷尉，黯質責湯於上前，……黯時與湯論議，湯辯在文深小苛（猶俗云捉字蝨），黯憤發罵曰：『天下謂刀筆吏不可為公卿，果然。必湯也，令天下重足而立（顏師古曰：「重累其足，言懼甚也。」），仄目而視矣。』」施元之注云：「此詩端為介甫而發。其云『孔融不肯下曹操，汲黯本是輕張湯』，蓋以孔融、汲黯比道原，曹操、張湯況介甫。」

【注三】《莊子・天下篇》：「一尺之棰，日取其半，萬世不竭。」韓愈《送張道士》五古：「開口論利害，劍鋒白差差，恨無一尺箠，為國笞羌夷。」又《月蝕詩效玉川子作》七古：「地行賤臣仝再拜，敢告上天公，臣有一寸刃，可刳凶蟇腸。」晉成公綏《嘯賦》：「隨口吻而發揚，假芳氣而遠逝。」《漢書・賈誼傳》誼上疏陳政事曰：「屠牛坦一朝解十二牛，而芒刃不頓者，所排擊剝割，眾理皆解也。」《舊唐書・李巨傳》楊國忠謂巨曰：「比來人多口打賊，公不爾乎？」《西京雜記》卷三：「淮南王安著《鴻烈》二十一篇，鴻，大也；烈，明也，言大明禮教，號為《淮南子》，一曰《劉安子》。自云：『字中皆挾風霜。』」施注：「雖無尺箠與寸刃，口吻排擊含風霜，蓋著其面折之實也。」王文誥《編注集成》云：「此數句明借修史事以詆介甫，詩必如是作，方可謂之史筆，亦為維持綱常名教之文。紀昀所見卑陋，故凡遇此類詩輒詆之，殊不知『文忠』二字，皆由此一片忠憤中來，而古人之足當此二字者為卒鮮也。」

九月，先生行，子由送至潁州，因同謁歐陽修於里第，有《陪歐陽公燕西湖》七古，起調云：「謂公方壯鬢似雪，謂公已老光浮頰，揭來湖上飲美酒，醉後劇談猶激烈。」【《說文》：「揭，去也。」司馬相如《上林賦》：「回車揭來兮，絕道不周（昆侖西北）。」】吳人。柳瑾子玉，與王安石同年不同道，是年謫官壽春（安徽壽縣），舟過宛邱，寄先生及子由詩，先生有「次韻柳子玉《過陳絕糧》二首」七律，首篇三四云：「多才久被天公怪，闕食惟應爨婦知。」（韓愈《雙鳥詩》五古：「天公怪兩鳥，各捉一處囚。」雙鳥，喻己與孟郊也。）次篇三四云：「圖書跌宕悲年老，燈火青熒語夜深。」【王十朋《蘇詩集注》引師尹曰：「杜詩：兒女燈前語夜深。」馮應榴、王文誥皆仍之，且誤以為出趙次公，非也。杜工部無此句，實山谷詩耳！（《寄上叔父夷仲三首》之二第五六云：「弓刀陌上望行色，兒女燈前語夜深。」）山谷詩作於哲宗元祐二年，後先生此作十六年，蓋本諸先生者。師尹誤記黃詩為杜詩，倒果為因，大傷原詩之美矣。】紀昀曰：「淡語傳神。」在潁州與子由別，有《潁州初別子由》五古二首，首篇發端云：「征帆挂西風，別淚滴清潁。留連知無益，惜此須臾景。我生三度別，此別尤酸冷。」【王文誥曰：「（仁宗）嘉祐六年，公赴鳳翔，與子由別於鄭州；（英宗）治平二年，子由赴大名推官，公別於京師；（神宗）熙寧三年，子由赴陳州學官，公又別於京師。」】紀昀曰：「因李陵『且復立斯須』，而以留連句作一頓挫，意境便別。」後篇起云：「近別不改容，遠別涕霑胸，咫尺不相見，實與千里同。人生無離別，誰知恩愛重！」結云：「離合既循環，憂喜迭相攻，語此長太息，我生如飛蓬。多憂髮早白，不見六一翁？」友于之篤，情見乎辭。紀昀曰：「二詩皆悱惻深至，可味。」沿潁河東南行，有「十月二日，將至渦口五里所（猶許也），遇風留宿」五古，結云：「平生傲憂患，久矣恬百怪，鬼神欺吾窮，戲我聊一噫。（《莊子・齊物論》：「夫大塊噫氣，其名為風。」）缾中尚有酒，信命誰能戒。」又有「出潁口，初見淮山，是日至壽州。」【注一】云：

「我行日夜向江海，【注二】楓葉蘆花秋興長。【注三】長（一作平）淮忽迷天遠近，青山久與船低昂。【注四】壽州已見白石塔，短棹未轉黃茆岡。【注五】波平風軟望不到，故人久立煙蒼茫。」【注六】

【注一】潁口，即今安徽潁上縣東南之正陽關。淮山，即八公山，謝玄敗苻堅覺草木皆兵處。壽州，今安徽壽縣，即古之壽春。施元之注：「東坡嘗縱筆書此詩，且題云：『予年三十六，赴杭倅，過壽作此詩。今五十九，南遷至虔，煙雨淒然，頗有當年氣象也。』墨蹟在吳興秦氏。」

【注二】王文浩曰：「此極沈痛語，淺人自不知耳。」《詩・鄘風・載馳》：「我行其野，芃芃其麥。」又《小雅・我行其野》：「我行其野，蔽芾其樗。」《詩序》：「《我行其野》，刺宣王也。」《史記・孔子世家》陳、蔡大夫圍孔子於野，孔子召弟子而問曰：「《詩》云：『匪兕匪虎，率彼曠野』（《小雅》末篇《何草不黃》）吾道非邪？吾何為於此？」杜甫《水宿遣興奉呈羣公》五排：「我行何到此？物理自難齊。」使斯人放斥於外，而日夜行向江海，是誰之過歟？此王氏所以謂語極沈痛也。

【注三】此孔子所謂「善乎能自寬者也。」（《列子・天瑞篇》孔子嘉榮啟期語）白居易《琵琶行》：「潯陽江頭夜送客，楓葉荻花秋瑟瑟。」杜甫「寄彭州高三十五使君適虢州岑二十七長史參三十韻」五排：「老去才難盡，秋來興甚長。」

【注四】此先生名句，所謂「眼處心生句自神（元遺山《論詩》絕句）」也。施元之注：「集作『平淮』墨蹟作『長淮』，今從墨蹟。」按：長平二字皆犯重，今人所忌，《文心雕龍・練字篇》云：「《詩》、《騷》適會，而近世忌同，若兩字俱要，則寧在相犯。」是矣。紀昀曰：「宛然拗體律詩，別饒古趣。」先生《李思訓畫長江絕島圖》七古復云：「沙平風軟望不到，孤山久與船低昂。」

【注五】謂已遠遠望見壽州之白石塔，但舟行極緩（實是心急），仍未轉出黃茆岡也。杜甫《北征》云：「我行已水濱，我僕猶木末。」與此同一傳神。戴叔倫《泛舟》五律三四：「孤尊秋露滑，短櫂（同棹）晚煙迷。」白居易《山鷓鴣》七古：「黃茅（同茆）岡頭秋日晚，苦竹嶺下寒月低。」

【注六】杜牧《代人寄遠》六言絕句二首之一起句：「河橋酒旆風軟，候館梅花雪嬌。」中唐戴叔倫《泛舟》五律起句：「風軟扁舟穩，行依綠水隄。」杜甫詩：「此身飲罷無歸處，獨立蒼茫自詠詩。」柳永《玉蝴蝶》詞：「故人何在？煙水茫茫。」施元之注引庾信《蕩子賦》：「搖蕩寒關，蒼茫日晚。」（今《庾子山集》無此）

過臨淮（今安徽泗縣）作《泗州僧伽塔》七古，有云：「耕田欲雨刈欲晴，去得順風來者怨，若使人人禱輒遂，造物應須日千變。我今身世兩悠悠，去無所逐來無戀，得行固願留不惡，每到有求神亦倦。」又有《龜山》【注一】七律云：

「我生飄蕩去何求？【注二】再過龜山歲五周。【注三】身行萬里半天下，僧臥一菴初白頭。【注四】地隔中原勞北望，潮連滄海欲東游。【注五】元嘉舊事無人記，故壘摧頹今在不？」【注六】

【注一】北宋王存《元豐九域志》卷五：「淮南路泗州，治盱眙縣，（眙，音怡。）有都梁山、盱眙山、龜山、淮水。」南宋王象之《輿地紀勝》卷四十四盱眙縣《景物上》：「龜山，在盱眙縣北三十里，其西南、上有絕壁，下有重淵。」查慎行《補注》：「《宋書》：『元嘉（宋文帝劉義隆）二十七年，遣臧質拒魏，遂於梁山築長圍城。』《太平寰宇記》（北宋樂史撰）：『梁山又改為長圍山，在楚州西南』，盱眙縣北，即下龜山也。上有絕壁，下有重淵，宋文帝築城拒魏處。」按：《寰宇記》無龜山名，《輿地紀勝》則都梁山、龜山、長圍山、盱眙山等各分列不相屬，不知查氏何據也。

王文誥《編注集成》云：「此詩施編不誤，查注改編卷十八自徐赴湖時，誤甚，今復舊編。」

【注二】《易・觀卦》六三：「觀我生，進退。」《書・西伯・戡黎》：「嗚呼！我生不有命在天？」杜甫《八哀》五古之八結句：「他日訪江樓，含悽述飄蕩。」又《別贊上人》五古：「我生苦飄蕩，何時有終極？」王文誥云：「此句領起全章，即『去無所逐來無戀』意，確為被出赴杭之作，若列守湖卷中，即大謬矣。」

【注三】韓愈《別知賦》：「余取友于天下，將歲行之兩周。」王文誥曰：「公自治平（三年）丙午秋中，載喪歸蜀過此，至是熙寧（四年）辛亥再過，凡六年，扣足五周，確不可易。」

【注四】王文誥曰：「此聯謂五周之飄蕩，皆名場所致也。今再遇菴僧，頭已初白；而我之飄蕩正無已時，將頭白而止矣。如頭白而僅與此僧比肩（謂無補於世），是反不如亦臥一菴也。不如是解，則此聯隨處可用；而本意緊接上文，王安石欲改日頭以對天下，蓋惡其作此等語，特意攪亂之，非不喻其旨也。」按：王氏謂安石欲改白頭為日頭，疑誤記。張耒文潛《明道雜誌》曰：「蘇長公有詩云：『身行萬里半天下，僧臥一菴初白頭。』黃九（黃山谷）云『初日頭。』問其義，但云：『若此僧負暄於初日耳。』余不然，黃甚不平，曰：『豈有用白對天乎？』余異日問蘇公，公曰：『若是黃九要改作日頭，也不奈他何。』」先生以白頭對天下，似不對而實對，所謂不對之對，此其所以為工也。白是西方之色，以方位偶天地，此是暗對，不知山谷詩妙天下，何以有此言耳。乾隆《唐宋詩醇》批云：「一庵句靜閑，妙作對偶。」

【注五】《詩・小雅・吉日》：「瞻彼中原（此是原中），祁祁孔有。」《楚辭》王逸《九思・悼亂》：「便旋（徘徊也）兮中原，仰天兮增歎，菅蒯兮野莽，雚葦兮千眠。」盛唐張若虛《春江花月夜》起句：「春江潮水連海平。」王文誥曰：「此聯是龜山地面層次，而詩乃借形勢以發揮。上句即浮雲蔽日意，下句即乘桴浮滄意，皆有意運用，空靈，故人不覺也。其下但借本地一事，輕輕一問作收，全篇並無弔古之意，并亦不暇弔古也。曉嵐解直是倭語。」（猶云鬼話。曉嵐評云：「霸業雄圖，尚有今昔之感，而況一人之身乎？前四句與後四句映帶有情，便不是弔古套語。」）

【注六】東坡自注：「宋文帝遣將拒魏太武（北魏太武帝拓跋燾），築城此山。」《資治通鑑・宋紀》七：「太祖文皇帝元嘉二十七年，上使輔國將軍臧質將萬人救彭城，至盱眙，魏主已過淮，質使冗從僕射胡崇之，積弩將軍臧澄之營東山，建威將軍毛熙祚據前浦。」宋末胡三省注：「東山、前浦，皆在盱眙城左右。東山在今盱眙城東南，東山之北則高家山，高家山之東則陡山，稍南則都梁山，都梁山之東北則古盱眙城，城臨遇明河，又東逕楊茅澗，又東逕富渡河口則君山。魏太武作浮橋於此，自此渡淮，稍東則龜山。」

發洪澤湖（在皖、蘇交界處），遇大風。十六日至山陽（今江蘇淮安），冰雹陡作，已而復晴，赴楚州（即淮安）太守飲，有《十月十六日記所見》七古。抵揚州，與劉攽、孫洙、劉摯會於太守錢公輔座上，有「廣陵（即揚州）會三同舍（前同在館閣），各以其字為韻（以劉貢父之貢字、孫巨源之源字、劉莘老之莘字為韻。），仍邀同賦」五古三首。首篇劉貢父起處云：「去年送劉郎，醉語已驚眾；（《送劉攽倅海陵》七古，已見前。）如今各飄泊，筆硯誰能弄。我命不在天？羿（隱指王安石）彀未必中。【《書・西伯戡黎》：「我生不有命在天？」《莊子・德充符》：「遊於羿之彀中（彀、張弓也，弓矢所及為彀，音遘。），中央者，中地也，然而不中者命也。」】作詩聊遣意，老大慵譏諷。夫子少年時，雄辯輕子貢。（《史記・仲尼弟子列傳》：「子貢利口巧辭，孔子常黜其辯。」杜甫《飲中八仙歌》：「焦遂五斗方卓然，高談雄辯驚四筵。」）爾來再傷弓，戢翼念前痛。【施元之注謂「劉貢父以館閣校勘同知禮院，與王介甫爭，為御史彈奏，罷禮院矣；介甫又告神宗，謂司馬光朝夕所與切磋者，乃劉攽、蘇軾之徒，貢父尋出倅海陵。貢父先已被劾，今又為介甫所斥，故詩云云」。又施注：「《荀子》：傷弓之鳥，見曲木而驚。」（《戰國策・楚策四》：「更羸與魏王處京臺之下，仰見飛鳥，更羸謂魏王曰：『臣為王引弓虛發而下鳥。』魏王曰：『然則射可至此乎？』更羸曰：『可。』有間，雁從東方來，更羸以虛發而下之。魏王曰：『然則射可至此乎？』更羸曰：『此孽也。』（謂病）王曰：『先生何以知之？』對曰：『其飛徐而鳴悲。飛徐者，故瘡痛也；鳴悲者，久失羣也。故瘡未息而驚心未去也，聞弦音烈而高飛，故瘡隕也。』」）】結句云：「羨子去安閒，吾邦共喧鬨。」（《烏臺詩案》：「熙寧四年十月內赴杭州通判，到揚州，有劉攽并館職孫洙、劉摯，皆在本州，偶然相聚數日，別後作詩三首，各用逐人字為韻，內寄攽詩：『羨子去安閒，吾邦正喧鬨。』言杭州監司所聚，初行新法，事多不便也。」）十一月三日，游金山（在潤州，今江蘇鎮江。）訪寶覺、圓通二老，夜宿金山寺，望江中炬火，作《遊金山寺》七古，起云：「我家江水初發源，宦游直送江入海。（《書．禹貢》：「岷山導江，東別為沱。」《家語．三恕篇》：「夫江，始出於岷山，其源可以濫觴；及其至於江津，不舫舟，不避風，則不可以涉，非唯下流水多耶？」郭璞《江賦》：「惟岷山之導江，初發源乎濫觴。」紀昀曰：「入手即伏結意。」王文誥云：「一語破的，已具傳《禹貢三江考》本領。」）聞道潮頭一丈高，天寒尚有沙痕在。中泠（亦名南零）南畔石盤陀，古來出沒隨濤波。試登絕頂望鄉國，江南江北青山多。」結云：「江山如此不歸山，江神見怪驚我頑；我謝江神豈得已，有田不歸如江水。」【《左傳》僖公二十四年晉文公謂咎犯曰：「所不與舅氏同心者，有如白水！」《晉書．祖逖傳》：「（元）帝乃以逖為奮威將軍，豫州刺史，……渡江，中流，擊楫而誓曰：『祖逖不能清中原而復濟者，有如大江。』辭色壯烈，眾皆慨歎。」紀昀曰：「首尾謹嚴，而筆筆矯健，節短而波瀾甚闊。」又曰：「結處將無作有，兩層搭為一層，極完密，亦巧便。」】二十八日，到杭州通判任，居於北廳。時方行新法，地方騷然；先生因法以便民，民賴以安。

熙寧五年壬子，三十七歲，在杭州通判任。三月，與太守沈立（字立之）觀牡丹於吉祥寺僧守璘之圃，有《吉祥寺賞牡丹》七絕云：

「人老簪花不自羞，花應羞上老人頭。【注一】醉歸扶路人應笑，十里珠簾半上鉤。」【注二】

【注一】先生是年本只三十七歲，殊未老，但年二十七而髮早白，故云「花應羞上老人頭」。

【注二】謂杭州城內人半數看已酒醉後扶路而歸也。杜牧《贈別詩》：「春風十里揚州路，卷上珠簾總不如。」杜甫《月詩》：「塵匣原開鏡，風簾自上鉤。」白居易《新葺水齋詩》：「洞戶斜開扇，疏簾半上鉤。」【《晉書‧謝安傳》：「羊曇者，太山人，知名士也。……嘗因石頭大醉，扶路唱樂，不覺至（西）州門。」（石頭城、西州城，皆在今南京市。）】

又有《和劉道原見寄》七律（劉道原，見上《送劉道原歸覲南康》【注一】）云：

「敢向清時怨不容？【注一】直嗟吾道與君東。【注二】坐談足使淮南懼，【注三】歸去方知冀北空。【注四】獨鶴不須驚夜旦，羣鳥未可辨雌雄。【注五】廬山自古不到處，得與幽人子細窮。」【注六】

【注一】李陵《答蘇武書》：「策名清時。」杜牧《將赴吳興登樂遊原一絕》：「清時有味是無能。」《史記·孔子世家》：「顏回曰：夫子之道至大，故天下莫能容；雖然，夫子推而行之，不容何病！不容然後見君子。」

【注二】《後漢書·鄭玄傳》：「鄭玄，字康成，北海高密人。……以山東無足問者，乃西入關，因涿郡盧植，事扶風馬融，……玄因從質諸疑義，問畢辭歸。融喟然謂門人曰：『鄭生今去，吾道東矣。』」時劉恕歸江西筠州，故云。

【注三】此以汲黯比劉恕，以淮南王劉安比王安石也。《漢書·汲黯傳》：「淮南王謀反，憚黯，曰：『黯好直諫，守節死義；至説公孫弘等，如發蒙耳！』」又《吳志·步騭傳》騭上疏獎勸孫權之太子登曰：「臣聞……汲黯在朝，淮南寢謀；郅都守邊，匈奴竄迹。故賢人所在，折衝（止敵衝擊）萬里，信國家之利器，崇替之所由也。」

【注四】此謂劉恕告歸而朝廷遂無人也。《左傳》昭公四年晉大夫司馬侯對平公曰：「冀之北土，馬之所生。」又韓愈《送溫造赴河陽軍序》（即《送温處士序》）：「伯樂一過冀北之野，而馬羣遂空。」此借用其字面，意實本諸《鄭風・叔于田》：「叔于田，巷無居人；豈無居人？不如叔也，洵美且仁。」

【注五】晉 周處《風土記》：「鶴性警，至八月白露降，流於草葉，滴滴有聲，即高鳴相警，徙所宿處，慮有變害也。」庾信《小園賦》：「黃鶴戒露，非有意於輪軒。」《淮南子・說山訓》：「雞知將旦，鶴知夜半，而不免於鼎俎。」獨鶴、《晉書・忠義・嵇紹傳》：「王戎曰：昨於稠人中見嵇紹，昂昂然如野鶴之在雞羣。」（《世說新語・容止》同。）《小雅・正月》：「具曰予聖，誰知烏之雌雄。」《木蘭詩》：「安能辨我是雄雌？」此二句謂劉恕且漫憂國傷時，恐終無補，徒令憂能傷人耳；今秉國政者，實烏鴉同黑，雌雄莫辨，天下事不堪聞問矣。獨鶴，喻劉恕；羣烏，喻在朝羣小也。

【注六】結句勸劉恕且抑孤憤，毋徒自苦；可與幽人隱士，窮廬山人所未到之勝處，相與為賞心樂事可矣。宋 周紫芝《詩讞》（即《烏臺詩案》）：「《和劉道原見寄詩》，意謂劉恕有學問，性正直，故作此美之，因以譏諷當今進用之人也。敢向清時怨不容：是時恕在館中，出監稅，言非敢怨時之不容子也。馬融謂鄭康成：『吾道東矣』，故以比之。『汲黯在朝，淮南寢謀』，又以比恕之直也。又使韓愈云：『冀北馬羣遂空』，言館中無人也。嵇紹昂昂如獨鶴在雞羣，又《淮南子》（《說山訓》）『雞知將旦，鶴知夜半』，又以劉恕比鶴，謂眾人為雞也。《詩》云：『具曰予聖，誰知烏之雌雄』，意言當今朝廷進用之人，雜處如烏之不可辨雌雄也。」

又有《和劉道原詠史》七律云：

「仲尼憂世接輿狂，【注一】臧、穀雖殊竟兩亡。【注二】吳客漫陳《豪士賦》，桓侯初笑越人方。【注三】名高不朽終安用？日飲無何計亦良。【注四】獨掩陳編弔興廢，窗前山雨夜浪浪。」【注五】

【注一】《論語・微子篇》：「楚狂、接輿歌而過孔子，曰：『鳳兮鳳兮，何德之衰！往者不可諫，來者猶可追。已而已而，今之從政者殆而！』孔子下，欲與之言；趨而辟之，不得與之言。」《莊子・人間世》：「孔子適楚，楚狂、接輿遊其門，曰：『鳳兮鳳兮，何如德之衰也！來世不可待，往世不可追也。天下有道，聖人成焉，天下無道，聖人生焉。（唐成玄英《莊子疏》：「有道之君，休明之世，聖人宏道施教，成就天下；時逢暗主，命屬荒季，適可全生遠害，韜光晦迹。」）方今之時，僅免刑焉。福輕乎羽，莫之知載；禍重乎地，莫之知避（謂無人能載福而避禍。）已乎已乎！臨人以德；殆乎殆乎！畫地而趨。迷陽迷陽，無傷吾行；吾行郤曲（郤，去逆反。）無傷吾足。山木，自寇也；膏火，自煎也，桂可食，故伐之；漆可用，故割之。人皆知有用之用，而莫知無用之用也。』」

【注二】《莊子・駢拇篇》：「臧與穀二人，相與牧羊而俱亡其羊。問臧奚事？則挾策讀書；問穀奚事？則博塞以遊。二人者，事業不同，其於亡羊均也。伯夷死名於首陽之下，盜跖死利於東陵之上（東陵即指泰山），二人者，所死不同，其於殘生傷性均也。」此二句，先生興出世之想，並以勸慰道原，意謂謀人家國，腸空熱耳。大抵士君子生不逢辰，每時有此想也。

【注三】吳客及秦越人，比劉道原；豪士及齊桓侯，比王安石。《晉書・陸機傳》：「陸機，字士衡，吳郡人也。……年二十而吳滅，退居舊里，閉門勤學，積有十年。……至太康末（晉武帝 太康十一年，即惠帝 永熙元年，機年三十。）與弟雲（少機一歲）俱入洛。……時中國多難，顧榮 戴若思等咸勸機還吳；機負其才望，而志匡世難，故不從。冏既矜功自伐（司馬冏，時封齊王。）受爵不讓，（惠帝 永寧元年，趙王倫自稱皇帝，冏因眾心怨望，起軍移檄天下，大破之。及王輿誅倫，惠帝反正，拜大司馬，輔政，沈於酒色，海內失望。後長沙王 乂發兵攻冏，斬於閶闔門外。）機惡之，作《豪士賦》以刺焉。……冏不之悟，而竟以敗。」陸機以吳人入洛，故云吳客；吳客漫陳《豪士賦》，謂劉道原且勿為王安石憂，其諷諫必不聽，且觀其自敗可矣。（今《晉書・陸機傳》及《昭明文選》皆有《豪士賦序》，文極佳，宜精讀。）《史記・扁鵲倉公列傳》：「扁鵲者（春秋時人。唐 張守節《史記正義》引《黃帝八十一難序云》：「與軒轅時扁鵲相類，仍號之為扁鵲。又家於盧國，因命之曰盧醫也。」），勃海郡 鄭人也，姓秦氏，名越人。……為醫，或在齊，或在趙。……其後扁鵲過虢，……問中庶子喜方者，……扁鵲仰天歎曰：『夫子之為方也，若以管窺天，以隙視文；越人之為方也，不待切脈，望色聽聲，寫形，言病之所在。……』……扁鵲過齊，齊桓侯客之，入朝，見曰：『君有疾，在腠理（皮膚），不治將深。』桓侯曰：『寡人無疾。』扁鵲出，桓侯謂左右曰：『醫之好利也！欲以不疾者為功。』後五日，扁鵲復見，曰：『君有疾，在血脈，不治恐深。』桓侯曰：『寡人無疾。』扁鵲出，桓侯不悅。後五日，扁鵲復見，曰：『君有疾，在腸胃間，不治將深。』桓侯不應。扁鵲出，桓侯不悅。後五日，扁鵲復見，望見桓侯而退走。桓侯使人問其故，扁鵲曰：『疾之居腠理也，湯熨之所及也。在血脈，鍼石之所及也；其在腸胃，酒醪之所及也；其在骨髓，雖司命無奈之何！今在骨髓，臣是以無請也。』後五日，桓侯體病，使人召扁鵲，扁鵲已逃去，桓侯遂死。使聖人預知微，能使良醫得早從事，則疾可已，身可活也。」桓侯初笑越人方：謂劉道原初向安石所陳述諫諍者，本皆救死之要方，而安石但如齊桓侯，惟譏笑而不聽也。紀昀曰：「三四警刻，而不甚露。」

【注四】此二句是作消極想，蓋士君子目覩國亂民貧，無所措其手足；故惟有委諸天命，逃乎麴蘖，不與人間事，以求全身遠害也。不朽：《左傳》襄公二十四年魯大夫叔孫豹曰：「太上有立德，其次有立功，其次有立言，雖久不廢，此之謂不朽。」曹大家《東征賦》：「惟令德為不朽兮，身既沒而名存。」名高安用：《晉書·文苑·張翰傳》：「翰任心自適，不求當世，或謂之曰：『卿乃可縱適一時，獨不為身後名邪？』答曰：『使我有身後名，不如即時一杯酒。』時人貴其曠達。」杜甫《醉時歌》：「德尊一代常坎軻，名垂萬古知安用？」又《夢李白》五古二首之二結句：「千秋萬歲名，寂寞身後事。」又《曲江》七律二首之一結句：「細推物理須行樂，何用浮名絆此身！」此皆士君子不遇於時，偶一感發之憤語，非真實語也。日飲無何計亦良：《漢書・爰盎傳》：「盎（文帝時為郎中）亦以數直諫，不得久居中，調為隴西都尉。仁愛士卒，士卒皆爭為死。遷齊相，徙為吳相，辭行，（兄子）種謂盎曰：『吳王驕日久，國多姦，今絲（稱其字）欲刻治，彼不上書告君，則利劍刺君矣。南方卑溼，絲能日飲，亡何，說王毋反而已。如此，幸得脫。』盎用種之計，吳王厚遇盎，盎告歸。」（盎、安陵人，在咸陽東。）

【注五】劉道原尤精史學，故云云。韓愈《進學解》：「踵常途之役役，窺陳編以盜竊。」又《別知賦》：「雨浪浪其不止，雲浩浩其常浮。」《紀批蘇詩》云：「收得生動，着此七字（末句），便有遠神。」

是年閏七月，歐陽修卒（年六十六），九月，聞訃，舉哀，哭於孤山（在杭州西湖中「後湖」與「外湖」間，林和靖隱居處。）僧惠勤之室，有《祭歐陽公文》，為集中祭文之冠，蓋為天下惜才而感平生知遇之恩深也。十二月，以公事赴湖州（浙江吳興），與太守孫覺（字莘老）相見，覺出黃庭堅詩文相視（庭堅，覺外甥。），先生異之。有《贈孫莘老七絕》七首之一云：

「嗟予與子久離羣，【注一】耳冷心灰百不聞。若對青山談世事，當須舉白便浮君。」【注二】

【注一】《禮記・檀弓上》：「子夏投其杖而拜曰：『吾過矣！吾過矣！吾離羣而索居，亦已久矣。』」

【注二】浮，罰也，二字雙聲相轉。《淮南子・道應訓》：「魏文侯觴諸大夫於曲陽，飲酒酣，文侯喟然歎曰：『吾獨無豫讓以為臣乎？』蹇重舉白而進之，曰：『請浮君』。君曰：『何也？』對曰：『臣聞之，有命（名也）之父母，不知孝子；有道之君，不知忠臣。夫豫讓之君，亦何如哉。』文侯受觴而飲釂（盡也）不獻。曰：『無管仲、鮑叔以為臣，故有豫讓之功。』」東漢高誘注：「蹇重，文侯臣。舉白，進酒也。浮，罰也，以酒罰君。」左思《吳都賦》：「里讌巷飲，飛觴舉白。」劉淵林注：「白，罰爵名也。《漢書》（《敍傳》）曰：『引滿舉白。』」顏師古《漢書注》：「謂引取滿觴而飲，飲訖舉觴告白盡不也；一說，白者，罰爵之名也，飲有不盡者，則以爵罰之。」

宋周紫芝《詩讞》：「任杭州通判日，轉運司差往湖州，相度堤岸利害，因與知湖州孫覺相見，作詩與之。某是曉約孫覺並坐客，如有言及時事者，罰一大盞。雖不指言時事是非，意言時事多不便，不得說也。」

回杭州，出候潮門，過王復（錢塘人）園居，觀雙檜，有《王復秀才所居雙檜二首》，其二云：

「凜然相對敢相欺？直幹凌空未要奇；根到九泉無曲處，【注一】世間惟有蟄龍知。」【注二】

【注一】謂其上直幹凌空，未足為奇；其下根亦直，深入九泉而無曲處，然人不得而見矣，惟蟄龍知之耳！王文誥曰：「王安石『不知龍向此中蟠』句，公所本也。其後鞫案，即舉安石以對。」（王安石《龍泉寺石井二首》之一云：「山腰石有千年潤，海眼泉無一日乾。天下蒼生待霖雨，不知龍向此中蟠。」）

【注二】此詩本純是詠檜，落想及造語皆奇絕，不意後竟為小人所搆陷，舉末二句以為先生對神宗有不臣意，而欲置之死地也。北宋末南宋初葉夢得《石林詩話》卷上：「元豐間（元豐二年，作此詩後七年。）蘇子瞻繫大理獄（摘其詩文刺時政），神宗本無意深罪子瞻，時相（王珪）進呈，忽言：『蘇軾於陛下有不臣意。』神宗改容曰：『軾固有罪，然於朕不應至是！卿何以知之？』時相因舉軾《檜詩》：『根到九泉無曲處，世間唯有蟄龍知』之句，對曰：『陛下飛龍在天（《易・乾卦》九五：「飛龍在天，利見大人。」《文言》曰：「聖人作而萬物覩。」），軾以為不知己，而求之地下之蟄龍，非不臣而何？』

神宗曰：『詩人之詞，安可如此論！彼自詠檜，何預朕事！』時相語塞。章子厚亦從旁解之（章惇時未害先生），遂薄其罪。子厚嘗以語余，並以醜言詆時相，曰：『人之害物，無所忌憚有如是也？』（亦見南宋李燾《續通鑑長編》，見後。）南宋胡仔《苕溪漁隱叢話・前集》卷四十六：「王定國《聞見近錄》（王鞏，字定國，從東坡學，見下。）云：王和父（安石弟安禮，與兄不同調。）嘗言：『蘇子瞻在黃州，上數欲用之，王禹玉（珪字）輒曰：「軾嘗有『此心惟有蟄龍知』之句，陛下龍飛在天，而不敬，乃反求知蟄龍乎？」章子厚曰：「龍者，非獨人君，人臣皆可言龍也。」上曰：「自古稱龍者多矣！如荀氏八龍（《後漢書・荀淑傳》：「有子八人：儉、緄、靖、燾、汪、爽、肅、専，並有名稱，時人謂八龍。」），孔明臥龍，豈人君也？」及退，子厚詰之曰：「相公乃覆人家族邪？」禹玉曰：「此舒亶言爾！」子厚曰：「亶之唾，亦可食乎？」』」又《後集》卷三十云：「東坡在御史獄，獄吏問云：『《雙檜詩》根到九泉無曲處，世間惟有蟄龍知，有無譏諷？』答曰：『王安石詩：天下蒼生待霖雨，不知龍向此中蟠，此龍是也。』吏亦為之一笑。」明游潛《夢蕉詩話》：「東坡《詠檜詩》『根到九泉無曲處，世間惟有蟄龍知。』蓋言君子直行大節，到底不變，非尋常者能知。」是也。

熙寧六年癸丑，三十八歲。正月，有《法惠寺橫翠閣》雜言（五七言古）詩云：「雕闌能得幾時好？不獨凭闌人易老！」清厲鶚《湖樓題壁》五絕結句云：「朱闌今已朽，何況倚闌人！」蓋本諸此也。與太守陳襄（代沈立。襄字述古，為侍御史，論新法不便，請貶王安石、呂惠卿以謝天下；安石忌之，出知陳州，徙知杭州。）飲於西湖上，初晴後雨，山色空濛，有《飲湖上初晴後雨二首》之二云：

「水光瀲灧晴方好，山色空濛雨亦奇。【注一】若把西湖比西子，淡粧濃抹總相宜。」【注二】

【注一】晉木華《海賦》：「洑溔瀲灩，浮天無岸。」李善注：「洑溔，流行之皃。瀲灩，相連之皃。」張銑注：「皆漫波狀皃。」謝朓《觀朝雨》詩：「空濛如薄霧，散漫似輕埃。」空濛，疊韻形容詞，亦作涳濛，《廣韻》：「涳濛，細雨。」

【注二】謂西湖晴好，雨亦好，猶西施濃妝佳，淡妝亦佳也。（《說文》：「妝，飾也。从女，牀省聲。」）王文誥《蘇詩編注集成》云：「此是名篇，可謂前無古人，後無來者。公凡西湖詩，皆加意出色，變盡辦法，然皆在《錢塘集》（在杭州通判任內所作）中；其後帥杭，勞心裁賑，已無復此種傑搆，但云『不見跳珠十五年』而已。」【哲宗元祐四年，先生五十四歲，以龍圖閣學士知杭州時「與莫同年（君陳）雨中飲湖上」七絕末句。詳後。】

二月，循行屬縣，往新城（縣名，屬杭州府治，民國改新登縣。），時晁補之（字無咎，蘇門四學士之一。）之父君成（字端友）為新城令；補之拜公，自此始也。（補之時年二十一，少先生十七歲。）有《新城道中》七律二首之一云：

「東風知我欲山行，吹斷簷間積雨聲。嶺上晴雲披絮帽，樹頭初日掛銅鉦。【注一】野桃含笑竹籬短，溪柳自搖沙水清。西崦人家應最樂，煮芹燒筍餉春耕。」【注二】

【注一】此首宋末方回《瀛奎律髓》收入《晨朝類》，批云：「東坡為杭倅時詩，熙寧六年癸丑二月，循行屬縣，由富陽至新城有此作。三四，應是早行詩也。起十四字妙；五六亦佳；但三四頗拙耳。（按：此是名句，景象宛然，是未經人道語，方虛谷以為拙，失之；但此等句，後人不可趨步，否則畫虎類狗矣。）所謂武庫森然，不無利鈍，學者當自細參而默會。雖山谷少年詩，亦有不甚佳者，不可為前輩隱諱也。」按：古人詩，雖不必首首好，句句好，但東坡此首，應以第三四為最警策；雖起二句神妙，五六搖曳生姿，然皆不逮三四之前無古人也。方氏此評未允，紀昀及乾隆承之（不甚知詩），紀昀曰：「起有神致，三四殊惡，不必曲為之詞。」乾隆《唐宋詩醇》評云：「絮帽銅鉦，未免著相矣；有野桃溪柳一聯，鑄語神來，常人得之，便足以名世。」此皆見小好而不知大好，數朗星而遺皎月者也。

【注二】崦、淹掩二聲，此讀掩，西崦，猶西山也。末二句由《豳風・七月》：「同我婦子，饁（音葉，餉田也。）彼南畝，田畯（田大夫）至喜」化出。

其第二首五六云：「細雨足時茶戶喜，亂山深處長官清。」蓋美晁君成之為官清而不擾民也。有「李鈐轄（《宋史・職官志》：「總管鈐轄司，掌軍旅屯戍，營防守禦之政令。」或一州一路，有兼二路三路者。）坐上分題戴花」【注一】七律云：

「二八佳人細馬馱，十千美酒《渭城歌》。【注二】簾前柳絮驚春晚，頭上花枝奈老何！【注三】露溼醉巾香掩冉，月明歸路影婆娑。【注四】綠珠吹笛何時見？欲把斜紅插皂羅。」【注五】

【注一】唐、宋人男士亦戴花者，故杜牧《九日齊安登高》七律三四云：「塵世難逢開口笑，菊花須插滿頭歸。」《宋史・輿服志五》：「簪戴幞頭（幘巾之屬。幞，卜伏二音。），簪花謂之戴勝。中興（指唐肅宗時），郊祀明堂，禮畢回鑾，臣僚及扈從並簪花；恭謝日亦如之。大羅花，以紅、黃、銀紅三色；欒枝，以雜色羅；大絹花，以紅、銀紅二色。羅花、以賜百官，欒枝、卿監以上有之，絹花、以賜將校以下。……重戴，唐士人多尚之，蓋古大裁帽之遺制，本野夫巖叟之服，以皂羅為之，方而垂簷，紫裏，兩紫絲組為纓垂而結之領下。所謂重戴者，蓋折上巾又加以帽焉。宋初，御史臺皆重戴，餘官或戴或否；後新進士亦戴，至釋褐則止。」

【注二】李白《對酒歌》：「蒲萄酒，金叵羅（酒卮也），吳姬十五細馬馱。」曹植《名都篇》：「歸來宴平樂（觀名），美酒斗十千。」《渭城歌》，指王維《送元二使安西》七絕：「渭城朝雨裛輕塵，客舍青青柳色新。勸君更盡一杯酒，西出陽關無故人。」（渭城，故秦咸陽縣，漢改名渭城，故城在長安西北。陽關，在今甘肅敦煌縣西南，玉門關在其北，自古為出塞必經之地。）此必鈐轄送客別，命官妓佐酒作樂，故云佳人《渭城歌》也。王右丞原作，是千古名唱，後人多歌以送別，或名《渭城曲》，或名《陽關三疊曲》。三疊者，據清魏皓《魏氏樂譜》所傳古法是：「渭城朝雨裛輕塵，客舍青青柳色新；柳色新，勸君更盡一杯酒；一杯酒，勸君更盡一杯酒；西出陽關無故人，無故人，西出陽關無故人。」清沈德潛《唐詩別裁》云：「相傳曲調最高，倚歌者笛為之裂。」《東坡題跋》卷二《記陽關第四聲》云：「舊傳《陽關三疊》，然今歌者每句再疊而已。通一首言之，又是四疊，皆非是。或每語三唱，以應三疊之說，則叢然無復節奏。余在密州【熙寧七年（即下一年）十一月到密州，為太守。】有文勛長官，以事至密，自云得古本《陽關》，其聲宛轉淒斷，不類向之所聞。每句皆再唱而第一句不疊，乃唐本三疊蓋如此。及在黃州（元豐三年二月，四十五歲，到黃州為團練副使。）偶讀樂天《對酒》詩云：『相逢且莫推辭醉，新唱《陽關》第四聲。』注：『第四聲，勸君更盡一杯酒。』以此驗之，若第一句疊，則此句為第五聲矣。今為第四聲，則第一句不疊審矣。」

【注三】此先生名句也。近人陳衍《海藏樓詩序》云：「東坡云：『老僧已死成新塔，壞壁無由見舊題。』『獨眠牀上（原是林下）夢魂穩（原作好），回首人間憂患長。』『簾前柳絮驚春晚，頭上花枝奈老何！』『酒闌病客惟思睡，蜜熟黃蜂亦懶飛。』此例極多，何等神妙！」

【注四】鮑照《擬行路難十八首》之十起云：「君不見蕣華不終朝（蕣花，木槿也，朝花暮落者。）須臾奄冉零落銷。」奄冉同掩冉，雙聲形容詞，此猶云隱約也。《詩・陳風・東門之枌》：「東門之枌，宛丘之栩，子仲之子，婆娑其下。」《毛傳》：「婆娑，舞也。」此喻醉態。

【注五】《晉書・石苞傳》：附《石崇傳》：「崇有妓曰綠珠，美而艷，善吹笛。」梁簡文帝《艷歌篇》：「凌晨光景麗，倡女鳳樓中。……分妝開淺靨，繞臉傳斜紅。」斜紅，指鬢邊所插之花也。紀昀曰：「氣味頗似玉溪生。」

至於潛（浙江縣名），有「於潛僧綠筠軒」【注一】雜言古詩，甚有名，詩云：

「可使食無肉，不可居無竹；【注二】無肉令人瘦，無竹令人俗。人瘦尚可肥，俗士不可醫。傍人笑此言，『似高還似

癡。』若對此君仍大嚼，世間那有揚州鶴。」【注三】

【注一】查慎行《蘇詩補注》：「於潛僧名孜，字惠覺，見《參寥子集》。《咸淳臨安志》：『寂照寺，在於潛縣南二里豐國鄉，寺舊有綠筠軒，後徙縣齋。寶慶初，避御名（宋理宗名昀，此諱嫌名也。），易以此君軒，仍用坡詩，晉王徽之語也。』」

【注二】《世說新語‧任誕》：「王子猷【名徽之，羲之第五子。（羲之七子：玄之、凝之、渙之、肅之、徽之、操之、獻之。長次五六七俱名於當世。）】嘗暫寄人空宅中住，便令種竹。或問『暫住何煩爾？』王嘯詠良久，直指竹曰：『何可一日無此君！』」（亦見《晉書‧王徽之傳》）

【注三】此君，指竹；大嚼，食肉也。謂雅俗不可得兼，世間安有腰纏十萬貫，騎鶴上揚州者乎！《說文》：「噍，齧也。才肖切」「嚼，噍或從爵。又才爵切」今粵俗呼食如「趙」，即此字。桓譚《新論》：「關東鄙語曰：人聞長安樂，則出門向西而笑；知肉味美，則對屠門而大嚼。」又曹植《與吳季重書》：「過屠門而大嚼，雖不得肉，貴且快意。」揚州鶴：見梁殷芸《殷芸小說》：「有客相從，各言所志，或願為揚州刺史，或願多貲財，或願騎鶴上升。其一人曰：『腰纏十萬貫，騎鶴上揚州。』蓋欲兼三人者之所欲也。」先生詩意：謂但對竹清談，則不必富而食肉；猶士君子博學於文，已入清流，則不得兼求多金以窮物質享受也。董仲舒《賢良對策下》云：「夫天亦有所分予，予之齒者去其角，（虎豹豺狗有利齒而無角，牛鹿有角而無利齒，但有大牙耳！）傳其翼者兩其足，是所受大者，不得取小也。」大抵生人之分，雅俗不能並容，名利不得兼有，士君子堅志成德成學，工文詞，必須預甘食貧，不得復求貨利；若貨利之念不除，則其德學文章，必不能獨立萬仞，莊生《田子方》謂：「百里奚爵祿不入於心，故飯牛而牛肥」，斯其意也。易言之：若得大富貴，多貨利，頤指氣使，履豐席厚，則待草木以共凋可矣，不得復求千歲之聲也。太史公曰：「當時則榮，沒則已焉」，是矣。先生此詩，非戲言，實正論也。

過臨安（今縣名，在杭州西。東漢名臨水縣，晉改臨安。此與高宗時改杭州為臨安以作首都者不同。），於寶山僧舍晝寢，起題壁上，有《寶山晝睡》七絕云：

「七尺頑軀走世塵，十圍便腹貯天真，【注一】此中空洞渾（一作全）無物，何止容君數百人。」【注二】

【注一】十圍便腹，先生之體態可見矣。《後漢書・文苑・邊韶傳》：「字孝先，陳留浚儀人也。以文學知名，教授數百人。韶口辯，曾晝日假臥，弟子私謿之曰：『邊孝先，腹便便，懶讀書，但欲眠。』韶潛聞之，應時對曰：『邊為姓，孝為字，腹便便，五經笥，但欲眠，思經事。寐與周公通夢，靜與孔子同意。師而可謿，出何典記？』謿者大慚。」

【注二】空洞無物，謂了無機心而容量絕廣也。此詩辭氣豪邁，磊落英多，想見其人焉。《世說新語・排調》：「王丞相（導）枕周伯仁（顗）膝，指其腹曰：『卿此中何有？』答曰：『此中空洞無物，然容卿輩數百人。』」《東坡題跋卷》三《記寶山題詩》云：「予昔在錢塘，一日，晝寢於寶山僧舍，起題其壁云：『……』其後有數小子亦題名壁上，見者乃謂予誚之也。周伯仁所謂君者，乃王茂弘（導字）之流，豈此等輩哉！

七月，有《病中遊祖塔院》（在杭州）七律云：

「紫李黃瓜村路香，烏紗白葛道衣涼。閉門野寺松陰轉，敧枕風軒客夢長。因病得閒殊不惡，安心是藥更無方。【注一】道人不惜階前水，借與匏樽自在嘗。」【注二】

【注一】松陰轉，日影移也。三四、已清新雋永矣；五六、神妙超絕，愈思愈佳。不惡，猶不錯。《晉書・列女・王凝之妻謝氏傳》：「字道韞（名韜），安西將軍奕（安兄）之女也，聰識有才辯，……初適凝之，還，甚不樂，安曰：『王郎，逸少（羲之字）子，不惡，汝何恨也？』答曰：『一門、叔父則有阿大中郎（謂謝萬，為晉簡文帝撫軍從事中郎。）；羣從兄弟，復有封、胡、羯、末。（封，謝韶；胡，謝朗；羯，謝玄；末，謝川。皆稱其小字也。）不意天壤之中，乃有王郎。』」《景德傳燈錄》卷三《第二十八祖菩提達磨》：「時有僧神光者，曠達之士也。……聞達磨大士住止少林，……乃往彼晨夕參承。……師遂因與易名曰慧可。光曰：『諸佛法印，可得聞乎？』師曰：『諸佛法印，匪從人得。』光曰：『我心未寧，乞師與安。』師曰：『將心來，與汝安。』曰：『覓心了不可得。』師曰：『我與汝安心竟。』」

【注二】清翁方綱《蘇詩補注》卷一：「高江村《銷夏錄》載此詩墨跡云：『宋蘇文忠公遊虎跑泉詩卷，（元朵爾直班）跋云：「此詩不載集中。虎跑泉一在丹陽，（縣名，在鎮江南。）一在錢唐，（即杭州）公嘗通判杭州，則此泉蓋在錢唐者也。」又（元張紳）跋云：『右詩題云《遊虎跑泉》，文集是詩則題云《病中遊祖塔院》，按《傳燈錄》唐元和（憲宗）十二年，大慈（山名）中禪師（性空）創寺於杭州南山，長慶（穆宗）元年，賜額大慈。……宋（太宗）太平興國六年，以南泉、臨濟、趙州、雪峯（皆高僧）諸人，皆常至此，故又名祖塔院。東坡來遊，止據寺名而書此詩。時又偶作《虎跑泉》（七古，八句，仄韻。），蓋一詩而有二名，觀者以為集中不載，一時未暇詳考耳。此寺山川環秀，郡中為勝。……歲甲子（元泰定帝泰定元年）戒師定巖始重作佛殿，……戒師嘗汲泉水送予，予以之煮茶，香冽比蜀井，宜其有異傳也。」宋王十朋注引《杭州圖經》：「性空禪師，嘗居大慈，無水，或有神人告之曰：『明日當有水矣。』是夜，二虎跑（前足抓地）地作穴，泉水湧出，因號虎跑泉。」

十一月，赴常潤賑饑發秀州（浙江秀水縣，民國併入嘉興縣），夜過永樂鄉本覺寺，鄉僧文及，時已臥病退院，為慰藉久之，有《夜至永樂文長老院，文時臥病退院》七律云：

「夜聞巴叟臥荒邨，來打三更月下門。往事過年如昨日，此身未死得重論。【注一】老非懷土情相得，病不開堂道益尊。【注二】惟有孤棲舊時鶴，舉頭見客似長言。」【注三】

【注一】三四重句。是年先生嘗病，故云。王文誥《蘇詩總案》以為未死指文長老，似非。（文長老下一年五月卒。）

【注二】五句謂文長老俗情盡泯，根塵已寂，其老病非懷土思鄉致然也。或解作文長老與己之相得，非關鄉情，亦通。六句，謂文長老臥病不開堂講經，益契無言妙旨，故其道彌尊也。

【注三】王文誥《總案》云：「此蓋病深不能欵語，故惟有舊時識客之鶴，如欲長言耳。」紀昀曰：「通體深穩。」

是年除夕，泊舟常州（今江蘇武進縣，即延陵，春秋吳季子札之采邑，漢時曰毘陵。）城外渡歲，有《除夜野宿常州城外》七律二首云：

「行歌野哭兩堪悲，遠火低星漸向微。病眼不眠非守歲，【注一】鄉音無伴苦思歸。重衾腳冷知霜重，新沐頭輕感髮稀。多謝殘燈不嫌客，孤舟一夜許相依。」【注二】

「南來三見歲云徂，【注三】直恐終身走道塗。老去怕看新歷日，退歸擬學舊桃符。【注四】煙花已作青春意，霜雪偏尋病客鬚。【注五】但把窮愁博長健，不辭最後飲屠蘇。」【注六】

【注一】白居易《除夜》七絕：「病眼無眠非守歲，老心多感又臨春。火銷燈盡天明後，便是平頭六十人。」查慎行《蘇詩補注》：「病眼句、白樂天《除夜》詩也，先生一時偶用之耶？」（姜夔《除夜自石湖歸苕溪》十絕之四結句亦云：「應是不眠非守歲，小窗春意入燈花。」）晉周處《風土紀》：「蜀之風俗，晚歲相與餽問，謂之餽歲；酒食相邀，為別歲；至除夕，達旦不眠，謂之守歲。」

【注二】紀昀曰：「（末二句），言人則見嫌矣」。

【注三】《爾雅．釋詁》：「如、適、之、嫁、徂、逝，往也。」杜甫《今夕行》起句：「今夕何夕歲云徂，更長燭明不可孤。」先生自熙寧四年十一月至杭，今是熙寧六年除夕，故云。

【注四】晉楊泉《物理論》：「疇昔神農，始治農功，正節氣，審寒溫，以為早晚之期，故立曆日。」歷曆，古今字也。梁庾肩吾有《謝曆日啟》，王安石及坡公皆有《謝賜曆日表》。宋趙次公注：「唐李君虞有《書院無歷日》詩。」桃符：蔡邕《獨斷》卷上：「神荼、鬱壘（讀作伸舒、鬱律）二神：海中有度朔之山，上有桃木，蟠屈三千里，卑枝東北有鬼門，萬鬼所出入也。神荼與鬱壘二神居其門，主閱領諸鬼。其惡害之鬼，執以葦索食虎。故十二月歲竟，以先臘之夜逐除之也。（《荊楚歲時記》以十二月八日為臘日，先臘之夜是十二月初七夜；然觀《獨斷》，則先臘之夜是除夕前一夜也。）乃畫荼、壘，并懸葦索於門戶，以禦凶也。」梁宗懍《荊楚歲時紀》：「正月一日，繪二神，貼戶左右，左神荼，右鬱壘，俗謂之門神。」又云：「畫帖雞戶上，懸葦索其上，插桃符其旁，百鬼畏之。」白居易《六帖》：「正月一日，造桃符著戶，名仙木，百鬼所畏。」舊桃符，本是畫雄雞及縛鬼之神，東坡擬學者此（失意時偶爾戲言）。至五代末，蜀後主孟昶乃改作聯語，今日之春聯，蓋自昶始也。《宋史・西蜀孟氏世家》：「每歲除，命學士為詞，題桃符，置寢門左右。末年（後蜀廣政二十八年，即宋太祖乾德三年。）學士幸寅遜撰詞，昶以其非工，自命筆題云：『新年納餘慶，嘉節號長春』。以其年正月十一日降，太祖命呂餘慶知成都府，而長春，乃聖節名也。」（亦見宋張唐英《蜀檮杌》

卷下，幸寅遜誤作辛寅遜，號作賀，此楹聯之始也。宋太祖建隆元年，宰相表請以二月十六日太祖誕辰為長春節。則孟昶此聯，蓋聯讖矣。）紀昀曰：「三四、到地（猶云到底）宋格，東坡不妨，一學之，便恐入惡趣。」紀批非是。

【注五】紀昀曰：「二句沈着。」是也。

【注六】唐徐堅《初學記》卷四《歲時部下・元日第一》「進椒柏酒」下注引東漢崔寔《四民月令》：「進酒次第，當從小起，以年少者起先。」《荊楚歲時記》：「正月一日，是三元之日也，長幼以次拜賀，進屠蘇酒。（晉）董勛曰：『正月飲酒先小者，以小者得歲，先酒賀之；老者失歲，故後與酒。』」宋王十朋注引趙夔堯卿曰：「屠蘇，草庵也，古人居庵作酒，因以為名。」宋洪邁《容齋續筆》卷二《歲旦飲酒》條云：「今人元日飲屠酥酒，自小者起，相傳已久，然固有來處：後漢李膺、杜密以黨人同繫獄，值元日，於獄中飲酒曰：『正旦從小起。』《時鏡新書》晉董勛云：『正旦飲酒從小起何也？勛曰：俗以小者得歲，故先酒賀之；老者失時，故後飲酒。』《初學記》載《四民月令》云：『正旦進酒次第，當從小起，以年小者起先。』唐劉夢得、白樂天元日舉酒賦詩，劉云：『與君同甲子，壽酒讓先杯。』（《元日樂天見過舉酒為賀》五律結句。白樂天生於代宗大曆七年正月二十日，月日蓋長於劉也。）白云：『與君同甲子，歲酒合誰先？』（《新歲贈夢得》五律結句）白又有《歲假內命酒》一篇云：『歲酒先拈辭不得，被君推作少年人。』（原題作《贈周判官蕭協律》，七律，此其結句。）顧況云：『不覺老將春共至，更悲攜手幾人全？還丹寂寞羞明鏡，手把屠蘇讓少年。』（《歲日作》七絕）裴夷直（中晚唐人）云：『自知年幾偏應少，先把屠蘇不讓春；儻更數年逢此日，還應惆悵讓（原作羨）他人。』（《歲日先把屠蘇酒戲唐仁烈》七絕）成文幹（名彥雄，南唐人。）云：『戴星先捧祝堯觴，鏡裏堪驚兩鬢霜。好是燈前偷失笑（自笑已老），屠蘇應不得先嘗。』（《元日》七絕）方干（晚唐）云：『纔酌屠蘇定年齒，坐中皆（原作惟）笑鬢毛斑。』（《元日》七律結句）然則尚矣。東坡亦云：『但把窮愁博長健，不辭最後飲屠蘇。』其義亦然。」

熙寧七年甲辰，三十九歲，正月元日過丹陽，抵潤州（即鎮江），過刁約（東坡前輩，字景純，仁宗天聖進士，知揚州，挂冠歸，築室潤州，號藏春隖。）藏春隖，與柳瑾（字子玉）同游潤州之鶴林、招隱二山，有《同柳子玉游鶴林招隱醉歸呈景純》七律一首，刁約和之，先生再成《景純見和復次韻贈之》二首，其二云：

「人間膏火正爭光，【注一】每到藏春得暫涼。【注二】多事始知田舍好，凶年偏覺野蔬香。谿山勝畫徒能說，來往如梭為底忙？老去此身無處着，為翁栽插萬松岡。」【注三】

【注一】《莊子・人間世》：「山木，自寇也；膏火，自煎也。」《淮南子・原道訓》：「天下時有盲妄自失之患，此膏燭之類也，火逾然而消逾亟。」《漢書・龔勝傳》：「薰以香自燒，膏以明自銷。」阮籍《詠懷詩》：「膏火自煎熬，多財為患害；布衣可終身，寵祿豈足賴！」

【注二】宋王十朋《集注》引趙夔堯卿曰：「景純有藏春隖，歐陽文忠公題詩云：『欲借青春藏向此，須知白首尚多情。』又曰：「藏春塢前，一岡皆松林，命曰萬松岡。司馬溫公題詩云：『藏春在何許？鬱鬱萬松林。永日門闌靜，東風花木深。主翁今素髮，野服遂初心。付與鄉人飲，高歌散百金。』」

【注三】結語謂世不能容，己身已木然，直欲將之栽插於萬松岡上也。栽插，承上此身而言。其怨深矣。

三月，赴常州（宋時亦稱毗陵郡，今江蘇武進縣。），有「常、潤道中，有懷錢塘，寄述古（太守陳襄）」七律五首，其二云：

「草長江南鶯亂飛，【注一】年來事事與心違。花開後院還空落，（謂己不在也）燕入華堂怪未歸（此二句生氣遠出，語妙詞奇。）。世上功名何日是？樽前點檢幾人非？【注二】去年柳絮飛時節，記得金籠放雪衣。」

【注一】邱遲《與陳伯之書》：「暮春三月，江南草長，雜花生樹，羣鶯亂飛。」

【注二】白居易《與諸客攜酒尋去年梅花有感》七律結句：「樽前百事皆依舊，點檢惟無薛秀才。」自注：「去年與薛景文同賞，今年長逝。」晏殊《木蘭花》詞：「當時共我賞花人，點檢如今無一半。」

【注三】先生自注：「杭人以放鴿為太守壽。」雪衣，指白鴿，《詩・檜風・蜉蝣》：「蜉蝣之羽……麻衣如雪。」結句見陳述古治杭之得民矣。

五月，抵秀州（浙江秀水縣，民國併入嘉興。）再過永樂鄉報本禪院，其鄉僧文長老（文及）已卒，為詩悼之，有《過永樂文長老已卒》七律云：

「初驚鶴瘦不可識，旋覺雲歸無處尋。【注一】三過門間老病死，一彈指頃去來今。【注二】存亡慣見渾無淚，鄉井難忘尚有

心。欲向錢塘訪圓澤，葛洪川畔待秋深。」【注三】

【注一】去年十一月文長老臥病詩末云：「惟有孤棲舊時鶴，舉頭見客似長言」；此謂今初見鶴瘦至幾不可識，已覺驚詫，旋知鶴之主人文長老已卒，鳥亦有情，蓋思主而瘦也。雲歸無處尋，喻文長老之西歸樂土也。

【注二】宋僧道原《景德傳燈錄》卷一：「釋迦牟尼佛……於四門遊觀，見……老病死終可厭離。」宋僧法雲《翻譯名義集》：「二十念為瞬，二十瞬為彈指。」又云：「時之極少為剎那（梵語），壯士一彈指頃六十五剎那。」唐僧賢首《華嚴探玄記》：「剎那者，此云念頃，於一彈指頃有六十剎那。」又前秦僧鳩摩羅什譯《仁王護法般若經》：「一念中有九十剎那，一剎那經九十生滅。」一彈指頃、蓋喻迅速也。王文誥《編注集成》：「謂初過而老，再過而病，三過而死，合下句讀之，正言其速，不可以十七八年首尾論也。」去來今，謂過去生，今生，未來生，即所謂三生、三世也。《維摩詰所說經》（鳩摩羅什譯）卷中《觀眾生品》：「天女曰：皆以世俗文字數故，說有三世，非謂菩提有去來今。」清馮應榴《蘇文忠公詩合注》：「《詩人玉屑》（宋魏慶之撰）引《藜藿野人詩話》：三過（間作中）云云，句法清健天生對也。陸務觀詩云：『老病已多惟欠死，貪嗔雖盡尚餘癡。』不敢望東坡，而近世亦無人能到此。」

【注三】《東坡七集・第七集》先生損益唐人袁郊之《甘澤謠》作為《僧圓澤傳》云：「洛師惠林寺，故光祿卿李憕居第。祿山陷東都，憕以居守，死之。子源，少時以貴游子，豪侈善歌聞於時，及憕死，悲憤自誓，不仕不娶，不食肉，居寺中五十餘年。寺有僧圓澤（《甘澤謠》作圓觀），富而知音，源與之游甚密，促膝交語竟日，人莫能測。一日，相約遊蜀青城、峨眉山，源欲自荊州泝峽，澤欲取長安斜谷路，源不可，曰：『吾已絕世事，豈可復道京師哉！』澤默然久之，曰：『行止固不由人』，遂自荊州路。舟次南浦（四川萬縣），見婦錦襠負甖而汲者，澤望而泣曰：『吾不欲由此者，為是也。』源驚問之，澤曰：『婦人姓王氏，吾當為之子，孕三歲矣，吾不來，故不得乳。今既見，無可逃者，公當以符咒助我速生，三日浴兒時，願公臨我，以笑為信。後十三年，中秋月夜，杭州天竺寺外，當與公相見。』源悲悔，而為之具沐浴，易服，至暮，澤亡而婦乳。三日，往視之，見源果笑。具以語王氏，出家財，葬澤山下。源遂不果行，反寺中問其徒，則既有治命矣。後十二年，自洛適吳，赴其約，聞葛洪川畔，有牧童扣牛角而歌之，曰：『三生石上舊精魂，賞月吟風不要論，慚愧情人遠相訪，此身雖異性長存。』呼問『澤公健否？』答曰：『李公真信士，然俗緣未盡，慎勿相近，惟勤修不墮，乃復相見。』又歌曰：『身前身後事茫茫，欲語前因恐斷腸。吳、越山川尋已遍，欲回煙棹上瞿塘。（四川毋家）』遂去，不知何之。後二年（唐文宗時），李德裕奏源忠臣子，篤孝，拜諫議大夫，不就，竟死寺中，年八十。」末二句，意承上「鄉井難忘尚有心」來，欲文長老之能如圓澤，再世與己相見也。紀昀曰：「後半曲折頓挫。」

六月，還杭州。八月，捕蝗至於潛（浙江縣名）浮雲嶺，作詩寄弟，有《捕蝗至浮雲嶺、山行疲苶、有懷子由》（苶，音涅，疲皃。）七律二首，其二云：

「霜風漸欲作重陽，熠熠溪邊野菊黃。久廢山行疲犖确，尚能村醉舞淋浪。【注一】獨眠林下夢魂好，回首人間憂患長。（陳衍《海藏樓詩序》作「獨眠牀上夢魂穩」，誤記。）殺馬毀車從此逝，子來何處問行藏！」【注二】

【注一】韓愈《山石》七古：「山石犖确行徑微，黃昏到寺蝙蝠飛，升堂坐階新雨足，芭蕉葉大梔子肥。」又《醉後》五古：「淋浪（一作漓）身上衣，顛倒筆下字，人生如此少，酒賤且勤置。」

【注二】《史記・高祖本紀》：「高祖以亭長為縣送徒（囚犯）酈山，徒多道亡，自度比至皆亡之，到豐西澤中，止飲，夜、乃解縱所送徒。曰：『公等皆去，吾亦從此逝矣。』」《後漢書・周燮傳》：「南陽馮良，字君郎。出于孤微，少作縣吏，年三十，為尉從佐。奉檄迎督郵，即路慨然，恥在廝役，因壞車殺馬，毀裂衣冠，乃遁至犍為（四川縣名），從杜撫學。妻子求索，蹤迹斷絕，後乃見草中有敗車死馬，衣裳腐朽，謂為虎狼盜賊所害，發喪制服。積十許年，乃還鄉里。志行高整，非禮不動，遇妻子如君臣，鄉里以為儀表。」宋朋九萬《烏臺詩案》：「軾前在杭州，寄子由詩云：『獨眠林下夢魂好，回首人間憂患長。殺馬毀車從此逝，子來何處問行藏。』意謂新法青苗助役等，煩雜不可辦，亦言己才力不能勝任也。」

又有「與毛令（名寶）方尉（名武）遊西菩寺」（在於潛縣西十五里西菩山中，山去縣十八里。）七律二首，第一首三四云：「人未放歸江北路，天教看盡浙西山。」真所謂此老倔強者也。其第二首第三四句云：「白雲自占東西嶺，明月誰分上下池。」則語妙天下，清新欲絕矣。九月，以太常博士，直史館、移權知密州（治今山東諸城縣），十月離杭，十一月三日到密州任。

神宗熙寧八年乙卯，四十歲。在密州，有《送春》七律（乃次劉敏韻者，子由《欒城集》有《次韻劉敏殿丞送春》。），極佳，云：

「夢裏青春可得追？欲將詩句絆餘暉。酒闌病客惟思睡，蜜熟黃蜂亦懶飛。【注一】芍藥櫻桃俱掃地，（先生自注：「病中過

此二物」）鬢絲禪榻兩忘機。【注二】憑君借取法界觀，一洗人間萬事非。」【注三】

【注一】蕭統《陶淵明傳》：「貴賤造之者，有酒輒設，淵明若先醉，便語客，『我醉欲眠卿可去』，其真率如此。」歐陽修《和梅公儀嘗茶》七律五六：「寒侵病骨惟思睡，花落春愁未解酲。」蜜熟句，指物為喻，出人意表。紀昀曰：「對得奇變，此對面烘託法。」

【注二】宋 施元之注：「《唐闕史》云：『杜牧之自以年漸遲暮，常追賦《感舊》二詩。』一詩即鬢絲禪榻者。」杜牧《醉後題僧院》詩：「觥船一櫂百分空，十載青春不負公；今日鬢絲禪榻畔，茶煙輕颺落花風。」先生詩意，謂物我俱亡也。

【注三】先生自注：「來書云：『近看此書』，余未嘗見也。」觀此注，則《欒城集》作《次韻劉敏殿丞送春》為允。唐華嚴宗初祖，終南 杜順禪師有《華嚴法界觀》一卷，本名《修大方廣佛華嚴法界觀門》，分為真空觀、理事無礙觀、周徧含空觀。唐 清涼澄觀禪師著《華嚴法界玄鏡》一卷，即釋杜順之《華嚴法界觀》者。法界，一切眾生身心之本體也。紀昀曰：「上句五仄，下句萬字宜用平。」此說是。

熙寧九年丙辰，四十一歲，正月，遷祠部員外郎、直史館，仍在密州（山東 諸城）

任。三月四日，有《寄題刁景純藏春塢》七律【石刻此詩後有「熙寧九年三月四日東武（即諸城）西齋」十二字。景純，刁約字，先生前輩，築室潤州，號藏春塢，屢與先生唱和，已見前；然自此詩後，已無復與景純唱和之作，景純殆未幾下世矣。】云：

「白首歸來種萬松，【注一】待看千尺舞霜風。年抛造物陶甄外，春在先生杖屨中。【注二】楊柳長齊低户暗，櫻桃爛熟滴階紅。【注三】何時卻與徐元直，共訪襄陽龐德公？」【注四】

【注一】藏春隖前有岡，皆種松，號萬松岡。先生前詩末云：「老去此身無處着，為君栽插萬松岡。」

【注二】年抛句、謂景純忘卻歲年，與造化而俱往也；春在句、謂景純暮年享林泉之樂，天下之良辰美景，盡在其藏春塢中，而景純杖屨流連，其賞心樂事正無艾也。昌黎云：「園林窮勝事，鐘鼓樂清時」（《奉和僕射裴相公感恩言志》五律三四），斯其意矣。晉張華《女史箴》：「茫茫造化，二儀既分，散氣流形，既陶既甄。」陶甄，謂天地造化也。

【注三】二句賦形體物，精絕妙絕，陸機《文賦》所謂「賦體物而瀏亮」者是也。若此渲染，第四句斯無憾矣。

【注四】結韻謂不知何時復與同輩奇士，共到潤州，過藏春隖，造訪前輩高人刁老先生也。《後漢書・逸民・龐公傳》：「龐公者，南郡襄陽人也。居峴山之南，未嘗入城府，夫妻相敬若賓。荊州刺史劉表數延請。不能屈，乃就候之。……因釋耕於壟上，而妻子耘於前，表指而問曰：『先生苦居畎畝，而不肯官祿，後世何以遺子孫乎？』龐公曰：『世人皆遺之以危，今獨遺之以安，雖所遺不同，未為無所遺也。』表歎息而去。」李賢注引晉習鑿齒《襄陽記》曰：「諸葛孔明每至德公家，獨拜牀下，（又《襄陽記》：「德公子字山人，娶諸葛孔明姊。子渙，晉太康中為牂牁太守」。）德公初不令止。司馬德操嘗詣德公，值其渡沔上先人墓，德操徑入其室，呼德公妻子，使速作黍，徐元直向云：當來就我與德公談。其妻子皆羅拜於堂下，奔走共設。須臾德公還，直入相就，不知何者是客也。德操年少德公十歲，兄事之，呼作龐公，故俗人遂謂龐公是德公名，非也。」後魏酈道元《水經注・沔水注》：「沔水又東逕隆中，歷孔明舊宅北，亮語劉禪曰：『先帝三顧臣於草廬之中，咨臣以當世之事』，即此宅也。」「襄陽城東，……沔水中有魚梁洲，龐德公所居。士元居漢之陰（南），……司馬德操宅洲之陽（北），望衡對宇，歡情自接；泛舟褰裳，率爾休暢。」

八月十五日，飲於超然臺（熙寧八年十一月，修葺園北舊臺，子由名之曰超然，先生作《超然臺記》）。是夜歡飲達旦，作《水調歌頭》（明月幾時有一闋）。十二月，徙知河中府（治今山西永濟縣），遂罷密州任。至濰州（今山東濰縣），除夜大雪，遂止焉。

熙寧十年丁巳，四十二歲，正月元日，發濰州，二月至京師，告下，以祠部員外郎，直史館，改權知徐州（治今蘇北銅山縣）。三月，有《和孔密州五絕》（七絕五首也。孔宗翰時接任密州太守。），其三《東欄梨花》云：

「梨花淡白柳深青，柳絮飛時花滿城。【注一】惆悵東欄二株雪，人生看得幾清明？」【注二】

【注一】劉禹錫《柳花詞》三首之一：「開從綠條上，散逐香風遠，故取花落時，悠揚占春晚。」又《傷秦姝行》：「長安二月花滿城，插花兒女弄銀箏。」

【注二】末二句謂人生短短數十寒暑，誰能如東欄梨花之年年盛開以過此清明時節乎？此詩甚有名，蓋天資高絕者一時妙手偶得之也。韓愈《寒食日出遊》七古：「走馬城西惆悵歸，不忍千株雪相映。邇來又見桃與梨，交開紅白如爭競。」又《聞梨花發贈劉師命》七絕：「桃溪惆悵不能過，紅艷紛紛落地多。聞道郭西千樹雪，欲將君去醉如何？」梨花白，二株雪，謂梨花也。

四月，過宿州（今安徽宿縣，在徐州南），有《宿州次韻劉涇》（涇、字巨濟，熙寧初進士，為文務奇詭，好進取，常為人所排，屢躓不伸，時知宿州。）七律云：

「我欲歸休瑟漸希，舞雩何日著春衣？【注一】多情白髮三千丈，無用蒼皮四十圍。【注二】晚覺文章真小技，早知富貴有危機。【注三】為君垂涕君知否？千古華亭鶴自飛。」

【注一】《論語・先進篇》：「子路、曾皙、冉有、公西華侍坐，子曰：『以吾一日長乎爾，毋吾以也（毋以我長而不言）！居則曰：不吾知也！如或知爾，則何以哉？（爾有何用）』子路率爾而對曰：『千乘之國，攝乎大國之間，加之以師旅，因之以饑饉，由也為之，比及三年，可使有勇，且知方也。』夫子哂之。『求爾何如？』對曰：『方六七十，如五六十，求也為之，比及三年，可使足民；如其禮樂，以俟君子。』『赤爾何如？』（公西赤，字子華。）對曰：『非曰能之，願學焉。宗廟之事，如會同，端章甫，願為小相焉。』（端，玄端之服。章甫，宋冠名。相，贊禮之官。）『點爾何如？』（點，本字作黮，《說文》：「雖皙而黑也。古人名黮，字皙。」《史記・仲尼弟子列傳》作蒧，譌字也。）鼓瑟希，鏗爾，舍瑟而作，對曰：『異乎三子者之撰。』（《說文》無撰，本作僎，具也。）子曰：『何傷乎！亦各言其志也。』曰：『莫春者，春服既成，冠者五六人，童子六七人，浴乎沂，風乎舞雩，詠而歸。』（舞雩，祭天祈雨之廣場。）夫子喟然歎曰：『吾與點也（與，許也。）。』……」

【注二】此二句謂多情只使人易老，而無用則反多壽，是雋語，亦傷心人之憤世語也。李白《秋浦歌》十七首之十五：「白髮三千丈，緣愁似個長，不知明鏡裏，何處得秋霜？」人生多情則工愁善感，愁感滋多，則易老也必矣。《詩・小雅・小弁篇》云：「假寐永歎，維憂用老。」嵇康《養生論》：「積微成損，積損成衰，從衰得白，從白得老，從老得終，悶若無端。」李賀《金銅仙人辭漢歌》：「衰蘭送客咸陽道，天若有情天亦老。」姜白石《長亭怨慢》：「閱人多矣，誰得似、長亭樹？樹若有情時，不會得青青如此！」皆此意。《莊子・山木篇》：「莊子行於山中，見大木，枝葉盛茂，伐木者止其旁而不取也。問其故，曰：『無所可用。』莊子曰：『此木以不材得終其天年。』」又《人間世》：「匠石之齊，至於曲轅，見櫟社樹，其大蔽數千牛，絜之百圍（**絜，以繩束之。**），其高臨山，十仞而後有枝，其可以為舟者，旁十數。觀者如市，匠伯（**伯，匠石字。**）不顧，遂行不輟，弟子厭觀之（**厭，飽也，足也。**），走及匠石，曰：『自吾執斧斤，以隨夫子，未嘗見材如此其美也！先生不肯視，行不輟，何邪？』曰：『已矣！勿言之矣！散木也。以為舟則沈，以為棺槨則速腐，以為器則速毀，以為門戶則液樠（**音瞞，流脂如松膏也。**），以為柱則蠹，是不材之木也。無所可用，故能若是之壽！』」杜甫《古柏行》起云：「孔明廟前有古柏，柯如青銅根如石，蒼皮溜雨四十圍，黛色參天二千尺。」末云：「志士幽人莫怨嗟，古來材大難為用。」先生無用句語本杜公，其意則出於莊生也。」

【注三】杜甫《貽華陽柳少甫》五古：「吾衰臥江、漢，但媿識璵璠，文章一小技，於道未為尊。」《晉書・諸葛長民傳》劉裕既殺劉毅，長民知禍將及己，弟黎民勸其圖裕：「長民猶豫未發，既而歎曰：『貧賤常思富貴，富貴必履危機，今日欲為丹徒布衣，豈可得也？』」（長民嘗領晉陵太守，鎮丹徒，卒為劉裕所殺。）先生亦自知必為小人所害，故此作意志蕭散，而有文章小技富貴危機之歎。

【注四】先生自注：「涇之兄汴，亦有文，死矣！」汴死於何事，不可得而攷矣。查慎行《蘇詩補注》云：「本集《與劉巨濟書》云：『賢兄文格奇拔，不幸早世，見其手書舊文，不覺垂涕。』詩中有富貴危機之語，又引華亭鶴，乃陸機臨刑事，若不得其死者，他無可考。」按：陸游《避暑漫抄》：「藝祖（宋太祖）受命之三年，密鐫一碑，立於太廟寢殿之夾室，謂之誓碑，用銷金黃幔蔽之，門鑰封閉甚嚴。因勅有司，自後時享及新天子即位，謁命禮畢，奏請恭讀誓詞。……獨一小黃門官不識字者一人從，餘皆遠立庭中，黃門驗封，啟鑰先入，焚香明燭，揭幔，亟走出階下，不敢仰視。上至碑前再拜，跪瞻默誦訖，復再拜而出。羣臣及近侍，皆不知所誓何事。自後列聖相承，皆踵故事，歲時伏謁，恭讀如儀，不敢漏泄。……靖康之變，金人入廟，……門皆洞開，人得從觀，碑止高七八尺，闊四尺餘，誓詞三行，一云：『柴氏子孫，有罪不得加刑，縱犯謀逆，止於獄中賜盡，不得市曹刑戮，亦不得連坐支屬。』一云：『不得殺士大夫，及上書言事人』。一云：『子孫有渝此誓者，天必殛之。』後建炎（高宗）中，曹勛自北中（指金）回，太上（謂徽宗）寄語云：『祖宗誓碑在否？吾恐今天子不及知』云云。」北宋無殺士大夫者，劉汴即最不幸，亦流放齎志以沒耳。《晉書・陸機傳》與長沙王乂戰，軍敗；為宦人孟玖所陷，成都王穎使牽秀密收機，「機釋戎服，著白帢，與秀相見，神色自若，謂秀曰：『自吳朝傾覆，吾兄弟宗族，蒙國重恩，入侍帷幄，出剖符竹，成都命吾以重任（為後將軍，河北大都督。），辭不獲已；今日受誅，豈非命也？』因與穎牋，辭甚悽惻，（已亡佚）既而歎曰：『華亭鶴唳，豈可復聞乎？』（機，吳郡人。華亭，在今江蘇松江縣西平原村中，機世居於此。）遂遇害於軍中，時年四十三。二子蔚、夏，亦同被害。機既死非其罪，士卒痛之，莫不流涕。是日昏霧晝合，大風折木，平地尺雪，議者以為陸氏之冤。」

四月二十一日，到徐州任，進《徐州謝上表》，有云：「向者屢獻瞽言，仰塵聖鑒，豈有意於為異？實篤信其所聞。（《大戴禮・曾子疾病篇》：「君子尊其所聞，則高明矣；行其所聞，則廣大矣。」）知臣者謂臣愛君，不知臣者謂臣多事。空懷此意，誰復見明？伏維皇帝陛下，日月照臨，乾坤覆幬，（《中庸》：「日月所照，霜露所隊，凡有血氣者，莫不尊親。」又云：「辟如天地之無不持載，無不覆幬」。幬，帳也，此作動詞用。）察孤危之易毀，諒拙直之無他。安全陋軀，畀付善地。民湻訟簡，殊無施設之方；食足身閑，仰愧生成之賜（天生之，地成之。）」八月，與子由觀月，有《陽關詞》（亦詩亦詞）三首，其三《中秋月》云：

「暮雲收盡溢清寒，銀漢無聲轉玉盤。【注一】此生此夜不長

好，明月明年何處看？」【注二】

【注一】溢，漏洩之意，杜詩：「漏洩春光有柳條」（《臘日》七律），此謂夜涼如水也。鮑照《夜聽妓》五古起調云：「夜來坐幾時？銀漢傾露落。」李白《古朗月行》起云：「小時不識月，喚作白玉盤；又疑瑤臺鏡，飛在青雲端。」

【注二】與「惆悵東欄二株雪，人生看得幾清明」同意。此生、是人；此夜、是月。月不長好，惟人亦然，朱絃三歎，餘味曲包。此作朱祖謀《東坡樂府》全加密圈，鄭文焯手批《東坡樂府》云：「『不』字律。（謂「不」字入聲，最合律，與王摩詰「勸君更盡一杯酒」之「一」字同聲也。）妙句天成。」先生《記陽關第四聲》云：「舊傳《陽關》三疊，然今歌者，每句再疊而已，通一首言之，又是四疊，皆非是。或每語三唱，以應三疊之說，則叢然無復節奏。余在密州，有文勛長官，以事至密自云得古本《陽關》，其聲宛轉淒斷，不類向之所聞，每句皆再唱，而第一句不疊，乃唐本三疊蓋如是。及在黃州，偶讀樂天《對酒》（五首之四結句）」詩云：『相逢且莫推辭醉，新唱《陽關》第四聲。』注：『第四聲：勸君更盡一杯酒。（西出陽關無故人）』以此驗之，若第一句疊，則此句為第五聲矣；今為第四聲，則第一不疊審矣。」又《書彭城（即徐州）觀月詩》（即此首）云：「暮雲……余十八年前中秋夜與子由觀月彭城作此詩，【哲宗紹聖元年甲戌，五十九歲，責授建昌軍（江西南城縣）司馬、惠州安置，八月，至虔州（即江西贛州），上推至作此詩時是首尾十八年。】以《陽關》歌之，今復此夜，宿於贛上，方遷嶺表，獨歌此曲，聊復書之，以識一時之事。殊未覺有今夕之悲，懸知有他日之喜也。」

清魏皓《魏氏樂譜．陽關曲》云：「渭城朝雨浥輕塵，客舍青青柳色新。柳色新，勸君更盡一杯酒。一杯酒，勸君更盡一杯酒，西出陽關無故人！無故人，西出陽關無故人。」魏譜雖未必是唐人唱法之舊，然第四聲正與香山、東坡同，誦之亦殊宛轉淒斷也。

神宗元豐元年戊午，四十三歲，在徐州任。四月，秦觀（時年三十，少先生十三歲。）將入京（汴都）應舉，至徐，呈詩謁見。黃庭堅亦自大名府（在河北，宋時稱北京。山谷時年三十四，少先生九歲，為北京教授。）呈《古風》二首（今《山谷集》以此二詩壓卷）及書納交。十月，「夢登燕子樓，翌日，往尋其地，作《永遇樂》詞」，此王文誥《蘇詩總案》語也。調下或題作「彭城夜宿燕子樓，夢盼盼，因作此詞。」鄭文焯曰：「《題》當從王《案》云云。」又曰：「燕子樓未必可宿，盼盼更何必入夢！東坡居士斷不作此癡人說夢之題，亟宜改正。」【唐德宗貞元間拜張建封（文武兼資，有殊勳。）為徐、泗、濠（亦名武寧軍）節度使。有名妓曰關盼盼，有殊色，張納之（時張已六十餘），為築燕子樓，奏樂三日不息，眷愛不勝。及張卒，盼盼樓居十餘年，不嫁，後絕食死。白居易有《燕子樓》七絕三首並《序》云：「徐州故張尚書

（檢校尚書右僕射）建封，有愛妓曰盼盼，善歌舞，雅多風態。予為校書郎時，（德宗貞元十六年，時白年二十九，張已六十六，是年卒。）遊徐、泗間，張尚書宴予，（張性樂士，賢不肖遊其門者禮必均，故其往如歸。）酒酣，出盼盼以佐歡。歡甚，予因贈詩云：『醉嬌勝不得，風嫋牡丹花。』一歡而去，爾後絕不相聞，迨茲僅一紀矣。（憲宗元和七年，白四十一。僅，幾也。）昨日，司勳員外郎張仲素繢之（《周禮・攷工記》：「凡畫繢之事，後素功。」）訪予，因吟新詩，有《燕子樓》三首，詞甚婉麗；詰其由，為盼盼作也。繢之從事武寧軍累年，頗知盼盼始末，云：『尚書既歿，歸葬東洛，而彭城有張氏舊第，第中有小樓名燕子，盼盼念舊愛而不嫁，居是樓十餘年，幽獨塊然，於今尚在。』予愛繢之新詠，感彭城舊遊，因同其題，作三絕句。」詩云：「滿窗明月照簾霜，被冷鐙殘拂臥牀。燕子樓中霜月夜，秋來只為一人長。」（《古詩十九首》：「愁多知夜長，仰觀眾星列。」傅玄《雜詩》：「志士惜日短，愁人知夜長。」）其二云：「鈿暈羅衫色似煙，幾回欲著即潛然！自從不舞《霓裳曲》，疊在空箱十一年。」其三云：「今春有客洛陽回，曾到尚書墓上來。見說白楊堪作柱，爭（怎也）教紅粉不成灰？」後盼盼得白詩，泣曰：「妾非不能死，恐後世以我公重色，有從死之妾，玷清範耳！」乃和白詩，旬日不食而卒。此女雖自風塵中來，亦云烈矣！其次韻白詩，見《全唐詩》卷八百二，茲不贅矣。】先生此詞警句云：「燕子樓空，佳人何在？空鎖樓中燕！」第三句承第二句來，謂盼盼當年雖自關鎖於此樓中十餘載，然只今蕭寂無人，佳人何在哉！清沈辰垣等《歷代詩餘》卷一百十五引《高齋詩話》（宋人撰，失名，已亡。）云：「少游自會稽入都，見東坡，坡問『別作何詞？』少游舉『小樓連苑橫空，下窺繡轂雕鞍驟。』（水龍吟起調）東坡曰：『十二個字，只說得一個人騎馬樓前過。』少游問公近作，乃舉『燕子樓空，佳人何在？空鎖樓中燕！』晁無咎曰：『只三句便說盡張建封事。』」（亦見宋楊萬里《誠齋詩話》及嚴有翼《藝苑雌黃》）近人鄭文焯手批《東坡樂府》云：「公以『燕子樓空』三句語秦淮海，殆以示詠古之超宕，貴神情，不貴迹象也。」是年，有《讀孟郊詩》五古二首【注一】云：

「夜讀孟郊詩，細字如牛毛，【注二】寒鐙照昏花，佳處時一遭。【注三】孤芳擢荒穢，苦語餘《詩》《騷》。【注四】水清石鑿鑿，湍激不受篙。【注五】初如食小魚，所得不償勞；又似煮蟛蜞，竟日持空螯。【注六】要當鬥僧清，未足當韓豪。【注七】人生如朝露，日夜火消膏。【注八】何苦將兩耳，聽此寒蟲號！【注九】不如且置之，飲我玉色醪。」【注十】

「我憎孟郊詩，復作孟郊語。【注十一】飢腸自鳴喚，空壁轉飢鼠。【注十二】詩從肺腑出，出輒愁肺腑。有如黃河魚，出膏以自煮。尚愛《銅斗歌》，鄙俚頗近古。【注十三】桃弓射鴨罷，獨速短簑舞；不憂踏船翻，踏浪不踏土。【注十四】吳姬霜雪白，赤腳浣白紵。【注十五】嫁與踏浪兒，不識別離苦。【注十六】歌君江湖曲，感我長羈旅。」【注十七】

【注一】孟郊詩論，略具拙著《元遺山論詩絕句講疏》三十首之十八解中，茲稍注兩詩出實，餘不贅論矣。宋葛立方《韻語陽秋》卷一云：「孟郊詩『楚山相蔽虧，日月無全輝。』（《夢澤行》起句）『萬株古柳根，拏此磷磷（《詩・唐風・揚之水》：「揚之水，白石粼粼。」《毛傳》：「粼粼，清激也。」《說文》：「粼，水生厓石間粼粼也。」）溪。』（「與王二十一員外涯遊枋口柳溪」起句。）『太行橫偃脊（應作春），百里方（應作芳）崔嵬』（《濟源春》起句）等句，皆造語工新，無一點俗韻；然其他篇章，似此處絕少也（實亦不少）。李翱（應作觀）評其詩云：『高處在古無上，平處下觀二謝！』（《新唐書・孟郊傳》引「觀」作「顧」。）許之亦太甚矣。東坡謂『初如食小魚，所得不償勞；又似食蟚蜞，竟日嚼空螯。』貶之亦太甚矣。」

【注二】王應麟《困學紀聞・考史》引魏蔣濟《萬機論》（《隋書・經籍志・子部・雜家》著錄「《蔣子萬機論》八卷」，亡。）：「學如牛毛，成如麟角。」清翁元圻注：「《北史・文苑傳序》：『明皇御歷，文雅大盛，學者如牛毛，成者如麟角。』《抱朴子・極言篇》：『為者如牛毛，獲者如麟角。』皆本《萬機論》。」杜甫《述古》五律三首之二結云：「秦時任商鞅，法令如牛毛。」又東坡《周教授索枸杞因以詩贈錄呈廣倅蕭大夫》七古：「短檠照字細如毛，怪底眼花懸兩目。」

【注三】《世說新語・文學》：「孫興公（綽）作《天台賦》成，以示范榮期（名啟）云：『卿試擲地，要作金石聲。』范曰：『恐子之金石，非宮商中聲。』然每至佳句，輒云：『應是我輩語。』」劉孝標注云：「『赤城霞起而建標，瀑布飛流而界道』，此賦之佳處。」王文誥《編注集成》云：「郊《聞角》詩（今集題作《曉鶴》）：『似開孤月目，能說落星心。』（今集作「如開孤月口，似說明星心。」坡題「目」亦作「口」。）公極賞之，是所謂『佳處時一遭』也。」《東坡題跋》卷二《題孟郊詩》云：「孟東野作《聞角詩》云：『似開孤月口，能說落星心』；今夜聞崔誠老彈曉角，始覺此詩之妙。」東野此詩下二句云：「既非人間韻，枉作人間禽。」則題作《曉鶴》為是；東野別有《聞砧》詩，殆先生一時誤記耳。

【注四】孤芳句承「佳處時一遭」來，謂荒蕪蓬蒿中時見孤芳挺拔而出也。穢，《說文》本字作薉，「蕪也。」韓愈《孟生詩》「異質忌處羣，孤芳難寄林。」（餘見下注七）庾信《哀江南賦序》：「不無危苦之辭，惟以悲哀為主。」（原出嵇康《琴賦序》：「稱其材幹，則以危苦為上；賦其聲音，則以悲哀為主；美其感化，則以垂涕為貴。」）韓愈《憶昨行和張十一》七古：「危辭苦語感我耳，淚落不掩何漼漼！」【《詩・小雅・小弁篇》：「有漼者淵，萑葦淠淠（音譬，眾皃。）。」漼，本讀上聲，此讀摧。】餘《詩》《騷》，猶云《詩》《騷》之餘，意謂附庸也。紀昀曰：「孤芳擢荒穢，五字寫盡東野。」

【注五】《詩・唐風・揚之水》：「揚之水，白石鑿鑿。」《毛傳》：「鑿鑿然，鮮明皃。」《說文》：「鑿，糲米一斛舂為九斗曰鑿。」《書・益稷》以粉米為采色，故引伸鑿為鮮明，本字也。此二句喻東野詩佳處既清勁，又瘦硬；然無施力處，舟行殊礙，可觀而害用也。紀昀曰：「十字亦似東野。」宋范晞文《對牀夜語》卷四：「退之序東野詩云：『東野之詩，其高出於魏、晉，不懈而及於古，其他浸淫乎漢氏矣。』又薦之於詩云：『有窮者孟郊，受材實雄驁。……』東坡《讀東野詩》，乃云：『孤芳擢荒穢，苦語餘《詩》《騷》。水清石鑿鑿，湍激不受篙。……』退之進之如此，東坡貶之若是，豈所見有不同邪？然東坡前四句亦可謂巧於形似。」

【注六】《爾雅・釋魚》：「蜎蠌（音滑澤），小者蟧。（音勞）。」郭璞注：「即彭蜎也。似蟹而小。」明李時珍《本草綱目》：「海邊又有蟛蜞，似蟛蜎而大，似蟹而小，不可食。（晉）蔡謨初渡江，不識蟛蜞，啖之幾死，歎曰：『讀《爾雅》不熟，為學者所誤也。』（見《晉書・蔡謨傳》）……其最小無毛者，名蟛蜎，音越（此別一音），吳人訛為蟛蠘。」《晉書・畢卓傳》：「卓嘗謂人曰：得酒滿數百斛船，四時甘味置兩頭，右手持酒杯，左手持蟹螯，拍浮酒船中，便足了一生耳。」

【注七】僧，謂賈島也，初為僧，名無本。韓公有「送無本師歸范陽」五古起云：「無本於為文，身大不及膽。」下云：「芝英擢荒蓁，孤翮起連菼。」東坡《祭柳子玉文》云：「元輕白俗，郊寒島瘦。」是「要當鬥僧清」也。東野《戲贈無本詩》云：「詩骨聳東野，詩濤湧退之。」詩濤湧，猶豪矣。元遺山《論詩》絕句云：「江山萬古潮陽筆，合在元龍百尺樓。」亦先生「未足當韓豪」意也。

【注八】《漢書・蘇武傳》李陵謂蘇武曰：「人生如朝露，何久自苦如此！」《淮南子・原道訓》：「天下時有盲妄自失之患，此膏燭之類也，火逾然而消逾亟。」董仲舒《賢良對策下》：「積善在身，如長日加益，而人不知也；積惡在身，猶火之銷膏，而人不見也。」《漢書・龔勝傳》：「薰以香自燒，膏以明自銷。」（《莊子・人間世》：「山木，自寇也；膏火，自煎也。」）

【注九】先生是年復有《中秋月》五古三首，首篇有云：「白露入肺肝，夜冷如秋蟲，坐令太白豪，化為東野窮。」則又以東野自喻，雖戲論，然不甚鄙薄東野可見矣。

【注十】揚雄《太玄賦》：「茹芝英以禦飢兮，飲玉醴以解渴。」張衡《思玄賦》：「飲青岑之玉醴兮，湌沆瀣以為粻。」（沆瀣，夜半北方氣；沆，康上聲；瀣，音械。粻，音張，食米也，亦通作糧。）醪，音勞，《說文》：「醪，汁。滓酒也。」玉色醪，謂醅白之秫酒，古以白玉為正。

【注十一】王文誥《編注集成》云：「或以我憎孟郊詩，復作孟郊語為詆者；答曰：是所謂『惡而知其美』（《大學》：「好而知其惡，惡而知其美者，天下鮮矣。」）也。著此二句，郊之地位固在，此詩筆之妙也，非子所知。」紀昀曰：「二首即作東野體，如昌黎《樊宗師誌》例。【昌黎有《南陽樊紹述墓誌銘》，紹述，樊宗師字。《昌黎先生集注》：「歐陽文忠公云：『退之與樊紹述作銘，便似樊文』（陳師道《後山詩話》：「歐陽公謂退之為《樊宗師誌》，便似樊文。」）誠不虛語。」】意謂東野體我固能之，但不為耳。東坡以雄視百代之才，而往往傷率、傷慢、傷放、（此非是）傷露（此亦非）者，正坐不肯為郊、島一番苦吟工夫耳，讀者不可不知。」公詩與韓、孟異趣，有宋一人，何必效郊、島苦吟哉。

【注十二】紀昀曰：「十字神似東野。」王文誥《編注集成》云：「十字絕倒，寫盡郊寒之狀。」

【注十三】鄙俚：晉孫綽《喻道論》：「悲夫！章甫之委裸俗，《韶》、《夏》之棄鄙俚；至真絕于漫習，大道廢于曲士也。」近古：《穀梁傳》桓公三年：「相命而信諭，謹言而退，以是為近古也。」《銅斗歌》，指東野《送淡公》五古十二首（首二篇今誤入《蘇詩續補遺》

中）之第三首也。詩云：「銅斗飲江水，水拍銅斗歌。儂是拍浪兒，飲則拜浪婆。腳踏小船頭，獨速舞短簑。笑伊《漁陽操》，空持（《全唐詩》作恃，是）文章多，【《後漢書・文苑・禰衡傳》：「衡方為《漁陽參撾》蹀躍（同蹀躞，小步貌。）而前，容態有異，聲節悲壯，聽者莫不慷慨。……後黃祖在蒙衝船上，大會賓客，而衡言不遜順，祖慙，乃訶之，衡更熟視曰：『死公，云等道！』……祖恚（恨也），遂令殺之。……時年二十六，其文章多亡云。」】：閑倚青竹竿（篙也），白日奈我何！」

【注十四】此四句皆隱栝東野《送淡公》詩意，其四云：「短簑不怕雨，白鷺相爭飛；短楫畫菰蒲，鬥作豪橫歸。（畫，通劃，謂撥棹時也。鬥作豪橫歸，渭競渡鬥疾速也。）笑伊水健兒，浪戰求光輝；不如竹枝弓，射鴨無是非。」其五云：「射鴨復射鴨，鴨驚菰蒲頭；鴛鴦亦零落，采色難相求。（梅堯臣《莫打鴨》詩：「莫打鴨，打鴨驚鴛鴦。」本此。）儂是清浪兒，每踏清浪游；笑伊鄉貢郎，踏土稱風流；（中唐 李肇《國史補》卷下：「進士，為時所尚久矣！是故俊乂實集其中。由此出者，終身為聞人，故爭名常切，而為俗亦弊。其都會謂之舉場，通稱謂之秀才，投刺謂之鄉貢，得第謂之前進士，互相推敬謂之先輩，俱捷謂之同年，有司謂之座主。」五代 王定保《唐摭言》卷三：「新進士榜下，綴行而出，時進士團所由輩數十人。……前導曰：『迴避新郎君！』」）如何丱角翁，至死不裹頭！」（《詩・齊風・甫田》：「婉兮孌兮，總角丱兮。」毛傳：「丱，幼穉也。」此結意謂浮世功名亦不可強求，蓋「富貴在天」，「求之有道，得之有命」；亦有人自幼至老至死亦不能出仕也。杜甫《兵車行》：「去時里正與裹頭，歸來頭白還戍邊。」此裹頭指裹髮戴冠冕也。）

【注十五】李白《金陵酒肆留別》：「風吹柳花滿店香，吳姬壓酒勸客嘗。」又《和盧侍御通塘曲》：「浦邊清水明素足，別有浣紗吳女郎。」又《越女詞》五絕五首之一：「長干吳兒女，……屐上足如霜。」其五：「鏡湖水如月，耶溪女如雪。」又《浣紗石上女》五絕：「玉面耶溪女，兩足白如霜。」又白有《白紵辭》（古有《白紵舞》，或名《白紵舞歌》。《宋書‧樂志》：「《白紵舞》……紵，本吳地所出，宜是吳舞也。」）五古三首，又《湖邊采蓮婦》五古云：「小姑織白紵，未解將人語。」東野是湖州人，今浙之吳興縣；淡公是越人，【《送淡公》之一：「燕本冰雪骨（無本，燕人。），越淡蓮花風。（淡公，越人）」】，故先生此處言吳、越事也。

【注十六】中唐李益《江南詞》（詞，一作曲。）：「嫁得瞿塘賈，朝朝誤妾期。早知潮有信，嫁與弄潮兒。」踏浪見上，踏浪兒，即弄潮兒也。

【注十七】《送淡公》之六：「師得天文章，所以相知懷。數年伊、洛同，一旦江湖乖。江湖有故莊，小女啼喈喈，我憂未相識，乳養難和諧。幸以片佛衣，誘之令看齋；齋中百福言，催促西歸來。」其七云：「伊、洛氣味薄，江湖文章多。坐緣江湖岸，意識鮮明波。《銅斗短簑行》，新章其奈何？（如何也）茲焉激切句；非是等閒歌，製之附驛迴，勿使餘風訛。都城第一寺，昭成屹嵯峨，為師書廣壁，仰詠時經過。徘徊相思心，老淚雙滂沱。」時東野蓋羈旅長安；淡公則歸越，故云云；先生所謂江湖曲，指此二詩也。

元豐二年己未，四十四歲。（在徐州任）三月，清明過後，有「次韻田國博（名叔通）部夫（督夫役也，田時為倅。）南京（北宋之南京是今河南商丘）見寄」七絕二首，其一云：

「歲月翩翩下坂輪，歸來杏子已生仁。【注一】深紅落盡東風惡，柳絮榆錢不當春。」【注二】

【注一】詩意謂田叔通因新法而辛勞，辜負大好韶光，歸來時已非紅杏枝頭之好春，而是柳絮漫空榆錢滿地之殘春矣；如此春光，安得謂之春乎？《漢書・蒯通傳》：「相率而降，猶如阪上走丸也。」顏師古曰：「言乘勢便易。」首句、王十朋注引趙次公曰：「此亦如坂走丸之義也。」紀昀評首句云：「此是宋句」；評二句云：「此是晚唐句。」強分唐、宋，甚無謂也。

【注二】末二句紀評云：「寄慨殊深，行役之感，言外見之。」是也。杜牧《悵詩》七絕《序》

云：「牧佐宣城幕，刺史崔君張水戲，（謂競舟泳游之類）使州人畢觀，令牧閒行閱奇麗，（此何等長官乎？），得垂髫者（髮尚垂額之稚女）十餘歲。後十四年，牧刺湖州（今浙江 吳興），其人已嫁生子矣，乃悵而為詩。」其詩云：「自是尋春去校遲，不須惆悵怨芳時。狂風落盡深紅色，綠葉成陰子滿枝。」深紅色，證之先生此詩，蓋是杏花非桃花也。（《禮．月令》：「仲春之月，……桃始華。」桃開較早，色亦非深紅也。）

未幾，自徐州移知湖州，西行赴南都（北宋時河南 商丘）。四月，過泗州（安徽 泗縣），渡淮，歷揚州（江蘇 江都），下鎮江，逕常州（江蘇 武進），至無錫。與參寥（僧人道潛，俗姓何，於潛人，號參寥子。住杭州 智果寺，於內外典無不窺，能文，尤工詩。與先生及少游深相契好。）秦觀同游惠山（在無錫城西七里。）有「贈惠山僧惠表」（無致）七律云：

「行遍天涯意未闌，將心到處遣人安。【注一】山中老宿依然在，案上《楞嚴》已不看。【注二】欹枕落花餘幾片？閉門新竹自千竿。客來茶罷空無有，盧橘楊梅尚帶酸。」【注三】

【注一】白居易《潯陽春》七律三首其一《春生》，起句云：「春生何處闇周遊？海角天涯徧始休。」（王十朋等注引成都天涯石，與此無涉，應刪。）將心句，見前《病中遊祖塔院》七律「安心是藥更無方」注。【《傳燈錄》卷三神光（二祖慧可）謂達磨曰：「我心未寧，乞師與安。」師曰：「將心來，與汝安。」】

【注二】在此詩前有《遊惠山》五古三首，《序》云：「余昔為錢塘倅（即杭州通判），往來無錫，未嘗不至惠山，既去五年，復為湖州，與高郵秦太虛，杭僧參寥同至。……」首篇起云：「夢裏五年過，覺來雙鬢蒼。」山中老宿依然在：謂惠山老僧惠表仍健存也。宋僧法雲《翻譯名義集》：「梵云體毘履，此云老宿。」（老宿屢見《傳燈錄》中）又云：「五十夏以上，一切沙門所尊敬，名耆宿。」案上《楞嚴》句：王十朋注引趙次公曰：「案上惟有《楞嚴經》，事亦見《傳燈錄》。」按：《傳燈錄》原無此句，卷二十八惟云：「《靈驗傳》十餘卷，皆不堪信也。……何處有靈驗？……試將一卷經安著案上，無人受持，自能有靈驗否？」趙次公傳會牽合，殊費後學目力，極不應爾。白居易《見元九悼亡詩因以此寄》七絕結云：「人間此病治無藥，唯有《楞嚴》（一作楞伽，是。）四卷經。」《宋史・藝文志・子部・道家類・附釋氏》著錄「般剌密帝、彌伽釋迦譯《首楞嚴經》十卷。」又「惟慤《首楞嚴經疏》六卷。」今題《大佛頂如來密因修證了義諸菩薩萬行首楞嚴經》，唐天竺沙門般剌密帝譯，烏萇國沙門彌伽釋迦譯語，「菩薩戒」弟子前正議大夫同中書門下平章事清河房融（房琯之父）筆受。首楞嚴，為佛所得三昧之名，萬行之總稱也。此經闡明心性本體，為內學精髓，禪宗修定之寶典也。《翻譯名義集》云：「《楞嚴經》，言一切究竟，而得堅固定，名為佛性；又翻為《金剛藏》，諸菩薩證此定，故名。」

宋釋惠洪《冷齋夜話》卷一：「東坡嘗曰：『淵明詩，初看若散緩，熟看有奇趣。……』不知者困疲精力，至死不之悟，而俗人亦謂之佳。如曰：『一千里色中秋月，十萬軍聲半夜潮。（此中晚唐趙嘏句，全詩已佚，見晚唐張為《詩人主客圖》，注云：「錢塘句」。）』又曰：『蝴蝶夢中家萬里，子規枝上月三更。（晚唐崔塗《春夕》七律三四，子規一作杜鵑。）』又曰：『深秋簾幕千家雨，落日樓臺一笛風。（杜牧《題宣州開元寺水閣、閣下宛溪、夾溪居人》七律五六，此遠勝上二聯，冷齋但嫌其有數目字耳。）』皆如寒乞相，一覽便盡，初如秀整，熟視無神氣，以其字露也。東坡作對則不然，如曰：『山中老宿依然在，案上《楞嚴》已不看』之類，更無齟齬之態，細味對甚的，而字不露，此其得淵明之遺意耳。」

【注三】司馬相如《上林賦》：「於是乎盧橘夏熟，黃甘橙楱（各注本誤作榛。楱，音奏，小橘也。）」宋之問《登越王臺》詩：「春花采盧橘，夏果摘楊梅。」韋應物《答鄭騎曹春橘絕句》起云：「憐君臥病思新橘，試摘才酸亦未黃。」先生在惠州有《食荔枝》七絕起云：「羅浮山下四時春，盧橘楊梅次弟新。」

是月，發無錫，過吳江（在蘇南），二十日，到湖州任，進《湖州謝上表》（此表後三月為姦臣何正臣所首先劾奏，以為愚弄朝庭，妄自尊大。小人害賢，肆無忌憚，有如是者！），有云：「風俗阜安，在東南號為無事（《老子》：「為無為，事無事，味無味。」又曰：「取天下常以無事；及其有事，不足以取天下。」又曰：「以正治國，以奇用兵，以無事取天下。」《揚子‧太玄‧事》：「事無事，至無不事。測曰：事無事，以道行也。」先生本意謂湖州民人安謐耳；說者必媒蘖其短，以為取天下，道大行矣。）；山水清遠，本朝廷所以優賢。（《晉書‧阮籍傳論》：「松蘿低舉，用以優賢；巖水澄華，茲焉賜隱。」）顧惟何人？亦與茲選！……伏念臣性資頑鄙，名迹堙微，議論闊疎，文學淺陋。凡人必有一得，而臣獨無寸長（《史記‧淮陰侯列傳》：「廣武君李左車謂韓信曰：「臣聞智者千慮，必有一失；愚者千慮，必有一得。」屈原《卜居》：「尺有所短，寸有所長。」）荷先帝之誤恩，推寘三館（謂英宗召試，以殿中丞直史館也。宋仍唐制，以昭文館、集賢館、國史館為三館。）；蒙陛下之過聽，付以兩州（密州、徐州）。非不欲痛自激昂，少酬恩造；而才分所局，有過無功。伏遇皇帝陛下，天覆羣生，海涵萬族，用人不求其備，嘉善而矜不能【《論語‧微子》：「周公謂魯公（子伯禽）曰：『……故舊無大故，則不棄也，無求備於一人。』」又《子張篇》：「子張曰：……君子尊賢而容眾，嘉善而矜不能。」】；知其愚不適時，（隋煬帝《遺陳尚書江總檄》：「公等文儒自立，器用適時。」唐宣宗《謫溫庭筠制詞》：「徒負不羈之才，罕有適時之用。」）難以追陪新進（先生自二十二歲登進士第，至此已二十二年。時王安石喜用新進小人，此最招怨矣。元稹《上令狐相公啟》：「江湖間多有新進小生，不知天下文有宗主。」司馬光《論風俗箚子》：「新進後生，未知臧否，口傳耳剽。」先生於熙寧四年三月，以殿中丞直史館權開封府推官時，有《再論時政書》云：「內則不取謀於元臣侍從，而專用新進小生。」宋魏泰《東軒筆錄》卷五：「王荊公秉政，更新天下之務，而宿望舊人，議論不協，荊公遂選用新進，待以不次，故一時政事不日皆舉，而兩禁臺閣內外要權，莫匪新進之士也。」）察其老不生事（楊修《答臨淄侯牋》：「修家子雲，老不曉事。」），或能牧養小民。（《管子》首篇是《牧民》。《書・君牙》：「夏暑雨，小民惟曰怨咨；冬祁寒，小民亦惟曰怨咨。厥惟艱哉！思其艱以圖其易，民乃寧。」此四句最為何正臣所指摘，以為妄自尊大者。）而臣頃在錢塘，樂其風土，（《晉書・阮籍傳》：「籍嘗從容言於帝曰：籍平生曾游東平，樂其風土。」）魚鳥之性，既自得於江湖；吳、越之民，亦安臣之教令。……」

七月，沈括（即撰《夢溪筆談》之人，是小人而有才者也。）陷先生；初，先生倅杭日（熙寧四年十一月，至七年十月），括嘗求先生手錄近詩一通，至是，即籤貼以進，指為訕謗朝廷，神宗雖不問，然舉朝皆知其事矣。【北宋末，南宋初王銍之《元祐補錄》云：「沈括素與蘇軾同在館閣，（先生直史館，括為昭文館校理。）軾論時事異（反對新法），補外（為杭州通判）。括察訪兩浙（浙東、浙西。括於熙寧六年，以集賢校理，相度兩浙路農田水利差役等事，兼察訪。），陛辭，神宗語括曰：『蘇軾通判杭州，其善遇之！（神宗本實愛先生才）』括至杭，與軾論舊，求手錄近詩一通，歸即籤貼以進，云：『詞皆訕懟。』軾聞之，後寄詩劉恕，戲曰：『不憂進了也！』其後李定、舒亶論軾詩，置獄，實本於括云。元祐中，軾知杭州（四年七月至六年四月），括閒廢在潤（括於元豐四年知延州，五年，為西夏軍所敗，廢黜。自哲宗元祐元年至紹聖二年，廢黜在潤州凡八年而卒。），往來迎謁，恭甚。軾益薄其為人。」】於是何正臣、舒亶、李定、李宜之等摭公《到湖州謝上表》及所為詩文，皆祖述沈括之媒蘖，且舉冊以進（舒亶多至四冊，餘一冊。），必欲置之死地。神宗本愛先生才，無意深罪，但欲申言者之路，詔送御史臺根勘。七月二十八日，御史臺悍吏皇甫遵乘驛到湖州追躡，先生就逮。惟長子邁（二十一歲）徒步相隨，出城登舟，郡人送者，泣涕如雨。八月十八日，赴臺獄，太子少師致仕張方平（字安道，時年七十三）、吏部侍郎致仕范鎮（字景仁，時年亦七十三。）上疏論救，弟轍乞納在身官（以著作佐郎簽書南京判官）贖兄罪，皆不報。詔御史中丞李定推治，根勘所為詩以聞；定窮治其獄，必欲置先生於死地，先生度不能堪，死獄中不得一見子由，因成七律二章，授獄卒梁成，以遺子由。

【葉夢得《避暑錄話》：「蘇子瞻元豐間赴詔獄，與長子邁俱行，與之期，送食惟菜與肉；有不測，則撤二物而送魚，使伺外間以為候。邁謹守，踰月，忽糧盡，出謀於陳留（在開封南），委其親戚代送，而忘語其約；親戚偶得魚鮓（音作，海蜇。），送之，不兼他物。子瞻大駭，知不免，將以祈哀於上，而無以自達，乃作二詩寄子由，屬獄吏致之；蓋意獄吏不敢隱，則必以上聞，已而果然。神宗初無殺意，見詩益心動，自是遂從寬釋。」葉石林此錄絕不足信，迹近厚誣矣。王文誥《蘇詩總案》闢之甚當，《案》云：「其說妄甚！此何等約，邁可忘之？以忠見罪，豈肯詭遇？歷守三郡（密、徐、湖），只裹一月糧詣獄，窘乏不至是也。詩案一事，兩宋雜説甚多，其他事亦多誣罔。夢得之母，晁君成之女，無咎之甥也，小人往往自恥（夢得早歲依附蔡京），故必陷君子以小人之道。恐後有炫博者，率意增注，特載此條駁正為例。」若王見大者，可謂坡翁千載後知己矣。」】詩題云：「予以事繫御史臺獄，獄吏稍見侵，自度不能堪，死獄中不得一別子由，故作二詩，授獄卒梁成，以遺子由。」（施注本目錄止「獄中寄子由」五字，《東坡七集》本《續集》止「獄中寄子由二首」七字。）二詩云：

「聖主如天萬物春，小臣愚暗自亡（一作忘）身。【注一】百年未滿先償債，十口無歸更累人。【注二】是（一作到）處青山可埋骨，他年（一作時）夜雨獨傷神。【注三】與君世世為兄弟，又（一作更）結來生未了因。」【注四】

「柏臺霜氣夜淒淒，風動琅璫月向低。【注五】夢繞雲山心似鹿，魂驚湯火命如雞。【注六】眼中犀角真吾子，身後牛衣愧老妻。【注七】百歲神遊定何處？桐鄉知葬浙江西。」（先生自注：「獄中聞杭、湖間民為余作解厄道場累月，故有此句」）。【注八】

【注一】《易・繫辭・下傳》：「天地之大德曰生，聖人之大寶曰位」。《楚辭・大招》：「德譽配天，萬民理只。」王逸注：「言楚王……功德配天，能理萬民。」杜甫《能畫》五律三四：「每蒙天一笑，復似物皆春。」《史記・商君列傳》衛鞅謂秦孝公曰：「愚者闇於成事，知者見於未萌。」《詩・大雅・桑柔篇》「維彼愚人。」鄭玄《箋》有愚闇之人為王言，其事淺且近矣。」闇暗同。

【注二】百年句：謂己不能終其天年而先償前生所負欠小人之冤孽債也。《楞嚴經》卷四：「汝負我命，我還汝債，以是因緣，經千百劫，常在生死。」又卷六：「是人無始宿債，一時酬畢。」《傳燈錄》卷三：「莞城縣宰翟仲侃惑於辯和法師邪說，加慧可大師以非法，「師怡然委順，識真者謂之償債。」原注：「皓月供奉，問長沙岑和尚，古德云：『了即業障本來空，未了應須償宿債。』」韓愈《感春四首》之四七古（第三首是五古）結句：「百年未滿不得死，且可勤買拋青春。」（拋青春，酒名也。）十口句：王文誥《編注集成》：「時王子立為置家累於南都，而子由方債負山積，故云爾也。」按：先生就逮時，其門人王適（子立）、王遹（子敏）兄弟，為先生安置妻子於河南商丘（北宋時稱南都）。累人，謂子立、子敏兄弟及子由也。

【注三】是處，猶云隨處、到處、處處，謂隨便任何一處青山皆可為己埋骨地也。《晉書・劉伶傳》：「常乘鹿車，攜一酒壺，使人荷鍤而隨之，謂曰：『死便埋我。』其遺形骸如此。」先生埋骨句正用劉伯倫意。陸游《醉中出西門偶書》七律三四：「青山是處可埋骨，白髮向人羞折腰。」則又用先生句也。　夜雨句：王文誥《編注集成》云：「句用懷遠驛事，就子由說。」先生於仁宗嘉祐六年辛丑（二十六歲）十一月，與子由別於鄭州七古（見前）有云：「寒燈相對記疇昔，夜雨何時聽蕭瑟？」自注云：「嘗有夜牀對雨之言，故云爾。」【韋應物《示全真元常》（韋自注：「元常，趙氏生。」全真，道士之稱。）五律三四云：「寧知風雨（一作雪）夜，復此對牀眠。」】宋王十朋《蘇東坡詩集注》彼處引趙次公曰：「子由與先生在懷遠驛（嘉祐六年正月，與子由同舉制策，寓懷遠驛，驛在汴京麗景門河南岸。），讀韋詩至此句，惻然感之，乃相約早退，共為閑居之樂。……其後子由與先生彭城相會（前此二年，神宗熙寧十年，先生四十二歲知徐州時也。），作二小詩，其一曰：『逍遙堂後千尋木，長送中宵風雨聲，誤喜對牀尋舊約，不知漂泊在彭城。』（見子由《欒城集》卷七。）至先生在東府（哲宗元祐八年，先生五十八歲，在禮部尚書任。），雨中作示子由（原題是「東府雨中別子由」五古。）詩有曰：『對牀空（集作定）悠悠，夜雨今（集作空）蕭瑟。』蓋皆感歎追舊之言也。」按子由《逍遙堂會宿二首并引》云：「轍幼從子瞻讀書，未嘗一日相舍；既壯，將遊宦四方，讀韋蘇州詩，至『安知風雨夜，復此對牀眠。』惻然感之，乃相約早退，為閑居之樂。故子瞻始為鳳翔幕府（嘉祐六年，先生二十六歲，除大理寺評事，簽書鳳翔府判官。），留詩為別曰：『夜雨何時聽蕭瑟？』」案：先生與子由有感於韋蘇州夜雨對牀之言，除上所舉外，四十二歲守彭城時《初別子由》五古云：「秋眠我東閣，夜聽風雨聲，懸知不久別，妙理難細評。」元豐六年四十八歲，貶在黃州時《初秋寄子由》五古結云：「雪堂風雨夜，已作對牀聲。」又哲宗元祐六年五十六歲，為翰林學士，寓居子由東府，以龍圖閣學士出知潁州，別子由，有《感舊詩》（五古）并《引》云：「嘉祐中，予與子由同舉制策，寓居懷遠驛，時年二十六，而子由二十三耳。一日，秋風起，雨作，中夜翛然，始有感慨離合之意。自爾宦遊四方，不相見者十嘗七八，每夏秋之交，風雨作，木落草衰，悽然有此感，蓋三十年矣。元豐中（六年），謫居黃岡（即黃州），而子由亦貶筠州，嘗作詩以記其事。（餘見上）」

【注四】梁元帝《與劉智藏書》：「僕久厭塵邦，本懷人外；加以服膺常住，諷味了因，彌用思齊，每增求友。」（《因明大疏上》：「如種生芽，能起用故，名為生因；如燈照物，能顯果故，名為了因。」）隋、唐間僧智者大師偈：「欲知前世因，今生受者是；欲知後世因，今生作者是。」紀昀批曰：「情至之言，不以工拙論也。」

【注五】柏臺，御史臺也，亦稱烏臺。《漢書・朱博傳》：「是時御史府舍百餘區，井水皆竭；又其府中列柏樹，常有野烏數千，棲宿其上，晨去暮來，號曰朝夕烏。」宋朋九萬、周紫芝集錄先生在御史臺獄自箋詩曰《烏臺詩案》，本此。　琅璫，謂竹也；一作鋃鐺，是指鎖及鍊，兩通。杜甫《大雲寺贊公房》四首之三五古：「夜深殿突兀，風動金琅璫（一作鋃鐺）。」此琅璫應是指竹言。《後漢書・崔寔傳》：「寔從兄烈，有重名於北州，……獻帝初，子鈞與袁紹俱起兵山東，董卓以是收烈，付郿（陝西郿縣）獄錮之，鋃鐺鐵鎖。」《說文》：「鋃，鋃鐺，鎖也。」

【注六】心似鹿句：鹿性易驚駭，動輒跳躍，故謂己夢繞家山而心如鹿之驚駭也。《詩・小雅・小弁》：「鹿之斯奔。」鄭《箋》：「鹿之奔走，其勢宜疾。」馬融《長笛賦》：「聞之者莫不張耳鹿駭。」嵇康《與山巨源絕交書》：「此由禽鹿，少見馴育，則服從教制；長而見羈，則狂顧頓纓，赴蹈湯火。」《山谷題跋》卷七《論鹿性》云：「胡居士云：鹿性驚烈，多別良草。」

《漢書・鼂錯傳・守邊備塞勸農力本疏》：「蒙矢石，赴湯火，視死如生。」《東坡題跋》卷一《書南史盧度傳》（附《南史・隱逸傳上・顧歡傳》後）：「余少不喜殺生，然未能斷也。近來始能不殺豬羊，然性嗜蟹蛤，故不免殺。自去年得罪下獄，始意不免，既而得脫，遂自此不復殺一物。有見餉蟹蛤者，皆放之江中，雖知蛤在江水，無活理，然猶庶幾萬一；便使不活，亦愈於煎烹也。非有所求覬，但以親經患難，不異雞鴨之在庖廚，不忍復以口腹之故，使有生之類，受無量怖苦爾。猶恨未能忘味，食自死物也。《南史・隱逸傳》：『始興人盧度，字彥章（彥，應作孝。）有道術，少隨張永北侵魏（劉宋文帝元嘉二十九年，以永為揚威將軍，冀州刺史、加都督，北伐，為魏軍所殺甚眾。），永敗，魏軍追急，（阻）淮水不得過，自誓若得免死，從今不復殺生。須臾，見兩楯流水，（應作來）接之得過。後隱居廬陵西昌三顧山，鳥獸隨之，夜有鹿觸其壁，度曰：『汝壞我壁。』鹿應聲去。屋前有池養魚，皆名呼之，次第取食。逆知死年月，竟以壽終。』偶讀此書，與余事麤相類，故并錄之。」王文誥《編注集成》云：「本集《書南史盧度傳》，自謂『親經患難，不異雞鴨之在庖廚』，是此句鐵注也。然非親經患難，即又何從知之？曉嵐譏其為俚，率意亂扛，此皆居心褊躁，不能悉心求之，故其情不出也。孔子曰（《論語・子路篇》）：『如得其情，則哀矜而勿喜』，則是我之謂矣。」孔子之言，是謂聽訟，如得其犯罪之實，則應哀憐之而勿自喜審得其實罪也。吾人讀書，於古之賢士君子作品，宜本此態度。虛心研讀，克盡恕心，設身處地以求之，然後可得古人用心而知其曲折之情也。即令前賢論學述著間有錯失，若原非邪惡，不至愚迷後學，則應稍予辨正，勿遽下斧鉞之誅也。凡立言者之罪惡，莫大於非聖毀經，其次是誣誷先賢，造作詭異之論；如此者，不有人患，必遭天譴。若夫古之賢士，其德學文章，已經千秋論定，推為第一流；而吾人讀其文，或覺其理未圓融，或覺文義難通，大多是本人學養未到，故不見其深致耳。於爾麼時，應再三虛心曲折反覆以求之，徐當有得，萬不可鹵莽滅裂，遽加詬詈，而目古人為不通也。焉有千秋論定第一流之古人是不通，而己反比之為通之理哉！但對今人，於凡非聖毀經，誣誷先賢，勇於著書鬻衒，而其人又頗著聲名，足以貽誤後學者，自當辭而闢之，毋使滋蔓。斯則讀書人忠於道、忠於學者所應爾，《易・乾文言》所謂「閑邪存其誠」，《孟子》所謂「正人心，息邪說，距詖行，放淫辭」（《滕文公下》）者是也。

【注七】《戰國策・中山策》中山王遣司馬憙見趙王曰：「臣……周流無所不通，未嘗見人如中山陰姬者也。……其容貌顏色，固已過絕人矣；若乃其眉目準（音拙）頞權衡（天庭也），犀角偃月，彼乃帝王之后，非諸侯之姬也。」《後漢書・李固傳》：「固貌狀有奇表，鼎角匿犀，足履龜文。」（官至太尉）唐李賢注：「鼎角者，頂有骨如鼎足也；匿犀，伏犀也，謂骨當額上入髮隱起也。足履龜文者二千石，見相書。」眼中犀角真吾子。謂其子蘇邁（時年二十一）、蘇過（時八歲）皆不凡也。牛衣：見《漢書・王章傳》：「王章，字仲卿……為諫大夫，遷司隸校尉，為京兆尹。……初，章為諸生，學長安，獨與妻居，章疾病，無被，臥牛衣中（顏師古曰：「牛衣，編亂麻為之。」），與妻決（懼病死），涕泣，其妻呵怒之曰：『仲卿，京師尊貴在朝廷人，誰如仲卿者？今疾病困厄，不自激昂，乃反涕泣，何鄙也！』後章仕宦，歷位及為京兆，欲上封事（奏大將軍元舅王鳳專權禍國），妻又止之曰：『人當知足，獨不念牛衣中涕泣時邪？』章曰：『非女子所知也。』書遂上，果下廷尉獄，妻子皆收繫。……章死不以其罪，眾庶冤紀之。」先生此二句是眷戀妻子，情難自已，衞叔寶所謂「見此芒芒，不覺百端交集，苟未免有情，亦復誰能遣此」者也。（《世說新語・言語》）王章死非其罪，先生用事極切。

【注八】觀先生自注，可見其能政且得民矣。劉彥和曰：「安有丈夫學文，而不達於政事哉！」（《文心雕龍・程器》）其先生之謂乎！百歲，謂死也。《詩・唐風・葛生》：「百歲之後，歸于其居。」鄭《箋》：「居，墳墓也。」（《後漢書・蔡邕傳》邕《釋誨》引此詩，李賢注：「毛萇注云：居，墳墓也。」）《晉書・羊祜傳》祜謂從事中郎鄒湛等曰：「吾百歲後有知，魂魄猶應登此山（襄陽峴山）也。」《列子・黃帝篇》：「遊於華胥氏之國，……蓋非舟車足力之所及，神遊而已。」神，靈魂也。桐鄉：《漢書・循吏・朱邑傳》：「初，邑病且死，屬其子曰：『我故為桐鄉吏（屬今安徽廬江縣），其民愛我，必葬我桐鄉，後世子孫奉嘗我，不如桐鄉民。』及死，其子葬之桐鄉西郭外，民果然共為邑起冢立祠，歲時祀祭，至今不絕（由西漢宣帝至東漢章帝班固撰《漢書》時）。」此桐鄉喻葬地也。先生作此詩時，自以為必死，以己嘗通判杭州及知湖州，甚得浙西民心，故謂朱邑之桐鄉，即我之浙西也。

十月，勘狀上，十五日，追交往承受詩文人數聞奏，慈聖違豫中聞之，【慈聖、仁宗曹后、神宗祖母。（實堂祖母，特英宗以堂姪繼仁宗為子，而神宗則英宗子也。）】諭神宗曰：「嘗憶仁宗以制科得軾兄弟，甚喜，謂與子孫得兩宰相。今聞軾以作詩繫獄，得非小人中傷之？攟至於詩，其過微矣。吾疾勢已篤，不可冤濫，致傷中和。」（此據王文誥《蘇詩總案》）神宗涕泣受命。【宋陳鵠《耆舊續聞》卷二：「慈聖光獻大漸，上純孝，欲肆赦，后曰：『不須赦天下兇惡，但放了蘇軾足矣。』時子瞻對吏也。后又言：『昔仁宗策賢良歸，喜甚，曰：「吾今日又為子孫得太平宰相兩人」，蓋軾、轍也，而殺之，可乎？』上悟，即有黃州之貶。故蘇有《聞太皇太后服藥赦詩》及《挽詞》，甚哀。」（清鮑廷博校云：「一本云：『故蘇後聞太皇太后不豫，有詩。』」宋王偁之《東都事略》，方勺之《泊宅編》、張端義之《貴耳集》等所記略同，蓋可信。】

公聞慈聖服藥，降德音，死罪囚流以下釋之，成七律一首，題云：「己未十月十五日，獄中恭聞太皇太后不豫，有赦作詩。」詩云：

「庭柏陰陰晝掩門，烏知有赦鬧黃昏。【注一】漢宮自種三生福，楚客還招九死魂。【注二】縱有鋤犁及田畝，已無面目見邱園。【注三】只應聖主如堯、舜，猶許先生作正言。」【注四】

【注一】用事如出己手，無斧鑿痕。唐吳兢《樂府古題要解》：「《烏夜啼》，宋臨川王義慶造（劉宋文帝堂弟，撰《世說新語》者。）。元嘉（文帝）中，徙彭城王義康（文帝異母弟）於豫章郡；義慶時為江州（以尚書左僕射為江州刺史，加都督。），相見而哭（《南史・彭城王義康傳》：「十六年，進位大將軍。……十七年……出鎮豫章，實幽之也。」）。文帝聞而怪之，徵還宅，義慶大懼，妓妾聞烏夜啼，叩齋閣云：『明日應有赦。』及旦，改南兗州刺史。」

【注二】《魏志‧陳思王植傳》裴松之注引晉張隱《文士傳》：「（丁）廙嘗從容謂太祖（曹操）曰：『臨淄侯（曹植）天性仁孝，發於自然，而聰明智達，其殆庶幾。至於博學淵識，文章絕倫，當今天下之賢才君子，不問少長，皆願從其遊，而為之死，實天下之所以種（一作鍾）福於大魏，而永受無窮之祚也。』」《楚辭》有《招魂》及《大招》，又《離騷》：「亦余心之所善兮，雖九死其猶未悔。」三生，謂過去、現在、未來三世之人生也，已見前《過永樂院文長老已卒》【注二】及【注三】。

【注三】杜甫《兵車行》：「縱有健婦把鋤犂，禾生隴畝無東西。」《史記‧項羽本紀》：「縱江東父老憐而王我，我何面目見之！縱彼不言，籍獨不愧於心乎？」

【注四】謂神宗原是聖天子，必能赦己而任其直言敢諫也。宋太宗雍熙四年，改左右補闕為左右司諫，改左右拾遺為左右正言。正言即唐之拾遺，是諫官，以直士敢言者為之，故先生作是想也。

十月二十日，慈聖升遐，先生以罪人，不許成服，成七律二首，題云：「十月二十日，恭聞太皇太后升遐，以軾罪人，不許成服，欲哭則不敢，欲泣則不可，故作挽詞二章。」（《史記‧宋微子世家》：「其後箕子朝周，過故殷虛，感宮室毀壞，生禾黍，箕子傷之，欲哭則不可，欲泣，為其近婦人，乃作《麥秀》之詩以歌詠之。」此柳子厚《對賀者》所謂「嘻笑之怒，甚乎裂眥；長歌之哀，過乎慟哭」者也。）其第二首云：

「未報山陵國士知，遶林松柏已猗猗。【注一】一聲慟哭猶無所，萬死酬恩更有時。【注二】夢裏天衢隘雲仗，人間雨淚變彤帷。【注三】《關雎》《卷耳》平生事，白首纍臣正坐詩。」【注四】

【注一】王文誥《編注集成》云：「已上二句，指永昭陵（《宋史・仁宗本紀》：「嘉祐八年，……廟號仁宗，十月甲午，葬永昭陵。」）；下二句，始因仁宗而及曹后，入不許成服一層。其萬死酬恩，亦指仁宗知遇而言。曰未報，曰遶林，皆非曹后初崩情事也。」王説是。山陵、帝王墳墓之稱，曹魏張揖《廣雅・釋邱》：「墳、堬、埰、墦、埌、壟、培、塿、邱、陵、墓、封，冢也。」王念孫《疏證》：「秦名天子冢曰山，漢曰陵。」唐李華《含元殿賦》：「靡迤秦山，陂陀漢陵。」《史記・刺客・豫讓列傳》：「智伯以國士遇我，我故國士報之。」司馬遷《報任少卿書》：「……然僕觀其為人，自守奇士。事親孝，與士信，臨財廉，取與義，分別有讓，恭儉下人，常思奮不顧身，以徇國家之急，其素所蓄積也；僕以為有國士之風。」《古詩十九首》：「白楊何蕭蕭，松柏夾廣路。」李善注引東漢仲長統《昌言》曰：「古之葬者，松柏梧桐，以識其墳也。」《詩・衞風・淇奧》：「瞻彼淇奧，綠竹猗猗。」《毛傳》：「猗猗，美盛皃。」自嘉祐八年仁宗崩至此（神宗元豐二年），已十六年，故云：「遶林松柏已猗猗」，非謂曹后也。

【注二】一聲句，謂己今以罪人不許成服，故欲慟哭而無從也。萬死句，謂己將不惜萬死以報仁宗及太皇太后以國士遇我之恩也。紀昀曰：「三四沈痛。」司馬遷《報任少卿書》：「夫人臣出萬死不顧一生之計，赴公家之難，斯以（通已）奇矣。」劉向《新序》卷一《雜事篇》，楚大夫對秦使者曰：「提枹鼓以動百萬之眾，所使皆趨湯火，蹈白刃，出萬死不顧一生之難，司馬子反在此。」

【注三】夢裏句，謂想見太皇太后遐升天上，神靈前後呼擁者眾，雲路不覺為之隘狹也。（李白《子夜吳歌》：「人看隘若耶」。）人間句，謂萬民痛哭，淚落如雨，喪車之彤帷亦為之變色也。《說文》：「彤，丹色也。」彤帷，謂喪帳。

【注四】《關雎》《卷耳》句，謂太皇太后平生讀《關雎》、《卷耳》之詩，而能行后妃之事也。《詩序》：「《關雎》，后妃之德也，《風》之始也，所以風天下而正夫婦也，故用之鄉人焉，用之邦國焉。」又云：「《卷耳》，后妃之志也。又當輔佐君子，求賢審官，知臣下之勤勞，內有進賢之志，而無險詖私謁之心，朝夕思念，至於憂勤也。」末句，謂太皇太后深於《詩》教，故為天下母儀；而己則正以詩得罪，死生猶未可知也，哀哉！纍臣：《左傳》僖公三十三年，孟明稽首謂陽處父曰：「君之惠，不以纍臣釁鼓，使歸就戮於秦。」杜預注：「纍，囚繫也。」坐：入於罪曰坐；坐詩，謂己因詩而入罪也；關合上句《關睢》、《卷耳》，工妙。

十一月三十日，具獄上，差權發運三司度支副使陳睦錄問（宋 朋九萬《烏臺詩案》：「十月十五日，奉御批，內外文武官與蘇軾交往若干人，聞奏中書省箚子，王鞏、王詵、蘇轍、李清臣、高立、僧居則、僧道潛、張方平、田濟、黃庭堅、范鎮、司馬光、孫覺、李常、曾鞏、周邠、劉摯、吳琯、劉攽、陳襄、顏復、錢藻、盛僑、王汾、戚秉道、錢世雄、王安上、杜子方、陳珪，以上係收蘇軾文字，不申繳入司。章傳、蘇舜舉、……已上承受，無譏諷文字。御史臺根勘所以，十一月三十日，結案具狀申奏，差權發運三司度支副使陳睦錄問。」）十二月，錄問無異，準法，會赦當原，於是羣小力爭，乞不赦；并論張方平、司馬光、范鎮等罪當誅，欲盡陷之於法。【宋 李燾《續資治通鑑長編》卷三百一：「初，御史臺既以軾具獄上法寺（廷也），當徒二年，會赦當原；於是中丞李定言：『軾起於草野，垢賤之餘，朝廷待以郎官館職，不為不厚；所宜忠信正直，思所以報上之施，而乃怨未顯用，肆意縱言，譏諷時政。自熙寧以來，陛下所造法度，悉以為非古之議令者，猶有死而無赦；況軾所著文字，訕上惑眾，豈徒議令之比！軾之姦慝，今已具服，不屏之遠方則亂俗，再使之從政則壞法。伏乞特加廢絕，以釋天下之惑。』御史舒亶又言：『駙馬都尉王詵（字晉卿，尚英宗女魏國大長公主。）收受軾譏諷朝廷文字，及遺軾錢物，并與王鞏（字定國，名相王旦之孫，端明殿學士、工部尚書王素之子。《宋史・王素傳》：「子鞏，有雋才，長於詩，從蘇軾游。」）往還，漏洩禁中語。竊以軾之怨望，詆訕君父，蓋在行路，猶所諱聞，而詵恬有軾言，不以上報；既乃陰通貨賂，密與燕游。至若鞏者，嚮連逆黨，已坐廢停；詵於此時，同罣議論，而不自省懼，尚相關連。案詵受國厚恩，列在近戚，而朋比匪人，志趣如此，原情議罪，實不容誅，乞不以赦論。』又言：『收受軾譏諷文字人，除王詵、王鞏、李清臣（字邦直，舉進士，中才識兼茂科，神宗召為兩朝國史編修官）外，張方平（字安道，號樂全居士，英宗時為參知政事。慷慨有氣節，平居未嘗以言徇物，以色假人。王安石用事，嶷然不少屈，以是望高一時。時已致仕，年七十三，卒年八十五。）而下，凡二十二人。如盛僑、周邠輩，固無足論；乃若方平與司馬光、范鎮（字景仁，仁宗時知諫院，後官翰林學士，與王安石論新法不合，熙寧六年罷官致仕。時年亦七十三，卒年八十二。張安道、范景仁皆深愛先生者。）、錢藻（字醇老，歷官翰林侍讀學士。）、陳襄（字述古，神宗時，為侍御史，請貶王安石、呂惠卿以謝天下，出知陳州，徙杭州，先生嘗為其倅。）、曾鞏、孫覺（字莘老，早與安石善，神宗時知諫院，與安石異議，出知廣德軍。）、李常（字公擇，山谷之舅父。原與安石善，熙寧中為右正言，極論新政不便。）、劉攽（見前）、劉摯（亦字莘老，為御史裏行，極論新法之弊。後哲宗時為尚書右僕射。）等，蓋皆略能誦說先王之言，辱在公卿士大夫之列，而陛下所嘗以君臣之義望之者，所懷如此，顧可置而不誅乎？』」】鍛鍊久不決，會宰相吳充，直舍人院王安禮（字和甫，與弟安國、平甫，皆與兄安石不同道。）等為營解，而神宗亦憐之；【宋 李燾《續資治通鑑長編》卷三百一自注引呂本中《雜說》云：「元豐年，蘇子瞻自湖州以言語刺譏，下御史獄。……吳充方為相（熙寧九年十月，王安石辭相歸金陵，以吳充、王珪同平章事。充，字沖卿，未冠，舉進士高第，為吳王宮教授，以嚴見憚。為相時，乞召還司馬光等十餘人。及蔡確為參知政事，元豐三年三月，充罷相，為觀文殿大學士，西太一宮使，卒謚正憲。）一日問上：『魏武帝何如人？』上曰：『何足道！』充曰：『陛下動以堯、舜為法，薄魏武固宜；然魏武猜忌如此，猶能容禰衡；陛下以堯、舜為法，而不能容一蘇軾，何也？』上驚曰：『朕無他意，止欲召他對獄，考核是非爾！行將放出也！』」】《續資治通鑑長編》卷三百一云：「軾既下獄，眾危之，莫敢正言者。直舍人院王安禮乘間進曰：『自古大度之君，不以語言謫人；按軾文士，本以才自奮，謂爵位可立取，顧碌碌如此！其中不能無觖望（實亦不然，但安禮不能不如是說耳。）今一旦致於法，恐後世謂不能容才，願陛下無庸竟其獄。』（竟，謂窮究之。）上曰：『朕固不深譴，特欲申言者路耳，行為卿貰（通赦，本音世，說文：「貸也。」）之。』既而戒安禮曰：

『第去，勿漏言，軾前貫怨於眾，恐言者緣軾以害卿也。』始，安禮在殿廬，見御史中丞李定，問軾安否狀，定曰：『軾與金陵丞相（安石）論事不合，公幸毋。營解，人將以為黨。』至是，歸舍人院，遇諫官張璪，忿然作色，曰：『公果救蘇軾邪？何為詔趣其獄？（神宗命速結獄）』安禮不答，後獄果緩，卒薄其罪。」王鞏《聞見近錄》（只一卷）云：「王和甫嘗言：蘇子瞻在黃州，上數欲用之，王禹玉（即王珪）輒曰：『軾嘗有此心惟有蟄龍知之句，陛下龍飛在天，而不敬，乃反欲求蟄龍乎？』章子厚（惇時尚未與先生分馳）曰：『龍者非獨人君，人臣皆可以言龍也。』上曰：『自古稱龍者多矣，如荀氏八龍（《後漢書・荀淑傳》：「有子八人：儉、緄、靖、燾、汪、爽、肅、專，並有名稱，時人謂八龍。」），孔明臥龍，豈人君也！』及退，子厚詰之曰：『相公欲覆人之家族耶？』禹玉曰：『它舒亶言爾！』子厚曰：『亶之唾亦可食乎？』」（《南史・儒林・鄭灼傳》：「少時，嘗夢與皇侃遇於途，侃謂曰：『鄭郎開口。』侃因唾灼口中，自後義理益進。」）葉夢得《石林詩話》卷上：「元豐間，蘇子瞻繫大理獄，神宗本無意深罪子瞻，時相（王珪）進呈，忽言：『蘇軾於陛下有不臣意。』神宗改容曰：『軾固有罪，於朕不應至是！卿何以知之？』時相因舉軾《檜》詩：「根到九泉無曲處，世間惟有蟄龍知」之句，對曰：『陛下飛龍在天，軾以為不知己，而求之地下之蟄龍，非不臣而何？』神宗曰：『詩人之詞，安可如此論！彼自詠檜，何預朕事！』時相語塞。章子厚亦從旁解之，遂薄其罪。子厚嘗以語余，且以醜言詆時相，曰：『人之害物，無所忌憚，有如是也！』」宋胡仔《苕溪漁隱叢話・後集》卷三十云：「東坡在御史獄，獄吏問曰：『《雙檜》詩：根到九泉無曲處，世間惟有蟄龍知，有無譏諷？』答曰：『王安石詩：「天下蒼生待霖雨，不知龍向此中蟠。」此龍是也。』吏亦為之一笑。」（王安石《龍泉寺石井二首》七絕之一云：「山腰石有千年潤，海眼泉無一日乾。天下蒼生待霖雨，不知龍向此中蟠。」以上三條，已見前先生《王復秀才所居雙檜二首》之二【注一】及【注二】。宋何薳《春渚紀聞》云：「先生臨錢塘郡日（哲宗元祐四年至六年，先生年五十四至五十六。）……謂劉景文（名季孫，先生嘗自書曰：「劉景文，慷慨奇士也。博學能詩，英偉冠世，孔文舉之流耳。」）曰：『如某今日餘生，亦皆裕陵（神宗葬於永裕陵）之賜也。』景文請其說，云：『某初逮繫御史獄，獄具，奏上。是夕昏鼓既畢，某方就寢，忽見二人排闥而入，投篋於地，即枕之臥。至四鼓，某睡中，覺有撼體，而連語云：「學士，賀喜者。」某徐轉仄問之，即曰：「安心熟寢」。乃挈篋而出。蓋初奏上，舒亶之徒，力詆上前，必欲置之死地；而裕陵初無深罪之意，密遣小黃門至獄中，視某起居狀，適某就（一作晝，誤）寢，鼻息如雷，即馳以聞。裕陵顧謂左右曰：「朕知蘇軾胸中無事者」，於是有黃州之命。』」又王鞏《甲申雜記》云：「天下之公論，雖仇怨不能奪也。李承之奉世知南京（河南商丘），嘗謂余曰：『昨在侍從班，時李定資深鞫蘇子瞻獄（定、王介甫客也。不持所生母仇氏服，先生以為不孝，惡之；定以為恨，故特修怨。）雖同列，不敢輒啟問，一日，資深於崇政殿門，忽謂諸人曰：「蘇軾誠奇才也。」衆莫敢對，已而曰：「雖二三十年所作文字詩句，引證經傳，隨問隨答。無一字差舛，誠天下之奇才也。」歎息不已。』」宋周紫芝《詩讞》跋尾云：「初，東坡以《湖州謝表》獲罪於朝，監察御史何正臣、舒亶輩，交章力詆，皆以公愚弄朝廷，妄自尊大，宜大明誅罰，以厲天下，於是始有殺公之意焉。神宗皇帝以英明果斷之資，回羣議於恂恂中，賴以不死。余頃年嘗見章丞相（惇時為翰林學士，元豐三年拜參知政事，五年拜門下侍郎，哲宗紹聖元年為尚書左僕射兼門下侍郎。《宋史》入《姦臣傳》，蓋紹聖、元符間為相時，事皆倒行逆施也。）《論事表》云：『軾十九擢進士，二十三應直言極諫科（此是子由之年，先生實長三歲。），權為第一。仁宗皇帝得軾，以為一代之寶；今反置在囹圄，臣恐後世以謂陛下聽諛言而惡訐直也。』舊傳元豐間朝廷以羣言論公，獨神廟惜其才，不忍；大丞相王文公（安石）曰：「豈有聖世而殺才士者乎！」當時讞議，以公一言而決。嗚呼！誰謂兩公乃有是言哉！義理、人心所同，初豈有異？」】忽一日，禁中特遣馮宗道覆案，獄遂定。【宋劉延世《孫公（升）談圃》卷上：「子瞻得罪時，有朝士買一詩策，內有使『墨君』事者（文與可善畫墨竹，先生為作《墨君堂記》

云：「王子猷謂竹君，天下從而君之無異辭；今與可又能以墨象君之形容，作堂以居君，而屬余為文以頌君德，則與可之於君，信厚矣。」故先生於熙寧二年「送文與可出守陵州」七古起云：「壁上墨君不解語，見之尚可消百憂。」本指墨竹耳；而羣小陷先生，以為是譏神宗乃昏暗之君，何無忌憚乃爾！），遂下獄。李定、何正臣劾其事，以指斥論，謂蘇曰：『學士素有名節，何不與他招了。』蘇曰：『軾為人臣，不敢萌此心，卻未知何人造此意。』一日，禁中遣馮宗道按獄，止貶黃州團練副使」。王文誥《總案》云：「孫君孚（升字）乃承受無譏諷文字之人也。」湛銓案：《談圃》卷上又云：「子瞻以溫公論薦，簾眷甚厚，（宣仁太皇太后也）議者且為執政矣。公（孫升也，時為監察御史）力言：『蘇軾為翰林學士，其任已極，不可以加。如用文章為執政，則國朝趙普、王旦、韓琦，未嘗以文稱。』又言：『王安石在翰苑為稱職，及居相位，天下多事。以安石止可以為翰林，則軾不過如此而已。若欲以軾為輔佐，願以安石為戒。』」孟子曰：「言無實不祥；不祥之實，蔽賢者當之。」（《孟子・離婁下》）東坡豈安石之類乎！孫升亦不祥人也哉！王見大胡不追議此耶？】二十四日，責授檢校水部員外郎、充黃州團練副使，本州安置，不得簽書公事。【《續資治通鑑長篇》卷三百一云：「祠部員外郎、直史館蘇軾，責授水部員外郎、黃州團練副使，本州安置，不得簽書公事，令御史臺差人轉押前去。絳州（今山西新絳縣）團練使、駙馬都尉王誂，追兩官勒停。著作佐郎、簽書應天府（宋州，在今河南商丘縣南。）判官蘇轍，監筠州（今江西高安縣）鹽酒稅務。正字王鞏，監賓州（今廣西賓陽縣）鹽酒務。令開封府差人押出門，趣赴任。太子少師致仕張方平、知制誥李清臣，罰銅三十斤。端明殿學士司馬光、戶部侍郎致仕范鎮、知開封府錢藻、知審官院陳襄、京東轉運使劉攽、淮南西路提點刑獄李常、知福州孫覺、知亳州（今安徽亳縣）曾鞏、知河中府（今山西永濟縣）王汾、知宗正丞劉摯、著作佐郎黃庭堅、衛尉寺丞戚秉道、正字吳琯、知考城縣（在河南）盛僑、知滕縣（在山東）王安上、樂清縣（浙江）令周邠、監仁和縣（浙江）鹽稅杜子方、監澶州（河北）酒稅顏復、選人陳珪、錢世雄，各罰銅二十斤。」宋周必大《二老堂詩話．記東坡烏臺詩案》條云：「元豐己未，東坡坐作詩謗訕，追赴御史獄，當時所供詩案，今已印行，所謂《烏臺詩案》是也。靖康丁未（欽宗靖康二年）歲，臺吏隨駕（高宗也。是年五月改元建炎元年。）挈真案（先生手寫者）至維揚，張全真參政時為中丞，南渡，取而藏之。後張丞相德遠為全真作墓誌，諸子以其半遺德遠充潤筆，其半猶存全真家。余嘗借觀，皆坡親筆，凡有塗改，即押字於下而用臺印。」王文誥《總案》云：「詩中多有深文曲筆，非公自解，不能知其故者。自《詩案》流傳，而後昭然於後世，然則小人亦何苦為此哉！」今傳《烏臺詩案》，有宋人朋九萬及周紫芝二種，皆只一卷，周書一名《詩讞》，跋尾云：「予前後所見數本，雖大概相類，而首尾詳略多不同；今日趙居士攜當塗儲大夫家所藏以示予，比昔所見加詳，蓋善本也。」先生《東坡志林》卷六云：「昔年過洛，見李公簡，言：真宗既東封，訪天下隱者，得杞（今河南杞縣）人楊朴，能為詩，召對，自言不能。上問：『臨行有人作詩送卿否？』朴曰：『惟臣妻一首云：「更休落魄（一作拓）耽杯酒，且莫猖狂愛詠詩，今日捉將官裏去，這回斷送老頭皮。」』上大笑，放還山。余在湖州，坐作詩，追赴詔獄，妻子送予出門，皆哭，無以語之，顧謂妻曰：『子獨不能如楊處士妻，作一詩送我乎？』妻子不覺失笑，余乃出。」觀此，則先生於死生患難之際，其處之何如哉！石林《避暑錄話》之言，殊不足信矣。】案：《宋史》卷三百七十九《曹勛傳》云：「藝祖（宋太祖趙匡胤也。）有誓約，藏之太廟，不殺大臣及言事官，違者不祥」（餘詳陸游《避暑漫抄》，見前《宿州次韻劉涇》七律【注四】，不贅矣。）。故終北宋之世，未嘗殺一士大夫，為此也，否則先生危矣。二十九日，受勅，蒙恩出獄，和前韻遺子由詩二首，其首章第五六句云：「卻對酒杯渾似夢，試拈詩筆已如神」，其喜悅之情可見。與前詩之「是處青山可埋骨，他年夜雨獨傷神」及「夢繞雲山心似鹿，魂驚湯火命如雞」者，霄壤矣。第二首起句云：「平生文字為吾累，此去聲名不厭低」，則是實錄也。【先生後於哲宗元祐三年五十三歲，為翰林學士、朝奉郎、知制誥、兼侍讀時，有《乞郡劄子》云：「昔先帝（神宗）召臣上殿，訪問古今，勅臣今後遇事即言。

其後臣屢論事，未蒙施行；乃復作為詩文，寓物、託諷，庶幾流傳上達，感悟聖意。而李定、舒亶、何正臣三人，因此言臣誹謗，遂得罪。然猶有近似者，以諷諫為誹謗也。……」又元祐六年，自杭州召還，辭免翰林學士承旨，有《杭州召還乞郡狀》云：「臣昔……首被英宗皇帝知遇，欲驟用臣；……及……蒙神宗皇帝召對，面賜獎激，許臣職外言事。……是時王安石新得政，變易法度，……臣知先帝能受盡言，（《國語・周語下》單襄公曰：「立於淫亂之國，而好盡言，以招人過，怨之本也；唯善人能受盡言。」），上疏六千餘言，極論新法不便；……并言安石不知人，不可大用。先帝雖未聽從，然亦嘉臣愚直，初不譴問。……而李定、何正臣、舒亶三人構造飛語（流言也。飛、或作蜚。），醞釀百端，必欲置臣於死。先帝初亦不聽，而此三人，執奏不已，故臣得罪下獄。定等選差悍吏皇甫遵，將帶吏卒，就湖州追攝，如攝寇賊。臣即與妻子訣別，留書與弟轍，處置後事。自期必死，過揚子江，便欲自投江中，而吏卒監守，不果。到獄，即欲不食求死，而先帝遣使就獄，有所約敕，故獄吏不敢別加非橫。臣亦知先帝無意殺臣，故復留殘喘，得至今日。及竄黃州，每有表疏，先帝復對左右稱道，哀憐獎激，意欲復用；而左右固爭，以為不可。臣雖在遠，亦具聞之。」烏臺詩獄，非獨公平生一大冤事，亦古今一大文字冤獄也；使非有太祖誓碑，而神宗實有憐才之意，先生其能免乎？兩宋人筆記雜說載此事者，林林總總，不可備錄，聊

摘其足資省覽者，揭舉於上，俾學者稍可以論其世而知其人焉爾。】

神宗元豐三年庚申，先生四十五歲。正月一日，挈子邁出京，赴貶所。二月一日，到黃州，寓定惠院，有《初到黃州》七律，第三四句云：「長江繞郭知魚美，好竹連山覺筍香。」絕無遷謫意，真達人也。又有《宿黃州禪智寺》七絕，題云：「少年時，嘗過一村院，見壁上有詩云：『夜涼疑有雨（「疑」或作「如」，「疑」字好。「如」「若」屬對，字義犯重，雖古人不避，究是一忌也。），院靜似（或作「若」）無僧』，不知何人詩也。【注一】宿黃州禪智寺，寺僧皆不在，夜半雨作，偶記此詩，故作一絕。」詩云：

「佛鐙漸暗飢鼠出，山雨忽來修竹鳴。【注二】知是何人舊詩句？已應知我此時情。」【注三】

【注一】的是佳句。乃北宋初詩人潘閬《夏日宿西禪》五律第三四句也。詩見潘氏《逍遙集》（一卷）、宋呂祖謙《宋文鑑》卷三十二及元方回《瀛奎律髓・釋梵類》。全詩云：「此地絕炎蒸，深疑到不能。夜涼如有雨，院靜若無僧。枕潤連雲石，窗虛（一作明）照佛鐙。浮生多賤骨（一作骨賤），時日恐難勝（謂凡夫不耐寂寞，時日稍久，即復戀紅塵也）。」方回云：「東坡少年見傳舍壁間題此句而喜之，則知逍遙之詩行於世久矣。東坡眼高，亦所謂異世而知心者也。」明都穆《南濠詩話》：「東坡嘗過一僧院見題壁云：『夜涼如有雨，院靜似無僧。』坡甚愛之，不知為何人作也。劉孟熙（名績，明人。）《霏雪錄》謂二句似唐人語，予近閱《逍遙集》見之，始知為閬《夏日宿西禪院》作。詩云：『……』通篇皆妙，但坡以『如』為『疑』，『若』為『似』，與此不同。」

【注二】二句清陗欲絕，王文誥《編注集成》云：「上聯全從潘句脱出，而面貌則非，此猶詩之魂也。」陸游《冬夜不寐、至四鼓、起作此詩》七律五六云：「殘燈無焰穴鼠出，槁葉有聲村犬行。」從此化出。

【注三】末句，謂己已枯寂如僧也。韓愈《次石頭驛寄江西王十中丞閣老》五律結句：「默然都不語，應識此時情。」《莊子・齊物論》云：「南郭子綦隱機而坐，仰天而噓，荅焉似喪其耦。顏成子游侍立乎前，曰：『何居乎？形固可使如槁木，而心固可使如死灰乎？』」先生此時之心形，固已如死灰槁木矣。

二月杪，有「雨晴後，步至四望亭（在雪堂南高阜之上）下魚池上，遂自乾明寺前東岡上歸二首」（五律。此題似大謝。）。其一云：

「雨過浮萍合，【注一】蛙聲滿四鄰。海棠真一夢（轉眼即過也），梅子欲嘗新。拄杖閒挑菜，鞦韆不見人。【注二】殷勤木芍藥，獨自殿餘春。」【注三】

【注一】韓愈《酬司馬盧四兄雲夫院長望秋作》七古：「樂遊下矚無遠近，綠槐萍合不可芟。」此謂雨時萍散，雨過復合也。

【注二】拄，音主，本是扶杖，此謂杖也。先生別有《鐵拄杖》七古。《世説新語．德行》：「（晉）范宣（《晉書》入《儒林傳》）年八歲，後園挑菜，誤傷指，大啼，人問痛邪？答曰：『非為痛，身體髮膚，不敢毀傷，是以啼耳。』」（《太平御覽》卷四百十二引劉宋何法盛《晉中興書》作十歲，無載挑菜事應疎。）唐李淖《秦中歲時記》：「二月二日，曲江拾菜，士民遊觀其間者尤甚，謂之挑菜節。」《山谷詩》：「穿花蹴蹋千秋索，挑菜嬉遊二月晴。」鞦韆：梁宗懍《荊楚歲時記》：「春時懸長繩於高木，女士綵衣服坐其上，而推引之，名曰打鞦韆。」唐高無際《漢武帝後庭鞦韆賦序》：「鞦韆者，千秋也。漢武祈千秋之壽，故後宮多鞦韆之樂。」賦云：「叢嬌亂立以推進，一態嬋娟而上躋。乍龍伸而蠖屈，將欲上而復低。擢纖手以星曳，騰弱質而雲齊。」則鞦韆，蓋女子遊戲之具也。

【注三】唐李濬《松窗雜錄》：「開元（玄宗）中，禁中初重木芍藥，即今牡丹也。」《論語・雍也》：「奔而殿。」何晏《集解》引馬融曰：「殿，在軍後。前曰啟，後曰殿。」柳宗元《戲題階前芍藥》短古：「敧紅醉濃露，窈窕留餘春。」紀昀曰：「格在唐、宋之間。」又曰：「收句寓意遲暮。」

其二云：

「高亭廢已久，下有種魚塘。【注一】暮色千山入，春風百草香。【注二】市橋人寂寂，【注三】古寺竹蒼蒼。鸛鶴來何處？號鳴滿夕陽。」【注四】

【注一】施元之注引唐段公路《北戶雜錄》：「陶朱公《養魚經》云：凡種魚池中，有數洲，令魚循環無窮，如在江湖。」

【注二】鮑照《幽蘭》五首之一起句：「傾輝引暮色，孤景留思顏。」杜甫《絕句二首》五絕之一起句：「遲日江山麗，春風花草香。」

【注三】杜甫《西郊》五律三四：「市橋官柳細，江路野梅香。」《晉書・桓溫傳》：「或臥對親寮曰：『為爾寂寂（《世説・悔尤》作「作此寂寂」），將為文景所笑。』眾莫敢對。」李商隱《謝先輩防記念拙詩甚多、異日偶有此寄》五排：「改成人寂寂，寄與路綿綿。」

【注四】《詩・豳風・東山》：「鸛鳴于垤，婦歎于室。」《鄭箋》：「鸛、水鳥也，將陰雨則鳴。」紀昀曰：「此首純乎杜意，結尤似。」又曰：「收亦寓意羈孤。」

五月，子由於二月中奉同安君（先生之繼室王氏。前妻之女弟也。）及迨、過自商邱登舟，繞江、淮來黃；先生聞其將至，為詩迎之（七律）。題云：「今年正月十四，與子由別於陳州（河南淮陽。時子由自商邱來見三日。）；五月，子由復至齊安（南齊時置齊安郡，即黃州。），以詩迎之。」詩云：

「驚塵急雪滿貂裘，淚灑東風別宛邱。【注一】又向邯鄲枕中見，卻來雲夢澤南州。【注二】暌離動作三年計，牽挽當為十日留。【注三】早晚青山映黃髮，相看萬事一時休。」【注四】

【注一】驚塵句：王文誥《編注集成》云：「七字寫盡陳州初面之情。」《戰國策・秦策一》：

「蘇秦始將連橫說秦惠王，……書十上而說不行，黑貂之裘弊，黃金百斤盡，資用乏絕，去秦而歸，羸縢履蹻（喬卻二音，草履也。），負書擔橐，面目犂黑，狀有歸（讀作媿）色。」杜甫《對雪》五律三四：「亂雲低薄暮，急雪舞迴風。」淚灑句：王文誥云：「七字寫盡陳州遽別之狀。」《詩・陳風・東門之枌》：「東門之枌，宛丘之栩。」《說文》：「陳，宛丘，舜後媯滿之所封。」宋王存《元豐九域志》卷一：「陳州淮陽郡、鎮安軍節度，治宛丘縣。」

【注二】邯鄲句：謂己與子由又復為官，猶邯鄲枕中夢也。唐李泌《枕中記》載：開元中（玄宗），有道人呂翁，常往來邯鄲（今河北縣名），有書生姓盧，自歎生世不諧，與翁同止逆旅，主人方蒸黃粱，共待其熟。翁開囊中枕以授盧曰：「枕此當如願。」生俛首就之，但記身入枕中，遂至其家，娶美妻，未幾登高第，歷臺閣，出入將相五十年，年逾八十卒。盧生欠伸而寤，顧呂翁在旁，主人蒸黃粱猶未熟，曰：「豈其夢寐耶？」翁笑謂曰：「人世之事，亦猶是矣。」生然之，良久謝曰：「夫寵辱之數，得喪之理，生死之情，盡知之矣。先生所以窒吾欲也，敢不受教！」再拜而去。黃州在雲夢澤南，杜牧《憶齊安郡》五律起句：「平生睡足處，雲夢澤南州。」

【注三】計，謂歲計報告也。《漢書・嚴助傳》：「臣助，當伏誅，陛下不忍加誅，願奉三年計最（捐三年俸）」。晉晉灼曰：「最，凡要也。」魏如淳曰：「舊法，當使丞，奉歲計；今助自欲入奉也。」睽離句：意謂己與弟每別多被罪，須努力補過也。《史記・范雎傳》：「秦昭王聞魏齊在平原君所，欲為范睢必報其讎，乃詳為好書，遣平原君曰：『寡人聞君之高義，願與君為布衣之友，君幸過寡人，寡人願與君為十日之飲。』平原君畏秦，且以為然，而入秦見昭王。』」

【注四】先生自注：「柳子厚別劉夢得詩云：『皇恩若許歸田去，黃髮相看萬事休。』」按：此是柳宗元、劉禹錫各一句詩，先生一時誤記，合之為一也。柳宗元《重別夢得》七絕云：「二十年來萬事同，今朝歧路各西東。皇恩若許歸田去，晚歲當為隣舍翁。」劉禹錫《重答柳柳州》七絕云：「弱冠同懷長者憂，臨歧回想盡悠悠。耦耕若便遺身老，黃髮相看萬事休。」先生此詩，結語最佳，雖合用柳柳州、劉賓客二人詩意，然一鑪而冶之，視二人原作，重大沈鬱多矣。白居易《履道新居二十韻》結云：「應須共心語，萬事一時休。」王文誥《編注集成》云：「確是此詩結句。」

五月二十九日，遷居臨皋亭（先生名之曰快哉亭，子由為作《黃州快哉亭記》），《與范子豐書》云：「臨皋亭下，不數十步便是大江，其半是峨嵋雪水，吾飲食沐浴皆取焉，何必歸鄉哉！江山風月本無常主，閒者便是主人。（三語千秋名論）問子豐新第園池，與此孰勝？」孔子稱榮啟期云：「善乎！能自寬者也。」（見《列子・天瑞篇》）吾於先生亦云然。八月十五日，作《西江月・黃州中秋》「世事一場大夢」一闋。九月九日，作《南鄉子・重九、涵輝樓呈徐君猷》「霜降水痕收」一闋。是年冬十二月，撰《易傳》。（今傳《東坡易傳》九卷，一名《蘇氏易傳》，即東坡在黃州時作也。《易・繫辭下傳》云：「《易》之興也，其於中古乎？作《易》者其有憂患乎？」東坡亦如文王，經憂患後而究心於《易》也。）

元豐四年辛酉，先生四十六歲。春正月，往岐亭，訪陳慥【字季常，與先生甚相得，住黃州岐亭，在今湖北麻城縣西南七十里。慥以俠隱，少時，使酒好劍，用財如糞土。先生在黃時，為作《方山子傳》。又慥畏妻，先生有《寄吳德仁兼簡陳季常》七古云：「龍邱居士亦可憐，談空說有夜不眠，忽聞河東獅子吼，拄杖落手心茫然」（杜詩：「河東女兒身姓柳。」暗指其姓。獅子吼，佛家以喻威猛，慥喜談禪，故以戲之。）後世稱悍妻為河東獅，即起自坡詩也。】，有「正月二十日，往岐亭，郡人潘（名丙）、古（字耕道）、郭（名遘）三人（皆朝夕相從者），送余於女王城（去黃州十里。名永安城，俗名女王城，本名楚王城，唐時名禪莊院。）禪莊院」七律云：

「十日春寒不出門，不知江柳已搖村。稍聞決決流冰谷，盡放青青沒燒痕。【注一】數畝荒園留我住，『半瓶濁酒待君温』。【注

二】去年今日關山路，細雨梅花正斷魂。」【注三】

【注一】韋應物《縣齋》五古：「決決水泉動，析析眾鳥鳴。」白居易《琵琶行》：「間關鶯語花底滑，幽咽泉流冰下難。」《禮・月令》：「孟春之月，……東風解凍。」（《說文》：「凍，仌也。」）《管子・輕重甲》：「齊之北澤燒火，光照堂下。」唐尹知章注：「獵而行火曰燒，式照反。」白居易《賦得古原草送別》前半云：「離離原上草，一歲一枯榮。野火燒不盡，春風吹又生。」先生此詩第四句正用樂天詩意，謂去年清明山中經燒之草皆復生也。 劉攽《中山詩話》：「僧惠崇（北宋初詩僧，福建建陽人，亦工畫。）詩云：『河分岡勢斷，春入燒痕青。』然唐人舊句，而崇之弟子吟贈其師詩曰：『河分岡勢司空曙，春入燒痕劉長卿；不見師偷古人句，古人詩句似師兄。』……大抵諷古人詩多，則往往為己得也。」【上二句，今存劉長卿、司空曙詩未見。《温公續詩話》：「惠崇詩，有『劍靜龍歸匣，旗閑虎繞竿。』其尤自負者，有『河分岡勢斷，春入燒痕青。』時人或有譏其犯古者，嘲之：『河分岡勢司空曙，春入燒痕劉長卿；不是師兄多犯古，古人詩句犯師兄。』」清初汪師韓曰（馮應榴《蘇文忠公詩合注》引）：「此乃宋詩僧惠崇《訪楊雲卿淮上別墅》三四一聯。」】

【注二】濁酒：《魏志・徐邈傳》：「魏國初建，為尚書郎，時科禁酒，而邈私飲，至於沈醉。校事趙達，問以曹事，邈曰：『中聖人。』達白之太祖，太祖甚怒，渡遼將軍鮮于輔進曰：『平日醉客謂酒清者為聖人，濁者為賢人。邈性修慎，偶醉言耳』，竟坐得免刑。」

【注三】結句隱用杜牧詩意，謂憶去年今日，己之斷魂，不必清明時節也。蓋去歲正月二十，先生適死裏逃生，挈子邁自京師來黃州貶所，關山勞頓，了無意緒，正斷魂時也。此詩紀昀八句皆密圈，批云：「一氣渾成。」王文誥《編注集成》云：「一片空靈，奔赴腕下。」

二月，作《東坡》五古八首【時未號東坡，明年二月作雪堂於此，始號東坡居士。白居易為忠州（四川 忠縣）刺史時，有《東坡種花》五古二首，又有《步東坡》五古，起云：「朝上東坡步，夕上東坡步，東坡何所愛？愛此新成樹。」又有《別種東坡花樹兩絕》之一結云：「何處殷勤重回首？東坡桃李種新成。」又《西省對花、憶忠州新花樹、因寄題東樓》七律結云：「最憶東坡紅爛熳，野桃山杏水林檎。」先生名此地及自號，皆取自白樂天也。】，詩序云：「余至黃州二年（第二年），日以困匱，故人馬正卿，哀余乏食【馬正卿，名夢得，與先生同年同月生，只少八日，（先生十一月十九，馬則十一月二十七也。）自仁宗 嘉祐六年，先生年二十六，為鳳翔府判官時，即追隨不去；至今神宗 元豐四年，已足二十年矣。先生此八詩之第八首，即詠馬夢得者。如夢得，可謂不以貧富貴賤死生憂患易其交者矣。諸葛公《論交》云：「勢利之交，難以經遠；士之相知，温不增華，寒不改葉，能（同耐）四時而不衰，歷夷險而益固」，其馬夢得之謂歟！】，為於郡中，請故營地數十畝，使得躬耕其中。地既久荒，為茨棘瓦礫之場；而歲又大旱，墾闢之勞，筋力殆盡。釋耒而歎，乃作是詩，自愍其勤，庶幾來歲之入，以忘其勞焉。」八詩，文多不錄，錄其序而止矣。七月，樂全居士張方平安道七十五歲生日，先生以鐵杖為壽，寄七律二首，題云：「樂全先生生日（《莊子・繕性》：「樂全之謂得志。古之所謂得志者，非軒冕之謂也，謂其無以益其樂而已矣。」），以鐵杖為壽二首。」二詩皆大筆揮灑，「真骨凌霜，高風跨俗」者。其一云：

「先生真是地行仙，【注一】住世因循五百年，每向銅人話疇昔，【注二】故教鐵杖鬥清堅。【注三】入懷冰雪生秋思，倚壁蛟龍護晝眠。【注四】遙想人天會方丈，眾中驚倒野狐禪。」【注五】

【注一】《楞嚴經》卷八：「存想固形，遊於山林人不及處，有十種仙。阿難（釋迦弟），彼諸眾生，堅固服餌而不休息，食道圓成，名地行仙；……飛行仙；……遊行仙；……空行仙；……天行仙；……通行仙；……道行仙；……照行仙；……精行仙；……絕行仙。」

【注二】住世，謂留著於世間也。《妙法蓮華經》卷二：「華光佛滅度之後，正法住世，三十二小劫；像法住世，亦三十二小劫。」（人壽自十歲每百年增一歲，而至人壽八萬四千歲為一增；自是每百年減一歲，至人壽十歲為一減，如是，一增一減各為一小劫；合一增一減為一中劫；八十中劫為一大劫。）因循：《漢書・馮立傳》：「立居職公廉，治行略與野王（立兄）相似……吏民嘉美……歌之曰：『大馮君，小馮君，兄弟繼踵相因循，聰明賢智惠吏民。……』」《後漢書・方術・薊子訓傳》：「薊子訓者，不知所由來也。……時或有百歲翁，自言童兒時見子訓，賣藥於會稽市，顏色不異於今。後人復於長安東霸城見之，與一老翁共摩挲銅人（即秦始皇二十六年所鑄金人十二，各重二十四萬斤；魏明帝景初元年，徙長安金狄於洛陽，重不可致，因留霸城南。）相謂曰：『適見鑄此，而已近五百歲矣。』（四百五十七年）顧視，見人而去，猶駕昔所乘驢車也。見者呼之曰：『薊先生小住』，並行應之視若遲徐，而走馬不及，於是而絕。」

【注三】陳琳《武軍賦》：「清堅皓鍔，修刺銳鋒，陸陷蕊犀，水截輕鴻。」三四流水對，語氣一貫，具見筆力，亦惟張安道始足以當之。

【注四】冰雪、蛟龍，皆喻鐵拄杖。韓愈《和虞部盧四汀酬翰林錢七徽赤藤杖歌》：「空堂晝眠倚牖戶，飛電著壁搜蛟螭。」（《說文》：「蛟，龍之屬也。」「螭，若龍而黃。……或云：無角曰螭。」）曾國藩《十八家詩鈔》云：「東坡以鐵拄杖壽樂全詩，有句云：『敲壁蛟龍護晝眠』，融化此兩句而為之也。」

【注五】《傳燈錄》卷一：「釋迦牟尼佛……於二月八日明星出時成佛，號天人師（施注引作人天師），時年三十矣，即（周）穆王四年癸未歲也。」方丈：僧寺住持所居室曰丈室（丁方一丈），故亦稱住持為方丈。唐釋道世《法苑珠林‧感通篇》謂印度吠舍釐國有維摩居士故宅基，唐高宗顯慶中王玄策使西域，過其地，以笏量宅基，止有十笏，故號方丈之室云。　野狐禪，禪家對外道不正之稱；蓋昔有人與人談禪，錯對一語，五百生墮野狐身也。《傳燈錄》卷五《西京光宅寺慧忠國師傳》：「時有西天大耳三藏到京，云得他心慧眼……師叱曰：『這野狐精，他心通在什麼處。』……麻谷到參，……師叱曰：『這野狐精，出去！』」（野狐精，《傳燈錄》疊見，無煩詳舉矣。）宋人謂王安石為野狐精託生，此結豈有諷歟？宋楊湜《古今詞話》云：「金陵懷古，諸公寄調《桂枝香》者，三十餘家，惟王介甫為絕唱。東坡見之，歎曰：『此老乃野狐精也。』」宋蔡絛《鐵圍山叢談》卷五：「昔與小王先生（王仔昔也；與老王先生老志皆北宋時道士。）者言：『王舒公（安石，元豐元年封舒國公，元豐三年改封荊國公。）介甫何至無後？』小王先生曰：『介甫，上天之野狐也，又安得有後！』吾默然不平，歸白諸魯公（絛父蔡京），魯公曰：『有是哉！』吾益駭，魯公乃謂吾言曰：『頃有李士甯者，異人也。……入醴泉觀……適睹一衣冠，亟問之曰：『汝非貛兒乎？』（貛、野豕。）衣冠者為之拜，乃介甫也。士甯謂介甫：『汝從此去，逾一紀，為宰相矣。其勉旃！』蓋士甯出入介甫家，識介甫之初誕生，竟呼小字曰貛兒也。』」（宋邵博《邵氏聞見後錄》及趙彥衛《雲麓漫鈔》皆有此說。）

其二云：

「二年相伴影隨身。【注一】踏遍江湖草木春。擿石舊痕猶在眼，閉門高節欲生鱗。【注二】畏塗自衛真無敵，捷徑爭先卻累人。【注三】遠寄知公不嫌重，筆端猶自斡千鈞。」【注四】

【注一】首句謂此鐵杖伴己二年如影之隨身也。王十朋注引李白《月下獨酌》詩「舉杯邀明月，對影成三人；月既不解飲，影徒隨我身」；施元之注引白居易《思家》詩「抱膝燈前影伴身」，皆非先生意，應刪。清馮應榴《蘇文忠公詩合注》云：「上卷有《柳真齡贈鐵拄杖》詩【原題：「鐵拄杖」，七古，並《引》云：「柳真齡，字安期，閩人也。家寶一鐵拄杖，如榔栗木，（榔，音櫛；榔栗，木名，可為杖，亦以為杖之稱。）牙節宛轉天成，中空有簧，行輒微響。柳云得之浙中，王審知（五代人）以遺錢鏐（五代吳越王），鏐以賜一僧，柳偶得之。以遺余，作此詩謝之。」】，當是元豐三年作，今此詩作於四年，故曰二年相伴也。」

【注二】《說文》：「擿，搔也。一曰，投也。」今俗作擲。擿石，謂以鐵杖拄於石也。生鱗，謂鐵杖猶龍也。

【注三】五六句，謂此鐵杖於畏塗自衛，則無可敵，若持之行捷徑以爭先，則必苦其重而累人不得早達矣。然若張安道者，豈行捷徑與諸少年競後先乎！《莊子・達生篇》：「夫畏塗者，十殺一人，則父子兄弟相戒也；必盛卒徒而後敢出焉。」《孟子・梁惠王上》：「故曰仁者無敵，王請勿疑。」《論語・雍也篇》：「子游為武城宰。子曰：『女得人焉耳乎？』曰：『有澹臺滅明者，行不由徑，非公事，未嘗至於偃之室也。』」朱子《集注》：「徑，路之小而捷者。……不由徑，則動必以正，而無『見小』『欲速』之意可知。」《離騷》：「何桀、紂之昌披兮，夫唯捷徑以窘步！」《新唐書・盧藏用傳》：「藏用能屬文，舉進士，不得調，與兄微明偕隱終南、少室二山，學練氣，為辟穀，彷洋（彷徉、徜徉，遊行也）岷、峨，與陳子昂、趙貞固友善。（後居官務權勢）……始隱山中時，有意當世，人目為隨駕隱士；晚乃狥權利，務為驕縱，素節盡矣。司馬承禎（見《隱逸傳》，真隱居者。）嘗召至闕下，將還山，藏用指終南曰：『此中大有嘉趣。』承禎徐曰：『以僕視之，仕宦之捷徑耳。』藏用慚。」鮑照《行藥至城東橋》詩：「爭先萬里塗，各事百年身。」

【注四】遠寄，欒全歸居河南商邱，北宋時之南京也。王十朋注引子仁曰：「先生嘗云：『凡人作文字，須是筆頭下挽得數萬鈞起，方可以言文字，故歐陽文忠公詩云：「興來筆下千鈞重。」』（《馬上默誦聖俞詩有感》七絕起句：「興來筆下千鈞重，酒醒人間萬事空。」）《列子・仲尼篇》樂正子輿言公孫龍誑魏王曰：「髮引千鈞，白馬非馬。」《法言・修身篇》：「千鈞之輕，烏獲力也；簞瓢之樂，顏氏德也。」

三月有《寒食雨》五古二首，其二結云：「君門深九重，墳墓在萬里，也擬哭途窮，死灰吹不起。」（哭途窮，事出阮籍；杜甫《陪章留後侍御宴南樓》五排結句：「此身醒復醉，不擬哭途窮。」）《史記‧韓安國傳》（亦見《漢書》）：「其後安國坐法抵罪，蒙獄吏田甲辱安國，安國曰：『死灰獨不復然乎？』田甲曰：『然即溺之。』……起為二千石。田甲亡走。……卒善遇之。』」是年底撰《易傳》成，並為陳慥季常作《方山子傳》。

元豐五年壬戌，四十七歲。正月，有後世傳誦之七言律一首，題云：「正月二十日，與潘（丙）、郭（遘）二生出郊尋春，忽記去年是日，同至女王城作詩，乃和前韻。」詩云：

「東風未肯入東門（天未回暖也），走馬還尋去歲村。人似秋鴻來有信，事如春夢了無痕。【注一】江城白酒三杯釅，【注二】野老蒼顏一笑温。已約年年為此會，故人不用賦《招魂》。」【注三】

【注一】《禮‧月令》：「仲秋之月，……鴻雁來。」白居易《花非花》（亦詩亦詞）：「來如春夢不多時，去似朝雲無覓處。」紀昀曰：「通體深穩，三四尤佳。」

【注二】釃，本字作醶，音驗。《説文》：「醶、酢（醋之本字）漿也。」引伸為凡味厚之稱。北宋蔡襄詩：「近臘酒醪香更釃，得風弓箭力還生。」

【注三】王逸《楚辭章句》：「《招魂》者，宋玉之所作也。……宋玉憐哀屈原，忠而斥棄，愁懣山澤，魂魄放佚，厥命將落，故作《招魂》，欲以復其精神，延其年壽；外陳四方之惡，內崇楚國之美，以諷諫懷王，冀其覺悟而還之也。」結語貌似豁達，意實沈痛。

二月，得廢圃於東坡之脅，築而垣之，葺堂五間；堂成於大雪中，因繪雪於四壁，榜之曰「東坡雪堂」（李元直篆字榜書），始自號東坡居士，作《雪堂記》。三月七日，作《定風波》「莫聽千林打葉聲」一詞。四月，楊繪元素來訪，有詩；先生作《次韻答元素》七律，《序》云：「余舊有贈詞（《醉落魄》）云：『天涯同是傷流落。』【注一】元素以為今日之先兆，且悲當時六客之存亡。六客：蓋張子野、劉孝叔、陳令舉、李公擇及余與元素也。」詩云：

「不愁春盡柳隨風，【注二】但喜丹砂入頰紅。【注三】流落天涯先有識，摩挲金狄會當同。【注四】蘧蘧未必都非夢。【注五】了了方知不落空。【注六】莫把存亡悲六客，已將地獄等天宮。」【注七】

【注一】神宗熙寧七年，先生年三十九，由杭州通判移權知密州，道中過訪湖州太守李常公擇，與楊繪元素、張先子野、劉述孝叔、陳舜俞令舉等共六人會於湖州碧瀾堂，張子野作六客詞（調寄《定風波令》），題云：「霅溪席上，同會者六人：楊元素侍讀、劉孝叔吏部、蘇子瞻、李公擇二學士、陳令舉賢良。」），時陳襄述古罷杭守，元素往代，先生作《醉落魄》詞，題曰《席上呈楊元素》，詞云：「分攜如昨。人生到處萍飄泊。偶然相聚還離索。多病多愁。須信從來錯。　尊前一笑休辭卻。天涯同是傷淪落。故山猶負平生約。西望峨嵋。長羨歸飛鶴。」元素於時以忤王安石，為曾布所排，出知亳州，又由應天府（河南商邱縣南）徙知杭州，至此（元豐五年。上距熙寧七年為八載。），復貶為荊南節度副使，而與先生相遇於黃州，張先、劉述、陳舜俞皆下世，故先生和章，尤覺感慨。繪少奇警，登仁宗時進士第，歷開封府推官，徙興元府（陝西南鄭縣），皆有聲。神宗立，召修起居注、知諫院，與宰相曾公亮忤，改兼侍讀，自以諫官「不得其言則去」，不拜。後累官翰林學士，為御史中丞，忤安石。哲宗元祐初，以天章閣侍制知杭州卒。繪為吏敏彊，性疎曠，表裏洞達，每事一出於誠，為時所重。

【注二】此謂不愁年華之易逝也。劉禹錫《竹枝詞》七絕九首之九云：「輕盈嫋娜占年華，舞榭妝樓處處遮。春盡絮花（一作飛）留不得，隨風好去落誰家？」

【注三】此謂鍊丹服食將可以長生也。《枹朴子・內篇・金丹》：「凡草木燒之即燼，而丹砂燒之成水銀，積變又還成丹砂，其去凡草木亦遠矣，故能令人長生。（**以下列九丹之法**）」先生蓋有感於張先、劉述、陳舜俞之逝，故發是言，非真欲服丹砂以求長生也。

【注四】《說文》：「讖，驗也。」此謂朕兆，指《醉落魄》詞。摩挲句、謂己與楊元素、李公擇皆當有無量壽也。出典見前壽樂全詩首篇。

【注五】謂人在夢醒時，未必不仍是在大夢中也。《莊子・齊物論》：「昔者莊周夢為胡蝶，栩栩然胡蝶也，自喻適志與？不知周也；俄然覺，則蘧蘧然周也。」陸德明《釋文》引晉李頤注：「蘧蘧，有形貌。」唐成玄英疏：「蘧蘧，驚動之貌也。」又《齊物論》：「方其夢也，不知其夢也；夢之中又占其夢焉，覺、而後知其夢也；且有大覺，而知此其大夢也」。又《大宗師》仲尼謂顏回曰：「吾特與女其夢未始覺者邪？」

【注六】謂真性如如，活潑潑地，圓淨湛明，了了然，到底不落空而見性也。《傳燈錄》卷六：「越州大珠慧海禪師者，建州人也。……有律師法明謂師曰：『禪家多落空。』師曰：『卻是座主（**說法者**）家多落空。』法明大驚曰：『何得落空？』師曰：『經論是紙墨文字，紙墨文字俱空，……座主執滯教體，豈不落空！』法明曰：『禪師落空否？』師曰：『不落空。』曰：『何卻不落空？』師曰：『文字皆從智慧而生，大用現前，那得落空！』」又云：「師曰：『若了了見性者，如摩尼珠現色（摩尼，梵語，亦云末尼，義是寶珠。《涅盤經》：「摩尼珠，投之濁水，水即為清。」），說變亦得，說不變亦得。』」

【注七】存亡六客，存者：東坡、楊元素、李公擇；亡者：張先、劉述、陳舜俞。　地獄天宮：謂己「險阻艱難，備嘗之矣」；抑且人生似幻化，苦樂皆隨心識而變耳，天堂地獄何異乎！《詩・邶風・谷風》：「誰謂荼苦，其甘如薺。」是其意也。《圓覺經》卷上：「地獄天宮，皆為淨土；有性無性，皆成佛道。一切煩惱，畢竟解脫。」施注引《等量經》：「阿鼻地獄（義譯無間獄）與非非想天，劫數苦樂等，無有二。」

七月十六日，與客泛舟於黃州之赤壁（非周瑜破曹處），作《前赤壁賦》，又作《念奴嬌・赤壁懷古》「大江東去」一詞。（王文誥《總案》編在上一年，疑非。宋傅藻《紀年錄》云：「壬戌七月作。」是也。）八月十五日，復用前調，成「憑高眺遠」一闋。九月，雪堂夜飲，醉歸臨皋亭，作《臨江仙》詞「夜飲東坡醒復醉」一闋。十月十五日，作《後赤壁賦》。十二月，成《卜算子・黃州定慧院寓居作》「缺月挂疏桐」一闋。

元豐六年癸亥，四十八歲。正月二十，有《六年正月二十、復出東門、仍用前韻》七律云：

「亂山環合水侵門，身在淮南盡處村。五畝漸成終老計，九重新掃舊巢痕。【注一】豈惟見慣沙鷗熟，已覺來多鈞石温。長與東風約今日，暗香先返玉梅魂。」【注二】

【注一】九重，指天子所居，帝閽也。意謂史館今已撤消（先生嘗直史館），己之舊巢已掃除，無復前踪矣。陸游《施注蘇詩》序：「近世有蜀人任淵嘗注宋子京（祁）、黃魯直、陳無己三家詩，頗稱詳贍；若東坡先生之詩，則援據閎博，指趣深遠，淵獨不敢為之說。某頃與范公至能（成大）會於蜀，因相與論東坡詩，慨然謂予：『足下可作一書，發明東坡之意，以遺學者。』某謝不能；他日又言之，因舉二三事以質之曰：『五畝漸成歸老計，九重新掃舊巢痕，……當若為（如何也）解？』至能曰：『東坡竄黃州，自度不復收用，故曰新掃舊巢痕。……恐不過如此耳。』某曰：『此某之所不敢承命也。昔祖、宗以三館（昭文館、集賢館、國史館。），儲將相材；及官制行（元豐五年五月行官制），罷三館；而東坡蓋嘗直史館，然自謫為散官（指水部員外郎），削去史館之職久矣，至是史館亦廢，故云新掃舊巢痕，其用事之嚴如此！而『鳳巢西隔九重門』，則又李義山詩也。（《贈司户劉蕡》七律結句：「萬里相逢歡復泣，鳳巢西隔九重門。」宋玉《九辯》：「豈不鬱陶，而思君兮，君之門以九重。」又義山《越燕》五律二首之二第三四云：

「命侶添新意，安巢復舊痕。）……必皆能知此，然後無憾。』至能亦太息曰：『如此，誠難矣。』」清邵長蘅《施注蘇詩刪補》云：「陸游作《施氏注東坡詩序》解舊巢字甚詳，……愚意詩句必作如是解，毋乃太固，後人穿鑿之病，所以不免也。」邵說非是。查慎行《補注》云：「此段為此句注腳，確不可易，施氏《補注》（指邵長蘅）乃以為後人穿鑿之病，何也？」紀昀曰：「舉其所可及，而詆其所不能，後代文士之通病。邵《補注》多脫略假借，故於古人精確之語，轉排之以文其陋耳。」馮應榴《合注》云：「此老（指東坡）可謂之無一字無來處也。」

【注二】清何焯屺瞻（**晚號茶仙，先世曾以義門旌，學者稱義門先生，康熙中賜進士，名重一時，有《義門讀書記》。**）曰：「韓致光（**名偓，一字致堯，晚唐人。**）《湖南梅花一冬再發偶題》其三四云：『玉為通體依稀見，香號返魂容易迴』；結云：『夭桃莫倚東風勢，調鼎何曾用不才』，詩意本此。蓋公之在黃，猶致光之阨於崔昌遐而在湖南然；時相雖力擠之，而神宗獨為保全，亦猶致光之見知於昭宗。先返玉梅魂，蓋以神宗之必不忍絕棄也。而語意渾然，恰是收足復出東門意，此老詩，誠非淺人所能讀也。」王文誥《編注集成》云：「公力陳事跡狀（**《杭州召還乞郡狀》，見上。**）云：『先帝復對左右，哀憐獎激，意欲復用；而左右固爭，以為不可。臣雖在遠，亦具聞之。』此段語適當其時，正此句之本意，所謂暗香先返者也。」真宗時林逋《山園小梅》七律二首之一第三四云：「疏影橫斜水清淺，暗香浮動月黃昏。」班固《漢武內傳》：「西海聚窟洲有返魂樹，狀如楓柏，花葉香聞百里，根煮汁，鍊之如漆，乃香成也；凡有疫死者，燒豆許薰之可再活。」

五月，先生之同年蔡承禧景繁為葺小屋三間於臨皋亭南畔，先生名之曰南堂，有《南堂五首》（七絕）其五云：

「掃地焚香閉閣眠，【注一】簟紋如水帳如煙。【注二】客來夢覺知何處？挂起西窗浪接天。」【注三】

【注一】唐李肇《國史補》卷下：「韋應物立性高潔，鮮食寡欲，所在焚香掃地而坐。其為詩馳驟建安以還，各得其風韻。」又韋《郡齋雨中與諸文士燕集》五古起句警語云：「兵衞森畫戟，燕寢凝清香。」

【注二】李白《烏夜啼》樂府：「機中織錦秦川女，碧紗如煙隔窗語。」李商隱《偶題》七絕二首之一結云：「水紋簟上琥珀枕，傍有墮釵金翠翹。」又施注引義山《惆悵》詩：「水紋簟滑鋪牙牀。」五代南唐尉遲偓《中朝故事》：「路巖籍沒，有蚊幬一頂輕密如煙，人疑其鮫綃也。」

【注三】宋胡仔《苕溪漁隱叢話・前集》卷四十二引《王直方詩話》：「邢敦夫（名居實，怨子，師事司馬光，從東坡、山谷遊，年十九卒，神童也。姦臣生賢郎而殤，神弗福也。）言：『……此東坡詩也，嘗題於予扇，山谷初讀，以為是劉夢得所作。』（先生詩初學劉夢得）紀昀曰：「此首興象自然；然以為劉夢得則未似，不知山谷何所見也。」湛銓案：此詩筆勢縱恣，實似劉賓客，紀評未然。

六月後，風毒攻右目，幾至失明（春夏間患瘡，緜延幾半載。），杜門僧齋，百想灰滅。時曾鞏子固卒於臨川（年六十五，長先生十七歲，同年登進士第。）或傳先生與鞏同日俱化，如李賀事，為上帝召以修文。【李商隱《李賀小傳》：「長吉將死時，忽晝見一緋衣人，駕赤虬，持一板書，若太古篆，或霹靂石文者，云：『當召長吉。』長吉了不能讀，欻下榻叩頭言：『阿㜷（學語時呼其太夫人云）老且病，賀不願去。』緋衣人笑曰：『帝成白玉樓，立召君為記，天上差樂，不苦也。』長吉獨泣，邊人盡見之。少之，長吉氣絕。」】神宗聞之，問右丞蒲宗孟（蜀人，先生戚屬。），時神宗將進食，歎息再三曰：「才難。」遂輟飯而起，意甚不懌（見李燾《續通鑑長編》及何薳《春渚紀聞》）。范鎮景仁聞之（時年七十七），舉袂掩面痛哭，召子弟，欲具金帛賻其家（見葉夢得《避暑錄話》）；後遣李成伯攜書至，始得實。（先生《與蔡景繁書》云：

「某臥病半年，終未清快，近復以風毒攻右目，幾失明，信是罪重責輕，召災未已。杜門僧齋，百想灰滅，登覽遊從之適，一切罷矣。」又《答范蜀公書》云：「李成伯長官至，辱書，……某凡百粗遣，春夏間多患瘡，及赤目，杜門謝客；而傳者遂云物故，以為左右憂，聞李長官說，以為一笑，平生所得毀譽，皆此類也。」）故明年移汝州任，《謝表》有云：「疾病連年，人皆相傳為已死，飢寒併日，臣亦自厭其餘生。」（元遺山《感事》五律三四云：「人皆傳已死，吾亦厭餘生，」即用先生四六入詩者。）九月二十七日，第四子遯生（先生長子邁，次迨，次過。遯明年七月二十八日病亡於金陵，蓋未周歲而卒者。）小名幹兒，作《洗兒》七絕云：

「人皆養子望聰明，我被聰明誤一生，惟願孩兒愚且魯，無災無難到公卿。」

是年秋，有《聞子由為郡僚所捃、恐當去官》五古，起云：「少學不為身，宿志固有在。」下云：「甯知事大繆，舉步得狼狽……低回畏罪罟，黽勉敢言退？」冬，作《王鞏詩集序》，又有《喜王定國北歸第五橋》【注一】七律云：

「白露淒風洗瘴煙，夢回相對兩淒然。【注二】雀羅廷尉非當日，鳩杖先生愈少年。【注三】世事飽諳思縮手，主恩未報恥歸田。【注四】誰憐第五橋邊水，獨照台州老鄭虔？」【注五】

【注一】王鞏定國已略見前。此第五橋是在秦淮，非長安之第五橋也。先生有《次韻王鞏南遷初歸》五古二首之二云：「江家舊池臺（陳江總舊宅），修竹圍一尺。歸來萬事非，惟見秦淮碧。平生痛飲處，遺墨鴉棲壁。」鞏因與先生友好且從而學焉，連坐竄逐桂之賓陽三年，一子死貶所，一子死於家，而不戚於懷，與先生情好愈篤。歸來時，顏色和豫，氣益剛實。歸至江西，先寄其嶺外詩數百首與先生，故為作《詩集序》。鞏七月放還，先生文及詩則成於歲晚也。（上文略見先生《王定國詩集敘》。）《宋史·王素傳》：「子鞏，有雋才，長於詩，從蘇軾游。軾守滁州（應作徐），鞏往訪之，與客遊泗水，登魋山，吹笛飲酒，乘月而歸。軾待之於黃樓上，謂鞏曰：『李太白死，世無此樂三百年矣。』軾得罪，鞏亦竄賓州，數歲得還，豪氣不少挫。」

【注二】首句王文誥云：「七字寫盡南遷之狀。」兩淒然，謂第五橋下之水及己也。意從太白《敬亭獨坐》五絕結句：「相看兩不厭，只有敬亭山」奪胎，皆傳獨坐之神也。

【注三】《史記·汲黯鄭當時傳贊》：「下邽（京兆縣名）翟公為廷尉，賓客闐門；及廢，門外可設雀羅。翟公復為廷尉，賓客欲往，翟公乃大署其門曰：『一死一生，乃知交情；一貧一富，乃知交態；一貴一賤，交情乃見。』汲、鄭亦云。悲夫！」（《漢書・鄭當時傳》末亦附載此事，蓋本諸史公者。）《後漢書・禮儀志中》（梁劉昭撰）：「仲秋之月，縣道各案戶比民，年始七十者，授之以玉杖（不予真杖），餔之糜粥；八十九十禮有加，賜玉杖長尺，端以鳩鳥為飾。鳩者，不噎之鳥也，欲老人不噎。」按：王鞏之生年無考，然其父王素只長先生二十九歲，鞏即年長於先生，亦不至七十，況未必年較長乎？鳩杖句云者，謂鞏未來年必七十，八十，九十；蓋今經貶謫荒裔，而顏色愈充盈，故可卜其必得高壽也。

【注四】五六重句，看似指鞏，實「夫子自道」也。紀昀曰：「五六和平。得第六句，併第五句亦算頓挫語。」意謂「險阻艱難，備嘗之矣；民之情偽，盡知之矣」（《左傳》僖公二十八年楚成王評晉文公語）；世路難行，人心險惡，己於世道人心已盡領略，本欲對天下事縮手不為矣；然國恩未報，若但畏難而求退，歸田以冀全身遠害，亦深以為恥也。先生忠肝義膽，於此可見。李廌祭先生文云：「皇天后土，鑒平生忠義之心」，是也。韓愈祭柳子厚文：「不善為斲，血指汗顏，巧匠旁觀，縮手袖間。」

【注五】此結語以唐鄭虔之貶謫喻王定國兼以自喻也。此及五六句紀昀皆予密圈。第五橋，本在長安南二十里，杜甫《陪鄭廣文（即虔）遊何將軍山林十首》五律第一起云：「不識南塘路，今知第五橋。」《新唐書・文藝中・鄭虔傳》：「天寶初，為協律郎，……（坐）

私撰國史，……謫十年。還京師，玄宗愛其材，欲置左右，以不事事，更為置廣文館，以虔為博士。虔聞命，不知廣文曹司所在，訴宰相，宰相曰：『上增國學，置廣文館以居賢者，令後世言廣文博士自君始，不亦美乎？』虔乃就職。……嘗自寫其詩，并畫以獻，帝大署其尾，曰『鄭虔三絕』。遷著作郎。安祿山反，……偽授虔水部郎中，因稱風，緩求攝。……賊平，……貶台州（在今浙江）司戶參軍事，……後數年卒。……善著書，時號鄭廣文。」杜甫有「送鄭十八虔貶台州司戶，傷其臨老陷賊之故，闕為面別，情見於詩」七律云：「鄭公樗散鬢成絲，酒後常稱老畫師。萬里傷心嚴譴日，百年垂死中興時。倉惶已就長途往，邂逅無端出餞遲。便與先生應永訣，九重泉路盡交期。」又有《有懷台州鄭十八司戶》五古起云：「天台隔三江（《書・禹貢》：「三江既入，震澤底定。」三江：婁江、東江、松江也。）風浪無晨暮，鄭公縱得歸，老病不識路。」又《八哀詩・故著作郎貶台州司戶滎陽鄭公虔》五古云：「文傳天下口，大字猶在牓；昔獻書畫圖，新詩亦俱往。……三絕自御題，四方尤所仰。」

元豐七年甲子，先生四十九歲。正月，誥命特授尚書水部員外郎，汝州（今河南臨汝縣）團練副使、本州安置、不得簽書公事。三月，進《謝量移汝州表》，有云：「伏念臣向者，名過其實，食浮於人（《法言・淵騫篇》：「或問東方生名過其實者何也？……」《禮・坊記》：「故君子與其使食浮於人也，寧使人浮於食。」鄭玄注：「食，謂祿也；在上曰浮。祿勝己則近貪，己勝祿則近廉。」）。兄弟並竊於賢科，衣冠或以為盛事。旋從冊府，出領郡符（密、徐、湖三州），既無片善可紀於絲毫，而以重罪當膏於斧鉞。雖蒙恩貸，有愧平生。隻影自憐，命寄江湖之上，驚魂未定，夢遊縲泄之中（《論語・公冶》：「雖在縲泄之中，非其罪也。」）。憔悴非人，章狂失志（潘岳《哀永逝文》：「嫂姪兮慞惶，慈姑兮垂矜。」章狂猶慞惶，悲痛徬徨之甚也。），妻孥之所竊笑，親友至於絕交。疾病連年，人皆相傳為已死；飢寒併日，臣亦自厭其餘生。（先生元豐七年《送沈逵赴廣南》七古：「我謫黃岡四五年，孤舟出沒煙波裏，故人不復通問訊，疾病飢寒疑死矣。」）豈謂草芥之賤微，尚煩朝廷之紀錄！開其痌悔，許以甄收。」其情亦可憫矣。四月，將自黃移汝，有《贈黃州官妓》七絕云：

「東坡五（一作七，誤。）載黃州住，何事（一作故）無言及
李琪（或作琦，或作宜）？恰（一作卻）似西川杜工部，海棠
雖好不留詩。」【注一】

【注一】清馮應榴《蘇文忠詩合注》引李中玉云：「《王禹偁詩話》：少陵在蜀，並無一詩話著海棠，以其生母名也。」按：此是杜撰不足信，王禹偁亦無詩話傳世也。宋何薳《春渚紀聞》：「東坡在黃日，每有燕集，醉墨淋漓，不惜與人，至於營妓供侍，扇題帶畫，

亦時有之。有李琪者，少而慧，頗知書，時亦每顧之，終未嘗獲公賜；至公移汝，將祖行（祖，祭名，古者出行時祭路神也。《漢書・景十三王・臨江閔王榮傳》：「上徵榮，榮行，祖於江陵北門。」顏師古注：「祖者，送行之祭，因饗飲也。昔黃帝之子纍祖，好遠遊而死於道，故後人以為行神也。」），酒酣，琪奉觴再拜，取領巾乞書；公熟視久之，令其磨研墨濃，取筆大書云：『東坡七（應作五）載黃州住，何事無言及李琪？』（宋周煇《清波雜志》作李琦，陳巖肖《庚溪詩話》作李宜。）即擲筆袖手，與客談笑。坐客相謂，語似凡易，又不終篇，何也？至將撤具，琪復拜請，坡大笑曰：『幾忘出場。』繼書云：『恰似西川杜工部，海棠雖好不留詩。』一座擊節。」觀此，可悟作絕句竅要，蓋末二句是重心所在也。

又有《別黃州》七律云：

「病瘡老馬不任鞿，猶向君王得敝幃。【注一】桑下豈無三宿戀？尊前聊與一身歸。【注二】長腰尚載撐腸米，闊領先裁蓋癭衣。【注三】投老江湖終不失，來時莫遣故人非。」【注四】

【注一】一起便沈痛之至。謂己已不堪為國用，猶老馬且受傷，不能就鞿勒矣；今之蒙恩移量汝州，實君王哀憐，如所豢犬馬之逝，得埋之以敝爛帷帳耳。瘡，俗字；本字作办，或體作創。《說文》：「刅、傷也。」「創、或從刀倉聲。」（刅、造法刅業也。）白居易有《病瘡》五律，結云：「腳瘡春酒斷，那得有心情！」瘡亦傷也。鞿、本字作羈或羇，《說文》：「羈，馬絡頭也。」「羇、羈或從革。」《禮・檀弓下》：「仲尼之畜狗死，使子貢埋之，曰：『吾聞之也，敝帷不棄，為埋馬也；敝蓋不棄，為埋狗也。丘也貧，無蓋，於其封（冢也）也，亦予之席，毋使其首陷焉。』路馬死，埋之以帷。」鄭玄注：「路馬、君所乘者。」

【注二】《佛說四十二章經》：「剃除鬚髮，而為沙門，受道法者，去世資財，乞求取足。日中一食，樹下一宿，慎勿再矣。使人愚敝者，愛與欲也。」《後漢書・襄楷傳》桓帝延熹七年，楷上書諫桓帝去嗜欲云：「浮屠不三宿桑下，不欲久生恩愛，精之至也。」（**精純清潔之至，於世間物物，了不留戀也。**）李賢注：「言浮屠之人，寄桑下者，不經三宿，便即移去，示無愛戀之心也。」桑下句，先生反用其意，謂己於黃州人物風土，豈不戀戀乎！樽前句：含義有二：一、謂己飽經憂患，辛苦備嘗，此多病之軀，天幸不死，得全身而去也；二、謂己在黃州五年，於財物一無所取，只將一身歸去耳。二句仁言惋惻，語意一貫，深折超妙，宜細味之。

【注三】長腰句，謂己昂藏七尺尚健飯也。《漢書・東方朔傳》：「『朱儒長三尺餘，奉一囊粟，錢二百四十；臣朔長九尺餘，亦奉一囊粟，錢二百四十。朱儒飽欲死，臣朔飢欲死。臣言可用，幸異其禮；不可用，罷之，無令但索長安米。』上大笑，因使待詔金馬門，稍得親近。」此其意也。南宋葛立方《韻語陽秋》謂「長腰米，楚人語也。」恐未必然。闊領句：先生將赴汝州任，汝州人多患癭（即大頸泡），故云裁蓋癭衣以掩蔽之也。葛立方《韻語陽秋》卷十云：「汝人多苦癭，故歐公《汝癭》詩（《汝癭答仲儀》五古）云：『傴婦垂瓮盎，驕嬰抱卵鷇，無由辨肩頸，有類龜縮殼。』梅聖俞詩（《和王仲儀詠癭二十韻》）云：『……女慙高掩襟，男衣闊裁領。』東坡量移汝州詩云：『闊領先裁蓋癭衣。』又云：『汝陽瓮盎吾何恥！』（《送沈逵赴廣南》七古：「句漏丹砂已付君，汝陽瓮盎吾何恥！」）」

【注四】結韻謂己今後決不犯過失，未來不再令故人受非議遭連累也。投老，猶云到老，《後漢書・仇覽傳》：「母守寡養，苦身投老。」吳質《答魏太子牋》：「但欲保身勑行，不蹈有過之地，以為知己之累耳。」此其意。

赴汝途中，至江西，有《初入廬山》五絕三首：其一云：

「青山若無素，偃蹇不相親。【注一】要識廬山面，他年是故人。」先生自注：「山南，山面也。」要，須要也。

【注一】素，雅素也，謂似非舊識，即從來未見之意。偃蹇，高傲貌。《左傳》哀公六年齊陳乞曰：「彼皆偃蹇。」晉杜預注：「偃蹇，驕傲。」

其二云：

「自昔懷清賞，神游杳靄間；如今不是夢，真箇在廬山。」【注一】

【注一】謝朓《和何議曹郊遊》二首之一：「江垂得清賞，山際果幽尋。」（江垂猶江邊）神游：出《列子・黃帝篇》，已見前；又李白《大鵬賦序》：「余昔於江陵，見天台司馬子微，謂余有仙風道骨，可與神游八極之表。」韓愈《盆池》七絕五首之一起云：「老翁真箇似童兒，汲水埋盆作小池。」

其三云：

「芒鞵青竹杖，自挂百錢游。【注一】可怪深山裏，人人識故侯。」【注二】

【注一】先生《定風波》詞「竹杖芒鞵輕勝馬。」宋傅幹注引五代僧无則詩：「騰騰兀兀恣閑行，竹杖芒鞋稱野情」。又先生《答任師中家漢公》五古：「會當相從去，芒鞋老菑畬。」馮應榴《合注》引施元之注（今傳施注無）：「元微之詩，騰騰兀兀恣閒行，竹杖芒鞋稱野情」。今《全唐詩》僧无則詩、元稹詩，皆未見此二句。《晉書・阮修傳》：「常步行，以百錢挂杖頭，至酒店，便獨酣暢。家無擔石，晏如也。」

【注二】故侯，先生以邵平自況也。《史記・蕭相國世家》：「召平者，故秦東陵侯。秦破，為布衣，貧，種瓜於長安城東，瓜美，故世俗謂之東陵瓜。」先生嘗為密、徐、湖三州太守，已猶昔之列侯專城而居矣；又在黃州東坡灌園自給，正似邵平也。宋王十朋《蘇東坡詩（分類）集注》引「先生《詩話》」云：『僕初入廬山，山谷奇秀，平日所未見，殆應接不暇，（《世說新語・言語》**王子敬云：從山陰道上行，山川自相映發，使人應接不暇；若秋冬之際，尤難為懷。**）遂發意不欲作詩；已而見山中僧俗，皆云「蘇子瞻來矣」，不覺作一絕云「芒鞵青竹杖」云云；既而哂前言之謬，復作兩絕云「青山若無素」云云。』案《詩話》，則今第三篇為首篇矣。」

又有《贈東林總長老》（常總禪師，南劍州人。）及《題西林壁》二絕，為千古絕唱，其《贈東林總長老》云：

「溪聲便是廣長舌，山色豈非清淨身？【注一】夜來八萬四千偈，他日如何舉似人！」【注二】

【注一】拗第五字，彌覺鏗鏘。《妙法蓮華經》卷六：「受持是經，……得八百身功德（身功德：眼、耳、鼻、舌、身、意功德），得清淨身，如淨瑠璃，眾生喜見，其身淨故」。又云：「一切眾前，現大神力，出廣長舌。」王十朋注引云：「世尊見大神力，出廣長舌，清淨法身。」

【注二】謂己所聞溪聲、所見山色，如八萬四千法門，應接不暇，他日不知如何舉以與人也。「似」，猶與也；「舉似」，《傳燈錄》卷五六祖謂智常禪師曰：「汝試舉似於吾，與汝證明。」餘幾百見，不繁舉矣。八萬四千《妙法蓮華經》疊見，如八萬四千寶瓶、八萬四千菩薩、八萬四千眾寶蓮華、八萬四千寶鉢、八萬四千人、八萬四千眾生、八萬四千歲等等，皆喻甚多之數耳。《南史‧隱逸上‧顧歡傳》：「……物有八萬四千行，說有八萬四千法；法乃至於無數行亦達於無央。」（南齊時吳興道士孟景翼《正一論》）宋釋惠洪《冷齋夜話》卷七：「東坡遊廬山，至東林（寺），作偈曰：『溪聲……』『橫看……』魯直曰：『此老於般若橫說豎說，了無剩語，非其筆端，能吐此不傳之妙哉？』」宋孫奕《示兒編》卷十《谿聲山色》云：「東坡《贈東林總長老》云：『谿聲便是廣長舌，山色豈非清淨身？』以谿山見僧之體；以廣長舌、清淨身，見僧之用，誠古今絕唱。」宋葛立方《韻語陽秋》卷十二云：「東坡……《贈東林總老》詩：『溪聲……』如此等句，雖宿禪老衲，不能屈也。」

其《題西林壁》七絕云：

「橫看成嶺側成峯，遠近高低總不同。【注一】不識廬山真面目，只緣身在此山中。」【注二】

【注一】宋姚寬《西溪叢語》卷下：「南山宣律師《歳通錄》云：『廬山七嶺，共會於東，合而成峯。』因知東坡『橫看成嶺側成峯』之句，有自來矣。」清馮應榴《蘇文忠詩合注》云：「（清）朱休度（《學海觀漚錄》）曰：『此句用唐楊筠松（名益）《撼龍經》「橫看是嶺側是峯，此是貪狼出陣龍也。」』」

【注二】王文誥《編注集成》云：「凡此種詩，皆一時性靈所發；若必胸有釋典，而後鑪錘出之，則意味索然矣。」

五月，至筠州（江西高安），與子由相聚（時貶在筠州監鹽酒稅），留十日。七月，抵金陵，往見王安石於鍾山（安石於熙寧九年十月罷相，居金陵，迄此已八年矣。），留連燕語，論天下事，甚相重。與小人之狥私成讎，積不相能而永相傾軋者迥異也。【宋釋惠洪《冷齋夜話》卷五：「舒王（安石後追封舒王）在鍾山，有客自黃州來，公曰：『東坡近日有何妙語？』客曰：『東坡宿於臨皋亭，醉夢而起，作《成都勝相藏記》（今題《勝相院經藏記》，元豐三年作。），千有餘言，（實六百九十二字）點定纔一兩字。有寫本，適留舟中。』公遣人取而至，時月出東南，林影在地，公展讀於風簷，喜見眉鬚，曰：『子瞻，人中龍也！然有一字未穩。』客曰：『願聞之。』公曰：『「日勝日貧」，不若曰「如人善博，日勝日負」耳。』（今《記》云：「私自念言：我今惟有無始已來結習口業、妄言綺語、論說古今、是非成敗；以是業故，所出言語，猶如鐘磬、黼黻文章，悅可耳目；如人善博，日勝日負，自云是巧，不知是業。」則已遵荊公言改定矣。）東坡聞之，拊手大笑，亦以公為知言」。宋蔡絛《西清詩話》：「元豐間，王文公在金陵，東坡自黃北遷，日與公遊，盡論古昔文字，間即俱味禪悅。（禪悅，佛家語，謂人禪定而心怡悅也。）公歎息語人曰：『不知更幾百年，方有如此人物？』東坡渡江至儀真，和遊蔣山詩，寄金陵守王勝之益柔，公亟取讀之，至『峯多巧障日，江遠欲浮天』（《同王勝之遊蔣山》五排），乃撫几曰：『老夫平生作詩，無此二句。』……」宋朱弁《曲洧舊聞》卷五：「東坡自黃徙汝過金陵，荊公野服乘驢，謁於舟次；東坡不冠而迎，揖曰：『某今日敢以野服見大丞相。』荊公笑曰：『禮為我輩設哉？』（《晉書・阮籍傳》「籍曰：禮豈為我設耶？」）……」】有《次韻荊公四絕》，其三云：

「騎驢渺渺入荒陂，想見先生未病時。【注一】勸我試求三畝宅，從公已覺十年遲」【注二】

【注一】宋魏泰《東軒筆錄》卷十二：「王荊公再罷政（熙寧七年初罷相，八年復相，九年再罷。）……築第於南門外七里，去蔣山亦七里。平日乘一驢，從數僮，遊諸山寺。欲入城，則乘小舫，泛潮溝以行，蓋未嘗乘馬與肩輿也。所居之地，四無人家，其宅僅蔽風雨；又不設垣牆，望之若逆旅之舍。有勸築垣，輒不答。元豐末，荊公被疾，奏捨此宅為寺，有旨，賜名報寧；既而荊公疾愈，稅城中屋以居，竟不復造宅。」又宋邵伯溫《邵氏聞見錄》謂「介甫與子瞻初無隙，呂惠卿忌子瞻，輒間之神宗」。則王介甫本非姦惡小人，特其性情、剛愎自用，喜人之同己者而惡其異己者，故諂諛者進，諫諍者退；卒為羣小繞纏，至變法失敗，大傷國家元氣，以啟靖康之難耳。使介甫當時變法，能虛己下人，與司馬溫公及先生等細加商討，縝密料量，得諸君子樂為之用，則國家幸甚矣。歷觀古今，雖有善政善法，若無善人執持施行，未有不敗者也。《中庸》曰：「文、武之政，布在方策，其人存，則其政舉；其人亡，則其政息。」《孟子・離婁上》：「徒善不足以為政，徒法不能以自行。」《荀子・君道篇》云：「有亂君，無亂國；有治人，無治法。羿之法非亡也，而羿不世中；禹之法猶存，而夏不世王。故法不能獨立，類不能自行；得其人則存，失其人則亡。」《淮南子・泰族訓》云：「故法雖在，必待聖而後治；律雖具，必待耳而後聽。故國之所以存者，非以有法也，以有賢人也；其所以亡者，非以無法也，以無賢人也。」近人動言法治，不知善法正法雖要，善人正人為尤要，蓋人治實尤重於法治也。若以邪人行正法，其法未有不敗壞者；故大禹、成湯之法，豈不正且善哉！然至桀、紂行之，則旋踵而亡；文、武、周公之法，其敗於幽、厲也，豈不皆然乎！

【注二】王十朋注：「荊公得詩，曰：『十年前後，我便不廝爭』（廝、相也）」荊公原作此首甚有名，詩云：「北山輸綠漲橫陂，直塹迴塘灩灩時，細數落花因坐久，緩尋芳草得歸遲。」荊公是寫景、寫情興；先生則寫意、寫感慨也。宋《潘子真詩話》：「東坡得請宜興（應是移汝州），道過鍾山，見荊公；時公病方愈，令坡誦近作，因手寫一通以為贈（荊公寫坡詩贈坡）；復自誦詩，俾坡書以贈己。仍約東坡卜居秦淮，故坡公和詩云：『騎驢……十年遲。』」陸游《放翁題跋》云：「東坡自黃州歸，見荊公於半山，劇談累日，約卜鄰以老焉。」白居易《初除主客郎中知制誥……話舊感懷》七律結句：「莫怪不知君氣味，此中來校十年遲。」

八月，數見王安石於蔣山（即鍾山），論西夏用兵及東南大獄事，（西夏、在今綏遠、寧夏及甘肅之西北部、陝西北部。自元豐以來，西夏人屢以數十萬眾，大舉入寇陝之延州（即延安）及蘭州（今甘肅省會）等地，見《宋史・神宗本紀》。又《刑法志》：「元豐時，河北、京東、淮南、福建等路，皆用重法。」）先生謂安石曰：「大兵大獄，漢、唐滅亡之兆；祖、宗以仁厚治天下，正欲革此；今西方用兵，連年不解，東南屢起大獄，公獨無一言以救之乎？」安石曰：「二事皆呂惠卿啟之；安石在外，安敢言！」（宋邵伯温《邵氏聞見錄》云：「王荊公晚年，於鍾山書院，多寫『福建子』三字，蓋恨為惠卿所陷，悔為惠卿所誤也。」）先生曰：「在朝則言，在外則不言，事君之常禮耳；上所以待公者非常禮，公所以待上者，豈可以常禮乎？」安石厲聲曰：「某須說。」又曰：「出在安石口，入在子瞻耳。」蓋安石嘗為惠卿發其「無使上知」私書，尚畏惠卿，恐先生洩其言耳。安石又曰：「人須是行一不義，殺一不辜，得天下不為乃可。」（《孟子・公孫丑上》：「（伯夷、伊尹、孔子）得百里之地而君之，皆能以朝諸侯，有天下；行一不義，殺一不辜，而得天下，皆不為也。」）先生戲曰：「今之君子，爭減半年磨勘（將遷陞，勘驗官績。）雖殺人，亦為之。」安石笑而不言。（以上見《邵氏聞見錄》）是月發金陵，至儀真，（即真州，今江蘇儀徵縣。）有《次韻蔣穎叔》（名之奇，江蘇宜興人，先生同榜進士，時為江、淮發運使。）七律云：

「月明驚鵲未安枝，一棹飄然影自隨。【注一】江上秋風無限浪，枕中春夢不多時。【注二】瓊林花草聞前語，罨畫溪山指後期。【注三】豈敢便為雞黍約！玉堂金殿要論思。」【注四】

【注一】首句、時先生欲買田於金陵 儀真而未可得也。曹操《短歌行》：「月明星稀，烏鵲南飛，遶樹三帀，何枝可依？」李白《贈柳圓》短古：「還同月下鵲，三繞未安枝。」施注引白樂天《思家詩》：「燈前影伴身。」

【注二】白居易《江南遇天寶樂叟》七古：「秋風江上浪無限，暮雨舟中酒一尊。」又《花非花》：「來如春夢不多時，去似朝雲無覓處。」餘見上迎子由七律「又向邯鄲枕中見」注，蓋用唐 李泌《枕中記》呂翁及盧生事也。紀昀曰：「三四自好。」

【注三】先生自注：「蔣詩記及第時瓊林苑宴坐中所言，且約同卜居陽羨。」明 李濂《汴京遺蹟志》：「瓊林苑、在開封城西鄭門外，俗呼為西青城。宋時建苑，為宴進士之所。與金明池南北相對，其中松柏森列，百花芬郁」。蔣之奇、宜興人；陽羨，即在宜興南，宋 樂史《太平寰宇記》卷九十二：「常州 宜興縣，本秦 陽羨縣。」又云：「圻溪，今俗呼為罨畫溪，在縣南三十六里。源出懸腳嶺，東流入太湖。」罨畫、本謂山水明秀，如繪工之雜彩色為畫然也；今浙江 長興縣之西溪，亦名罨畫溪矣。

【注四】結語謂蔣之奇之才，須為國用，未敢便與為雞黍之約而相將歸隱也。《論語・微子篇》：「子路從而後，遇丈人，以杖荷蓧，子路問曰：『子見夫子乎？』丈人曰：『四體不勤，五穀不分，孰為夫子！』植其杖而芸。子路拱而立；止子路宿，殺雞為黍而食之，見其二子焉。明日，子路行以告，子曰：『隱者也。』使子路反見之，至、則行矣。」魏應璩《與從弟君苗君胄書》：「幸賴先君之靈，免負擔之勤，追蹤丈人，畜雞種黍，潛精墳籍，立身揚名，斯為可矣。」孟浩然《過故人莊》五律起云：「故人具雞黍，邀我至田家。」論思：班固《兩都賦序》：「至於武、宣之世，乃崇禮官，考文章……故言語侍從之臣，若司馬相如、虞丘壽王、東方朔、王褒、劉向之屬，朝夕論思日月獻納。」玉堂金殿，指翰苑臺閣也。東漢應劭《漢官儀》卷上：「黃門有畫室署、玉堂署，各有長一人。」玉堂、後世以稱翰林院。《漢書・李尋傳》：「臣尋位卑術淺，過隨眾賢待詔，食太官，衣御府，久汙玉堂之署。」顏師古注：「玉堂殿在未央宮。」清王先謙《補注》引何焯曰：「漢時待詔於玉堂殿，唐時待詔於翰林院，至宋以後，翰林遂并蒙玉堂之號。金殿、即金鑾殿，唐時在大明宮內。唐韋述《兩京記》：「隴首山支隴起平地，上有殿，名金鑾殿，殿旁坡名金鑾坡，翰林故事置學士院，後又置東學士院於金鑾坡」。又宋時亦有金鑾殿，見《宋史・地理志》。

十月，由京口（在鎮江）渡江至揚州。十九日，上《乞常州居住表》，有云：「臣向以狂妄得罪，伏蒙聖恩，賜以餘生，處之善地（指黃州）；歲月未幾，又蒙收錄，量移近郡（汝州近汴都）。再生之賜，萬死難酬。臣以家貧累重，須至乘船赴安置所，自離黃州，風濤驚恐，舉家重病，幼子喪亡（蘇遯死於金陵）。今雖已至揚州，而資用罄竭，無以出陸（陸行雇車馬）；又汝州別無田業，可以為生，犬馬之憂，饑寒為急。竊謂朝廷至仁，既已全其性命，必亦憐其失所。臣先有薄田，在常州宜興縣，粗給饘粥；欲望慈聖，特許於常州居住。若罪戾之餘，稍獲全濟，則捐軀論報，有死不回。」奏入，未報。

元豐八年乙丑，先生五十歲。正月四日發泗州（安徽盱眙縣），再上《乞常州居住表》，有云：「臣昔者常對便殿，親聞德音，似蒙聖知，不在人後。而狂狷妄發，上負恩私；既有司皆以為可誅，雖明主不得而獨赦；一從吏議，坐廢五年。積慮熏心，驚齒髮之先變；抱恨刻骨，傷皮肉之僅存。近者蒙恩量移汝州，伏讀訓詞，有『人材實難，弗忍終棄』之語，豈獨知免於縲紲，亦將有望於桑榆。……與其彊顏忍恥，干求於眾人；不若歸命投誠，控告於君父。……重念臣愛性剛褊，賦命奇窮。既獲罪于天，又無助於下。怨仇交積，罪惡橫生。羣言或起於愛憎，孤忠遂陷於疑似。中雖無愧，不敢自明。向非人主，獨賜保全；則臣之微生，豈有今日！……臣抱百年之永嘆，悼一飽之無時。【《詩・小雅・小弁》：「假寐永嘆，維憂用老。」歐陽修《讀李翱文》：「翱一時人，有道而能文者，莫若韓愈；愈嘗有賦矣（《感二鳥賦》。見有籠白鳥白鸜鵒以獻於上者，感而作焉。），不過羨二鳥之光榮（進之於上），歎一飽之無時爾（謂己）！」】貧病交攻，死生莫保。雖梟雁飛集，何足計於朝廷！（謂己微不足道，猶梟雁耳。揚雄《解嘲》：「乘雁集不為之多，雙梟飛不為之少。」）而犬馬蓋帷，猶有求於陛下。（見前《別黃州》七律【注一】）敢望仁聖，少賜矜憐。」二月，至南都（河南商邱），告下，仍「以檢校尚書水部員外郎、汝州團練副使、不得簽書公事、常州居住。」三月一日，神宗病篤，宣仁太后（英宗高后，神宗母，哲宗祖母。）垂簾聽政，立哲宗為皇太子（神宗第六子，時十歲。）。三月五日，神宗崩（年三十八），哲宗即位，尊宣仁太后為太皇太后，聽政。五月二十二日，先生至常州貶所，進《到常州謝表》，有云：「廢棄六年，已忘形於田野，泝沿萬里，偶脱命於江潭。豈謂此生，得從所便。……耕田鑿井，得漸齒於平民，碎首刳肝，尚未知其死所。」陽羨士人從先生學者邵民瞻為買宅，需緡（錢一千）五百，傾囊僅能償之。既卜吉入居，夜與邵步月入村中，聞老嫗嘑哭甚哀，問其故，泣曰：「吾有一居，相傳百年，吾子不肖，舉以售人，今日徙此，百年舊居，一旦訣別，所以泣也。」先生為之愴然，問其居所在，即以五百緡得之者也；立取屋券焚之，呼其子，命翌日迎母還舊居，不索其值。自是遂税居毘陵（今江蘇武進縣），不復買宅（見宋方岳《深雪偶談》及費袞《梁谿漫志》）。而先生自此，終其身無私置一椽之庇矣。如先生者，其深仁厚澤，廉礪自持，不亦可以通於神明，昭於天地乎？六月告下，復朝奉郎（正六品上）、起知登州（山東蓬萊），是月離常赴任。十月，至密州（後魏時之膠州，隋、唐、宋亦曰高密郡，即今山東諸城縣治。）有「過密州，次韻趙明叔（名杲卿）、喬禹功（名敘）」七律云：

「先生依舊廣文貧，【注一】老守時遭醉尉嗔。【注二】汝輩何曾堪一笑！吾儕相對復三人。【注三】《黃雞》唱曉淒涼曲，白髮驚秋見在身。【注四】一別膠西舊朋友，扁舟歸釣五湖春。」【注五】

【注一】王十朋注引趙次公曰：「（首句），指言趙明叔也。先生曩在密州時所謂趙教授者也。」廣文貧，固以唐廣文先生鄭虔（見上）比趙明叔；又喬禹功亦嘗為太常博士，故以兼喻之也。杜甫《醉時歌》（一作《贈廣文館博士鄭虔》）：「諸公袞袞登臺省，廣文先生官獨冷；甲第紛紛厭粱肉，廣文先生飯不足。先生有道出羲皇（謂是羲皇以上人，陶公流亞。），先生有才過屈、宋。德尊一代常坎軻，名垂萬古知何用！」

【注二】此句先生自況也。先生嘗知密州，故云老守。王注引次公曰：「指言喬禹功也。禹功必以別處太守替罷或致仕而歸，故以故將軍比之。」非是。《史記・李將軍列傳》：「廣出雁門擊匈奴，匈奴兵多，破敗廣軍，生得廣。……佯死，……射殺追騎，以故得脱。……漢下廣吏，……當斬；贖為庶人。……居藍田南山中，射獵，嘗夜從一騎出，從人田間飲，還至霸陵亭，霸陵尉醉（大縣二尉，主捕盜。），呵止廣。廣騎曰：『故李將軍。』（驍騎將軍、領屬護軍將軍。）尉曰：『今將軍尚不得夜行，何乃故也！』止廣宿亭下。居無何，匈奴入殺遼西太守，敗韓將軍（安國），韓將軍後徙右北平；於是天子乃召拜廣為右北平太守。廣即請霸陵尉與俱，至軍而斬之。廣居右北平，匈奴聞之，號曰漢之飛將軍，避之。」廣嘗為上谷、上郡、隴西、北地、雁門、代郡、雲中、右北平等郡太守；先生亦嘗為密、徐、湖三郡太守，今且往知登州，用「老守」字甚的，不得強以傅會喬禹功。馮氏《合注》，王氏《編注集成》俱本趙次公説，失之。

【注三】二句筆力雄健，兀傲不羣。意謂小人之害君子，原不值一哂，今已與趙明叔、喬禹功又復三人相對矣。明倪元璐《題元祐黨碑》云：「故知擇福之道，莫大乎與君子同禍，小人之謀，無往不福君子也。」信哉！杜甫《三韻三篇》五古之三云：「烈士惡多門，小人自同調。名利苟可取，殺身傍權要。何當官曹清，爾輩堪一笑。」李白《月下獨酌》五古四首之一云：「舉杯邀明月，對影成三人。」

【注四】二句清陗蕭騷，悲涼惋惻。白居易《醉歌》：「誰道使君不解歌？聽唱《黃雞》與《白日》，黃雞催曉丑時鳴，白日催年酉時沒。」又先生《與臨安令宗同年劇飲》七古云：「試呼白髮感秋人，令唱《黃雞》催曉曲。」潘岳《秋興賦》序：「余春秋三十有二，始見二毛。」賦云：「斑鬢髟以承弁兮，素髮颯以垂領。」牛僧孺《席上贈劉夢得》七律前半云：「粉署為郎四十春，今來名輩更無人。休論世上升沈事，且鬥樽前見在身。」

【注五】《漢書・地理志》有高密國，自注：「文帝十六年別為膠西國，宣帝本始元年更為高密國。」《國語・越語下》：「……反至五湖，范蠡辭於王曰：『君王勉之，臣不復入越國矣。』……遂乘輕舟，以浮於五湖，莫知其所終極。」結韻、先生有遯世意，謂將曠放於江湖中也。

十月十五日，抵登州任，進《謝上表》，末云：「恭惟（思也）先帝全臣於眾怒必死之中，陛下起臣於散官永棄之地，沒身難報，碎首為期。」二十日，以司馬光（時為門下侍郎）薦，以禮部郎中（正五品）召還。二十六日，作《登州海市》七古，并《引》云：「予聞登州海市舊矣，父老云：『常出於春夏，今歲晚，不復見矣。』予到官五日而去，以不見為恨，禱於海神廣德王之廟，明日見焉，乃作此詩。」詩有云：「人間所得容力取，世外無物誰為雄？率然有請不我拒，信我人厄非天窮。」十二月，抵京師，到禮部郎中任。未幾告下，遷起居舍人（「從六品，清要之官，《宋史・職官志》：「起居舍人一人，掌同門下省起居郎侍立修注。」）上《辭免狀》，有旨不允；《再上辭免狀》，蓋先生以起於憂患，不欲驟履要地也。復辭於蔡確（小人，《宋史・姦臣傳》以之冠首，時為尚書左僕射兼門下中書侍郎，首相也。翌年二月以罪免官，元祐四年放逐於新州。）確曰：「公徊翔久矣，朝中無出公右者。」卒不許，乃到起居舍人任。有「惠崇春江晚景二首」，【注一】題畫之作，七絕名篇也。其一云：

「竹外桃花三兩枝，春江水暖鴨先知。蔞蒿滿地蘆芽短，正是河豚欲上時。」【注二】

【注一】惠崇，北宋初僧人，工畫，能詩。宋郭若虛《圖畫見聞志》：「僧惠崇，尤工小景，建陽（福建縣名）人，工畫鵝雁鷺鷥，為寒江遠渚，瀟灑虛曠之象，人所難到。」宋葛立方《韻語陽秋》卷十四：「僧惠崇善為寒汀煙渚，蕭灑虛曠之狀，世謂『惠崇小景』，畫家多喜之。故魯直詩云：『惠崇筆下開江面，萬里晴波向落暉，梅影橫斜人不見，鴛鴦相對浴紅衣。』（《題惠崇畫扇》七絕）東坡詩云：『竹外……上時。』舒王詩云：『畫史紛紛何足數！惠崇晚出我最許。沙平水澹西江浦，鳧雁靜立將儔侶。』（《純甫出釋惠崇畫要予作詩》七古，畫史二句是起韻，五六句云：「黃蘆低摧雪翳土，鳧雁靜立將儔侶。」七八句云：「往時所歷今在眼，沙平水澹西江浦。」）皆謂其工小景也。」

【注二】翁方綱《蘇詩補注》引《王漁洋詩話》：「《爾雅》《釋草》：『購、蔏蔞。』郭璞注：『蔏蔞，蔞蒿也。生下田，初出可啖，江東用羹魚。』故坡詩云然，非泛詠景物也。」今《漁洋詩話》卷中云：「坡詩：『蔞蒿滿地蘆芽短，正是河豚欲上時。』非但風韻之妙；蓋河豚食蒿蘆則肥，亦如梅聖俞之『春洲生荻芽，春岸飛楊花』，無一字泛設也。」梅堯臣聖俞《河豚詩》：「春洲生荻芽，春岸飛楊花，河豚於此時，貴不數魚蝦。」（五古起句）宋胡仔《苕溪漁隱叢話・前集》卷三十一引《孔毅夫雜記》云：「永叔稱聖俞《河豚》詩云：『春洲……魚蝦。』以謂『河豚食柳絮而肥，聖俞破題兩句，便說盡河豚好處。』乃永叔褒譽之詞，其實不爾。此魚盛於二月，至柳絮時，魚已過矣。」又：「苕溪漁隱曰：東坡詩云：『竹外……上時。』此正是二月景致，是時河豚已盛矣。但『欲上』之語似乎未穩。」（欲上，謂河豚欲上食蔞蒿蘆芽也，何未穩之有！胡元任強作解人，非是。）又《後集》卷二十四引《倦游雜錄》云：「河豚魚有大毒，肝與卵，人食之必死。暮春柳花飛，此魚大肥，江、淮人以為時珍，更相贈遺臠其肉，雜蔞蒿荻芽，瀹而為羹。或不甚熟，亦能害人，歲有被毒而死者；然南人嗜之不已，故聖俞詩：『春洲……魚蝦。』而其後又云：『炮煎苟失所，轉喉為莫邪』，則其毒可知。」宋葉夢得《石林詩話》卷上：「歐陽文忠記梅聖俞《河豚》詩：『春洲生荻芽，春岸飛楊花』，『破題兩句，已道盡河豚好處。』謂『河豚出於暮春，食柳絮而肥』，殆不然。今浙人食河豚，始于上元前。常州、江陰，最先得，方出時，一尾至直千錢；然不多得，非富人大家，預以金噉漁人，未易致。二月後日益多，一尾纔百錢耳。柳絮時，人已不食，謂之斑子。或言其腹中生蟲，故惡之；而江西人始得食，蓋河豚出於海，初與潮俱上，至春深，其數稍流入於江，公（歐公）吉州人，故所知者，江西事也。」按：河豚，大者長二尺許，背青黑，腹白，無鱗，有吸入空氣使腹部膨脹之奇性。四五月間產卵，此時卵巢及肝臟皆含劇毒，誤食則死，故二三月時最可食，初春時則以罕為貴耳。宋阮閱《詩話總龜》：「梅聖俞詩：『春岸飛楊花』，永叔謂：『河豚食楊花則肥。』韓偓詩：『柳絮覆溪魚正肥』（《卜隱》七律三四：「桑梢出舍蠶初老，柳絮蓋溪魚正肥。」），大抵魚食楊花則肥，不必河豚。」紀昀曰：「此是名篇，興象實為深妙。」王文誥《編注集成》云：「此乃本集上上絕句，人盡知之。」

其二云：

「兩兩歸鴻欲破羣，依依還似北歸人。【注一】遙知朔漢多風雪，更待江南半月春。」【注二】

【注一】《禮・月令》：「仲秋之月，……鴻雁來，玄鳥歸。」則仲春之月，玄鳥來，鴻雁歸，互文見意也。《史記・天官書》：「中宮，……魁下六星，兩兩相比者，名為三能（音台）。」欲破羣，謂前者兩兩急飛；依依，謂殿後者緩飛也。似北歸人，隱以喻己也。

【注二】結語即「惟恐瓊樓玉宇，高處不勝寒」之意。朔，北也；朔漢，北方沙漠地也。謝惠連《雪賦》：「於是河海生雲，朔漠飛沙。」

哲宗元祐元年丙寅，先生五十一歲。正月，以七品服（淺綠色，起居舍人本從六品，此自謙抑也。）入侍延和殿，即改賜銀緋衣。【淺紅色而以銀白飾之，五品服也，此以禮部郎中加之。《新唐書・輿服志》：「以紫為三品之服，緋（大紅）為四品之服，淺緋為五品之服，綠為六品之服，淺綠為七品之服，深青為八品之服，淺青為九品之服。」宋仍唐制。】子由亦由筠州（江西高安）至京，到右司諫任。【從七品上。宋太宗端拱初，改唐左右補闕為左右司諫，改左右拾遺（從八品上）為左右正言。】黃庭堅始拜先生於都下。【山谷於神宗元豐元年（前此八年）三十四歲始寄書呈詩與先生結交，至此乃相見，時山谷年四十二，先生五十一也。山谷《跋子瞻木山詩》（七古）并《引》云：「吾先君子嘗蓄木山三峯，且為之記與詩，詩人聖俞見而賦之，今三十年矣；而猶子千乘又得五峯，益奇，因次聖俞韻，使并刻之其側。」）云：「往嘗觀明允《木假山記》，以為文章氣旨似莊周、韓非，恨不得趨拜其履舄間，請問作文關紐；及元祐中，乃拜子瞻於都下，實聞所未聞。（《法言・淵騫篇》：「七十子之於仲尼也，日聞所不聞，見所不見，文章亦不足為矣。」）今令其人萬里在海外，對此詩，為廢卷竟日。」】與王詵相遇殿門外，話舊感歎，詵以詩相屬（五古），先生有《和王晉卿》之作，并《引》云：「駙馬都尉王詵晉卿，功臣全斌（五代末北宋初）之後也。元豐二年，予得罪貶黃岡，而晉卿亦坐累遠謫（貶武當），不相聞者七年。予既召用，晉卿亦還朝，相見殿門外，感歎之餘，作詩相屬。託物悲慨，阨窮而不怨，泰而不驕（《孟子・公孫丑上》及《萬章下》：「柳下惠……遺佚而不怨，阨窮而不憫」。《論語・子路篇》：「君子泰而不驕，小人驕而不泰。」）；憐其貴公子，有志如此！故和其韻。」

三月，告下，遷中書舍人（正四品，為天子草制命。），上辭免狀，有云：「……今又冒榮直授，躐衆驟遷，非次之陞，既難以處；不試而用，尤非所安。願回異恩，免速官謗。」批答不允；到中書舍人任；進《謝上表》，有云：「仰天威之甚近（《左傳》僖公九年齊桓公對周襄王曰：「天威不違顏咫尺。」），知聖鑑之難逃（《晉書・桓溫傳》：「朝賢時譽，惟謝安、王坦之才識智能，皆簡在聖鑑。」）。謂臣嘗受先朝之知，實無左右之助。棄瑕往昔，責效將來。臣敢不益勵素心，無忘舊學，上體周公煩悉之誥，助成漢家深厚之文。（陳壽《上諸葛氏集目錄表》：「咎繇之謨略而雅，周公之誥煩而悉。」《漢書・儒林傳序》公孫弘為學官，白丞相御史曰：「臣謹案，詔書律令下者，明天人分際，通古今之誼，文章爾雅，訓辭深厚。」顏師古注：「爾雅，近正也，言認辭雅正而深厚也。」）苟無曠官，其敢言報！」

六月，行《呂惠卿責授建寧軍節度副使本州安置不得簽書公事》制辭，起云「敕、凶人在位，民不奠居；司寇失刑，士有異論。稍正滔天之罪（《漢書・王莽傳贊》：「滔天虐民，窮凶極惡。」），永為垂世之規。具官呂惠卿，以斗筲之才，挾穿窬之智（《論語・子路篇》：「斗筲之人，何足算也！」又《陽貨篇》：「色厲而內荏，譬諸小人，其猶穿窬之盜也與！」又《禮・表記》：「情疏而貌親，在小人，則穿窬之盜也與！」穿窬之智，猶今俗所謂「賊公計，狀元材」也。），諂事宰輔，同升廟堂，（素諂事王安石，故熙寧七年，安石力薦，至參知政事。元豐五年，加大學士，知延州。）樂禍而貪功，好兵而喜殺，以聚斂為仁義，以法律為《詩》《書》。（劉孝標《辯命論》：「彼戎狄者，人面獸心，宴安鴆毒，以誅殺為道德，以烝報（上淫下淫）為仁義。」）首建青苗，次行助役，均輸之政，自同商賈；手實之禍，下及雞豚。（「手實」之法，令民自疏財產，纖悉無遺，故雖雞豚亦不免。）苟可蠹國以害民，率皆攘臂而稱首。【《宋史・姦臣・呂惠卿傳》：「司馬光諫帝（神宗）曰：『惠卿憸巧，非佳士。使安石負謗於中外者，皆其所為。安石賢而愎，不閑世務；惠卿為之謀主，而安石力行之，故天下并指為姦邪。』又惠卿之貶謫，自蘇轍、劉摯發之，《姦臣》本傳又云：「右司諫蘇轍條奏其姦曰：『惠卿懷張湯之辯詐，有盧杞之姦邪，詭變多端，敢行非度。王安石強很傲誕，於吏事宜無所知；惠卿指擿教導，以濟其惡。……安石於惠卿有卵翼之恩，父師之義，方其求進，則膠固為一；及勢力相軋，化為敵讎。發其私書，不遺餘力，犬彘之所不為，而惠卿為之。』」】先皇帝（神宗）求賢若不及，從善如轉圜，始以帝堯之心，姑試伯鯀【《書・堯典》：「帝曰：『咨！四岳。湯湯洪水方割（害也），蕩蕩懷山襄陵，浩浩滔天。下民其咨，有能俾乂？（使治）』僉曰：『於！鯀哉。』帝曰：『吁！咈哉！（甚不然之辭）方命圮族（違命敗類）。』岳曰：『异哉！（《說文》：「异、舉也。《虞書》曰：岳曰：异哉！」）試可乃已。』帝曰：『往，欽哉！』九載，績用弗成。」】；終然孔子之聖，不信宰予。（《論語・公冶篇》：「宰予晝寢。……子曰：始吾於人也，聽其言而信其行；今吾於人也，聽其言而觀其行，於予與改是。」）」末云：「迨予踐祚之初，首發安邊之詔。假我號令，成汝詐謀。（《宋史・姦臣》本傳：「哲宗即位，勅疆吏勿侵擾外界，惠卿遣步騎二萬襲夏人。」）不圖渙汗之文（《易・渙卦》：「九五，渙汗其大號。」孔穎達疏：「九五處尊履正，在號令之中能行號令，以散險阨者也，故曰渙汗其大號也。」），止為歀賊之具。（歀欲賊害。《說文》：「歀（款），意有所欲也。」）迷國不道，從古罕聞，尚寬兩觀之誅，薄示三危之竄【《漢書・劉向傳》向乃上封事諫元帝曰：「……故舜有四放之罰（見下），而孔子有兩觀之誅。」應劭曰：「少正卯姦人之雄，孔子攝司寇，七日，誅之兩觀之下。」顏師古曰：「兩觀，謂闕也。」《書・舜典》：「流共工于幽州，放驩兜于崇山，竄三苗於三危，殛鯀於羽山，四罪、而天下咸服。」】國有常典，朕不敢私。」八月，遷翰林學士，知制誥，（翰林學士、正三品，掌天子一切詔誥命令，或為天子改定中書舍人所草制，位僅次參政及六部尚書，有即自此拜相者。）進《辭免狀》，批答不允；《再上辭免狀》，又不允。差供奉官宣召入學士院，乃就任。（案：英宗治平二年正月，先生年三十，即欲召為翰林學士，知制誥，惜為丞相韓琦所止；至此始真除，淹滯凡二十一年餘矣！當年如事成，宋事或不至此也。）進《謝上表》，其上宣仁太皇太后一表云：「臣軾言：蒙恩除臣翰林學士，知制誥，寵光逾分，榮愧交中。伏念臣本以疏愚，起於遐陋，學雖篤志，皆場屋之空文；言不適時，豈朝廷之通論（通達治體之論），老於憂患，望絕搢紳。此蓋太皇太后陛下，總覽政綱，灼知治體，恢復祖宗之舊，兼收文武之資。過錄愚忠，以敦薄俗。敢不激昂晚節，砥礪初心，雖洪造之難酬，盡微生而後已。」九月，尚書左僕射兼門下侍郎司馬光薨（年六十八），宣仁太皇太后及哲宗臨奠，入哭甚哀，贈太師，溫國公。十一月，子由除中書舍人。

元祐二年丁卯，先生五十二歲，在翰林學士任。正二月間，有《送杜介歸揚州》【注一】七律云：

「再入都門萬事空，閒看清洛漾東風。【注二】當年帷幄幾人在？回首觚稜一夢中。【注三】采藥會須逢蓟子，問禪何處識龐

翁？【注四】歸來鄰里應迎笑，新長淮南舊桂叢。」【注五】

【注一】杜介，字幾先，當是英宗治平間與先生同直館閣（先生直史館）者；經罷官後，今重入都門，故先生贈詩有感慨之言。子由《欒城集》稱「杜介供奉」，誠近侍之臣也。又先生前九年（元豐元年）守徐州時，杜介已罷官歸隱熙熙堂（《杜介熙熙堂》七律起云：「崎嶇世路最先回，窈窕華堂手自開。」）；元豐八年《贈杜介》五古有云：「羣生陷迷網，獨達從古少，杜叟子何人？長嘯萬物表。」蓋歸隱已久，其老可知，是時偶遊都下耳。

【注二】此起二句指杜介重來也。王十朋注引趙次公語專以屬先生者，非是。蓋杜介以閒身重來，故云「萬事空」，云「閒看」；若先生、則不一載而三遷，不得云爾也。此二句王文誥《編注集成》最為得之，餘注皆非。先生《和王斿》七律二首之二第五六云：「未厭冰灘吼新洛，且看松雪媚南山。」施元之注：「汴渠舊引黃河，元豐中，始引洛水易之，謂之清汴，或謂之新洛。」

【注三】此二句亦指杜介而言，謂當年相與直史館為近侍之臣者，今已無幾人在；回首仰望當年之宮闕，萬事都空，恍如一夢矣。帷幄：《漢書・高帝紀》：「夫運籌帷幄之中，決勝千里之外，吾不如子房。」（《史記・高祖本紀》作帷帳）觚稜，殿角也。班固《西都賦》：「設壁門之鳳闕，上觚稜而棲金爵。」觚稜，本作柧棱，字皆從木，《說文》：「柧、棱也。」又柧棱、殿堂上最高之處也。」《說文・禾部》無稜，凡稜角峭厲之稜字本皆從木也。

【注四】采藥句，謂杜介當至百歲也。《後漢書・方術・薊子訓傳》：「時或有百歲翁，自說童兒時見子訓賣藥於會稽市，顏色不異於今。」龐翁，指《傳燈錄》中之龐居士，非《後漢書・逸民傳》之龐公也。《傳燈錄》卷八：「襄州居士龐蘊者，衡州衡陽縣人也，字道玄。世以儒為業，而居士少悟塵勞，志求真諦，唐貞元（德宗）初，謁石頭和尚，忘言會旨，復與丹霞禪師為友。……自爾機辯迅捷，諸方嚮之。……居士所至之處，老宿多往復問酬，皆隨機應響，非格量軌轍之可拘也。……州牧于公問疾次，……枕公膝而化，遺命焚棄，江湖緇（僧）白（俗）傷悼，謂禪門龐居士即毗耶淨名矣。」（毗耶、維摩詰居士之居處，此謂龐居士猶之維摩詰，現居士身而成正果者。）襄陽鹿門山有居士巖，相傳即龐居士隱居處，全家俱得道。

【注五】《文選》有淮南王劉安《招隱士》一首，王逸《楚辭章句》以為淮南王客小山之作。《招隱士》起云：「挂樹叢生兮山之幽，偃蹇連蜷兮枝相繚。」

五月杪，有《次韻劉貢父獨直省中》【注一】七律云：

「明窗畏日曉先暾，高柳鳴蜩午更暄。【注二】筆老新詩疑有物，心空客疾本無根。【注三】隔牆我亦眠風榻，上馬君先鎖月軒。【注四】共喜早歸三伏近，解衣盤礴亦君恩。」【注五】

【注一】劉貢父已見前。名攽，長先生十四歲，乃劉敞原父之弟（少三歲），兄弟皆博學多才，猶長史學。司馬光修《資治通鑑》，二劉專職漢史。先生元祐元年七月，為中書舍人時，有《乞留劉攽狀》云：「謹按攽，名聞一時，身兼數器。文章爾雅，博學強記，政事之美，如古循吏。流離困躓，守道不回。此皆朝廷之所知，不待臣等區區誦說。」攽遂由知蔡州入為中書舍人，元祐三年卒，年六十七。

【注二】時已五月末，盛暑中，故云畏日。暾、日始出貌。《楚辭・九歌・東君》：「暾將出兮東方，照吾檻兮扶桑。」陸機《擬明月何皎皎篇》：「涼風繞曲房，寒蟬鳴高柳。」王安石《題西太一宮壁》六言二首之一：「柳葉鳴蜩綠暗，荷花落日紅酣。三十六陂煙水，白頭想見江南。」《說文》：「蜩，蟬也。」音條。

【注三】新詩有物，有二解：一、《易・家人卦・彖辭》：「君子以言有物而行有恒。」謂劉貢父新詩言之有物也。二、有物、謂有神物護持之也。白居易《劉白唱和集解》一文評劉禹錫詩云：「彭城劉夢得（禹錫字），詩豪者也。其鋒森然，少敢當者；予不量力，往往犯之。夫合應者聲同，交爭者力敵，一往一復，欲罷不能。……夢得夢得，文之神妙，莫先於詩，若妙與神，則吾豈敢！如夢得云：『雪裏高山頭早白，海中仙果子生遲。』（《蘇州白舍人寄新詩、有歎早白無兒之句、因以贈之》七律三四）『沈舟側畔千帆過，病樹前頭草木春』（《酬樂天揚州初逢席上見贈》七律五六）之句之類，真謂神妙。在在處處，應當有靈物護之，豈唯兩家子弟祕藏而已。」《易・繫辭上傳》：「精氣為物，游魂為變，是故知鬼神之情狀。」精氣為物，謂神也。又元遺山《中州集·異人·擬栩先生王中立傳》：「時人覺其談吐高闊，詩筆字畫皆超絕，若有物附之者。」物、亦謂神也。又鍾嶸《詩品中》：「康樂……成池塘生春草，故常云：此語有神助，非吾語也。」心空句、謂心無滯累則疾愈矣。《心經》：「照見五蘊皆空，度一切苦厄。」先生《乞留劉攽狀》云：「朝議大夫、直龍圖劉攽，近自襄陽，召還祕省，旋以病乞守蔡州。自受命以來，日就痊損，假以數月，必復康強。」

【注四】隔牆句，謂畏熱乘涼也。劉貢父居中書省與先生住翰林學士院相鄰。上馬句、謂貢父入朝，鎖院草詔也。

【注五】《漢書·東方朔傳》：「伏日，詔賜從官肉（夏至後第三庚日為初伏，第四庚日為中伏，立秋後初庚為終伏，謂之三伏。），大官丞日晏不來，朔獨拔劍割肉，謂其從官曰：『伏日當蚤歸，請受賜，即懷肉去。』」先生有《謝三伏日早出院表》。《莊子·田子方篇》：「宋元君將畫圖，……有一史後至，……因之舍，公使人視之，則解衣般礴、臝。君曰：『可矣，是真畫者也。』」臝，本字作嬴，或體作裸。解衣盤礴，本謂畫圖者賈勇；此借用，謂三伏日已近，例許早歸，至家得解衣盤礴，脱除章服包裹之苦，皆君之所賜也。

六月，有次韻子由七絕四首，題云：「軾以去歲春夏（由三月至七月為中書舍人），侍立邇英（殿名），而秋冬之交子由相繼入侍（子由於秋末詔為中書舍人，十一月到任。）。次韻絕句四首，各述所懷。」其四云：

「微生偶脫風波地，晚歲猶存鐵石心。【注一】定似香山老居士，世緣終淺道根深。」【注二】

【注一】先生《次韻王廷老退居見寄》七律二首之一第三四云：「回頭自笑風波地，閉眼聊觀夢幻身。」晚唐皮日休《桃花賦序》：「余嘗慕宋廣平之為相（睿宗、玄宗時名相宋璟，封廣平郡公），貞姿勁質，剛態毅狀，疑其鐵腸石心，不解吐婉媚辭；然覩其文，而有《梅花賦》，清便富豔，得南朝徐、庾體，殊不類其為人也。」後世稱鐵石心腸本此。

【注二】香山老居士、王十朋注引師氏（師尹，字民瞻。）曰：「香山寺，在洛都龍門（山在洛陽南），白樂天晚年，自稱香山居士，以儒教飾其身，佛教治其心，道教養其壽。」先生自注：「樂天自江州司馬，除忠州刺史，旋以主客郎中知制誥，遂拜中書舍人。軾雖不敢自比，然謫黃州，起知文登，（即登州）召為儀曹（禮部郎中），遂忝侍從（指中書舍人、翰林學士。）。出處老少，大略相似。（樂天貶江州司馬時，年四十四，先生亦於四十四歲年底奉命貶黃州，樂天自忠州召還時，年四十九，先生自登州召還時，年五十，僅差一年，故云大略相似。）庶幾復享此翁晚節閒適之樂焉。」【樂天自四十九還朝後，所向宦途平順，買宅東都，晚年與裴度、劉禹錫為詩酒之會，享林泉之福，壽至七十五。而先生則以五十九高年，猶遭姦臣危害，南貶惠州，再竄崖州、儋耳，直至六十六歲始以朝奉郎北還，鬢髮盡禿。是年七月，卒於常州。其與樂天晚歲，苦樂安危之相去，誠霄壤矣，哀哉！（先生德學文章，過樂天遠甚。）】

七月二十六日，告下，以翰林學士兼侍讀（宋以秋八月至冬至，遇單日，邇英殿輪官講讀，故先生以七月杪兼侍讀。），上《辭免侍讀狀》云：「今月二十六日，準閤（音鴿，通閣）門告報，蒙恩除臣兼侍讀者。入侍邇英，其選至重，非獨分擿章句，實以仰備顧問。臣學術淺陋，恐非其人；況臣待罪禁林，初無吏責；又加廩賜之厚，實負尸素之憂。（尸位素餐也。《書・五子之歌》：「太康尸位，以逸豫滅厥德。」《詩・魏風・伐檀》：「彼君子兮，不素餐兮。」）伏望聖慈，察其誠心，追回新命。」降詔不允。八月一日，進《謝上表》，末云：「謂臣雖無大過人之才，知臣粗有不欺君之實，故使朝夕，與於討論。奉永日之清閑，未知所報；畢微生於盡瘁，終致此心。」九月，有《和王晉卿》（詵）五古，序云：「元豐三年，予得罪貶黃州，而駙馬都尉王詵，亦坐累遠謫，不相聞問者七年。予既召用，而詵亦還朝，相見殿門外，感歎之餘，作詩相屬，詞雖不甚工，然託物悲慨，阨窮而不怨，泰而不驕，（注見前）。憐其貴公子，有志如此，故和其韻，欲使詵姓名附見予詩集中，然亦不以示詵也。詵字晉卿，功臣全斌之後云。」（全斌，宋初為西都行營前軍都指揮，平蜀有功。輕財重士，寬厚容眾，軍旅樂為之用。卒，贈中書令。）八日，又有《題王晉卿詩後》云：「晉卿為僕所累，僕既謫齊安，晉卿亦謫武當。飢寒窮困，本書生常分，僕處不戚戚固宜；獨怪晉卿以貴公子罹此憂患，而不失其正，詩詞益工，超然有世外之樂，此孔子所謂『可與久處約，長處樂』者。」（《論語・里仁》：「不仁者不可以久處約，不可以長處樂。」約、窮困也。）十一月，子由除戶部侍郎（正三品）。

哲宗元祐三年戊辰，先生五十三歲。正月一日，有「和子由除夜元日省宿（直宿尚書省）致齋三首。」（《禮・祭統篇》：「及時將祭，君子乃齊。齊之言齊也，齊不齊以致齊者也。」又曰：「是故君子之齊也，專致其精神之德也。故散齊七日以定之，致齊三日以齊之，定之之謂齊。齊者，精明之至也，然後可以交於神明也。」）其一云：

「江湖流落豈關天！禁省相望亦偶然。【注一】等是新年未相見，此身應坐不歸田。」【注二】

【注一】不關天，猶《次韻王鬱林》七律五句「平生多難非天意」也。先生忠厚存心，終始無改。《後漢書・袁紹傳》：「擅斷萬機，決事禁省」。禁省，猶云禁中。

【注二】謂當年流落江湖，至兄弟雖新年亦無從相見；不意今日俱召還，亦復如是，一在尚書省，一在翰林學士院，「其室則邇，其人甚遠」，此皆因不罷官歸田里之故耳；如棄官歸田，則可永享兄弟天倫相聚之樂矣。

其二云：

「白髮蒼顏五十三，家人強遣試春衫。【注一】朝回兩袖天香滿，頭上銀幡笑阿咸。」【注二】

【注一】陳賀徹《采桑》詩：「度水春衫綠，映日晚妝紅。」北周庾信《詠畫屏風詩》二十五首之十八云：「落花承舞席，春衫試酒杯。」岑參《送魏四落弟還鄉》雜言詩：「臘酒飲未盡，春衫縫已成。」

【注二】杜甫《奉和賈至舍人早朝大明宮》七律五六：「朝罷香煙攜滿袖，詩成珠玉在揮毫。」宋祝穆《事文類聚》引《夢華錄》：「元日賜銀幡。」阮籍呼兄子咸為阿咸，此指子由諸子，謂己頭上著銀幡，歸來為諸姪兒所笑弄也。老杜呼其姪位亦曰阿咸，其《杜位宅守歲》五律起云：「守歲阿咸家，椒盤已頌花。」

其三云：

「當年踏月走東風，坐看春闈鎖醉翁。【注一】白髮門生幾人在？卻將新句調兒童。」【注二】

【注一】首句、謂己當年與子由由蜀赴京應進士試時，在途中度歲也。醉翁，歐陽公於仁宗慶曆六年、年四十知滁州時自號也。歐公《歸田錄》卷二：「嘉祐二年（即仁宗時先生兄弟登科之歲。），余與端明韓子華（絳）、翰長王禹玉（珪）、侍讀范景仁（鎮）、龍圖梅公儀（摯），同知禮部貢舉，辟梅聖俞為小試官，凡鎖院五十日。……余六人者，懽然相得，羣居終日，長篇險韻，眾製交作，筆吏疲於寫錄，僮隸奔走往來；間以滑稽嘲謔，形於風刺，更相酬酢，往往烘（通哄）堂絕倒，目為一時盛事，前此未之有也。」是試先生以第二及第，距今已三十一年矣，故下句云云。

【注二】調教也。謂歐公當年之門生今皆白髮，且無幾人在矣。故先生在京之同年，除子由外，已無同年友相唱和，是以只將新詩調教兒姪輩耳。查慎行《補注》：「嘉祐二年春，先生兄弟赴禮部試時，歐陽公知貢舉；元祐三年正月，先生亦領貢舉，故末章及之。」

正月二十一日，先生與吏部侍郎孫覺莘老，中書舍人孔文仲經父，同權知禮部貢舉事；辟黃庭堅、劉安世、晁補之、孫敏行、張耒、李公麟等為參詳、編排、點檢試卷等官。二月三日，試禮部進士，時大雪苦寒，士在庭中，噤不能言，先生寬其禁約，使得盡其才藝。三月二日考校畢，章援、章持（皆章惇子。援第一，兄持第十。）孫勰、劉燾、李常寧、周燾等皆登第，李廌方叔獨見黜，為詩送之。【題云：「余與李廌方叔相知久矣，領貢舉事，而李不得第，愧甚，作詩送之。」起云：「與君相從非一日，筆勢翩翩疑可識。平生漫説《古戰場》，過眼目迷《日三色》。我慚不出君大笑：『行止皆天子何責！』」（《新唐書·文藝下·李華傳》：「作《弔古戰場文》，極思研確已成，汙為故書，雜置梵書之庋，（音詭，義同匭。）它日與（蕭）穎士讀之，稱工，華問今誰可及？穎士曰：『君加精思便能至矣。』華愕然而服。」《日五色》見下。）宋葉夢得《石林詩話》卷中云：「李廌，陽翟人（今河南禹縣），少以文字見蘇子瞻，子瞻喜之。元祐初知舉，廌適就試，意在必得廌以冠多士，及考章援程文，大喜，以為廌無疑，遂以為魁。既拆號，悵然出院，以詩逆廌歸。」宋羅大經《鶴林玉露》卷十五云：「李方叔下第，坡作詩送其歸，所謂『平生漫説《古戰場》，過眼欲迷《日五色》』是也。其母歎曰：『蘇學士知貢舉而汝不成名，復何望哉！』抑鬱而卒。」五代王定保《唐摭言》卷八：「貞元中（中唐德宗）李繆公（名程，字表臣，《新唐書》有傳，敬宗、文宗時同平章事。）先榜落矣；先是出試，楊員外於陵（字達夫，穆宗時累遷户部尚書，東都留守，弘農郡公，為人方正堅剛，時人尊仰之。）省宿歸第，遇程於省司，詢之所試，程探鞡（音拗，靴筒。）中，得賦稾示之，其破題曰：『德動天鑒，祥開日華』，（題名《日五色賦》）於陵覽之，謂程曰：『公今年須作狀元。』翌日雜文無名，於陵深不平；乃於故策子末繕寫，而斥其名氏，攜之以詣主文，從容紿之曰：『侍郎今者所試賦，奈何用舊題？』主文辭以非也。於陵曰：『不止題目，向有人賦次韻腳亦同。』主文大驚。於是於陵乃出程賦示之，主文賞嘆不已。於陵曰：『當今場中若有此賦，侍郎何以待之？』主文曰：『無則已，有則非狀元不可也。』於陵曰：『苟如此，侍郎已遺賢矣。乃李程所作。』亟命取程所納，面對不差一字，主文因而致謝，於陵於是請擢為狀元，前榜不復收矣，或曰出榜重收。」明陳繼儒《佘山詩話》卷中：「李方叔省試不得第，而東坡領貢舉，贈之云：『平生漫說《古戰場》，過道目迷《日五色》。』山谷和云：『今年持橐佐春官，遂失此人難塞責。』（《次韻子瞻送李豸。《漢書‧趙充國傳》：「（張）安世本持橐簪筆，事孝武帝數十年。」顏師古曰：「橐，所以盛書也。」《新唐書‧文藝上‧駱賓王傳》：「為（徐）敬業傳檄天下，斥武后罪。后讀，但嘻笑，至『一抔之土未乾，六尺之孤安在。』矍然曰：『誰為之？』或以賓王對。后曰：『宰相安得失此人！』」《漢書・公孫弘傳》：「恐先狗馬，填溝壑，終無以報德塞責。」）座主歸過於己，門下歸命于天，其賢矣乎！」《石林詩話》卷中又謂：「廌自是學亦不進，家貧，不甚自愛，曾以書責子瞻不薦己，子瞻後稍薄之，竟不第而死。」此不可從。李方叔於東坡先生之敬事，實死生不渝，其人亦無敗德之事也。先生知貢舉而遺李方叔，除以詩自責外，並與呂大防、范祖禹將同薦諸朝，惜未幾相繼遭貶逐去位，故不果耳。《宋史・文苑六・李廌傳》云：「軾亡，廌哭之慟，曰：『我愧不能死知己，至於事師之勤渠，敢以死生為間？』即走汝、許間相地卜兆，授其子。作文祭之曰：『皇天后土，鑒一生忠義之心；名山大川，還萬古英靈之氣。』詞語奇壯，讀者為悚。」宋朱弁《曲洧舊聞》卷五云：「東坡之歿，士大夫及門人作祭文甚多，惟李方叔尤傳，如「道大不容，才高為累。皇天后土，鑒平生忠義之心，名山大川，還千古英靈之氣。識與不識，誰不盡傷？聞所未聞，吾將安放？』此數句，人無賢愚，皆能誦之。」觀此，則李方叔敬事先生，實不以死生易心，豈區區於一第之得失而移其情者哉！又宋趙溍《養痾漫筆》：「士之窮通出處，蓋有命焉，非人所能為也。元祐中，東坡知貢舉，方叔就試，將鎖院，坡緘封一簡，令叔黨（子過）持與方叔，值方叔出，其僕受簡置几上；有頃，章子厚二子曰持曰援者來，取簡竊觀，乃《揚雄優於劉向論》一篇，二章驚喜，攜之以去。方叔歸，求簡不得，知為二章所竊，悵惋不敢言。已而果出此題，二章皆模倣坡作，方叔幾于擱筆。及折號，意魁必方叔也，乃章援；第十名文意與魁相似，乃章持。坡失色。……余謂坡拳拳于方叔如此，真盛德事，然卒不能增益其命之所無，反使二章得竊之以發身；而子厚小人，將以坡為有私有黨，而無以大服其心，豈不重可惜哉！」查慎行《蘇詩補注》：「果若所云，乃末俗潛通關節，冒犯科條者所為，先生豈肯出此！此必章惇父子造為此語，以誣先生；趙氏不察其誣，傳諸紀載，于先生品望，所損不細，特為辨正附錄。」查初白謂先生不肯阿私，是也；至謂章惇父子所為，則以章氏之大姦慝，何肯兼以誣己哉！此必傳者愛先生而為方叔不平，乃不覺其言之大謬耳。先生知舉方叔下第事，亦見陸游《老學庵筆記》卷十（以母為乳母）及宋阮閱《詩話總龜》等，不繁舉矣。】試罷，孔文仲以力疾考校（先有寒疾，而晝夜不廢。），還家卒，年五十一。先生哭之，拊其柩曰：「世方嘉軟熟而惡崢嶸，求勁直如吾經父者，今無有矣。」（見《宋史．孔平仲傳》。弟武仲，字常父；平仲，字義甫，一作毅父。世稱「三孔」，皆與先生友善。）三月杪，先生以朱光庭、王巖叟、賈易、韓川、趙挺之等羣小攻擊不已，以至羅織語言，巧加醞釀，謂之誹謗；未入試院，先言任意取人。故至此連上劄子，以疾乞郡。及召見，宣仁太皇太后諭曰：「兄弟孤立，自來進用，皆朝廷主張，今但安心，勿恤人言，不用更入文字求去。」四月四日鎖宿禁中，（凡遇國家大事及拜相，翰林學士鎖宿院中草制辭。是次蓋呂公著、呂大防、范純仁拜相。）中使宣召入對，宣仁諭曰：「官家（指哲宗）在此，有一事欲問內翰，前年任何官職？」先生曰：「汝州團練副使。」曰：「今何官？」曰：「臣備員翰林，充學士。」曰：「何以至此？」先生曰：「遭遇太皇太后陛下。」曰：「不關老身事。」先生曰：「必是出自官家。」曰：「亦不關官家事。」先生曰：「豈有大臣論薦耶？」曰：「亦不關大臣事。」先生驚曰：「臣雖無狀，必不敢有干請。」（干求請謁，交結權門。）曰：「要待學士知，此是神宗皇帝之意，當其飲食，而停筯看文字，則內人必曰：『此蘇軾文字也。』神宗每時稱曰：『奇才！奇才！』但未及用學士而上仙耳。」先生哭失聲；太皇太后與哲宗及左右皆泣。（見李燾《續通鑑長編》及《宋史》本傳。）已而命坐賜茶，曰：「內翰直須盡心事官家，以報先帝知遇。」先生拜而出，宣仁勅撤御前金蓮燭送歸院。五月一日，有《次韻子由五月一日同轉對》七律（轉對：在朝文班朝臣及翰林學士等，限以二人，上封章於閤門通進，須指陳時政闕失，凡關利病，得以極言。），五六云：「憂患半生連出處，歸休上策早招要。」蓋是時正被羣小力攻，亟欲求去也。九月，有《送曹輔赴閩漕》五古（曹輔，字子方。先生後貶惠州，數有書往來，於元祐黨禍諸賢，周恤備至，士論與之。）末段云：「我亦江海人，市朝非所安，常恐青霞志，坐隨白髮闌。淵明賦《歸去》，談笑便解官；我今何為者？索（求也）身良獨難。憑君問清淮，秋水今幾竿？我舟何時發？霜露日已寒。」王文誥《編注集成》云：「羣小方擠排，而求退不許，自此且託病不出矣。」九月十月間，羣小交攻益急，讒謗日至，復引疾乞外郡，特降詔不允，遣使存問。十月七日，賜御膳，進《謝賜表》。十七日，再上《陳情乞郡劄子》。十一月一日，有七律名篇，題云：「臥病逾月，請郡不許，復直玉堂，十一月一日鎖院，是日苦寒，詔賜宮燭官酒，詩呈同院」：

「微霰疎疎點玉堂，詞頭夜下攬衣忙。【注一】分光玉燭星辰爛，拜賜宮壺雨露香。【注二】醉眼有花書字大，老人無睡漏聲長。【注三】何時却逐桑榆暖，社酒寒燈樂未央？」【注四】

【注一】《詩．小雅．頍弁》：「如彼雨雪，先集維霰」，《鄭箋》云：「將大雨雪，始必微溫，雪自上下，遇溫氣而摶，謂之霰；久而寒勝，則大雪矣。」謝惠連《雪賦》：「俄而微霰零，密雪下。」　詞頭，謂中書舍人所作草稿也。草稿夜到，先生為翰林學士，須整頓衣冠，據視草臺勘定文字，故云。

【注二】三四句寫御賜宮燭法酒，謂御賜宮燭如星辰之燦爛，壺中之酒如雨露之香潤也。《詩．

鄭風・女曰雞鳴》：「子興視夜，明星有爛。」

【注三】方回《瀛奎律髓・朝省類》批云：「中四氣燄迫人。」張籍《詠懷》五律三四：「眼昏書字大，耳重覺聲高。」劉禹錫《酬僕射牛相公晉國池上別後、至甘棠館、忽夢同遊、因成口號見寄》七絕末二句云：「此夜獨歸還乞夢，老人無睡到天明。」

【注四】結謂不知何時始能辭官歸里，與故人父老共享社酒寒燈無窮之樂也。先生雖在金馬玉堂中，而不忘故國桑榆，居貴不貴，其視公卿大夫之人爵為何如哉！

是月，有「送千乘、千能兩姪還鄉」（先生伯父蘇渙之孫）五古，起云：「治生不求富，讀書不求官，譬如飲不醉，陶然有餘歡。」此是俊語，亦是的論，熱中者豈解哉！十二月十五日，有「書王定國（鞏）所藏《煙江疊嶂圖》」七古，先生自注云：「王晉卿（詵）畫。」（王鞏、王詵疊見前）詩云：

「江上愁心千疊山，浮空積翠如雲煙，山耶雲耶遠莫知，煙空雲散山依然。【注一】但見兩崖蒼蒼暗絕谷，中有百道飛來泉，縈林絡石隱復見，下赴谷口為奔川；川平山開林麓斷，小橋野店依山前，行人稍度喬木外，漁舟一葉江吞天（一扇）。【注二】使君何從得此本？點綴毫末分清妍。不知人間何處有此境？徑欲往買二頃田。【注三】君不見武昌樊口幽絕處，東坡先生留五年。【注四】春風搖江　天漠漠，暮雲卷雨山娟娟，丹楓翻鴉伴水宿，長松落雪驚晝眠。【注五】桃花流水在人世，武陵豈必皆神仙！【注六】江山清空我塵土，雖有去路尋無緣（二扇）。【注七】還君此畫三歎息，山中故人應有　招我歸來篇。」【注八】

【注一】唐張說《江上愁心賦寄趙子》起云：「江上之峻山兮，巙崎巇（音皷儀，峻高皃。）而不極（無極也）。雲為峯兮煙為色，欻變態兮心不識。」紀昀曰：「奇情幻景，其筆足以達之。」（起四句紀氏密圈。）

【注二】王文誥《編注集成》云：「《孟子》長篇，多兩扇法；老蘇有《孟子》批本，而歐陽永叔亦極推《孟子》一書；當時孟子未列從祀，作《語》《孟》、《論》《孟》諸說以疑之者，不一而足，故其所尚為足貴也。至公則并以取之入詩，如此詩，即用兩扇法：以上自首句憑空突起，至此為一扇，道圖中之景也。」

【注三】《史記・蘇秦列傳》：「蘇秦喟然嘆曰：此一人之身，富貴則親戚畏懼之，貧賤則輕易之，況眾人乎！且使我有雒陽負郭田二頃，吾豈能佩六國相印乎？」先生《贈王子直秀才》七律三四云：「五車書已留兒讀，二頃田應為鶴謀。」（見後）

【注四】陸游《入蜀記》卷四：「至黃州，州最僻陋少事，杜牧之所謂『平生睡足處，雲夢澤南州』（已見前）也。自牧之、王元之（禹偁）出守；又東坡先生、張文潛謫居，遂為名邦。泊臨皋亭，……臨皋多風濤，不可夜泊也。黃州與樊口正相對，東坡所謂『武昌樊口幽絕處』也。」紀昀曰：「蹙起波瀾，文境乃闊。」又曰：「節奏之妙，純乎化境。」

【注五】此四句是追寫在黃州時所見景象，幽絕者此也。盛唐陶峴《西塞山下迴舟作》七律五六警句云：「鴉翻楓葉夕陽動，鷺立蘆花秋水明。」此丹楓翻鴉所本也；水宿，謂已宿於船中，與杜甫《倦夜》五律五六：「暗飛螢自照，水宿鳥相呼」之水鳥宿於水上者不同，王十朋注引杜詩，非先生本意。謝靈運《入彭蠡湖口》起句：「客遊倦水宿，風潮難具論。」此水宿是也。杜甫《謁真諦寺禪師》五律三四：「凍泉依細石，晴雪落長松。」此長松落雪所本也。陶峴、杜甫等句是純寫景；先生綴以「伴水宿」、「驚晝眠」，則人在其中矣，此所謂情景交融者也。夫如是，然後可謂非蹈襲。

【注六】此處一轉，發為議論，文辭之妙，不可比方。先生《和陶淵明桃花源引》云：「世傳桃源事，多過其實。考淵明所記，止言先世避秦亂來此；則漁人所見，似是其子孫，非秦人不死者也。又云殺雞作食，豈有仙而殺者乎？舊說：南陽有菊水，水甘而芳，居民三十餘家，飲其水皆壽，或至百二三十歲。蜀青城山老人村，有見五世孫者，道極險遠，生不識鹽醯，而溪中多枸杞，根如龍蛇，飲其水故壽；近歲道稍通，漸能致五味，而壽益衰。桃源，蓋此比也歟？使武陵太守而至焉，則已化為爭奪之場矣！常意天壤間若此者甚眾，不獨桃源。」此二句謂陶公所作《桃花源記》武陵漁人所入之桃花源，人世上猶有此等境地，桃花源勝地中人豈必盡神仙哉！韓愈《桃源圖》七古起云：「神仙有無何渺茫！桃源之說誠荒唐。」謂世人傳說桃源中人是神仙，此是荒誕無稽之論，不知此乃陶公之理想境地也。結云：「世俗寧知偽與真？至今傳者武陵人。」謂世俗人不辨真偽，不知是陶公託意，只知《桃花源記》中謂武陵漁人尋得桃花源，便以為真有其地，真有此等仙人，而武陵人尤其傳述，以為真有陶公所記之地，此則甚可笑也。韓公深識，最為得之。近世吾粵詩人揭陽曾習經剛甫有《題靖節桃花源記》七絕云：「八識都歸性境真**（三界唯心，萬法唯識，凡色相境地，謂之假即假，謂之真即真，非空非有也。）**桃花夾岸自通津。相逢便問今何世，始覺陶潛是恨人。」真知言哉！李白《山中答俗人》七絕結云：「桃花流水窅然去，別有天地非人間。」武陵、漢郡名，東漢至六朝治臨沅，在今湖南常德縣西，至宋乃置桃源縣，今仍之。以該處即陶公所記地，死者有知，不免為陶公所哂耳。

【注七】謂人世間之桃花源，江山景物清絕，而己則滿身俗塵，世務羈束，雖有去路可尋，而無從抽身得緣之而往也。王文誥曰：「自使君句起，至此為一扇，道觀圖之人也。後僅以二句作結。

【注八】此結以無為有，是之謂癡絕。劉安《招隱士》結云：「王孫兮歸來，山中兮不可以久留。」淮南是招隱者出而仕宦，此反其意。左思、陸機等有《招隱詩》，陶公有《歸去來辭》，即先生意也。紀昀引查初白云：「隨手開合，結構謹嚴。」又查氏《補注》：「墨蹟後有『元祐三年十一月十五日子瞻書。』十三字。」王文誥《編注集成》云：「此句結觀圖之人。」近國立編譯館版行《大學國文選・唐宋詩選》中選先生詩僅此篇，雖不應爾，亦見重視也。

是月底，有「夜直玉堂，攜李之儀端叔詩百餘首（之儀，范純仁弟子，先生後輩，詩詞尺牘皆工，舉進士，元祐中為樞密院編修官，後坐黨籍廢斥。有《姑溪前後集》及《姑溪詞》。），讀至夜半，書其後」七律云：

「玉堂清冷不成眠，伴直難呼孟浩然。【注一】暫借好詩消永夜，每逢佳處輒參禪。【注二】愁侵硯滴初含凍，喜入燈花欲鬥妍。【注三】寄語君家小兒子，他時此句一時編。」【注四】

【注一】此以己比王維，李之儀比孟浩然，謂難得如孟浩然其人者之伴己直宿禁中也。《新唐書・文藝中・孟浩然傳》：「孟浩然，字浩然（以字行，其名不傳。）襄州襄陽人。少好節義，喜振人患難，隱鹿門山（襄陽東南）。年四十，乃游京師，嘗於太學賦詩，一座嗟伏，無敢抗。張九齡、王維雅稱道之，維私邀入內署（禁省中），俄而玄宗至，浩然匿牀下，維以實對。帝喜曰：『朕聞其人而未見也，何懼而匿！』詔浩然出。帝問其詩，浩然再拜，自誦所為，至『不才明主棄』之句，【《歲暮歸南山》五律云：「北闕休上書，南山歸敝廬。不才明主棄，多病故人疏。白髮催年老，青陽迫歲除。（《爾雅・釋天》：「春為青陽，夏為朱明，秋為白藏，冬為玄英。」）永懷愁不寐，松月夜窗虛。」以詩論詩，此首實至佳。沈德潛《唐詩別裁》云：「時不誦《臨洞庭（上張丞相）》而誦《歸南山》，命實為之，浩然亦有不能自主者邪？」按：《臨洞庭》是浩然入京時作，是舊詩，《歸南山》是寓居長安後之作，是新詩。浩然以為誦最近新作較宜，而不知玄宗之遽以見惡也。《詩・邶風・柏舟》有云：「薄言往愬，逢彼之怒。」其浩然之謂矣。浩然非甘心避世之「遯世无悶」者，其《臨洞庭上張丞相》一首云：「八月湖水平，涵虛混（渾）太清。氣蒸雲夢澤，波撼岳陽城。欲濟無舟楫（欲張相援引），端居恥聖明。（《論語・泰伯》：「邦有道，貧且賤焉，恥也。」端居，猶平居、閒居也。）坐觀垂釣者，空有羨魚情。」（《文子・上德篇》：「臨河欲魚，不若歸而織網。」《淮南子・說林訓》：「臨河而羨魚，不如歸家織網。」董仲舒《賢良對策上》：「臨淵羨魚，不如退而結網。」《漢書揚雄傳上》：「雄以為臨川羨魚，不如歸而結罔。」）其欲張曲江援引之情，已活然於紙上矣；至《歲暮歸南山》「不才明主棄，多病故人疏」之句，則既至京師，猶難上達，而發為怨刺之辭，誠幾於謗上矣！然玄宗實應以野有遺賢為恥，不宜怒而遽棄才士，斯為盛德；今也如是，何「明」之云！】帝曰：『卿不求仕，而朕未嘗棄卿，奈何誣我！』（此豈盛德之君所宜言！天子應以天下人之耳目為耳目，不知其人，已足恥矣；況自謂「聞其人」乎？夫以浩然之才，年四十餘而不得仕，又安能無感慨，何可謂之為誣己哉！君臣兩失，惜夫！）因放還。」

【注二】韓愈《將至韶州先寄張端公使君借圖經》七絕結句云：「願借圖經將入界，每逢佳處便開看」，此先生語氣所本。方回《瀛奎律髓》批云：「李之儀詩，得意趣，頗深晦，非東坡不之察，故有是佳句。以孟浩然待之，非誇也。」查慎行《蘇詩補注》引宋范溫《潛溪詩眼》云：「東坡暫借好詩二句，蓋端叔用意太過，參禪之句，所以儆之。」宋葛立方《韻語陽秋》卷一云：「東坡跋李端叔詩卷云：『暫借好詩消永夜，每逢佳處輒參禪。』蓋端叔作詩用意太過，參禪之語，所以警之云。」

【注三】紀昀曰：「氣機流暢，然非五六句茁實撐得住，則太滑矣。」又批第五句云：「此言其詩句之苦。」第六句批云：「此言其賞心之樂。」《西京雜記》卷三陸賈答樊噲問曰：「夫目瞤得酒食，燈火華得錢財，乾鵲噪而行人至，蜘蛛集而百事喜。小既有徵，大亦宜然。故目瞤則咒之，火華則拜之，乾鵲噪則餧之，蜘蛛集則放之」。

【注四】着李端叔分付兒子將來編其父詩集時，並收入先生此詩也。白居易《劉白唱和集解》：「紙墨所存者，凡一百三十八首，……因命小姪龜兒編錄，勒成兩卷。仍寫二本，一付龜兒，一投夢得小兒崙郎，各令收藏，附兩家集。」

閏十二月，作《六一居士文集敍》（即《居士集敍》），有云：「士無賢不肖，不謀而同曰：『歐陽子，今之韓愈也。』宋興七十餘年，民不知兵富而教之，至天聖、景祐（皆仁宗年號），極矣！而斯文終有愧於古，士亦因陋守舊，論卑而氣弱。自歐陽子出，天下爭自濯磨，以通經學古為高，以救時行道為賢，以犯顏納說為忠；長育成就，至嘉祐（亦仁宗年號）末，號稱多士，歐陽子之功為多。嗚乎！此豈人力也哉！非天其孰能使之？（《史記・淮陰侯列傳》：「且陛下所謂天授，非人力也。」）……歐陽子論大道似韓愈，論事似陸贄，記事似司馬遷，詩賦似李白，此非予言也，天下之言也。」

哲宗元祐四年己巳，先生五十四歲。三月十一日告下，除龍圖閣學士，充浙西路兵馬鈐轄，知杭州軍州事。（前三十六歲時為杭州通判，是副太守，三十九歲離杭，今隔十五年重來，是為杭州帥矣。）二十一日，撰《范文正公集敍》，有云：「其於仁義禮樂、忠信孝弟，蓋如飢渴之於飲食，欲須臾忘而不可得；如火之熱，如水之溼，蓋其天性有不得不然者。故天下信其誠，爭師尊之。孔子曰：『有德者必有言。』（《論語・憲問篇》）非有言也，德之發於口者也。」（《禮・樂記》：「是故情深而文明，氣盛而化神，和順積中而英華發外，惟樂不可以為偽。」詩樂如此，賢士之文章議論亦然。）六月，弟轍除吏部侍郎，改翰林學士兼吏部尚書。七月三日，先生到杭州任，有《與莫同年雨中飲湖上》（莫，名君陳，字和中，時為兩浙提刑。）七絕云：

「到處相逢是偶然，【注一】夢中相對各華顛。【注二】還來一醉西湖雨，不見跳珠十五年。」【注三】

【注一】謂前一年（元祐三年）在京相逢，今（元祐四年）又在杭州相逢也。杜甫《送殿中楊監赴蜀見相公》（杜鴻漸）五古：「去水絕還波，曳雲無定姿；人生在世間，聚散亦暫時。離別重相逢，偶然豈定期。」

【注二】莫與先生是歐公知貢舉時同榜進士，自登第迄今，已三十二年矣，故云。《後漢書・蔡邕傳》載其《釋誨》云：「有世務公子，誨於華顛胡老曰：……」唐章懷太子李賢注：「華顛，白首也。」

【注三】先生前在杭州為通判時，有「六月二十七日（神宗熙寧五年，三十七歲。）望湖樓醉書五首」七絕之一云：「黑雲翻墨未遮山，白雨跳珠亂入船。卷地風來忽吹散，望湖樓下水如天」之句，先生三十九歲離杭，故云「不見跳珠十五年」也。跳珠，用杜牧詩意，其《題池州弄水亭》五古云：「一鏡奩曲隄，萬丸跳猛雨。」

九月，有「送子由使契丹」（契丹，本東胡種，晉時國號遼，宋太宗太平興國八年號大契丹，英宗治平三年復國號曰遼。先生此題，仍其前稱也。北宋末為金所滅。宋李燾《續通鑑長編》：「元祐四年八月，蘇轍為賀遼國生辰使。」）七律云：

「雲海相望寄此身，那因遠適更沾巾。【注一】不辭驛騎凌風雪，要使天驕識鳳麟。【注二】沙漠回看清禁月，湖山應夢武林春。【注三】單于若問君家世，莫道中朝第一人。」【注四】

【注一】望，平去二聲。起二語謂均是兄弟別離，不必更因遠適異國而難為懷矣。《文選》李陵《答蘇武書》：「遠適異國，昔人所悲。」《爾雅・釋詁》：「適、往也。」杜甫《南征》五律三四：「偷生長避地，適遠更霑襟。」

【注二】天驕，謂遼主道宗，鳳麟，謂子由也。《漢書・匈奴傳上》：「單于遣使遺漢書云：『南有大漢，北有強胡；胡者，天之驕子也，不為小禮以自煩。……』」

【注三】回看清禁月，時子由代兄為翰林學士，故云清禁；清禁者，宮禁清嚴之地也。晉 傅咸《申懷賦》：「穆穆清禁，濟濟羣英。」應夢武林春，謂子由應念兄也。杭州舊號虎林，以隋時有白虎現其地故。唐人避高祖 李淵之祖父李虎諱，改虎為武，故云武林。（或諱虎為獸，杜甫《北征》：「寂寞白獸闥」。即漢之白虎殿也。）紀昀曰：「子由本翰林，而東坡在杭州，二句清切語（五六），用事亦好（指末二句）。」

【注四】《史記・匈奴傳》：「匈奴單于。」劉宋 裴駰《史記集解》引吳 韋昭《漢書音義》曰：「單于者，廣大之貌，言其象天單于然。」《新唐書・李揆傳》：「揆性警敏，善文章，開元（玄宗）末擢進士第，乾元（肅宗）二年拜中書侍郎、同中書門下平章事。揆美風儀，善奏對，帝歎曰：『卿門地（揆、隴西望族）、人物、文學，皆當世第一，信朝廷羽儀乎！』（《易・漸卦》上九：「鴻漸于逵，其羽可用為儀。」謂可為朝廷表率也。）故時稱三絕。……（後為元載所害）流落凡十六年，載誅（代宗賜其自盡），入為國子祭酒、禮部尚書。德宗幸山南（道名，在終南、太華之南，治襄陽。），揆為盧杞所惡，用為入蕃（吐蕃，今西藏。）會盟使，拜尚書左僕射。揆辭老，恐死道路，不能達命，帝惻然。杞曰：『和戎者當練朝廷事，非揆不可，異時年少揆者不敢辭。』揆至蕃，酋長曰：『聞唐有第一人李揆，公是否？』揆畏留，因紿之曰：『彼李揆安肯來邪？』還，卒鳳州

（今陝西鳳縣），年七十四。」中朝第一人，譽子由。

哲宗元祐五年庚午，先生五十五歲，仍以龍圖閣學士，充浙西路兵馬鈐轄，知杭州。三月八日同楊傑（字次公，有《無為集》十五卷。）訪劉季孫【字景文，監江西饒州酒務時，王安石為江東提刑，按酒務至州，見屏間小詩云：「呢喃燕子語梁間，底事來驚夢裏閒？説與旁人渾不解，杖藜攜酒看芝山。」即不問酒務事，升車而去，差攝學事。景文由此知名，後與先生友善，（餘見後）知隰州卒（今山西隰縣），家無餘財，但有書三萬卷，畫數百幅而已。】觀所藏歐陽修書，有《題劉景文所收歐公書》（《東坡題跋》卷四）云：「處處見歐陽文忠公厭軒冕，思歸而不可得者，十常八九，乃知士大夫退易而進難，可以為後生汲汲者之戒。【《禮・表記》：「子曰：事君難進而易退，則位有序；易進而難退，則亂也。故君子三揖而進，一辭而退，以遠亂也。」又《儒行篇》云：「其難進而易退也，粥粥若無能也。」《晏子春秋・內篇・問上》：「故通則視其所舉，窮則視其所不為，富則視其所分，貧則視其所不取。夫上士，難進而易退也；其次，易進而易退也；其下，易進而難退也。」】元祐五年三月八日，偶與次公同過劉景文，景文出此書，僕與次公，皆文忠客也，次公又效其抵掌談笑【抵，本作扺，音紙，側擊也，後譌為抵。抵掌，猶鼓掌也。《戰國策・秦策一》：「（蘇秦）見趙王於華屋之下，抵掌而談，趙王大悅。」】，使人感歎不已。」四月二十一日，題張先子野詩集，今《東坡題跋》卷三有《題張子野詩集後》云：「張子野詩筆老妙，歌詞乃其餘技耳。《華州西溪》（《題西溪無相院》七律）云：『浮萍破（一作斷）處見山影，小（一作野）艇歸時聞草聲。』與余和詩云：『愁似鰥魚知夜永，懶同胡蝶為春忙。』若此之類，皆可以追配古人；而世俗但歎其歌詞。昔周昉畫人物（昉，唐人，字仲朗，一字景元，善寫貌，人稱韓幹得形似，昉得精神姿致。至佛像真仙，人物仕女，皆稱神品，為當時第一。好屬文，能書。），皆入神品；而世俗但知有周昉士女。皆所謂『未見好德如好色』（《論語・子罕》及《衛靈公篇》）者歟？元祐五年四月二十一日。」四月二十九日，上《乞開杭州西湖狀》，有云（全文甚長，此節錄。）：「杭州之有西湖，如人之有眉目，蓋不可廢也。唐長慶中（穆宗長慶二年），白居易為刺史，方是時，湖溉田千餘頃。及錢氏有國（五代、十國時之吳越國，據今浙江全省及江蘇西南部、福建東北部，由錢鏐至孫錢俶，有國八十四年，俶獻其地於宋太祖。）置撩湖兵士千人，日夜開浚。自國初以來，稍廢不治，水涸草生，漸成葑田。（葑，蕪菁也，似大頭菜及蘿蔔）熙寧中，臣通判本州（神宗熙寧四年十一月至七年十月），則湖之葑合蓋十二三耳；至今纔十六七年之間，遂堙塞其半。父老皆言：十年以來，水淺葑橫，如雲翳空，倏忽便滿，更二十年，無西湖矣。使杭州而無西湖，如人去其眉目，豈復為人乎！臣愚無知，竊謂西湖有不可廢者五：……臣以侍從，出膺寵寄，目覩西湖有必廢之漸，有五不可廢之憂，豈得苟安歲月，不任其責！……伏望皇帝陛下，太皇太后陛下，少賜詳覽，察臣所論西湖五不可廢之狀，利害較然，特出聖斷，別賜臣度牒五十道（每道為錢一萬七千貫），仍敕轉運、提刑司，於前所賜諸州度牒二百道內，契勘賑濟支用不盡者，更撥五十道價錢與臣，通成一百道（共錢一百七十萬貫）；使臣得盡心畢志，半年之間（實百日），目見西湖復唐之舊，環三十里，際山為岸，則農民父老，與羽毛鱗介，同詠聖澤，無有窮已。臣不勝大願，謹錄奏聞，伏候敕旨。」先生至湖中相度，以葑田無所寘，而環湖三十里，往來不達；取葑田積之湖中，為長隄以通南北。隄長八百八十丈，闊五丈，中跨六橋，以疏諸港之水。劉季孫景文、蘇堅伯固、許敦仁皆督役。先生亦時至，或飢，取築隄人飯食之，百日而功成。隄邊徧循植芙蓉楊柳，以固隄址；而綠陰不可速成，更為九亭以休行旅，人皆便之，遂名之曰蘇公堤。【《宋史》本傳：「隄成，植芙蓉楊柳其上，望之如畫圖，杭人名為蘇公堤。」宋潛說友《咸淳臨安志》（咸淳，度宗年號；南宋都杭，改為臨安。）云：「郡守林希（字子中，接先生任者。先與先生友善，及哲宗親政，黨附章惇，留為中書舍人，盡黜元祐羣賢，希皆密預其議；所行制辭，皆希為之，極其醜詆，讀者憤歎。），榜（題扁額）曰蘇公隄，邦人祠公隄上。後十年，郡守呂惠卿奏毀之。隄間豁於水，咸淳五年，朝命守臣潛說友增築，舊有亭九，亦治新之，仍補植花木數百本。」宋周密《湖山勝槩記》：「蘇公所築之隄，亙十里，以防澗水，行者便之。上有六橋，橋覆以亭，隄間楊柳，芳草鋪茵，芰荷簇錦。則其當時風俗之美，政教之行，槩可想而見。（《文心雕龍‧程器篇》云：「安有丈夫學文，而不達於政事哉。」）使呂惠卿有知，則含羞於地下矣。」明楊慎曰：「宋之世（神宗熙寧六年），修六塔河（在河北），二股河（在河南），安石以范子淵、李仲昌專其事（為提舉濬河司，見《宋史‧河渠志》。）聽小人李公義、宦官黃懷忠之言，用鐵龍爪、濬川耙，天下皆笑其兒戲。（人皆知不可用，安石獨善其法。）積以數年，糜費百十萬之錢穀，漂沒數十萬之丁夫，迄無成功，而獨不肯止。（歐陽修嘗謂「開河如放火，不開如失火，與其勞人，不如勿開。」）先生為中書舍人時制貶范子淵辭曰：「汝以有限之才，興必不可成之役，驅無辜之民，置之必死之地。」）至其績敗功圮，而姦人李清臣為考官（以尚書右丞知貢舉），猶以修河策問，欲掩護之。甚矣，宋之君臣愚且戇也！如東坡杭湖潁湖之役，不數月間，而成不世之功，其政事之才，豈止什伯時流乎！公又欲鑿石門山（此在浙江。凡石門山二十有八。）通運河，以避浮山之險，為時妬者盡力排之；又欲於蘇州以東，鑿挽路為千橋，以迅江勢，亦不果用，人皆恨之。噫！難平者事，古今同慨矣。」】是年五月，弟轍為御史中丞。十月，有《贈劉景文》七絕云：

「荷盡已無擎雨蓋，菊殘猶有傲霜枝。【注一】一年好景君須記，正是橙黃橘綠時。」【注二】

【注一】王文誥《編注集成》云：「此是名篇，非景文不足以當之。景文忠臣之後，有兄六人皆亡，故贈此詩。」按：景文，劉平之少子。平讀書強記，登進士第，剛直任俠，善弓馬。真宗時，以寇準薦，為殿中丞，累遷邕州觀察使。西夏入寇，平馳救延州，督騎兵晝夜倍道行，與敵遇，時平地雪數寸，轉戰三日，為賊所執，不屈死，謚壯武。景文初以詩受知於王安石（見前），先生守杭時，為兩浙兵馬都監，駐杭州。先生一見，遇以國士，表薦之，知隰州卒。

【注二】宋 胡仔《苕溪漁隱叢話・後集》卷十云：『天街小雨潤如酥，草色遙看近卻無。最是一年春好處，絕勝煙柳滿皇都。』此退之《早春》詩也。（《早春呈張十八員外》七絕二首之一）『荷盡已無擎雨蓋，菊殘猶有傲霜枝。一年好景君須記，最是橙黃橘綠時。』此子瞻初冬詩也。二詩意思頗同而詞殊，皆曲盡其妙。

哲宗 元祐六年辛未，先生五十六歲。正月，聞有吏部尚書之命。二月，子由除尚書右丞。（《宋史・職官志》一：「尚書左右丞，掌參議大政。」）二十八日，詔下，以翰林學士承旨召還，（翰林學士院之最高長官。《宋史・職官志》二：「承旨不常置，以學士久次者為之。」）林希為代，先生罷杭州任，上《辭免翰林學士承旨狀》云：「伏念臣頃以兩目昏暗，左臂不仁，堅辭禁林，得請便郡。庶緣靜退，少養衰殘。二年于茲，一事無補。才有限而難強，病不減而益增。但以東南連被災傷，不敢陳乞，別求安便。敢謂仁聖，尚賜恩憐，召還放官，復加新寵。不惟朝廷公議未允，實亦衰病勉強不前；兼竊覩邸報、臣弟轍已除尚書右丞，兄居禁林，弟為執政，在公朝既合迴避，於私門實懼滿盈。計此誤恩，必難安處。伏望慈恩，除臣一郡，以息多言。臣見起發前去，至宿、泗間聽候指揮。」三月八日，往別南北山諸道人（西湖有南北山，兩高峯相峙。），作七絕三首，題云：「予去杭十六年而復來（神宗熙寧七年三十九歲離杭，哲宗元祐四年五十四歲復來，首尾十六年。），留二年而去。平日自覺出處老少，麤似樂天。雖才名相遠，而安分寡求，亦庶幾焉。三月六日，來別南北山諸道人，而下天竺惠淨師以醜石贈行（下天竺，寺名，有上中下三寺，下天竺在飛來峯南。），作三絕句。」其一云：

「當年【注一】衫鬢兩青青，強說重臨慰別情。衰髮只今無可白，故應相對話來生。」【注二】

其二云：

「出處依稀似樂天，敢將衰朽較前賢？【注三】便從洛社休官去，猶有閒居二十年。」【注四】

其三云：

「在郡依前六百日，山中不記幾回來。【注五】還將天竺一峯去，【注六】欲把雲根到處栽。」【注七】

【注一】當年，指熙寧七年三十九歲離杭時；若計第一次倅杭初到時，則是三十六歲，距今之去，為二十年矣。

【注二】此結透徹濬深，沈痛刻入，是先生第一等絕句，是重大語，與他作輕靈超妙者不同，後人多忽此，未得真解也。紀昀曰：「沈着語，又恰是對僧語。」

【注三】宋王十朋注引趙次公曰：「白樂天以進士登第，以制科進秩。唐憲宗元和中，為京兆戶曹參軍。以母墮井作《新井》詩。坐言章，貶江州司馬。徙忠州刺史，入為司部員外郎，知主客郎中知制誥，遷中書舍人。以言不聽，乞外遷，為杭州刺史。復拜蘇州刺史，病免。尋以秘書監召，遷刑部侍郎，其後遂以刑部尚書致仕。先生以進士登第，以制科進秩。熙寧中，攝開封推官，出倅杭。守密、徙湖，乃以詩案責授團練副使。起知登州，入為禮部郎中，除起居舍人，遷中書舍人。又為翰林學士，以不見容，乞外任，為杭州守二年，以翰林承旨為召。此白公未致仕之前出處，蓋略相似也。」韓愈《左遷至藍關示姪孫湘》七律：「敢將衰朽惜殘年。」

【注四】王十朋注引程縯曰：「樂天休官於洛，所居履道里，疏沼種樹，搆石樓於香山，鑿八節灘，自號醉吟先生。晚與僧如滿（香山寺僧）結香火社，文酒娛樂二十年。」又引次公曰：「樂天致仕六年而卒，年七十五。今先生召還，年五十六，而起致仕之興，則比樂天，豈非餘二十年乎？」按：白樂天於唐穆宗長慶四年五十三歲，除左庶子，分司東都（洛陽），於洛中履道里買得故散騎常侍楊馮宅，極林泉之勝。於文宗太和三年春（五十八歲），自刑部侍郎，以太子賓客復分司東都，歸洛陽履道里，以病免官，至七十五歲卒，享林泉之樂凡十八年。而先生則自宣仁太皇太后崩後，哲宗親政，為羣小傾陷，於五十九歲高年，猶貶惠州，再貶崖州、儋耳。六十六歲始召還，老病侵尋，鬢髮盡禿，至常州而道病卒。其晚歲於樂天相較，苦樂相懸，不可以道里計矣。

【注五】此六百日是指最後帥杭時，前為通判時是幾三年；依前云者，如前樂天時也。施元之注引白樂天《留題靈隱》詩：「在郡六百日，入山十二回。」

【注六】天竺一峯，指下天竺寺惠淨禪師以醜石一峯為贈也。王十朋注：「白樂天罷杭，有詩云：『三年為刺史，飲冰復食蘗。惟向天竺山，取得二片石。』

【注七】王十朋注：「張協詩『雲根臨八極，雨足灑四溟。』」雲根，石也。雲觸石而出，故云。《公羊傳》僖公三十一年：「觸石而出，膚寸而合，不崇朝而徧雨乎天下者，唯泰山爾。」）王文誥曰：「後二詩皆從來生句領起，題云去杭，而語不及杭，乃有意包入樂天之內，使人不覺也。其用故應二字，無限作用，皆此二字神氣。」王氏此解鑿矣！後二詩皆別各有義，與前一句結語無涉，不得強相牽引也。

四月，至揚州（今江蘇江都縣）上《辭免翰林學士承旨第二狀》。五月，至南都（河南商邱），準尚書省劄子，依前詔不允，復上《辭免翰林學士承旨第三狀》，詔下又不允。二十六日，到闕，上殿謁見。六月一日，再入翰林學士院。進《謝上表》，起云：「使星下燭，生蓬篳之光華；天澤旁流，失桑榆之枯槁。國有用儒之盛，士知稽古之榮」。【《漢書・儒林傳序》：「武安君田蚡為丞相，黜黃、老刑名百家之言，延文字儒者以百數；……天下學士，靡然鄉風矣。……自此以來，公卿大夫士吏，彬彬多文學之士矣。」《文心雕龍・時序篇》：「逮孝武崇儒，潤色鴻業，禮樂爭輝，辭藻競鶩。」《後漢書・桓榮傳》：「少學長安，……貧窶無資，常客傭以自給，精力不倦，十五年不闚家園。……建武（光武帝）十九年，年六十餘，……拜為議郎，賜錢十萬，使入授太子（經），……二十八年……，拜為太子少傅，賜以緇衣乘馬。榮大會諸生，陳其車馬印綬，曰：『今日所蒙，稽古之力也，可不勉哉！』三十年，拜為太常。（即後之禮部尚書）榮初遭倉卒，（謂王莽時）與族人桓元卿同飢厄，而榮講誦不息，元卿嗤榮曰：『但自苦氣力，何時復施用乎！』榮笑不應。及為太常，元卿歎曰：『我農家子，豈意學之為利，乃若是哉！』……年踰八十，封關內侯卒。」】末云：「驚華髮之半空，笑丹心之未坼。宜投閑散，以養衰殘。豈期過採虛名，復使榮加舊物（翰林學士）。此蓋伏遇皇帝陛下，德如乾健，明配日中。（《易・說卦》：「乾，健也。」《法言・先知篇》：「聖人之道，如日之中矣。不及則未，過中則昃。」）既祖述於堯仁，復躬行於舜孝。才難之歎，人誦斯言。（才難，見《論語・泰伯篇》，神宗元豐六年六月，先生四十八歲時，人傳已死，神宗聞之，歎息再三，曰：「才難。」遂輟食而起，意甚不懌。）緣先帝之德音，收孤臣於散地。臣敢不更磨朽鈍，少補涓埃？」（杜甫《野望》七律五：「唯將遲暮供多病，未有涓埃答聖朝。」）六月四日，詔兼侍讀，與子由同居興國寺浴室院僧慧汶（號法真）之東堂，閱舊詩卷，成七絕三首，題云：「元祐六年六月，自杭召還，汶公館我於東堂，閱舊詩卷，次諸公韻三首。」（第一首次山谷韻，二首少游，三首不知原唱者何人矣！）其一云：

「半熟黃粱日未斜（事出唐李泌《枕中記》，見前在黃州迎子由詩「又向邯鄲枕中見」注。）玉堂陰合手栽花。（先生元祐三年為翰林學士時，嘗有《玉堂栽花詩》）卻思三十年前味，未飯鐘時已飯茶。」【注一】

其二云：

「夢覺還驚屧響廊；【注二】故人來炷影前香。【注三】鬢鬚白盡成何事？一帖空成老遂良。」【注四】

其三云：

「尺一東來喚我歸，【注五】衰年已迫故山期。（謂近退老之年。）文章曹植今堪笑，卻卷波瀾入小詩。」【注六】

【注一】謂二十二歲入京應試時寓居興國寺，即蒙主持僧惠汶之師德香款待，先茶後飯，與唐王播之飯後鐘者迥乎不同也。五代 王定保《唐摭言》卷七《起自寒苦》條云：「王播（唐穆宗時相）少孤貧，嘗客揚州 惠昭寺 木蘭院，隨僧齋湌，諸僧厭怠。播至，已飯矣。後二紀，播自重位出鎮是邦（為淮南節度使），因訪舊遊，向之題，已皆碧紗幕其上。播繼以二絕句曰：『二十年前此院遊，木蘭花發院新修。而今再到經行處，樹老無花僧白頭。』「上堂已了各西東，慚愧闍黎飯後鐘（闍本音都，此讀施遮切。闍黎，高僧，可為眾僧範者。）。二十年來塵撲面，如今始得碧紗籠。」

【注二】春秋時吳宮有響屧廊，西施步屧繞之則有聲，故名。皮日休《館娃宮懷古》七絕五首之五起句：「響屧廊中金玉步，采蘋山上綺羅身。」屧響廊，意接下句故人來也。

【注三】王十朋注引趙次公曰：「先生有畫像在院中故也。」此句是指山谷、少游等後輩到畫像前炷香禮敬也。次公注不誤。王文誥《編注集成》云：「詩意院有老僧德香遺像，乃公應舉時之主僧，即惠汶之師也。故人，公自謂也。次公之說非是。」按王說，與上句不相聯屬，次公說為是。

【注四】先生自注：「法帖中有褚遂良書云：『即日遂良鬢髮盡白。』」蓋精神用盡也。遂良，唐太宗時名臣，文章氣節，為天下後世所重，書法尤獨絕。杜甫《發潭州》五律五六云：「賈傅才何有？褚公書絕倫。」褚公，即遂良，武后時左遷潭州都督，徙桂州，未幾，貶愛州（今越南北部）刺史卒，年六十三。先生宦途最坦時，忽有老遂良之語，竟成後日之讖矣。此兩句意謂閱三十年前詩卷，至今只餘鬢鬚白盡，無益於時，留此詩篇墨跡，徒增浩歎耳。

【注五】王十朋注引程縯曰：「尺一，天子之詔也。漢制，尺一之版以寫詔書。」《後漢書・陳蕃傳》蕃上疏諫桓帝曰：「尺一選舉，委尚書三公。」李賢注：「尺一，謂板長尺一，以寫詔書也。」

【注六】杜甫《追酬故高蜀州人日見寄》七古：「文章曹植波瀾闊，服食劉安德業尊。」王十朋注引趙次公曰：「今先生自笑其窘束，大才而為小詩，故以自比也。」

八月，除龍圖閣學士，知潁州（在今安徽，治阜陽縣。）軍州事。二十二日，到潁州。游潁之西湖，聞歌者唱《木蘭花令》詞，則首尾四十三年前歐陽修知潁州時遺作也。因和其韻為《木蘭花令》一闋（凡先生諸詞，已在香港大會堂學海書樓講座詳授，不贅矣。）又有「次韻劉景文（名季孫，烈士劉平之少子，已見前。）見寄」七律：

「淮上東來雙鯉魚，【注一】巧將詩信渡江湖。細看落墨皆松瘦，想見掀髯正鶴孤。【注二】烈士家風安用此！書生習氣未能無。【注三】莫因老驥思千里，醉後哀歌缺唾壺。」【注四】

【注一】東來，景文時在杭州，故云。古樂府（一云蔡邕作）《飲馬長城窟行》「客從遠方來，遺我雙鯉魚。呼童烹鯉魚，中有尺素書。」

【注二】落墨松瘦，謂景文書如長松之瘦勁也。杜甫《李潮八分小篆歌》：「書貴瘦硬方通神。」先生亦稱景文為「髯劉。」故云掀髯鶴孤。《晉書．忠義傳．嵇紹傳》：「王戎曰：昨於稠人中見嵇紹，昂昂然如野鶴之在雞羣。」（《世説新語．容止》同）

【注三】謂景文乃烈士劉平之子，忠義家風，何須以詩取長哉！但景文亦如其父之文武兼資（平亦登進士第），未能無此書生習氣，故仍工吟詠，雅愛詩章也。宋王偁《東都事略》云：「蘇軾奏季孫工詩能文，至於忠義勇烈，有平之風。」習氣，本佛家語，唐窺基法師《成唯識論述記》云：「言習氣者，是現行氣分薰習所成，故名習氣。」又家風，《潘安仁集》有四言《家風》詩一首，謂家世遺風也。庾信《哀江南賦序》：「潘岳之文采，始述《家風》。」

【注四】曹操《碣石篇》四言樂府四首之四《神龜雖壽》一篇中四句云：「老驥伏櫪，志在千里，烈士暮年，壯心不已。」《晉書・王敦傳》：「敦手控彊兵，羣從貴顯，威權莫貳，遂欲專制朝廷，有問鼎之心，（問鼎，見《左傳》宣三年）。元帝畏而惡之，遂引劉隗（都督青、徐諸軍事）、刁協（為尚書令）等以為心膂。敦益不能平，於是嫌隙始構矣。每酒後，輒詠魏武帝樂府歌曰：『老驥伏櫪，志在千里；烈士暮年，壯心不已。』以如意打唾壺為節，壺邊盡缺。」先生知景文忠烈，勉其無謂多作不平鳴耳，非譏其覬覦非分也。

十月，先生以潁民苦饑（水旱二災頻仍），奏乞留黃河夫萬人，修境內溝洫，詔許之。十一月，喜劉季孫景文赴隰州任，（以先生薦，知隰州，在今山西隰縣。）至潁見過，有《和劉景文見贈》七律云：

「元龍本志陋曹吳，豪氣崢嶸老不除。【注一】失路今為噲等伍，作詩猶似建安初。【注二】西來為我風甍面，【注三】獨臥無人雪縞廬。【注四】留子非為十日飲，要令安世誦亡書。」【注五】

【注一】此以陳元龍比劉景文也。謂其當日雖以詩見知於王安石，而心實陋之，不屑攀援；至今尚豪氣崢嶸，到老不除，絕不肯黨附小人也。元龍豪氣，見《三國志・魏志・張邈傳》附《陳登傳》：「陳登者，字元龍，在廣陵有威名，又犄角呂布有功。（廣陵，即揚州，治今江蘇江都縣。元龍為廣陵太守，文武兼資，圍呂布，有吞滅孫策之心。）加伏波將軍，年三十九卒。後許汜與劉備並在荊州牧劉表坐，表與備共論天下人，汜曰：『陳元龍湖海之士，豪氣不除。』備謂表曰：『許君論是非？』表曰：『欲言非，此君為善士，不宜虛言；欲言是，元龍名重天下。』備問汜：『君言豪，寧有事邪。』汜曰：『昔遭亂過下邳（故城在今江蘇邳縣東），見元龍，元龍無客主之意，久不相與語，自上大牀臥，使客臥下牀。』備曰：『君有國士之名，今天下大亂，帝主失所，望君憂國忘家，有救世之意，而君求田問舍，言無可采，是元龍所諱也，何緣當與君語？如小人，欲臥百尺樓上，臥君於地，何但上下牀之間邪？』表大笑。備因言曰：『若元龍文武膽志，當求之於古耳，造次難得比也。』」先生以元龍比景文，期許深矣。

【注二】謂景文忠烈遺裔，乃今碌碌下僚，如韓信之降與樊噲等伍；然其詩則風骨蒼堅，激昂慷慨，猶似建安諸人風力也。此黃山谷《答王太虛書》所謂「古之人不得躬行於高明之勢，則心亨於寂寞之宅；功名之途，不能使萬夫舉首；則言行之實，必能與日月爭光」者也。

噲等伍：《史記・淮陰侯列傳》：「漢四年，……漢王……乃遣張良往立信為齊王。……項羽已破，高祖襲奪齊王軍。漢五年正月，徙齊王信為楚王。……漢六年，人有上書告楚王信反，高祖以陳平計，……遊雲夢，實欲襲信，信弗知，……遂械繫信。至雒陽，赦信罪，以為淮陰侯。信知漢王畏惡其能，常稱病不朝從。信由此日夜怨望，居常鞅鞅，羞與絳、灌（絳侯周勃，昌文侯灌嬰。）等列。信嘗過樊將軍噲，噲跪拜送迎，言稱臣，曰：『大王乃肯臨臣！』信出門，笑曰：『生（猶我）乃與噲（舞陽侯）等為伍。』」

此二句與前一首之「烈士家風安用此！書生習氣未全無」字面不同，而用意略相似。

【注三】謂劉景文為己西行，蒙受風塵，至面目黧黑也。《列子・黃帝篇》：「范氏（晉六卿之一）有子曰子華……子華之門徒，皆世族也，縞衣乘軒，緩步闊視，顧見商丘開（田叟），年老力弱，面目黎黑，衣冠不檢，莫不眲之。（眲，溺陟餌三音，輕視也。）」又《戰國策・秦策一》：「蘇秦始將連橫說秦惠王，……書十上而說不行，黑貂之裘弊，黃金百斤盡，資用乏絕，去秦而歸。羸縢履蹻（蹻音囂，又入聲，草履也。），負書擔橐，形容枯槁，面目黎黑，狀有歸（愧）色。」

【注四】縞，白色生絹。時已十一月，謂己在潁州，無人相與言，惟閉門獨臥，風雪滿天，全屋為之盡縞而已。謝惠連《雪賦》：「眄隰則萬頃同縞，瞻山則千叢俱白。」

【注五】謂己留景文，非徒為平原十日之飲，實欲與其談學論文，聽其背誦羣書，滔滔不絕也。觀此結句，則劉景文之博學彊記可知。十日飲：《史記・范睢蔡澤列傳》：「秦昭王聞魏齊在平原君所，欲為范睢必報其讎，乃詳（通佯）為好書遺平原君曰：『寡人聞君之高義，願與君為布衣之交，君幸過寡人，寡人願與君為十日之飲。』」安世誦亡書：《漢書・張安世傳》：「張安世，字子孺，少以父任為郎（父湯，以御史大夫數行丞相事。），用善書，給事尚書，精力於職，休沐未嘗出。上行幸河東，嘗亡書三篋，詔問，莫能知，唯安世識之，具作其事。後購求，得書以相校，無所遺失，上奇其材。」

哲宗元祐七年壬申，先生五十七歲。正月二十五日，潁州聚星堂（歐陽修所建）前，梅花大開，月色鮮霽，招趙令時飲花下，作《減字木蘭花詞》。【令時，字德麟，宗室燕王德昭之玄孫，時為潁州簽書判官。其《侯鯖錄》卷四云：「元祐七年正月，東坡先生在汝陰州，堂前梅花大開，月色鮮霽，先生王夫人曰：『春月色勝如秋月色。秋月色令人悽慘，春月色令人和悅。何如召趙德麟輩來飲此花下。』先生大喜曰：『吾不知子能詩邪？此真詩家語耳。遂相召與二歐飲。（棐，辯也，歐公第三四子，長次發、奕。）用是語作《減字木蘭花》詞云：『春庭月午，影落（集作搖蕩）春醪光欲舞。步轉迴廊，半落梅花婉娩香。　輕風（集作煙）薄霧，都是少年行樂處。不似（集作是）秋光，只共（集作與）離人照斷腸。』」】二月五日，與趙令時通焦陂水開濬潁州西湖，作清河西湖三閘。開西湖功未成（三月十六日湖成，共四十一日。），告下，以龍圖閣學士、充淮南東路兵馬鈐轄、知揚州軍州事。遂罷潁州任。三月十二日抵泗州（今安徽盱眙縣），撰《潮州韓文公廟碑》。由泗州復行，有《淮上早發》七絕云：

「澹月傾雲曉角哀，小風吹水碧鱗開。此生定向江湖老，默數淮中十往來。」（王文誥《蘇詩總案》歷舉其十往來之時間，茲不贅矣。）

三月十六日，到揚州任，進《謝上表》，中末云：「恭惟陛下，子惠萬民，器使多士，多眷江、淮之間，久罹水旱之苦。鄰封二浙（浙東 浙西），饑疫相薰，積久十年，豐凶皆病。【先生所經沿途各境，皆摒去吏卒，親入村落，訪民間疾苦；則皆因水旱災荒，積欠所壓，困憊特甚。所至城邑，流民載道。又以麥熟，舉催積欠，不敢歸鄉，先生歎曰：「苛政猛於虎。（《禮‧檀弓下》。先生讀政為征稅之征。）昔常不信其言；由今觀之，水旱殺人，百倍於虎；而民畏催欠，乃甚於水旱矣。」】臣敢不上推仁聖之意，下盡疲駑之心！庶復流亡，少寬憂軫。」王文誥《蘇詩總案》云：「此表自恭維以下，竟入一段積欠文字。愛君從愛民發出，雖是奇文，實乃心中只有一誠字在。若咬文嚼字，終日說誠，此誠之糟粕耳！得之於體，與發之於用者不同如此。觀此文，知其途中已立意奏罷之矣。」（五月六日，連章奏罷積欠，七月詔許，其造福生民為何如哉！）四月二十五日，《記子由修身語》云：「子由言：無事靜坐，便覺一日似兩日。若能處置此生，常似今日，得至七十，便是百四十歲，人間何藥可能有此奇效？元祐七年四月二十五日。」五月，奏陳民間疾苦，上「論積欠六事，并乞檢會應詔所論四事，一處行下狀。」（見《東坡七集‧第三集‧東坡奏議》卷十一）末段有云「臣自潁移揚，舟過濠（安徽）、壽（安徽）、楚（江蘇）、泗（安徽）等州，所至麻麥如雲（本豐收矣）；臣每屏去吏卒，親入村落訪問，父老皆有憂色，云：『豐年不如凶年：天災流行，民雖乏食，縮衣節口，猶可以生；若豐年，舉催積欠，胥徒在門（胥、給使役者，即公差。《周禮・天官・冢宰》：「胥、十有二人；徒、百有二十人。」唐賈公彥疏：「胥、有才智為什長；徒、給使役，故一胥十徒。」），枷棒在身，則人戶求死不得。』言訖淚下，臣亦不覺流涕。又所至城邑，多有流民，官吏皆云：『以夏麥既熟，舉催積欠，故流民不敢歸鄉。』臣聞之孔子曰：『苛政猛於虎。』【《禮・檀弓下》：「夫子曰：小子識之，苛政猛於虎也。」清王引之《經義述聞》卷十四：「政、讀若征，謂賦役（關市之征）及繇役（力役之征）也。誅求無已，則曰苛政，……古字政與征通。」先生此處因人民為差役追收所欠積稅，而引《禮・檀弓下》「苛政猛於虎」證之，正是讀政治之政為征稅之征，否則訕謗朝廷矣，引之說是。】昔常不信其言；以今觀之，殆有甚者！水旱殺人，百倍於虎；而人畏積欠，乃甚於水旱。臣竊度之：每州催欠吏卒，不下五百人，以天下言之，是常有二十餘萬虎狼散在民間（江、淮、浙西、安徽一帶災區及負積欠者四十餘州），百姓何由安生？朝廷仁政何由得成乎？」六月，子由拜門下侍郎（即參知政事）。十六日，因訪聞浙西饑疫大作，蘇、湖（浙江）、秀（浙江）三州死亡特甚，再上劄子論積欠事。七月，詔免積欠。《詩》曰：「豈弟君子，民之父母。」其先生之謂乎！時先生方作《和陶飲酒二十首》，其十一末六句云：「詔書寬積欠，父老顏色好。再拜賀吾君，獲此不貪寶。【《左傳》襄公十五年：「宋人或得玉，獻之子罕（司城子罕、樂喜，宋大夫。），子罕弗受。獻玉者曰：『以示玉人，玉人以為寶也，故敢獻之。』子罕曰：『我以不貪為寶，爾以玉為寶，若以與我，皆喪寶也，不若人有其寶。』」】頹然笑阮籍，醉几書謝表。」（笑阮籍，謂其於醉中書案上作《為鄭沖勸晉王牋》，而已則方為民謝國恩，作《謝免積欠表》也。今本集無此表，有《揚州與呂相公書》云：「所論積欠，蒙示已有定議，此殆一洗天下瘡痏也。」）詩蓋紀實，名則《和陶》耳。八月，詔以兵部尚書召還，兼差充南郊鹵簿使，（冬至合祭天地於南郊時，學士為鹵簿使；鹵簿使者，為天子前導之儀仗隊大臣也。）罷揚州任。九月，到兵部尚書任，詔兼侍讀。進《謝上表》云：「伏奉制書，除臣守兵部尚書兼侍讀者：重地隆名，不擇所付；清資厚祿，以養不才。伏念臣以草木之微，當天地之澤，七典名郡（密、徐、湖、登、杭、潁、揚。），再入翰林（學士及承旨），兩除尚書（吏部及兵部），三忝侍讀。雖當時之豪傑，猶未易居；矧如臣之孤危，其何能副？恭惟皇帝陛下，聖神格物，文武憲邦。重離繼明，何煩爝火之助（《易・離卦・象辭》：「明兩作，《離》。大人以繼明照於四方。」《莊子・逍遙遊》：「堯讓天下於許由，曰：『日月出矣，而爝火不息，其於光也，不亦難乎？』」）；大廈既構，尚求一木之支（《文中子・中說・事君篇》：「退而謂董常曰：大廈將顛，非一木所支也。」此反用之。）。而臣白首復來，丹心已折（江淹《別賦》：「使人意奪神駭，心折骨驚。」

此謂受羣小暗害梗阻，丹心摧傷也。先生前屢乞郡，皆避羣小耳。），望西清之帷幄，久立傍徨【司馬相如《上林賦》：「青龍蚴蟉（音有柳）於東箱，象輿婉僤於西清。」郭璞引張揖注：「西清者，箱中清淨處也。」後人因謂宮禁森嚴之地曰西清。】；聞長樂之鼓鐘，怳如夢寐。（長樂、漢宮名。未央宮在城西隅，長樂在東隅。高祖時朝會恒在長樂，惠帝以後則在未央，而以長樂居母后。先生此處之長樂鼓鐘，正指宣仁太皇太后垂簾聽政也。東坡四六，手揮目送，暢所欲言，如龍馬騰驤，注坡下坂，實行其所無事也。）莫報邱山之施，猶貪頃刻之榮。」（貪頃刻榮，蓋早晚間可去位，君子難進而易退也。）館於興國寺浴室院之東堂。【王文誥《總案》云：「公此番召還，遠嫌之甚，不居東府。（神宗熙寧間於京師設東西兩府。東府居宰相及中書省尚書省大臣，西府居樞密院武職大臣。）與子由僅會於朝，且寓東堂，示羣小以必去，可謂不惡而嚴矣。」（《易・遯卦・象辭》：「天下有山，《遯》。君子以遠小人，不惡而嚴。」）】

十一月十二日，先生為鹵簿使，導駕薦享於景靈宮（內置藝祖以下御容）。十三日，侍哲宗合祭天地於南郊，有「次韻穆父（錢勰，時為户部尚書。）尚書侍祠郊丘，瞻望天光，退而相慶，引滿醉吟」七律云：

「千章杞梓蔭雲天，樗散誰收老鄭虔？【注一】喜氣到君浮白

裏，豐年及我掛冠前。【注二】令嚴鐘鼓三更月，野宿貔貅萬竈煙。【注三】太息何人知帝力？歸來金帛看赬肩。」【注四】

【注一】《史記・貨殖列傳》：「水居千石魚陂，山居千章之材。」司馬貞《索隱》：「章、大材也。」又云：「木千章，竹竿萬個。」裴駰《集解》引韋昭《漢書音義》曰：「章、材也。」《左傳》襄公二十六年「蔡公孫歸生對楚康王曰：『晉卿不如楚，其大夫則賢，皆卿材也；如杞梓皮革，自楚往也。雖楚有材，晉實用之。』」鄭虔，已屢見上。杜甫《送鄭十八虔貶台州司戶》七律起云：「鄭公樗散鬢成絲。」二句，感宣仁太皇太后能收用己也；樗散，自喻不材。《莊子・逍遙遊》：「吾（惠施）有大樹，人謂之樗。」又《人間世》：「匠石之齊，至於曲轅，見櫟社樹，其大蔽數千牛，絜之百圍，其高臨山，十仞而後有枝，其可以為舟者，旁十數。觀者如市，匠石不顧，遂行不輟。弟子厭（飽也，足也。）觀之，走及匠石曰：『自吾執斧斤以隨夫子，未嘗見材如此其美也，先生不肯視，行不輟，何邪！』曰：『已矣，勿言之矣，散木也。以為舟則沈，以為棺槨則速腐，以為器則速毀，以為門戶則液樠（音瞞，脂液出也。），以為柱則蠹，是不材之木也。無所可用，故能若是之壽。』」

【注二】浮白：《淮南子・道應訓》：「魏文侯觴諸大夫於曲陽（在河北），飲酒酣，文侯喟然歎曰：『吾獨無豫讓以為臣乎？』蹇重舉白而進之曰：『請浮君』」。高誘注：「舉白、進酒也。浮、罰也。」劉向《說苑・善說篇》：「魏文侯與大夫飲酒，使公乘不仁為觴政，曰：『飲不釂（音照，飲酒盡也。）者，浮以大白。』文侯飲而不盡釂，公乘不仁舉白浮君；君視而不應。侍者曰：『不仁退，君已醉矣。』公乘不仁曰：『《周書》曰：「前車覆，後車戒。」蓋言其危。為人臣者不易，為君亦不易。君已設令，令不行可乎？』君曰：『善。』舉白而飲，飲畢，曰：『以公乘不仁為上客。』」（浮白本是罰酒，後人乃稱引滿一大盅為浮一大白，是誤解浮字，應云舉一大白也。）掛冠：《後漢書・逸民・逢萌傳》：「時王莽殺其子宇，萌謂友人曰：『三綱絕矣！不去，禍將及人。』即解冠掛東都城門，歸，將家屬浮海，客於遼東。」後人乃以辭官為掛冠。紀昀曰：「五六，《詩話》所稱，然三四亦佳。」

【注三】杜甫《後出塞》五古五首之二：「中天懸明月，令嚴夜寂寥。」貔貅，猛獸名，此喻勇猛之侍衛。王十朋注引趙次公曰：「先生《詩話》（《東坡詩話》）自云：七言之偉麗者，杜子美詩：『旌旗日暖龍蛇動，宮殿風微燕雀高。』（《奉和賈至舍人早朝大明宮》七律三四）：『五更鼓角聲悲壯，三峽星河影動搖。』（《閣夜》七律三四）爾後寂寥無聞焉。直至歐陽永叔『滄波萬頃流不盡，白鳥雙飛意自閑。』（《和韓學士襄州聞喜亭置酒》七律三四）『萬馬不嘶聽號令，諸蕃無事樂耕耘。』（《寄秦州田元均》七律三四）可以並驅爭先矣。某亦云：『令嚴鐘鼓三更月，野宿貔貅萬竈煙。』又云：『露布朝馳玉關塞，捷書夜到甘泉宮。』（《聞洮西捷報》七律五六）亦庶幾焉。」

【注四】結韻謝賜金帛等也。紀昀曰：「宋郊天必有賜賚，故末句云然。」晉皇甫謐《帝王世紀》：「帝堯之世，天下太和，百姓無事，有八九十老人擊壤而歌曰：『日出而作，日入而息，鑿井而飲，耕田而食。帝力於我何有哉！』」（王充《論衡‧藝增篇》：「傳曰：有年五十擊壤於路者，觀者曰：『大哉堯德乎！』擊壤者曰：『吾日出而作，日入而息，鑿井而飲，耕田而食。堯何等力？』此言蕩蕩無能名之效也。」）白居易《與諸公同出城觀稼》五律結句：「何人知帝力？堯、舜正為君。」頳肩：謂挑擔歸來者以物多擔重至肩膊赤紅色也。韓愈《城南聯句》：「束枯樵指禿，刈熟擔肩頳。」又先生《吳中田婦歎》：「汗流肩頳載入市，價賤乞與如糠粞。」（粞、音西，碎米也。）

月杪（十一月），告下，遷端明殿學士（在翰林學士上，以待學士之久次者。）兼翰林侍讀學士，守禮部尚書。上辭免狀，不允。十二月到任。

元祐八年癸酉，先生五十八歲。五月七日，乞校正陸贄奏議，有《擬校正陸贄奏議上進劄子》（贄字敬輿，德宗時為翰林學士，人號內相，所為詔書，雖武夫悍卒，無不感泣。遷中書侍郎、同中書門下平章事。為裴延齡所讒，貶忠州別駕卒。謚宣。今傳《陸宣公奏議》，為世所重，亦先生推尊之功也。）有云：「伏見唐宰相陸贄，才本王佐，學為帝師。論、深切於事情，言、不離乎道德。智如子房而才則過，疏如賈誼而術不疏。上以格君心之非（《孟子・離婁上》：「惟大人為能格君心之非。」《書・冏命》：「繩愆糾謬，格其非心。」），下以通天下之志（《易・同人卦・彖辭》：「唯君子為能通天下之志。」）。但其不幸，仕不遇時。……使德宗盡用其言，則貞觀可得而復。」（此文在國立編譯館《大學國文選》中）先生之才德學，豈在陸敬輿下哉！使神宗、哲宗能使遠進，豈有日後靖康之禍乎！是月，御史黃慶基、董敦逸復祖述沈括、舒亶、李定、何正臣、李宜之（以上熙豐）、朱光庭、趙挺之、王覿、賈易、趙君錫、安鼎（以上元祐初）等小人誣先生訕謗神宗之說，奏先生與子由；鴻臚寺丞常安民止之，謂「二蘇負天下重望，恐不當爾！」不聽。自三月至五月，凡七上奏章（董敦逸四章奏蘇轍，黃慶基三章奏蘇軾。）。十二日，奏對延和殿，中書、門下、尚書三省同進呈，宰相呂大防以為「言事官以此中傷士人，兼欲動搖朝廷，意極不善。」子由奏曰：「臣聞先帝末年，亦自深悔已行之事；元祐更改，蓋追述先帝美意而已。」宣仁太皇太后亦曰：「先帝追悔往事，至於泣下，皇帝宜深知。」於是董敦逸罷為荊湖北路（湖北）判官，黃慶基罷為福建路判官。六月，乞越州（治今浙江紹興縣，古稱會稽。），不允。八月，告下，先生以翰林院學士、端明殿學士、充河北西路安撫使，兼馬部軍都總管、出知定州（治今河北中山縣。為帥守邊，禦契丹。）軍州事，罷禮部尚書任，未行；九月三日，宣仁太皇太后崩，哲宗親政（時年十八），欲用熙、豐羣小，中外議論洶洶，人懷顧望。宰相呂大防、范純仁等不敢言；惟先生與右諫議大夫兼翰林侍講范祖禹慮小人乘間害政，上諫劄，累奏不報。其後有旨召還前貶熙、豐內臣（宦官）十餘人。范祖禹恐王中臣（內官頭目）、宋用臣再入，則呂惠卿、章惇、曾布、蔡京、李清臣等必復用，因請對殿上，力諫以為不可，皆不聽。時國是將變，詔先生速行赴定州，武士願從者半朝廷，哲宗拒不得入見。二十七日出都門，朝士供帳餞行者甚盛。十月二十三日，到定州任。興利除弊，整軍經武。

元祐九年甲戌（即紹聖元年，四月十二日改元。）先生五十九歲。三月十六日，子由為羣小所攻，謫守汝州。四月十二日，詔改元祐九年為紹聖元年。二十四日，作《三國名臣論》有云：「西漢之士多智謀，薄於名義（名節義烈。高祖如此。）；東京事風節，短於權謀（光武重氣節使然）。兼之者，三國名臣也，而孔明巍然三代王者之佐，未易以世論也。紹聖元年四月二十四日書。」【謂諸葛公實稷、契、伊、呂之儔，不得以三國不如三代，遂亦謂人皆不如之也。王文誥《蘇詩總案》云：「東京事風節，短於權略二語，斷盡元祐執政無能（如呂大防、劉摯、范純仁等，皆君子，重氣節；然無權謀，故乏匡救時弊之功，而有紹述之禍。）。蓋三國能臣，從無有事權下移者也。使公在位，容有是乎？譬之棋：爭道者皆劣弱，而國士袖手旁觀，不容置喙，惟有坐視其弊，同此覆局而已。公以十一日壬子謫英州（今廣東英德），而十二日癸丑改元，則南遷亦已得耗；論及孔明，其寄慨也深矣！」】閏四月三日，告下（四月十一日發出），落端明殿學士兼翰林侍讀學士（為御史虞策、來之卲所攻，謂謗訕神宗。），依前左朝奉郎（正六品上）、責知英州軍州事、罷定州任，白虹貫日。告於文宣王（孔子）廟，并辭羣望（望、祭也，山川之神。），遂行，《辭諸廟祝文》有云：「軾得罪於朝，將適嶺表，雖以謫去，敢不告行？區區之心，神所鑑聽。」渡黃河，有《黃河》七律云：

「活活何人見混茫？崑崙氣脈本來黃？【注一】濁流若解污清濟，驚浪應須動太行。【注二】帝假一源神禹跡，世留三患梗堯鄉。【注三】靈槎果有仙家事，試問青天路短長？」【注四】

【注一】先生此詩，實純是比體，以黃河一派喻趙宋血脈也。首二句，謂黃河之水滾滾直下，其流活活然，混茫澎湃，挾沙石俱下；無人見其始出時之色本青白，徒以其沿途所納各支流河渠之水黃濁，故以為其氣脈本來如此耳。以喻趙宋天子本來明聖，徒神宗及頊哲宗兩朝，羣小充斥，故至天子之明聖為之蒙混而變濁耳。《詩‧衛風‧碩人篇》：「河水洋洋，北流活活。」《毛傳》：「活活，流也。」陸德明《經典釋文》：「活，古闊切，又如字。」朱子音括。《山海經‧西山經》：「槐江之山，……西南四百里，曰崑崙之丘，……河水出焉。」《爾雅・釋水》：「河出崐崘虛，色白；所渠（所受納之渠）并千七百，一川色黃。」《史記・大宛列傳》：「（大宛，西域，今中亞細亞。）大宛西南則大夏（阿富汗北部），東則于寘（音田，今新疆蔥嶺北）；于寘之西，則水皆西流，其南（青海）則河源出焉。」又《大宛列傳贊》：「太史公曰：《禹本紀》言河出崑崙，其高二千五百餘里，日月所相避隱為光明也，其上有醴泉瑤池。今自張騫使大夏之後也，窮河源，惡覩《本紀》所謂崑崙者乎！」黃河本源出於青海，史公所見《禹本紀》及《山海經》《爾雅》則云出於崑崙，先生從舊說，依《爾雅》，謂其色本白，豈黃哉！

【注二】三四、喻小人若真能污蠛君子，則其興波作浪，危害賢臣，可動搖國本，而國事將不堪聞問也。《史記・蘇秦列傳》：「燕（噲）王曰：吾聞齊有清濟濁河，可以為固。」又中唐德宗貞元間人李君房有《清濟濁河賦》以「與濁同流，清源自別。」為韻，有云：「德惟靜，自澄之於本源；體雖柔，豈混之於派別！」濟水，《書・禹貢》「導沇水，東流為濟，入於河。」濟水源出河南濟源縣西之王屋山，其故道過黃河而南，東流入山東境。太行：山名，由河南濟源縣起，北入山西境，再折入河南，至河北獲鹿縣止。黃河在太行山脈之南向東北流，時先生由定州南下至河南，渡黃河，激感而發為此詩，意隱而義深矣。

【注三】五句，謂天生宣仁太皇太后之女中堯、舜，使之聽政，為天下生民造福也。六句，謂當時不能貶絕章惇、蔡京、蔡卞三大姦人，至留為世間大患也。（《莊子・天地篇》：「堯觀乎華，華封人曰：『嘻！聖人。請祝聖人：使聖人壽。』堯曰：『辭。』『使聖人富。』堯曰：『辭。』『使聖人多男子。』堯曰：『辭。』封人曰：『壽、富、多男子，人之所欲也，女獨不欲，何邪？』堯曰：『多男子則多懼，富則多事，壽則多辱。是三者，非所以養德也，故辭。』」）

【注四】意謂死者有知，則宣仁太皇太后在天之靈，不知己果能叩天閽而哭訴之否也。靈槎上天河事，晉張華《博物志》云：「舊説云，天河與海通。近世有人居海濱者，年年八月，有浮槎去來不失期；人有奇志，立飛閣於槎上，多齎糧，乘槎而去，十餘日中，猶觀日月星辰，自後茫茫，忽亦不覺晝夜，去十餘日，奄至一處，有城廓狀，屋舍甚嚴，遙望宮中多織婦；見一丈夫，牽牛渚次飲之，牽牛人乃驚問曰：『何由至此？』此人具説來意，並問此是何處？答曰：『君還至蜀郡，訪嚴君平即知之。』（嚴遵，字君平，揚雄師。賣卜成都市，得百錢，則閉肆下簾而授《老子》，博覽無不通。見《漢書・王貢兩龔鮑傳序》）竟不上岸，因還如期。後至蜀，問君平，曰：『某年月日，有客星犯牽牛宿。』計年月，正是此人到天河時也。」

六月，至金陵，往當塗（在安徽），有「慈湖夾（在縣北六十五里。）阻風五首」七絕，其五云：

「臥看落月橫千丈，起喚清風得半帆。【注一】且並水村攲側

過，人生何處不巉巖！」【注二】

【注一】王十朋注引趙次公曰：「喚清風，是江湖間舟子之常事，舟子善相風，舟行則呼風以飽帆也。」

【注二】杜甫《閬水歌》：「巴童蕩槳攲側過，水雞銜魚來去飛。」結二句感慨深矣！謂今小人盈朝，豺狼當道，人間無處不是阻險也。

六月二十五日，抵當塗縣，因章惇、蔡卞、張商英等小人羅織先生罪，告下，責授建昌軍（江西南城縣）司馬、惠州安置，不得簽書公事。先生乃盡遣家人歸陽羨（江蘇宜興），獨挈幼子過（字叔黨，有《斜川集》，世號小坡。）及妾朝雲赴江州（江西九江）。八月七日，上惶恐灘（贛南萬安縣地），有《八月七日初入贛過惶恐灘》七律名篇云：

「七千里外二毛人，十八灘頭一葉身。【注一】山憶喜歡勞遠夢，地名惶恐泣孤臣。【注二】長風送客添帆腹，積雨浮舟減石

鱗。【注三】便合與官充水手，此生何止略知津！」【注四】

【注一】二毛，謂鬢髮斑白也。《左傳》僖公二十二年：「（宋襄）公曰：『君子不重傷，不禽二毛。』」杜預注：「二毛，頭白有二色。」《禮・檀弓下》：「古之侵伐者，不斬祀（祠祀之木），不殺厲（疫病之人），不獲二毛。」鄭玄注：「二毛，鬢髮斑白也。」十八灘：《明一統志》：「《贛州志》：城北章、貢二水合而為一，故名。北流至萬安縣，其間為灘十八，怪石多險。」清查慎行《補注東坡編年詩》引《萬安縣志》（萬安、在泰和南贛州北，江西西南部，南下大庾嶺入廣東。）：「贛州二百里至岑縣，又一百里至萬安，其間灘有十八，舊皆屬虔州（治贛縣），宋熙寧（神宗）中割地立縣（萬安）。自贛城下（北流）二十里，曰儲、曰鼈、曰橫弦、曰天柱、曰小湖、曰銅盆、曰陰、曰陽、曰會神，以上九灘屬贛；自青洲下（北流）至梁口，乃萬安縣地，其灘曰金、曰崑崙、曰曉、曰武朔、曰小蓼、曰大蓼、曰綿、曰漂神、曰黃公（即第十八灘。據此，是本名黃公灘，先生特讀其音為惶恐）。灘水湍急，黃公為甚。趙清獻（趙抃諡）守虔州，嘗鑿十八灘（黃公）以殺水勢，蓋十八灘為尤險也。」

【注二】第三句先生自注云：「蜀道有錯喜歡鋪，在大散關上。」宋邢凱《坦齋通編・改易地名》條云：「詩人好改易地名以就句法……蜀大散關有喜歡鋪，東坡入贛詩『山憶喜歡勞遠夢，地名惶恐泣孤臣。』自下而上（贛水北流，由北至南是逆流上數。）第一灘在萬安前，名黃公灘，坡乃更為惶恐，以對喜歡。《廬陵志》：『二十四灘。』坡詩乃云『十八灘頭一葉身』，亦非也。」查慎行曰：文信國亦有『惶恐灘頭說惶恐』之句，則又因坡公而傳訛者也。」（《文文山全集・指南後錄・過零丁洋》七律五六：「皇恐灘頭說皇恐，零丁洋裏歎零丁。」）按：邢凱《坦齋通編》之說未必然，清馮應榴《蘇文忠公詩合注》云：「山水村落之名，原無定稱，安見惶恐之必應曰黃公乎？先生當日必先有惶恐，因以喜歡為上句，今轉以改灘名就句法，恐先生必不為也。又案：《名勝志》引文相國七律中一首有『遙知嶺外相思處，不見灘頭惶恐聲』句。」（《指南後錄・萬安縣》七律五六）湛銓案：文信國、江西吉水人，吉水在萬安東北，相去甚邇；且信國嘗知贛州，於萬安、贛州一帶地名必不特熟極，且必常經，何至如查初白謂「因坡公而傳訛」者乎！當是灘勢過險，故名惶恐灘，坡公必是因在惶恐灘而憶及故國喜歡鋪，因以作對，此理所應爾，馮應榴之說是也。又即或本名黃公，然至文信國時，已因先生詩而稱為惶恐矣。

【注三】王十朋注引趙次公曰：「帆以其受風，故云腹；水在上流，其波如魚鱗，故曰石鱗。」按趙次公解帆腹是，解石鱗為水波如魚鱗則非。石鱗，謂圓細之石塊密佈在灘中如魚鱗然也。水淺則石盪船底，有穿舟之患；今積雨浮舟，水漸深，故云減石鱗。

【注四】紀昀批云：「真而不俚，怨而不怒。」水手，舟子也，猶俗云艇家、船家，二字始見於此。知津：《論語・微子篇》：「長沮、桀溺耦而耕，孔子過之，使子路問津焉。長沮曰：『夫執輿（執轡在車上）者為誰？』子路曰：『為孔丘。』曰：『是魯孔丘與？』曰：『是也。』曰：『是知津矣。』」謂孔子流走四方，是已知濟渡處也。

是月抵虔州（即贛州），登鬱孤臺，有《鬱孤臺》五排，末四句云：「故國千峯外，高臺十日留。他年三宿處，準擬繫歸舟。」蓋欲他日放還時，再留此地，細賞風光也。九月，度大庾嶺，自南雄下始興，抵韶州。入曹溪（在曲江東南），至南華寺，禮六祖，作《南華寺》五古，後半云：「我本修行人，三世積精鍊。【據宋釋惠洪《冷齋夜話》謂東坡前生是蘄州五祖（山寺名）師戒禪師，坡八九歲時，嘗夢身是僧。又謂子由謫居江西高安時，亦嘗與雲庵及聰禪師同夢迎戒和尚，後三人果同出城共迎東坡，事亦奇矣。】中間一念失，受此百年譴。摳衣禮真相，感動淚雨霰。【摳、音溝、提也，此處之摳衣，謂提衣下跪也。真相，指南華寺中六祖坐化後之真身。《禮・曲禮上》：「毋踐屨，毋踖（音迹，躐也。）席，摳衣趨隅，必慎唯諾。」《詩・小雅・頍弁》：「如彼雨雪，先集維霰。」霰，今之雪花米。謝朓《晚登三山還望京邑》詩：「佳期悵何許？淚下如流霰。」】借師錫端泉，洗我綺語硯。」（僧用錫杖，簡稱曰錫。《六祖壇經・機緣品》：「師一日欲濯所授之衣，而無美泉，因至寺後五里許，見山林鬱茂，瑞氣盤旋，師振錫卓地，泉應手而出，積以為池。」《曹溪志》：「卓錫泉，一名明通泉，凡泉脈枯，僧持祖衣往叩，即通流。」綺語：十惡業之一，蓋殺、淫、盜、妄言、兩舌、惡口、綺語、貪、瞋、邪見也。《大乘義章七》：「邪言不正，其猶綺色，從喻立稱，改名綺語。」凡文士之詩詞香豔者，皆屬綺語。）是月至廣州，與子過遊白雲山、蒲磵寺、滴水巖諸勝。有《廣州蒲磵寺》七律【先生自注：「地產菖蒲十二節，相傳安期生（秦琅邪人，賣藥海上，時人皆呼千歲公。）之故居。始皇訪之於此。」宋樂史《太平寰宇記》引裴氏《廣州記》云：「蒲澗，水從盤石上過，甘冷異於常流。」查慎行《補注東坡編年詩》引《廣州舊志》：「番禺縣有玉虹洞，南曰景龍崗，有蒲澗寺，在白雲山麓，淳化（宋太宗）元年建。」】云：

「不用山僧導我前，自尋雲外出山泉。千章古木臨無地，百尺飛濤瀉漏天。【注一】昔日菖蒲方士宅，【注二】後來薝蔔祖師禪。【注三】而今只有花含笑，笑道秦皇欲學仙。」【注四】

【注一】千章：《史記・貨殖列傳》：「山居千章之材。」唐司馬貞《史記索隱》：「章、大材也。」（已見前）無地：《楚辭》屈原《遠遊》：「下崢嶸而無地兮，上寥廓而無天。」又臨無地：梁王屮（音徹，字簡棲。）《頭陀寺碑》：「層軒延袤，上出雲霓；飛閣逶迤，下臨無地。」王勃《滕王閣序》：「層巒聳翠，上出重霄；飛閣流丹，下臨無地。」漏天：王十朋注：「白樂天《多雨春空過詩》：『浸淫天似漏，沮洳地成瘡。』」《太平寰宇記》：「戎州南溪縣有大黎、小黎二山，四時雲霖，俗謂之大漏天、小漏天。」杜甫《陪章留後侍御宴南樓》五排：「朝廷燒棧北，鼓角漏天東。」先生之漏天，寫白雲山之瀑布也。

【注二】晉嵇含《南方草木狀》：「番禺東有澗，澗中生菖蒲，皆一寸九節，安期生采服仙去，但留玉舄焉。」查慎行《東坡編年詩補注》引《南越志》：「宋咸平（真宗）中，姚成甫於蒲澗側，遇一丈夫，曰：『此菖蒲，安期生所餌，可以忘老。』今俗以七月二十五日，安期生上昇，相率為蒲澗之遊，履綦駢錯。」《易・離卦》初九：「履錯然，敬之无咎。」綦音其，履下飾。《漢書・外戚・孝成班倢伃傳》：「俯視兮丹墀，思君兮履綦。」

【注三】薝蔔，樹名，佛書亦名占婆、瞻婆、瞻匐、瞻博、旃波迦、瞻博迦、睒婆等。蓋梵語，譯義曰金色花樹。樹形高大，其香甚烈，逐風彌遠。王十朋注引《香譜》曰：「梔子香出大食國（阿剌伯），即佛書所謂薝蔔也。」明李時珍《本草綱目》云：「巵、酒器也，巵子象之，故名，俗作梔。……佛書稱其花曰薝蔔。……或曰：薝蔔金色，非巵子也。」又引北宋蘇頌（與先生友善，長十六歲，字子容。）曰：「今南方及西蜀州郡皆有之，木高七八尺，葉似李而厚硬，又似樗蒲子，二三月生白花，花皆六出，甚有芬香，俗說即西域薝蔔也。」按：佛書薝蔔是大樹，花金黃色，而今梔子只高七八尺，花白色，恐梔子非即薝蔔；然北宋時謂即薝蔔，世俗流傳已久，故先生在蒲澗寺見梔子即以為薝蔔也。祖師禪：《傳燈錄》卷十一仰山慧寂禪師問鄧州香嚴智閑禪師（仰山、在江西袁州。香嚴、亦山名。鄧州在河南。兩高僧皆唐人。）：『師弟近日見處如何？』嚴曰：『某甲卒說不得。』乃有偈曰：『去年貧；未是貧；今年貧，始是貧。去年貧，無卓錐之地；今年貧，錐也無。』師曰：『汝只得如來禪，未得祖師禪。』」謂其只得教內未了之禪，而未得教外別傳至極之禪也。先生此詩五六句，意謂此蒲澗，以前是只生菖蒲，而為方士安期生之宅，但後有薝蔔，今為佛寺，已由只求長生，未得究竟之外道，變為得究竟之佛道矣。是時蒲澗寺之住持是信長老，先生有《贈蒲澗信長老》七律，祖師禪，許信長老也。

【注四】先生自注：「山中多含笑花。」先生結意，謂山中含笑花似笑秦始皇求仙之妄，不特神仙不可妄求，且天下萬物，有成必有壞，人斷無不死之理，即令住世千年，亦守屍鬼耳！果報既盡，即重入輪迴，何如皈依佛法，得究竟涅槃哉！先生篤信佛法，稍抑方士而崇禪宗祖師，尤笑秦始皇，以彼貪殘污濁，亦竟學仙，豈不為山中草木所笑乎？

發廣州，東行（順道遊羅浮），有《發廣州》五律云：

「朝市日已遠，此身良自如！【注一】三杯軟飽後，一枕黑甜餘。【注二】蒲澗疏鐘外，黃灣落木初。【注三】天涯未覺遠，處

處各樵漁。」【注四】

【注一】起調拗句，音古意奇，殊見佳勝。《古詩十九首》：「相去日已遠，衣帶日已緩。」此反用之，隱謂己雖去朝日遠（朝市、表面是指廣州），然殊無遷謫不平之意，故依舊心廣體胖，此身良自如也。《史記・李將軍列傳》：「廣以郎中令將四千騎出右北平，……匈奴左賢王將四萬騎圍廣，……會日暮，吏士皆無人色；而廣意氣自如，益治軍，軍中自是服其勇也。（明日力戰，援兵亦至，匈奴軍乃解去。）

【注二】先生自注：「浙人謂飲酒為軟飽。」又自注：「俗謂睡為黑甜。」此二句，先生以俗語入詩，而今已成名句矣。

【注三】韓愈《南海神廟碑》：「因其故廟，易而新之，在今廣州治之東南，海道八十里，扶胥之口，黃木之灣。」黃灣殆即今廣州東南之黃浦也。落木初、蓋廣州氣暖，故九月底始見落木也。（《禮・月令》：「季秋之月，……是月也，草木黃落。」）

【注四】謂天涯處處皆見漁父樵夫自得於山水之間，與故鄉蜀中無異，故不覺天涯之為遠也。

九月二十八日，與子過遊羅浮山，（在增城縣東，博羅縣西，山屬增城，晉葛洪抱朴子得道處。《晉書．葛洪傳》：「洪遂將子姪俱行，至廣州，刺史鄧嶽留不聽，去。洪乃止羅浮山煉丹。……在山積年，優游閑養，著述不輟。……後忽與嶽疏云：『當遠行尋師，剋期便發。』嶽得疏，狼狽往別，而洪坐至日中，兀然若睡而卒，遂不及見。時年八十一。視其顏色如生，體亦柔軟，舉尸入棺，甚輕，如空衣，世以為尸解得仙云。」）有《羅浮山一首示兒子過》七古，不贅錄矣。十月二日，到惠州。有《十月二日初到惠州》七律云：

「彷彿曾遊豈夢中？欣然雞犬識新豐。【注一】吏民驚怪坐何事？父老相攜迎此翁。【注二】蘇武豈知還漠北，管寧自欲老遼東。【注三】嶺南萬户皆春色，會有幽人客寓公。」【注四】

【注一】首句，謂此地已彷彿曾遊，甚為熟悉，或是己從前夢中常到也。雞犬識新豐：梁吳均《西京雜記》（舊題漢劉歆撰，或題葛洪撰。）卷二：「太上皇徙長安，居深宮，悽愴不樂。高祖竊因左右問其故，以平生所好，皆屠販少年，沽酒賣餅鬥雞蹴踘，以此為懽；今皆無此，故以不樂。高祖乃作新豐，（太上皇及高祖本今江蘇沛郡豐邑人；新豐、在今陝西臨潼縣東。）移諸故人實之，太上皇乃悅。故新豐多無賴無衣冠子弟故也。高祖少時，常祭枌榆之社（豐邑枌榆鄉之社），及移新豐，亦還立焉。高祖既作新豐，并移舊社衢巷棟宇物色（形狀也），惟舊士女老幼相攜路首，各知其室；放犬羊雞鴨於道塗，亦競識其家。其匠人胡寬所營也。移者皆悅其似而德之，故競加賞贈，月餘，致累百金。」先生於惠，有第二故鄉之感矣。

【注二】坐，入於罪也。《漢書・賈誼傳》：「誼數上疏陳政事，多所欲匡建，其大略曰：『……古者大臣有坐不廉而廢者，不謂不廉，曰簠簋不飾；坐汙穢淫亂、男女無別者，不曰汙穢，曰帷薄不修；坐罷軟不勝任者，不謂罷軟，曰下官不職。』」坐何事：謂何罪而至此也。父老句必是實事，先生為天下人欽仰可知矣。

【注三】五六句流水對，語意直下。謂己如蘇武當年之被羈留於沙漠之北，豈有希冀還朝之念哉！然嶺南似故鄉，風土人情自佳，己將如管寧當年之自欲老死於遼東也。蘇武事習知，不贅。《三國志・魏志・管寧傳》：「管寧，字幼安，北海朱虛人也。……天下大亂（獻帝初平間），聞公孫度令行於海外，（度為遼東太守，東伐高句麗，西擊烏丸，威行海外。）遂與（邴）原及平原王烈等，至於遼東。度虛館以候之。既往見度，乃廬於山谷。時避難者多居郡南，而寧居北，示無遷志，後漸來從之。」裴松之注引晉傅玄《傅子》曰：「寧往見度，語唯經典，不及世事。還，乃因山為廬，鑿坏（丘一成者也）為室，越海避難者皆來就之而居，旬月而成邑。遂講《詩》《書》，陳俎豆，飾威儀，明禮讓，非學者無見也。由是度安其賢，民化其德。」先生是時見國事不堪聞問，故思如管幼安當年之欲老於遼東而長作嶺南人也。

【注四】皆春色：時十月初冬，然嶺南四時如春，故云。寓公：《禮記・郊特牲》：「諸侯不臣寓公，故古者寓公不繼世。」寓，寄也；寓公，本謂諸侯之失國而寄居者也。後世稱名公鉅卿之寄寓他邦者為寓公。先生猶未為相，無封國；然八典名郡（密、徐、湖、登、杭、潁、揚、定。），三為尚書（吏部、兵部、禮部），其名位亦可彷彿於古者之諸侯矣。

寓居於城東之合江樓，有《寓居合江樓》七古云：

「海山蔥朧氣佳哉！二江合處朱樓開。【注一】蓬萊、方丈應不遠，肯為蘇子浮江來？【注二】江風初涼睡正美，樓上啼鴉呼我起。我今身世兩相違，西流白日東流水（比況身世相違）。樓中老人（自謂）日清新，天上豈有癡仙人？【注三】三山咫尺不歸去，一杯付與羅浮春。」【注四】

【注一】蔥朧：光色映照之貌。杜甫《往在》五古：「鏡奩換粉黛，翠羽猶蔥朧。」先生《歸田園詩序》：「晚日蔥朧，竹陰蕭然。」合江樓、在西江與龍江合流處。

【注二】《史記‧秦始皇本紀》：「二十八年，……齊人徐市（音弗）等上書，言海中有三神山，名曰蓬萊、方丈、瀛洲，僊人居之，請得齋戒與童男女求之。於是遣徐市發童男女數千人，入海求僊人。」唐張守節《史記正義》引唐魏王泰《括地志》云：「亶洲、在東海中，秦始皇使徐福將童男女入海求僊人，止於此洲，共數萬家，至今洲上有至會稽市易（謂買賣）者。」紀昀曰：「起勢超忽，以下亦皆音節諧雅，雖無深意而自佳。」

【注三】日清新：謂耳聰目明而德學日進也。癡仙人：王十朋注引《續仙傳》：「侯道華好子史，手不釋卷。眾或問之：『要此何為？』答曰：『天上無愚懵仙人。』」

【注四】先生自注：「予家釀酒名羅浮春。」末二句，謂人世間亦有樂處，在合江樓上，一杯羅浮春在手，吟賞山川景物，雖仙山不遠，亦不欲往矣。

十八日，遷居嘉祐寺松風亭。（十月始寓合江樓，只十餘日耳。王文誥謂嘗至其地，訪求亭寺遺跡，「窈無衷緒」云，則寺與亭已毀久矣。）十一月二十六日，松風亭下梅花盛開，回念昔年關山路上，細雨梅花之感，因有「十一月二十六日，松風亭下梅花盛開」七古（共十六句）；又念羅浮山下梅花村之勝，有「再用前韻」七古。紀昀於《再用前韻》一首評云：「語亦奇麗。二詩皆極意煅煉之作。」十二月，又有「花落復次前韻」七古，紀昀曰：「亦自擺脫，不入蹊徑。」三詩皆佳，不違錄矣。大抵先生詩，各體皆工，尤長於七言，七言中尤以七古為第一。蓋純以氣行，有水流花放，萬戶千門之妙。於李、杜、韓外，別為一大宗，觀止矣。（本人選注其詩，以時間匆迫，故述其七言近體為多耳。）

哲宗紹聖二年乙亥，先生六十歲。二月，與進士許毅野步，寄參寥七律（釋道潛，浙於潛何氏子，號參寥子，住杭州智果寺，能文，尤喜為詩，與先生及少游深相契，有《參寥子集》。）題云：「惠州近城數小山，類蜀道，春、與進士許毅野步。會意處，飲之且醉，作詩以記，適參寥專使欲歸，使持此以示西湖之上諸友，庶使知予未嘗一日忘湖山（指杭州西湖之勝）也。」詩云：

「夕陽飛絮亂平蕪，萬里春前一酒壺。【注一】鐵化雙魚沈遠素，【注二】劍分二嶺隔中區。【注三】花曾識面香仍好，鳥不知名聲自呼。【注四】夢想平生消未盡，滿林煙月到西湖。」【注五】

【注一】盛唐高適《田家春望》五絕：「出門何所見？春色滿平蕪。可歎無知己，高陽一酒徒。」

【《史記・酈生陸賈列傳》附《朱建傳》：「初，沛公引兵過陳留，酈生踵軍門上謁。……沛公曰：『為我謝之，言我方以天下為事，未暇見儒人也。』酈生瞋目案劍叱使者曰：『走復入言沛公，吾高陽（在河北）酒徒，非儒人也。』……沛公遽雪足杖矛，曰：『延客入。』」】萬里句：非謂己在萬里之外攜一酒壺賞春也；乃先生自謂己嗜酒，只如一酒壺耳。即王充《論衡・別通篇》所謂「腹為飯坑，腸為酒囊」意也。又《吳志・孫權傳》裴松之注引吳 韋昭《吳書》曰：「鄭泉，字文淵，陳郡人。博學有奇志，而性嗜酒，其閑居，每曰：『願得美酒滿五百斛船，以四時甘脆置兩頭，反覆沒飲之，憊，即住而啖肴膳；酒有升斗減，即益之，不亦快乎？』泉臨卒，謂同類曰：『必葬我陶家（製酒器者）之側，庶百歲之後，化而為土，幸見取為酒壺，實獲我心矣。』」（《晉書・畢卓傳》：「卓嘗謂人曰：『得酒滿數百斛船，四時甘味置兩頭，右手持酒杯，左手持蟹螯，拍浮酒船中，便足了一生耳！』」蓋本諸吳 鄭泉也。）

【注二】素、謂尺素書也。古樂府《飲馬長城窟行》（一題蔡邕作）：「客從遠方來，遺我雙鯉魚；呼童烹鯉魚，中有尺素書。」（《說文》：「童、男有辠（罪）曰奴，奴曰童，女曰妾。」「僮、未冠也。」。童僮，古今字適相反矣！古籍上尤多以童為僕者，此詩非呼童子也。）此句、謂故鄉與故人絕無來書也；惟參寥子友情特厚，有使來相問訊耳。《南史・夷貊上・林邑國傳》：「林邑國，本漢日南郡（安南 順化一帶地）象林縣，古越裳界也。……晉 成帝 咸康三年，（范）文篡位；文本日南 西卷縣夷帥范稚家奴，嘗牧牛於山澗，得鯉魚二，化而為鐵，因以鑄刀，刀成，文向石咒曰：『若斫刀破者，文當王此國。』因斫石，如斷芻藁，文心異之。……後遂脅國人自立。」此先生借用，謂魚化為鐵，不能傳書耳，不必泥也。

【注三】謂家鄉蜀郡、劍閣與中原且隔絕，而況嶺南乎！故了無消息也。蜀北劍閣有大劍山、小劍山，形勢險絕，故云「劍分二嶺隔中區。」中區、中原也。晉張載《劍閣銘》云：「惟蜀之門，作固作鎮。是曰劍閣，壁立千仞。窮地之險，極路之峻。」又曰：「矧茲狹隘，土之外區。一人荷戟，萬夫趑趄。」宋王象之《輿地紀勝》：「利東路劍門關，秦苻堅遣徐成寇蜀，攻二劍，克之，始有二劍之號。」又「大劍山，在劍門縣，亦曰梁山，又有小劍山，在其西北三十里。」

【注四】花、指含笑花，在廣州白雲山嘗見，故云曾識面。宋吳曾《能改齋漫錄》卷七《事實類・鳥自呼名》條：「東坡詩云：『花因識面常含笑，鳥不知名時自呼。』按《北山經》（《山海經》卷三）：『蔓聯之山，……有鳥焉，羣居而朋飛，其毛如雌雉，名曰交（一作鵁）鳥，而其名自呼，食之已（止也）風。』」又卷八《沿襲類・草忘憂・花含笑》條：「《冷齋夜話》（釋惠洪）云：『丁晉公（謂）：「草解忘憂憂底事？花能含笑笑何人？」不若東坡「花如識面長含笑，鳥不知名聲自呼。」』」【見《冷齋夜話》卷五，原文云：「韓子蒼（名駒）曰：『丁晉公海外詩曰：「草解忘憂憂底事！花能含笑笑何人？」世以為工。讀東坡詩曰：「花非識面嘗含笑，鳥不知名聲自呼。」便覺才名相去如天淵。』」】清何焯曰：「二句詩話（《冷齋夜話》）作：『花非識面常含笑，鳥不知名時自呼。』」

【注五】夢想：《世說新語．文學》：「衞玠（晉人，字叔寶。）總角時，問樂令夢（樂廣，官尚書令。），樂云：『是想。』衞曰：『形神所不接而夢，豈是想邪？』樂云：『因也（謂必有所因），未嘗夢乘車入鼠穴，擣齏（切細之菜）噉鐵杵，皆無想無因故也。』……」

三月杪，有《贈王子直秀才》七律（名原，江西虔州人，先生稱之為虔州鶴田處士。別有王子直，名向，同時，侯官人。此詩，先生題之於惠州嘉祐寺壁，蓋王子直訪先生於惠州，留居嘉祐寺七十日而去；將歸時，先生自合江樓往過之，因贈此詩，並以題壁。）云：

「萬里雲山一破裘，杖端閒挂百錢游。【注一】五車書已留兒讀，二頃田應為鶴謀。【注二】水底笙歌蛙兩部，山中奴婢橘千頭。【注三】幅巾我欲相隨去，海上何人識故侯？」【注四】

【注一】《漢書》王吉貢禹等傳序：「蜀有嚴君平，……卜筮於成都市，……得百錢，足自養，則閉肆下簾，而授《老子》。」《晉書・阮籍傳》附《阮修傳》（籍從子，著《無鬼論》者。）：「修字宣子，好《易》、《老》，善清言，……常步行，以百錢挂杖頭，至酒店，便獨酣暢，雖當世富貴而不肯顧，家無儋石之儲，晏如也。與兄弟同志，常自得於林皐之間。」

【注二】《莊子・天下篇》：「惠施多方，其書五車。」《漢書・韋賢傳》：「以丞相致仕，年八十二薨。……少子玄成，復以明經歷位至丞相（號稱鄒、魯大儒），故鄒、魯（魯國、鄒國人）諺曰：『遺子黃金滿籯，不如一經。』」杜甫《題柏學士茅屋》七律結句：「富貴必從勤苦得，男兒須讀五車書。」二頃田句、謂王原兒孫已有五車書讀，其二頃田非為兒孫謀，乃為鶴謀而已；意謂王原是雅人逸士高致，不必多置田地為子孫謀也。《東坡集・題嘉祐寺壁》云：「虔州鶴田處士王原子直，訪予於此，留七十日而去。」王十朋注引趙次公曰：「為鶴謀，緣子直住鶴田山也，先生舊有本注云爾。」《史記・蘇秦列傳》：「蘇秦喟然歎曰：此一人之身，富貴、則親戚畏懼之；貧賤、則輕易之，況眾人乎？且使我有雒陽負郭田二頃，吾豈能佩六國相印乎？」按：為鶴謀對留兒讀，以鶴對兒，蓋用北宋高士林逋梅妻鶴子事也（逋卒後八年先生始生，蓋早生六十九年。）宋阮閱《詩話總龜》：「林逋隱於武林（即杭州）之西湖，不娶無子，所居多植梅蓄鶴，泛舟湖中，客至，則放鶴致之，因謂梅妻鶴子云。」

【注三】《南史・孔珪傳》：「孔珪、字德璋（即孔稚珪，南齊人，作《北山移文》者。）

……珪風韻清疏，好文詠，飲酒七八斗。……不樂世務，居宅盛營山水，憑几獨酌，傍無雜事，門庭之內，草萊不翦，中有鳴蛙。或問之曰：『欲為陳蕃乎！』【《後漢書・陳蕃傳》：「蕃年十五，嘗閑處一室，而庭宇蕪穢，父友同郡（汝南）薛勤來候之，謂蕃曰：『孺子，何不洒掃？以待賓客？』蕃曰：『大丈夫處世，當掃除天下，安事一室乎！』」】珪笑答曰：『我以此當兩部鼓吹，何必效蕃！』王晏嘗鳴鼓吹候之，（晏為尚書令，封曲江縣侯，給鼓吹一部。）聞羣蛙鳴，曰：『此殊聒人耳。』珪曰：『我聽鼓吹，殆不及此！』晏甚有慚色。」　山中奴婢句：《吳志・孫亮傳》裴松之注引晉習鑿齒《襄陽記》：「（丹陽太守李）衡，字叔平，本襄陽卒家子也，漢末入吳。……衡每欲治家，妻輒不聽。後密遣客十人，於武陵龍陽汎洲上作宅，種甘橘千株，臨死，敕兒曰：『汝母惡吾治家，故窮如是！然吾州里有千頭木奴，不責（欠也）汝衣食，歲上一匹絹（稅），亦可足用耳。』衡亡後二十餘日，兒以白母，母曰：『此當是種甘橘也。汝家失十戶客來七八年，必汝父遣為宅；汝父恒稱太史公曰：『江陵千樹橘，當封君家。』（《史記・貨殖列傳》：「江陵千樹橘，……此其人皆與千戶侯等。」）吾答曰：『且人患無德義，不患不富；若貴而能貧，方好耳！用此何為！』吳末，衡甘橘成，歲得絹數千匹，家道殷足。晉咸康（東晉成帝）中，其宅上枯樹猶在。」鳴蛙鼓吹事，先生別一首七律《次韻述古過周長官夜飲》亦用之，三四句云：「已遣亂蛙成兩部，更邀明月作三人。」又山谷亦有類似之作，其《和師厚郊居示里中諸君》七律三四云：「江橘千頭供歲計，秋蛙一部洸朝酲。」又《次韻黃斌老晚游池亭》七律二首之二第三四云：「萬竿苦竹旌旗卷，一部鳴蛙鼓吹秋。」坡、谷相師，皆喜用鳴蛙事。宋葉夢得《石林詩話》卷中云：「蘇子瞻嘗兩用孔稚珪鳴蛙事，如『水底笙簧蛙兩部，山中奴婢橘千頭。』雖以笙簧易鼓吹，不礙其意同；至『已遣亂蛙成兩部，更邀明月作三人』，則『成兩部』不知為何物？亦是歇後。故用事寧與出處語小異而意同，不可盡牽出處語而意不顯也。」

【注四】謂己今居嶺表海上無知己者，故欲隨王子直而去也。《後漢書・鮑永傳》章懷太子李賢注：「幅巾，謂不著冠但幅巾束首也。」又晉傅玄《傅子》云：「漢末王公多以幅巾為雅，是以袁紹、崔鈞（太尉崔烈子，獻帝初，鈞與袁紹俱起兵山東，見《後漢書・崔寔傳》後）之徒，雖為將帥，皆著縑巾。」故侯：《史記・蕭相國世家》：「召平者，故秦東陵侯，秦破，為布衣種瓜於長安城中，瓜美，故世俗謂之東陵瓜。」先生蓋以故侯自喻也。

四月，有《四月十一日初食荔支》七古，末四句云：「我生涉世本為口，一官久已輕蓴鱸（謂己一行作吏，吳中之蓴菜鱸魚羹已食之生厭也。）人生何者非夢幻？南來萬里真良圖！」【達觀之至，不自覺身被遠貶也。《晉書・文苑・張翰傳》：「張翰字季鷹，吳郡吳人也。……齊王冏辟為大司馬東曹掾，冏時執權（翰知其必敗），……翰因見秋風起，乃思吳中菰菜蓴羹鱸魚膾，曰：『人生貴得適志，何能羈宦數千里，以要名爵乎。』遂命駕而歸。……俄而冏敗，人皆謂之見機。」《金剛經》末四句偈云：「一切

有為法，如夢幻泡影，如露亦如電，應作如是觀。」】

哲宗紹聖三年丙子，先生六十一歲。四月，有《食荔支》二首，其一為五律，其二是七絕（最傳誦）云：

「羅浮山下四時春，盧橘楊梅次第新。日啖荔支三百顆，不辭長作嶺南人。」【注一】

【注一】不辭，俗誤作不妨。王十朋注引趙次公曰：「王子敬帖有『奉柑三百顆』」之語（今嚴可均《全晉文》輯王獻之《雜帖》云：「今送梨三百顆，晚雪，殊不能佳。」）；而韋蘇州詩云：『書後欲題三百顆，洞庭須待滿林霜。』（《答鄭騎曹青橘絕句》末句。起云：「憐君臥病思新橘，試摘猶酸亦未黃。」）今借用耳。」（次公意先生未必真能日食三百也。）

四月二十日，復遷居於嘉祐寺，作《遷居》五古及《白鶴新居上梁文》（四六。末段如詩，奇絕。）其《遷居・詩序》云：「吾紹聖元年十月二日至惠州，寓居合江樓，是月十八日（住十六日），遷於嘉祐寺，二年三月十九日（住五月零一日），復遷於合江樓；三年四月二十日（住一年一月又一日），後歸於嘉祐寺。時方卜築白鶴峯（在城東五里，高五丈。）之上，新居成，庶幾其少安乎！」宋王偁《東都事略》謂哲宗紹聖二年九月辛亥，大享明堂，大赦天下；而元祐臣僚獨不赦，且終身不徙。蓋章惇所議，哲宗納之。故先生遂在惠州築新居於白鶴峯頭，作老死是間之想也。七月，作《擷菜》七絕，《序》云：「吾借王參軍地種菜，不及半畝，而吾與過子終年飽菜。夜半飲，醉無以解酒，輒擷菜煮之，味含土膏（土地之膏腴），氣飽風露，雖粱肉不能及也。人生須底物？而更貪耶？乃作四句。」詩云：

「秋來霜露滿東園，蘆菔生兒芥有孫。【注一】我與何曾同一飽，不知何苦食雞豚？」【注二】

【注一】蘆菔，一名萊菔，即蘿蔔。菔、一讀白。芥、王文誥曰：「公所指，乃芥藍也。」芥藍，今作芥蘭。

【注二】《晉書·何曾傳》：「何曾，字潁考，陳國陽夏人也。父夔，魏太僕、陽武亭侯。曾少襲爵，……魏文帝即位，……遷散騎常侍，……拜侍中。……齊王芳嘉平中，為司隸校尉……遷尚書。……高貴鄉公正元中，為鎮北將軍，都督河北諸軍事，假節，……遷征北將軍，封穎昌鄉侯。……常道鄉公咸熙初，拜司徒，改封朗陵侯。晉武帝踐祚，拜太尉，進爵為公，……進位太傅。……然性奢豪，務在華侈，帷帳車服，窮極綺麗；廚膳滋味，過於王者。每燕見，不食太官所設，帝輒命取。其食蒸餌，上不拆作十字不食。食、日萬錢，猶曰無下箸處。」人生富貴貧賤，未必是真正優劣也；真正優劣之機竅，是在其心境精神之是否能樂耳。若居貧賤而精神愉快，心君泰然，則視居富貴而時在恐怖中，至寢不安食不甘者為遠勝矣。故《商山四皓歌》曰：「駟馬高蓋，其憂甚大。富貴之畏人，不如貧賤之肆志。」是富貴不如貧賤也。何曾「食日萬錢，猶曰無下箸處」者，蓋其膏腴充腹，腸胃淤滯，故雖盡陳天下之珍羞於前，豈能甘味哉！何如田夫野老，荷囊稍豐時，略添美饌，斯津津矣。故浮世間之富貴中人，若愚夫愚婦觀之，或加欽慕，然其在高人逸士眼中，豈特不覺其可慕已乎！實是「可憐憫者」也。昌黎《柳子厚墓誌銘》云：「以彼易此，孰得孰失？必有能辯之者！」即此意。《淮南子・脩務訓》云（亦見《呂氏春秋・開春論・期賢篇》，《淮南》較勝。）：「段干木辭祿而處家，魏文侯過其閭而軾之（敬禮也）。其僕曰：『君何為軾？』文侯曰：『段干木在，是以軾。』其僕曰：『段干木布衣之士，君軾其閭，不已甚乎？』文侯曰：『段干木不趨勢利，懷君子之道，隱處窮巷，聲施千里，寡人敢勿軾乎？段干木光於德，寡人光於勢；段干木富於義，寡人富於財。勢不善德尊，財不若義高。干木雖以己易寡人，不為。吾日悠悠慙于影，子何以輕之哉！』」此魏文侯所以為賢君也。世之富貴者，應知所以取法矣。

九月，有《縱筆》七絕云：

「白頭蕭散滿霜風，小閣藤牀寄病容。報道先生春睡美，道人輕打五更鐘。」【注一】

【注一】時先生仍居嘉祐寺，僧人知先生春睡方酣，故晨鐘輕輕敲打，不忍醒先生之夢也。宋王十朋注云：「按此詩，執政聞而怒之，再貶儋耳。」（再貶為瓊州別駕。執政，章惇也，時為尚書左僕射兼門下侍郎。）宋曾季貍《艇齋詩話》云：「東坡海外《上梁文•口號》云：『為報先生春睡美，道人輕打五更鐘。』（此兩句亦見《白鶴新居上梁文》末段中，原作「兒郎偉，拋梁東，喬木參天梵釋宮。盡道先生春睡美，道人輕打五更鐘。」）章子厚見之，遂再貶儋耳。以為安穩，故再遷之。」（明年四月十七日，始接誥命再貶，詩則作於貶前一年秋間，蓋傳至京師及告命再下頗須時日也。春睡，猶春夢，非必春時也。）

十二月，有「白鶴峯新居欲成，夜過西鄰翟秀才二首」七律，其一云：

「林行婆家初閉戶，翟夫子舍尚留關。【注一】連娟缺月黃昏

後，縹緲新居紫翠間。【注二】繫悶豈無羅帶水，割愁還有劍鋩山。【注三】中原北望無歸日，鄰火村舂自往還。」【注四】

【注一】王十朋注：「先生《白鶴故居圖》，翟氏林行婆皆在新居之西。」查慎行《蘇詩補注》：「行婆，老嫗居家事佛者之通稱，《司馬溫公集》有《張行婆傳》（今集十四卷未見）。」翁方綱《蘇詩補注》：「本集《白鶴新居上梁文》（末云）：『（氣爽人安，陳公之藥不散。）年豐米賤，林婆之酒可賒。（凡我往還，同增福壽。）』」馮應榴《蘇文忠公詩合注》：「行字作仄聲讀，《廣韻》下孟切。」翟夫子、名逢亨，查慎行《補注》引《名勝志》云：「翟夫子舍在白鶴峯側，宋邑人翟逢亨也。天性至孝，博洽羣書，東坡詩『翟夫子舍尚留關』即此。」又馮應榴《合注》引《寓惠集》注「翟逢亨藏修在白鶴峯側。」

【注二】郭璞《上林賦注》：「連娟、言曲細。」縹緲句，謂在翟逢亨宅中望見己新居隱現於長林豐草之間也。

【注三】先生自注：「韓退之云：『水（原作江）作青羅帶，山如碧玉簪。』（《送桂州嚴大夫同用南字》五律三四。題「嚴大夫」下或有「赴任」二字，嚴大夫名謨。）柳子厚詩云：『海上尖峯若（原作山似）劍鋩，秋來處處割愁腸。』（《與浩初上人同看山、寄京華親故》七絕。結云：「若為化得身千億？散上峯頭望故鄉。」）皆嶺南詩也。」《東坡題跋》卷二《對韓柳詩》云：「退之詩云：『水作青羅帶，山為碧玉篸。』柳子厚詩云：『海上羣山若劍鋩，秋來處處割愁腸。』陸道士（名惟忠、先生友。）云：『二公當時不相計會，好做成一屬對。』東坡為之對曰：『繫悶豈無羅帶水，割愁還有劍鋩山。』此可編入詩話也。」陸游《老學庵筆記》卷二云「柳子厚詩云：『海上尖山似劍鋩，秋來處處割愁腸。』東坡用之云：『割愁還有劍鋩山。』或謂可言割愁腸，不可但言割愁。亡兄仲高云：晉張望（一作劉宋人）詩（《貧士》五古）曰：『愁來不可割。』此末句，上一句云：『營生生愈瘁。』」此割愁二字出處也。」

【注四】先生前《龜山》七律第五句云：「地隔中原勞北望，潮連東海欲東遊。」杜甫《村夜》五律三四云：「村春雨外急，鄰火夜深明。」此結沈痛之至，可為雪涕也。

哲宗紹聖四年丁丑，先生六十二歲。二月十四日，白鶴峯新居成，自嘉祐寺遷入。宋王象之《輿地紀勝》卷九十九《惠州古迹・東坡故居》條云：「在歸善縣治之北（歸善即惠陽），白鶴觀基也。東坡請其地築室，室中塑東坡像，堂曰德有鄰（《論語・里仁》：「德不孤，必有鄰。」），齋曰思無邪（《詩・魯頌・駉篇》：「思無邪，思馬斯徂。」孔子舉之曰：「《詩》三百，一言以蔽之，曰：『思無邪』。」以為可盡《詩》之義，為學《詩》者告。）。又（洪邁）《夷堅志》云：『紹興（高宗）二年虔寇謝達陷惠州，民居官舍，焚蕩無遺，獨留東坡白鶴故居，並率其徒葺治六如亭（築於朝雲墓上）．烹羊致奠而去。』」則先生之德，雖寇盜猶感戴，彼趙煦、章惇、蔡京等輩，誠非人矣！四月，章惇復祖述羣小訕謗之說，重議先生罪。十七日，惠州太守方子容（與先生友善）來弔，出告命，責授瓊州別駕，昌化軍安置，不得簽書公事。（昌化軍：本漢武時儋耳郡，漢昭併入珠崖郡。唐高祖立儋州，玄宗改曰昌化郡。宋神宗熙寧六年廢州為昌化軍。即今海南島西北部儋縣。宋王象之《輿地紀勝》卷九十九《惠州詩》條云：『為報先生春睡美，道人輕打五更鐘。』東坡作此詩，傳至京師，章子厚見之，笑曰：『蘇子瞻尚爾快活耶？』故有昌化之命。）十九日，遂挈子過起行赴瓊。抵廣州，取道新會，至鶴山古勞河，值潦水暴漲，不能進，止於石螺岡累日，耽其林壑幽勝，顧而樂之。居人因名其地曰坡山，建坡亭。五月，抵梧州，聞子由尚在藤也（貶化州別駕，雷州安置。），十一日，追遇於藤州。就肆買湯餅共食，粗惡，子由置箸而歎；先生盡食之，大笑而起。自是兄弟同臥起於水程山驛之間者二十餘日。六月五日，同至雷州，雷守張逢、海康令陳諤，接見於郭外。八日，先生行，子由遠送。九日，抵徐聞（在海康南瓊州海峽），縣令馮大鈞迎至海上。十一日，與子由訣（先生與子由從此不能再相見矣。宋王象之《輿地紀勝》卷二百二十五云：「昌化非人所居，軾初與轍相別，渡海，既登舟，笑謂曰：「豈所謂『道不行，乘桴浮於海』者耶？」），遂渡海至瓊州北岸。道出松林山，山孤高秀削，五色爛然，有《儋耳山》（在儋縣東北二十里）五絕云：

「突兀隘空虛，他山總不如。【注一】君看道傍石，盡是補天餘。」【注二】

【注一】首句、謂山聳入雲霄，天空亦為之隘狹也。《詩・小雅・鶴鳴》：「他山之石，可以為錯。」此借用。意謂章惇等輩皆碌碌不足道也。

【注二】宋張邦基《墨莊漫錄》：「東坡作《儋耳山》詩云：『……』叔黨（蘇過字。《論語》：「人之過也，各於其黨，觀過斯知仁矣。」）云：『「石」當作「者」，傳寫之誤，一字不工，遂使全篇俱病。』」何焯曰：「末二句自謂，亦兼指器之諸人也。」按：器之，劉安世字，司馬光弟子，為諫議大夫，論事剛直，一時敬懾，目之曰殿上虎。是年貶梅州。其餘呂大防、劉摯、范祖禹、范純仁、梁燾等皆貶嶺南，大防道卒，祖禹是年卒。「石」應作「者」，小坡之言是也。《列子・湯問篇》：「然則天地亦物也，物有不足，故昔者女媧（音瓜）氏練五色石以補其闕，斷鼇之足，以立四極。」（亦見《淮南子・覽冥訓》）李賀《李憑箜篌引》云：「女媧煉石補天處，石破天驚逗秋雨。」

七月二日，到昌化軍貶所。九月，有《次韻子由三首》（七律），其二《東樓》（其一是《東亭》其三是《椰子冠》。）云：

「白髮蒼顏自照盆，董生端合是前身（以董仲舒比子由）。獨棲高閣（指東樓）多詞客，為著新書未絕麟。【注一】小醉易醒風力輭，安眠無夢雨聲新（清新俊逸，韻味悠長，的是佳句。）。長歌自調真堪笑，底處人間是所欣。」【注二】

【注一】孔子作《春秋》，至魯哀公十四年西狩獲麟而絕筆；漢武帝元狩元年十月，獲白麟，太史公作《史記》亦止於是年。子由有《春秋集傳》十二卷，今先生和其詩，殆是《集傳》草創之時，故先生云「為著新書未絕麟」，亦猶欲有為也。

【注二】先生自注：「柳子厚詩：『高歌返故室，自調非所欣。』」（《登蒲州石磯望橫江口、潭島深迴、斜對香零山》五古末二句）調，欺也，謂人間何處不樂？奚自欺為！

哲宗紹聖五年戊寅，先生六十三歲。正月，有《次韻子由浴罷》五古（不錄矣），又有《借前韻賀子由第四孫斗老》云：「開書喜見面，未飲春生腹（白居易《詠家醞十韻》

五排：「捧如明水從空化，飲似陽和滿腹春。」）。無官一身輕，有子萬事足。」後二語至今傳誦者也。二月，章惇、蔡京欲盡殺元祐黨人，白虹為之貫日。四月，遣董必為廣南西路察訪；必至雷州，治雷守張逢、海康令陳諤款接先生及子由罪。遣小使赴儋，逐先生出官舍（原亦租賃者）。先生無地可居，偃息城南南污池側桄榔林下，就地築室（買地窘甚），儋州士人運甓畚土以助之。（先生《與程儒書》云：「賴十數學生助工作，躬泥水之役，愧之不可言也。」）有王介石者，躬其勞辱，甚於家隸。（先生《與鄭靖老書》云：「小客王介石者，有士君子之趣，起屋一行，躬其勞辱，甚於家隸，然無絲髮之求也。」）器物或不給，鄰里或致所有。昌化軍使張中，亦助畚鍤，事皆集。公道自在人心，此《孟子》所謂「得道者多助」也。於是作《和陶》、《和劉柴桑》詩，有云：「我本早衰人，不謂老更劬。邦君（張中）助畚鍤，鄰里通有無。」五月，屋成，名曰桄榔庵，作《新居》五古云：

「朝陽入北林，竹樹散疏影。短籬尋丈間，寄我無窮境。【注一】舊居無一席，逐客猶遭屏。【注二】結茅得茲地，翳翳村巷永。數朝風雨涼，畦菊發新穎。俯仰可卒歲，何必謀二頃。」

【注三】

【注一】紀昀曰：「查初白謂神似杜陵，余謂正在韋、柳間耳。」按：既非韋、柳，亦非少陵，固自東坡先生之詩也，何必同！

【注二】所賃官舍，已簡陋至空無所有，竟復遭屏逐，章淳、蔡京、董必等尚是人乎？子由作先生《墓誌銘》云：「初，僦官舍以避風雨，有司猶謂不可，則買地築室，昌化士人畚土運甓以助之。為屋三間，人不堪其憂，公食芋飲水，著書以自樂，時從其父老游，亦無間也。」

【注三】《史記．孔子世家》載孔子《去魯歌》云：「蓋優哉游哉！維以卒歲。」又《蘇秦列傳》：「使我有負郭田二頃，吾豈能佩六國相印乎！」（已見上）

六月一日，改紹聖五年為元符元年，九月二十七日，《書海南風土》云：「嶺南天氣卑溼，地氣蒸溽，而海南為甚。夏秋之交，物無不腐壞者。人非金石，其何能久，然儋耳頗有老人，年百餘歲者往往而是，八九十者不論也。乃知壽夭無定，習而安之，則冰蠶火鼠，皆可以生。（前秦《王子年拾遺記》：「員嶠山有冰蠶，……以雪霜覆之，然後作繭，長一尺，其色五彩。織為文錦，入水不濡，入火不燎。」晉崔豹《古今注》：「火鼠，入火不焚，毛長寸許，可為布，所謂火浣布者是也。」）吾嘗湛然無思，寓此覺於物表，使折膠之寒，無所施其冽；（《漢書·鼂錯傳》：「欲立威者，始於折膠。」魏蘇林注：「秋氣至，膠可折。」謂寒風至則物乾脆，膠亦凝固乾裂而可折也。）流金之暑，無所措其毒。（《莊子·逍遙遊》：「大旱金石流，火山焦而不熱。」）百餘歲豈足道哉！……」

哲宗元符二年乙卯，先生六十四歲。三月，有《被酒獨行、偏至子雲、威、徽、先覺四黎之舍》（海南多黎人，然此是姓黎者，非黎人也。）七絕三首，其一云：

「半醒半醉問諸黎，竹刺藤梢步步迷。【注一】但尋牛矢覓歸路，家在牛欄西復西。」【注二】

【注一】杜牧《念昔遊三首》（七絕）之一結云：「半醒半醉遊三日，紅白花開山（一作煙）雨中。」杜甫「將赴成都草堂，途中有作，先寄嚴鄭公（嚴武、封鄭國公。）五首」（七律）之三起云：「竹寒沙碧浣花溪，橘刺藤梢咫尺迷。」梢，末也。捎，拂也，猶纏也。

【注二】矢，菌之叚借，《説文》：「菌，糞也。」《韓非子・內儲説上》：「商（即宋）太宰……因召市吏而誚之曰：市門之外，何多牛屎？」《焦氏易林・需之鼎》云：「膠着木連，不出牛欄。」李賀《送沈亞之》歌：「紫絲竹斷驄馬小，家住錢塘東復東。」王文誥《蘇文忠公詩編注集成》云：「此儋州記事詩之絕佳者。要知公當此時，必無『令嚴鐘鼓三更月』（《次韻錢穆父奉祠郊丘》七律第五句，元祐七年五十七歲作，見前。）之句也。曉嵐不取此詩，其意與不喜『鴨與豬』【岐亭五首（五古）之四：「西鄰推甕盎，醉倒豬與鴨。」】『命如雞』等句相似，皆囿於偏見，不能自廣耳。《左傳》文公十八年：『埋之馬矢之中。』《史記・廉頗傳》：『一飯三遺矢。』凡此類，古人皆據事直書，未嘗以矢字之穢，化之以文言也。記事詩與史傳等，當據事直書處，正復以他字替代不得。」

其二云：

「總角黎家三四童，口吹葱葉送迎翁。【注一】莫作天涯萬里意，谿邊自有舞雩風。」【注二】

【注一】《詩・齊風・甫田》：「婉兮孌兮，總角丱兮。」毛傳：「總角，聚兩髦也。」《禮・內則》：「男女未冠笄者，雞初鳴，咸盥漱櫛縰，拂髦總角。」鄭玄注：「總角，收髮結之。」馮應榴《蘇文忠詩合注》：「盧文弨曰：黃（叔琳）云：吹葱葉，即小兒吹葱葉作聲以為戲耳。劉克莊《宿詩》：『幼吹葱葉還堪聽，老畫葫蘆卻未工。』

【注二】天涯萬里者，《古詩十九首》「相去萬餘里，各在天一涯」也。《論語・先進篇》：「浴乎沂，風乎舞雩。」結句，先生強自慰解之辭，謂不必生天涯萬里之感矣，即此谿邊，人無老幼，皆覺可親，已有曾點當年沂水春風氣象，此間亦足樂也。

其三云：

「符老風情奈老何！朱顏減盡鬢絲多。【注一】投梭每困東鄰女，換扇惟逢春夢婆。」【注二】

【注一】符老，符林秀才也。孔稚珪《北山移文》：「傲百氏，蔑王侯，風情張日，霜氣橫秋。」漢武帝《秋風辭》：「歡樂極兮哀情多，少壯幾時兮奈老何！」白居易《醉歌示伎人商玲瓏》：「腰間紅綬繫未穩，鏡裏朱顏看已失。玲瓏 玲瓏奈老何！使君歌了汝更歌。」杜甫《送鄭廣文赴台州司戶》七律起云：「鄭公樗散鬢成絲。」杜牧《醉題僧院》結云：「今日鬢絲禪榻畔，茶煙輕颺落花風。」

【注二】先生自注：「是日復見符林秀才，言換扇之事。」《晉書・謝鯤傳》：「字幼輿，……

任達不拘，……鄰家高氏女有美色，鯤嘗挑之，女投梭折其兩齒，時人為之語曰：『任達不已，幼輿折齒。』鯤聞之，傲然長嘯，曰：『猶不廢我嘯歌。』」換扇事不詳，殆當時有老婦人託符林致意於先生，欲以己之新團扇換先生之題有字或畫之舊扇也。春夢婆：趙令時《侯鯖錄》卷七云：「東坡老人在昌化（時年六十四），嘗負大瓢行歌於田間，有老婦，年七十，謂坡曰：『內翰昔日富貴，一場春夢。』坡然之，里人呼此媼為春夢婆。坡被酒獨行，遍至子雲諸黎之舍，作詩云：『符老風情老奈何！朱顏減盡鬢絲多。投梭每困東鄰女，換扇惟逢春夢婆。』是日老符秀才言換扇事。」後元遺山《出都》七律二首之一第五六警句云：「神仙不到秋風客，富貴空悲春夢婆。」蓋本諸此也。

秋深，有《倦夜》五律（紀昀曰：「查初白謂通體俱得少陵神味。」）云：

「倦枕厭長夜，小牕終未明。【注一】孤村一犬吠，殘月幾人行？【注二】衰鬢久已白，旅懷空自清。【注三】荒園有絡緯，虛織竟何成！」【注四】

【注一】宋玉《九辯》：「靚（音靜，成也。）杪秋之遙夜兮，心繚悷（音列，憂也）而有哀。」王逸注：「盛陰脩夜，何難曉也。」《古詩十九首》：「愁多知夜長，仰觀眾星列。」晉傅玄《雜詩》：「志士惜日短，愁人知夜長。」陶公《飲酒》詩二十首之十六：「披褐守長夜，晨雞不肯鳴。」又《雜詩》十二首之二：「氣變悟時易，不眠知夜永。」

【注二】東漢王符《潛夫論．賢難篇》：「一犬吠形，百犬吠聲。」二句清峭，聞犬吠而想見天未明已有行人，蓋雞鳴而起之販夫屠卒類也。

【注三】先生二十七歲髮始白，至此六十四歲，故云久已白；又元祐六年五十六歲，罷杭帥任還朝為吏部尚書，翰林學士承旨，別杭州南北山諸道人詩已云：「衰髮只今無可白，故應相對話來生。」況今日乎！《詩．小雅．小弁》：「假寐永歎，維憂用老。」嵇康《養生論》：「積微成損，積損成衰，從衰得白，從白得老，從老得終，悶若無端。」先生謂己今日旅懷雖清，坦蕩蕩然，然髮已早白，無藥可醫，顏貌了非當年矣。

【注四】絡緯，蟋蟀也。《爾雅．釋蟲》：「蟋蟀，蛬。」郭璞注：「今促織也，亦名青蛚。」吳陸璣（字元恪）《毛詩草木鳥獸蟲魚疏》：「楚人謂之王孫，幽州人謂之趨織。里語曰：『趨織鳴，懶婦驚』是也。」《文選注》引《春秋緯．考異郵》曰：「立秋，趣織鳴。」晉崔豹《古今注》卷中《魚蟲第五》：「莎雞，一名促織，一名絡緯，一名蟋蛬。促織，謂鳴聲如急織；絡緯，謂其鳴聲如紡績也。」虛織：庾信《奉和賜曹美人詩》：「絡緯無機織，流螢帶火寒。」又孟郊《古樂府雜怨》三首之三：「暗蛩有虛織，短線無長縫。」先生詩意：謂己一生謀國，忠心拳拳，至今竟如絡緯之虛織無成也。紀昀曰：「結有意致，遂令通體俱有歸宿，如非此結，則成空調。」

十二月二十二日，有《縱筆》七絕三首，（絕佳。王文誥曰：「此三首平澹之極，卻有無限作用在內，未易以情景論也。」）其一云：

「寂寂東坡一病翁，白鬚（一作頭）蕭散滿霜風。【注一】小兒誤喜朱顏在，一笑那知是酒紅。」【注二】

【注一】《世說新語・尤悔》：「桓公（溫）臥語曰：作此寂寂，將為文、景所笑。」白居易《池上閒詠》七律結句：「一部清商聊送老，白鬚蕭颯管弦秋。」

【注二】小兒，謂蘇叔黨也，一作兒童，非是。那字，此處必須讀為「奴俄切」，否則失律矣。凡「仄仄平平仄仄平」句末一字用韻者，第三字必須用平聲，否則第四字為孤平，不足以資停頓；俗人輒以為「一三五不論，二四六分明。」實甚誤人，故有作詩數十年而時犯此病者。凡此種句，第三字即論，若減去首二字而成五言，則第一字亦論，此學者所宜知也。末二句自白樂天詩化出，而盡勝白詩，真造化手也。於飲酒發顏紅意，白樂天詩中最多，凡八見：其《自詠》五古起二句云：「夜鏡隱白髮，朝酒發紅顏。」《和鄭元（一作方）及第後、秋歸洛下閒居》五排：「微吟閒引步，淺酌酒開顏。」《晏坐閒吟》七律五六：「霜侵殘鬢無多黑，酒伴衰顏只暫紅。」《醉中對紅葉》五絕結云：「醉貌如霜葉，雖紅不是春。」《錢湖州以箬下酒、李蘇州以五酘（音豆、再釀酒也。）酒相次寄到、無因同飲、聊詠所懷》七律五六：「傾如竹葉盈樽綠，飲作桃花上面紅。」《武丘亭路宴、留別諸妓》七律五六：「漸消醉色朱顏淺，欲語離情翠黛低。」《何處難忘酒》七首五律之四第五六云：「鬢為愁先白，顏因醉暫紅。」《燒藥不成、命酒獨醉》五律五六：「賴有杯中綠，能為酒面紅。」凡八用，皆不如先生此結也。宋釋惠洪《冷齋夜話》卷一：「山谷云：詩意無窮，而人之才有限；以有限之才，追無窮之意，雖淵明、少陵不得工也。然不易其意而造其語（意同而字面不同），謂之換骨法；窺入其意而形容之（將其意變化用之），謂之奪胎法。如鄭谷（晚唐人）《十日菊》（七絕。九月初十日之菊花也。）曰：『自緣今日人心別，未必秋香一夜衰。』（首二句云：「節去蜂愁蝶不知，曉庭還繞折殘枝。」）此意甚佳，而病在氣不長（弱也）；西漢文章、雄深雅健者，其氣長故也。曾子固曰：『詩當使人一覽而意有餘，乃古人用心處。』所以荊公《菊詩》（《和晚菊》七律結句）曰：『千花萬卉凋零後，始見閒人把一枝。』（原作「可憐蜂蝶飄零後，始有閒人把一枝。」）東坡則曰：『萬事到頭終（都）是夢，休休，明日黃花蝶也愁。（《南鄉子》小令結句。坡別有《九日次韻王鞏》七律結云：「相逢不用忙歸去，明日黃花蝶也愁。」）……凡此之類，皆換骨法也。……樂天《醉中對紅葉》）詩曰：『臨風杪秋樹，對酒長年身。醉貌如霜葉，雖紅不是春。』東坡南中作詩云：『兒童誤喜朱顏在，一笑那知是酒紅。』凡此之類，皆奪胎法也。學者不可不知。』紀昀曰：「歎老語，如此出之，語妙天下。」【《漢書・賈捐之傳》楊興謂賈捐之曰：「君房（捐之字）下筆，言語妙天下。」】

其二云：

「父老爭看烏角巾，應緣曾現宰官身。【注一】溪邊古路三叉口，獨立斜陽數過人。」【注二】

【注一】杜甫《南鄰》七律起句：「錦里先生烏角巾，園收芋栗未全貧。」角巾，隱士所著。《晉書‧羊祜傳》：「嘗與從弟琇書曰：「既定邊事，當角巾東路（祜、泰山南城人。），歸故里，為容棺之墟。」現宰官身，用佛家語，《妙法蓮華經‧妙音菩薩品》：「汝但見妙音菩薩，其身在此；而是菩薩，現種種身，處處為眾生說是經典，或現梵王身，或現帝釋身，或現宰官身……」又《觀世音菩薩普門品》：「應以長者身得度者，即現長者身而為說法；應以居士身得度者，即現居士身而為說法；應以宰官身得度者，即現宰官身而為說法。」先生嘗任八州太守（密、徐、湖、登、杭、潁、揚、定。），兩任翰林學士，一為端明殿學士，一為龍圖閣學士，三為尚書（吏部、兵部、禮部。），故云海南父老今日之爭看此頭戴烏角巾之老人者，應因其人過去曾現宰官身也。昔是宰官身，今著烏角巾，貴賤殊絕，不亦重可哀乎？

【注二】王文誥曰：「此三首之第三句，皆於極平淡中陡然而出，而此句尤奇突，殊不知『爭看』二字已安根矣。三首皆弄此手法。」紀昀曰：「含情不盡。」數過人之人是指爭看己之父老也。誰使此經天緯地旋乾轉坤手投身萬死一生之地，獨立於三叉路口斜陽中，無聊賴至數過往之人乎？此紀氏所以謂之「含情不盡」也。

其三云：

「北船不到米如珠，醉飽蕭條半月無。【注一】明日東家當祭竈，隻雞斗酒定膰吾。」【注二】

【注一】米如珠，謂米貴也。《戰國策・楚策三》：「蘇秦之楚，三日，乃得見乎王（懷王）。談卒，辭而行，楚王曰：『寡人聞先生，若聞古人，今先生不遠千里而臨寡人，曾不肯留，願聞其說。』對曰：『楚國之食貴於玉，薪貴於桂，謁者（掌朝覲賓饗及出使之官）難得見如鬼，王難得見如天帝，今令臣食玉炊桂，因鬼見帝（天帝）。』王曰：『先生就舍，寡人聞命矣。』」米珠薪桂，本《楚策》及先生此詩也。

【注二】祭竈，十二月二十三日也，謂明日東鄰祭竈，人情不薄，定有雞酒饗己，使得醉飽也。紀昀曰：「真得好。」隻雞斗酒，見《後漢書・徐穉傳》李賢注引吳謝承《後漢書》，但非四字連用。曹操《祀故太尉橋玄文》：「……又承從容約誓之言，殂逝之後，路有經由，不以斗酒隻雞，過相沃酹，車過三步，腹痛勿怪。」膰吾：《孟子・告子下》：「孔子為魯司寇，不用，從而祭，燔肉不至，不稅冕而行」。燔，通膰，祭肉也。《左傳》襄二十二年：「與執燔焉。」陸德明《釋文》：「燔，又作膰，音煩，祭肉也。」《穀梁傳》定十四年：「脤（亦軫反）者何也？俎實也，祭肉也。生曰脤，熟曰膰。」先生此處謂致膰肉於吾也。

哲宗元符三年庚辰，先生六十五歲。正月七日，聞黃河已復北流，先生於元祐三年謂不可強復使之東者，至是而言已驗。（蓋水之性就下，東流地高，北流地低，故先生主宜順水性，不能強使之東流也。）有「庚辰歲人日作，時聞黃河已復北流，老臣舊數論此，今斯言乃驗二首。」【七律。據《宋史・河渠志》：哲宗元祐初，黃河雖北流，而河北諸郡地低，故皆被災，於是回河東流之議起，知樞密院事安燾深以為是，宰相文彥博、呂大防皆主其說；惟先生兄弟力主宜順水性，因勢利導，修河導其北流。時范伯祿行視東西二河，亦云：「東流高仰，北流順下，決不可回。」而吳安持與李偉力主回河東流，請置修河司，朝廷從之。元祐七年十月，工畢，大河勉強東流，至元符二年六月（不足七年），河決內黃（在河南），水向北潰，東流遂絕。閱數月後，消息始傳至海南，故先生感慨而作是二律也。】其一云：

「老去仍棲隔海村，夢中時見作詩孫。【注一】天涯已慣逢人日，歸路猶欣過鬼門。【注二】三策已應思賈讓，（或作誼，誤。）孤忠終未赦虞翻。【注三】典衣剩買河源米，屈指新篘作上元。」【注四】

【注一】作詩孫，謂蘇符也。符、先生長子邁之子，字仲虎，《宋史》無傳。王十朋注：「須溪（劉辰翁）曰：此句為仲虎發也。陸務觀云：在蜀見蘇山藏公墨跡，疊韻《竹詩》後題云：『寄作詩孫符。』」符能詩，於宋高宗建炎紹興間，官至中書舍人，禮部侍郎、禮部尚書兼翰林院侍讀學士。

【注二】三句，謂年年皆在天涯海角度歲過人日也。晉議郎董勛《答問禮俗》云：「正月一日為雞，二日為豬，三日為羊，四日為狗，五日為牛，六日為馬，七日為人。」蓋《易・序卦》所謂「有天地然後有萬物，有萬物然後有男女」也。四句冀能北歸，生過鬼門關也。北宋初樂史《太平寰宇記》卷一百六十七容州北流縣下云：「天門關在北流縣南三十里，有兩石，相對其間，闊三十步，俗號鬼門關。漢伏波將軍馬援討林邑蠻，路由於此，立碑，石龜尚在。晉時趨交趾，皆由此關。其南尤多瘴厲，去者罕得生還。諺云：『鬼門關，十人去，九不還。』唐宰相李德裕貶崖州日（德裕，文宗時同平章事，宣宗大中二年貶崖州司户。），經此關，賦詩云：『一去一萬里，千去千不還。崖州在何處？生度鬼門關。』（今《李衛公會昌一品集》已無此詩）」先生《到昌化軍謝表》有云：「並鬼門而東騖，浮瘴海以南遷。」

【注三】《漢書・溝洫志》：「哀帝初，……河從魏郡以東、北多溢決。……待詔賈讓奏治河上中下策。」五句：紀昀曰：「此非自譽語，乃冀幸語也，故不失忠厚之旨。」讓、誤作誼，《瀛奎律髓》及《十八家詩鈔》皆然，蓋賈誼有《治安策》，故賈讓易誤為賈誼也。六句沈痛；此聯乃坡詩重句也。《吳志・虞翻傳》：「虞翻，字仲翔，會稽餘姚人也。……翻與少府孔融書，並示以所著《易注》，融答書曰：『聞延陵之理樂（《左傳》襄二十九年吳公子季札觀樂於魯。札亦稱延陵季子。），覩吾子之治《易》，乃知東南之美者，非徒會稽之竹箭也。（《爾雅・釋地》：「東南之美者，有會稽之竹箭焉。」箭、竹之小者。《禮・禮器》：「其在人也，如竹箭之有筠也，松柏之有心也。」）……』……孫權以為騎都尉，翻數犯顏諫爭，權不能悅，又性不協俗，多見謗毀，坐徙丹陽涇縣。……翻性疏直，數有酒失，權與張昭論及神仙，翻指昭曰：『彼皆死人，而語神仙，世豈有仙人也？』權積怒非一，遂徙翻交州。雖處罪放，而講學不倦，門徒常數百人。又為《老子》、《論語》、《國語》訓注，皆傳於世。……在南十餘年，年七十卒。歸葬舊墓，妻子得還。」裴松之注引《虞翻別傳》：「翻放棄南方，云：『自恨疏節，骨體不媚，犯上獲罪，當長沒海隅，生無可與語，死以青蠅為弔客，使天下一人知己者，足以不恨。』」用人名堆典實入七律，本是詩中一病，惟先生此聯，特見悲涼徹骨，蓋心聲也。

【注四】宋 施元之注：「海南無秔（音庚）秫，《縱筆》詩云：『北船不到米如珠。』此云『典衣剩買河源米』，河源縣屬惠州，當是秔秫所產也。」篘，音抽，酒籠，漉取酒也。白居易《嘗酒聽歌招客》七律起云：「一甕香醪新插篘，雙鬟小妓薄能謳。」上元，正月十五（中元，七月十五；下元，十月十五。）。王文誥曰：「此詩已形北歸之兆，氣機動矣。言者，心之所發，雖公，有不自知其然也。」紀昀曰：「雖非極筆，究是老將登壇，謦欬自別。」

其二（紀昀曰：「此種詩，只看其老健處，不以字字句句求之。」）云：

「不用長愁挂月村，檳榔生子竹生孫。【注一】新巢語燕還窺研，舊雨來人不到門。【注二】春水蘆根看鶴立，夕陽楓葉見鴉翻。【注三】此生念念隨泡影，莫認家山作本元。」【注四】

【注一】杜甫《東屯月夜》五排：「泥留虎鬥跡，月挂客愁村。」竹生孫：《周禮・春官宗伯下・大司樂》：「孫竹之管，空桑之琴瑟。」鄭玄注：「孫竹，竹枝根之末生者。」先生自注：「海南勒竹、每節生枝，如竹竿大，蓋竹孫也。」

【注二】晚唐鄭谷《燕詩》七律五六云：「閒几硯中窺水淺，落花徑裏得泥香。」方回《瀛奎律髓》卷十六《節序類》云：「海南人日燕已來巢，亦異事。」（以先生此詩為實錄也。）杜甫文《秋述》（《辭源》、《辭海》皆以為杜甫詩小序，非是。）起云：「秋（天寶十載），杜子臥病長安旅次，多雨生魚，青苔及榻，常時車馬之客，舊雨來，今雨不來。」後人因以故交為舊雨，新交為新雨，實則少陵本意謂舊時雨中客猶來，今則雨中客不來耳。

【注三】此自盛唐陶峴《西塞山下迴首作》七律五六「鴉翻楓葉夕陽動，鷺立蘆花秋水明」二句翻出。

【注四】《楞嚴經》卷二：「阿難承佛悲救深誨，垂泣叉手，而白佛言：『……徒獲此心，未敢認為本元心地。』」本元者，本來也。《金剛經》四句偈云：「一切有為法，如夢、幻、泡、影，如露亦如電，應作如是觀。」紀昀曰：「末亦無聊自寬之語，勿以禪悅視之。」先生意謂人生一切如夢如幻、如泡如影，即家山亦非本元，何必苦欲歸去哉！（先生於惠州朝雲墓上建六如亭，即如夢、如幻、如泡、如影、如露、如電之六如也。）紀昀謂是自寬之語是也。此二詩，方回《瀛奎律髓·節序類》批云：「前輩論詩文，謂子美夔州後詩，東坡嶺外文，老筆愈勝少年，中年亦未若晚年也。此詩元符三年，東坡年六十五，謫居儋耳所作。人日鬼門之對固工，兩篇首尾雄深，不敢刪落，存此，則知選詩之意，不拘節序也。」【宋胡仔《苕溪漁隱叢話·後集》卷三十《東坡五》：「呂丞相（大防）《跋杜子美年譜》云：『考其筆力，少而銳，壯而肆，老而嚴，非妙於文章，不足以至此。』余觀東坡南遷以後詩，全類子美夔州以後詩，正所謂老而嚴者也。子由云：『東坡謫居儋耳，獨喜為詩，精鍊華妙，不見老人衰憊之氣。』魯直亦云：『東坡嶺外文字，讀之使人耳目聰明，如清風自外來也。』觀二公（子由、山谷）之言如此，則余非過論矣。」山谷《與李端叔書》：「老來嬾作文，但傳得東坡及少游嶺外文，時一微吟，清風颯然，顧同味者難得耳。」又《與歐陽元老書》：「寄示東坡嶺外文字，今日方暇，偏讀，使人耳目聰明，如清風自外來也。」元遺山為楊飛卿作《陶然集詩序》云：「子美夔州以後，樂天香山以後，東坡海南以後，皆不煩繩削而自合，非技進於道者能之乎？」（山谷《與王觀復書》：「杜子美到夔州後詩，韓退之自潮州還朝後文章，皆不煩繩削而自合矣。」）】

正月初九日，哲宗崩，年二十五，皇太后（欽聖皇后向氏）諭遺制立弟（異母弟）端王佶（神宗第十一子），即位於柩前，是為徽宗（時年十九）。皇太后權同處分軍國事（徽宗泣拜而求），凡紹聖、元符以還，章惇所斥逐賢士大夫，稍稍收用之。皇太后聞賓召故老，寬傜息兵，愛民崇儉之舉，則喜見于色。（纔六月即還政，明年正月崩，年五十六。自欽聖向后崩，而北宋天下事更不可為矣。）二月十一日，記劉攽戲王安石語。【本集《書劉貢父戲介甫》云：「王介甫多思而善鑿，時出一新說，已而悟其非也，則又出一言解之，是以其學多說。嘗與劉貢父食，輟筯而問曰：『孔子不徹薑食何也？』」（《論語・鄉黨》：「不徹薑食，不多食。」朱注：「薑通神明，去穢惡，故不撤。」）貢父曰：『《本草》：生薑、多食損智，（無此事，今《神農本草經》卷中云：「乾薑，味辛温；生者尤良，久服去臭氣，通神明。」朱子注是。）道非明民，將以愚之；（《老子》：「古之善為道者，非以明民，將以愚之。」）孔子以道教人者也，故不徹薑食，將以愚之。』介甫欣然而笑；久之，乃悟其戲己也。貢父雖戲言，然王氏之學，實大類此。庚辰二月十一日，食薑粥甚美，歎曰：「無怪吾愚，吾食薑多矣，因并貢父言記之，以為後世君子一笑。」】四月，有《司命宮楊道士息軒》（查慎行《補注》引《名勝志》云：「朝天宮、在儋州城東南，中有息軒，其詩云云。」）五古云：

「無事此靜坐，一日似兩日，若活七十年，便是百四十。【注一】黃金幾時成？白髮日夜出。【注二】開眼三千秋，速如駒過隙。【注三】是故東坡老，貴汝一念息。【注四】時來登此軒，目送過海席。【注五】家山歸未能，題詩寄屋壁。」【注六】

【注一】此子由語，先生用之入詩也。元祐七年四月二十五日，有《寄子由修身語》，已見前，不贅矣。

【注二】此謂黃金鍊丹不可得而成，而白髮日夜出，無藥可回老境也。《史記・封禪書》欒大對漢武帝曰：「臣之師曰：黃金可成，而河決可塞，不死之藥可得，仙人可致也。」《抱朴子》有九轉丹成之法。此二句亦自王維詩化出，維《秋夜獨坐》五律五六云：「白髮終難變，黃金不可成。」惟先生用白髮日夜出，更覺警動勝摩詰耳。

【注三】張華《博物志》：「佳城鬱鬱，三千年，見白日。」《莊子・知北游》：「人生天地之間，若白駒之過隙，忽然而已。」

【注四】點出息軒之息字，一念都息，斷盡攀緣。

【注五】晉木華《海賦》：「維長綃（此讀所交切），挂帆席。」李善注：「劉熙《釋名》（卷七《釋船》）曰：『隨風張幔曰帆。』或以席為之，故曰帆席也。」謝靈運《遊赤石、進帆海》詩：「揚帆采石華，掛席拾海月。」

【注六】據此則前詩謂「莫認家山作本元」者，誠是強自慰解之辭耳，非真不作家山之想也。末句謂題詩息軒，聊當家山屋壁，所謂「慰情良勝無」也。

四月底，所作《東坡書傳》十三卷成（今存），有「題《易》（《東坡易傳》九卷，今存。）、《書傳》、《論語說》（《宋史·藝文志·經部·論語類》有蘇軾《論語解》四卷，不傳。）」云：「……古人為不朽計亦至矣，然其妙意所以不墜者，特以人傳人爾！大哉人乎！《易》（《上繫》）曰：『神而明之，存乎其人。』吾作《易》、《書傳》、《論語說》亦粗備矣！嗚呼！亦奚以多為！」五月，謂子過曰：「吾嘗告汝，決不為海外人，今當寫吾平生所作賦以卜之。」（據王文誥《蘇詩總案》）宋朱弁《曲洧舊聞》卷五云：「東坡在儋耳，謂子過曰：『吾嘗告汝，我決不為海外人，近日頗覺有還中州氣象。』乃滌硯索紙筆焚香曰：『果如吾言，寫吾平生所作八賦當不脫誤一字。』（八賦、已不可知所書者果何題矣。今《東坡一集》有賦七首，《二集》八首，《七集》八首，共存二十三篇。）既寫畢，讀之，大喜曰：『吾歸無疑矣。』後數日，而廉州之命至。八賦墨跡，始在梁師成（中官，好結納元祐黨人子弟。）家，或云入禁中矣。未幾告下，仍以瓊州別駕，廉州安置，不得簽書公事。（據《宋史》是年四月二十一日詔復范純仁等官，蘇軾等徙內郡居住。五月底詔書始達海南也。）上《量移廉州謝表》云：「使命遠臨，初聞喪膽；詔辭溫眷，乃返驚魂。拜望闕庭，喜溢顏面。否極泰至，雖物理之常然，昔棄今收，豈罪餘之敢望。伏膺知幸，揮涕無從。中謝。伏念臣頃以狂愚，再罹譴責，荷先朝之厚德，寬蕭律（蕭何作律）之重誅，投畀遐荒（《小雅·巷伯》：「取彼譖人，投畀豺虎」。），幸逃鼎鑊。（《周禮·天官》：「亨人，掌共鼎鑊。」）風波萬里，顧衰病以何堪！煙瘴五年（五、一作四。到儋耳三年，由惠州起計則五年餘。）賴喘息之猶在。憐之者嗟其已甚，嫉之者謂其太輕。考圖經（地理圖書），正繫海隅；以風土，疑非人世。食有併日，衣無禦冬。（《禮・儒行》：「儒有易衣而出，併日而食。」《詩・邶風・谷風》：「我有旨蓄，亦以禦冬。」）淒涼一身，顛躓萬狀。恍若醉夢，已無意於生還；豈謂優容，許承恩而近徙！雖云僥倖，亦有夤緣（有所依附攀緣而上升）。茲蓋伏遇皇帝陛下，道本生知，聖由天縱（《論語・述而》：「子曰：我非生而知之者。」又《子罕》：「子貢曰：故天縱之將聖，又多能也。」）……凡有嘉謀，出於睿斷。（《書・君陳》：「爾有嘉謀嘉猷，則入告爾后于內。」又《洪範》：「睿作聖。」）憫臣以孤危寡援，察臣以眾忌獲愆。許以更新，庶其改過。雖天地有化育之德，不能使臣之再生；雖父母有鞠養之恩，不能全臣於必死。報期碎首，言豈渝心！濯去泥塗，已有遭逢之使；【《左傳》襄三十年：「趙孟召輿人而謝過焉，曰：『……使吾子辱在泥塗久矣，武之罪也，敢謝不才。』遂任之。」范雲《古意贈王中書》（融）詩：「遭逢聖明后，來棲桐樹枝。」《爾雅・釋詁》：「后、君也。」】擴開雲日，復觀於變之時。【《後漢書・袁紹傳》：「初、天子（獻帝 初平三年）遣太僕趙岐，和解關東，使各罷兵，（公孫）瓚因此以書譬紹曰：『趙太僕以周、邵之德，銜命來征，宣揚朝恩，曠若開雲見日，何喜如之！』」《書・堯典》：「百姓昭明，協和萬邦，黎民於變時雍。」蔡沈曰：「於、歎美辭。變、變惡為善也。時、是。雍、和也。」】此生豈敢求榮，處已但知緘口。」六月，往別符、黎諸生，留詩以示民表，有《別海南黎民表》五古【注一】云：

「我本海南民，寄生西蜀州。忽然跨海去，譬如事遠遊。（屈原有《遠遊》）平生生死夢，三者無劣優。【注二】知君不再見，欲去且少留。」【注三】

【注一】王文誥《蘇詩總案》云：「本集無黎民表，疑即黎徽之字。詳味此詩，信為公作，特改編入集，用表儋人數年依託之情。」按：黎民表，先見於坡、谷後輩釋惠洪之《冷齋夜話》卷五中（見下注三），查慎行從宋阮閱《詩話總龜》收入續採詩中。

【注二】《莊子・齊物論》：「方生方死，方死方生。」又云：「方其夢也，不知其夢也；夢之中又占其夢焉，覺而後知其夢也。且有大覺，而後知此其大夢也；而愚者自以為覺，竊竊然知之！」唐成玄英疏云：「夫物情愚惑，暗若夜遊，昏在夢中，自以為覺，竊竊然議專所知。」又《大宗師》仲尼謂顏回曰：「吾特與汝其夢未始覺者邪？」

【注三】司馬相如《大人賦》：「世有大人兮，在乎中州。宅彌萬里兮，曾不足以少留。」釋惠洪《冷齋夜話》卷五：「予遊儋耳，及見黎民（應是奪表字。《苕溪漁隱叢話》民作氏，《詩話總龜》作民表。），為予言：東坡無日不相從乞園蔬，出其臨別北渡時詩：『我本儋耳民……欲去且少留。』其末云：『新醞佳甚，求一具，臨行寫此詩，以折菜錢。』……又謁姜唐佐，唐佐不在，見其母，母迎笑，食予檳榔。予問母『識蘇公否？』母曰：『識之，然無奈其好吟詩。』公嘗杖而至，指西壁木榻，自坐其上，問曰：『秀才何往？』我言『入村落未還。』有包燈心紙，公以手拭開，書滿紙，祝曰：『秀才歸，當示之。』今尚在。予索讀之，醉墨敧傾，曰：『張睢陽生猶罵賊，嚼齒空齦；顏平原死不忘君，握拳透爪。』」此四語千載下讀之，猶凜凜然有生氣也。【《新唐書・忠義傳上・張巡傳》：「安祿山反，巡（守睢陽凡十月，食盡。）士病不能戰，巡西向拜曰：『孤城備竭，弗能全，臣生不報陛下，死為鬼以癘賊。』城陷被執，賊將尹子琦謂巡曰：『聞公督戰，大呼，輒眥裂血面，嚼齒皆碎，何至是！』答曰：『吾欲氣吞逆賊，顧力屈耳。』子琦怒，以刀抉其口，齒存者三四，巡罵曰：『我為君父死；爾附賊，乃犬彘也，安得久！』遂不屈死。」又《顏真卿傳》：「出為平原太守，歷官至工部尚書、御史大夫，河北招討使，太子太師。德宗時，李希烈反，盧杞陷真卿，使往諭之，為所拘。希烈僭稱帝，欲以為相，真卿叱之，希烈乃使閹奴等害真卿曰：『有詔。』真卿再拜。奴曰：『宜賜卿死。』曰：『老臣無狀，罪當死，然使人何日長安來？』奴曰：『從大梁來。』罵曰：『乃逆賊耳，何詔云！』遂縊殺之，年七十六。」又《顏真卿別傳》：「使李希烈，賊黨縊殺，收瘞之。賊平（兩

年後），真卿家迎喪上京，棺朽敗而尸形儼然，握拳不開，透爪手背，遠近驚異焉。」】

又作《儋耳》七律云：

「霹靂收威暮雨開，獨憑闌檻倚崔嵬。【注一】垂天雌霓雲端下，快意雄風海上來。【注二】野老已歌豐歲語，除書欲放逐臣回。殘年飽飯東坡老，一壑能專萬事灰。」【注三】

【注一】霹靂收威，喻人君已息雷霆之怒也。暮雨開，謂讒邪之臣其蔽君之勢已消散也。起二句意內言外，豈徒眼前語哉！

【注二】三句、謂元兇章惇之邪惡勢力已將墜也。四句、喻今上（新天子徽宗）之德政已風行至海上也。王逸《離騷序》：「飄風雲霓，以為小人。」《爾雅・釋天》：「螮蝀、虹也；雌為挈貳。」邢昺疏：「虹雙出，色鮮明者為虹，雄曰虹；闇者為雌，雌曰蜺。」霓，倪兀齧三音。《梁書・王筠傳》：「沈約製《郊居賦》，構思積時，猶未都畢，乃要筠示其草，筠讀至『雌霓（入聲）連蜷』，約撫掌欣抃曰：『僕常恐人呼為霓（平聲）』……『知音者希，真賞殆絕，所以相要，政在此數句耳。』」宋王觀國《學林》云：「詳考霓字，雖有倪䨀兩音，然文學用倪音多，而用䨀音少。若專用雌霓，則當音䨀；若泛用霓字，則倪䨀兩音可通用，但取平仄順而已。」宋玉《風賦》：「清清泠泠，愈病析酲，發明耳目，寧體便人，此所謂大王之雄風也。」

【注三】謂己以風燭殘年一老人，但求能常遇豐年，時時飽飯，優游於一丘一壑之間足矣，其餘人世間事，皆可不關心也。《世說・品藻》：「明帝問謝鯤，『君自謂何如庾亮？』答曰：『端委廟堂，使百僚準則，臣不如亮；一邱一壑，自謂過之。』」王安石《偶書》七絕結句：「我亦暮年專一壑，每逢車馬便驚猜。」

將發，僧人爭致餽遺，沿途送別，皆謝卻之，（宋范正敏《遯齋閑覽》：「東坡自海南歸，過潤州，州牧，故人也，問海南故土人情如何？坡曰：『風土極善，人情不惡，某離昌化時，十數父老攜酒饌至舟次相送，執手涕泣而去；且曰：『此回與內翰相別後，不知甚時再得相見！』』」）遂行，宿澄邁驛，有《澄邁驛通潮閣》七絕二首，其一云：

「倦客愁聞歸路遙，眼明飛閣俯長橋。【注一】貪看白鷺橫江

浦，不覺青林沒晚潮。」【注二】

【注一】宋王象之《輿地紀勝・瓊州景物下》：「通潮閣在澄邁縣，東坡嘗憩其上，有『眼明飛閣俯長橋』之句，紹興（高宗）己巳（十九年），縣令崔若州創閣其上，李泰發書牓。胡邦衡（銓）和東坡二詩，題於其上。」（胡銓於紹興十八年十一月貶海南。）

【注二】釋惠洪《冷齋夜話》卷五：「……又登望海亭（即坡詩通潮閣），柱間有壁字曰：『貪看白鳥橫江浦，不覺青林沒暮潮。』

其二云：

「餘生欲老海南村，帝遣巫陽招我魂。【注一】杳杳天低鶻沒處，青山一髮是中原。」【注二】

【注一】《山海經・海內西經》：「海內昆侖之墟，……門有開明，……開明東，有巫彭、巫抵、巫陽、巫履、巫凡、巫相。」郭璞注：「皆神醫也。」《楚辭・招魂》：「帝告巫陽曰：『有人在下，我欲輔之，魂魄離散，汝筮予之。』巫陽對曰：『掌夢。上帝其命難從。若必筮予之，恐後之謝，不能復用巫陽焉。』乃下招曰：『魂兮歸來！去君之恒幹，何為兮四方些？』」

【注二】謂杳杳然遙天北方下健鶻入沒之處，青山與天相連，微茫如一髮，一髮之下，即中原也。韓愈《贈別元十八協律》五古六首之六：「乘潮播扶胥，近岸指一髮。」後數日，又作《伏波將軍廟碑》云：「自徐聞渡，適珠崖，南望連山，若有若無，杳杳一髮耳。」胡仔《苕溪漁隱叢話後集》卷三十：「（一髮）兩用之，蓋得意也。」紀昀曰：「神來之句。」

六月二十日，登舟，是夜渡海，有《六月二十日夜渡海》【方回《瀛奎律髓‧遷謫類》選入，以為紹聖四年（前三年）再謫瓊州別駕渡海往儋耳時作。查慎行《補注》辨之甚允，謂「南遷時渡海是六月十一日，非二十日也。」王文誥《蘇詩總案》謂「此詩首從參橫斗轉領起歸意，其下句句皆歸，《律髓》之誤，雖不辯可也。」】七律名篇云：

「參橫斗轉欲三更，苦雨終風也解晴。【注一】雲散月明誰點綴？天容海色本澄清。【注二】空餘魯叟乘桴意，粗識軒轅奏樂聲。【注三】九死南荒吾不恨，茲遊奇絕冠平生。」【注四】

【注一】古樂府《善哉行》第四解：「月沒參橫（有星七，西方白虎七宿之一，如旗然。）北斗闌干（橫斜皃）。」王文誥《編注集成》：「海外測星與中原異，……粵中六月下旬，至天將旦，中庭已見昴（七星）畢（八星）升高，而東望則觜（三星）參亦上。若以此較六月二十日海外之二三鼓時，則參已早見矣。凡此類，公非精覈不下；而此句與內地不合，故詳論之。」按：中原一帶參橫斗轉是天將曉時，而瓊州海岸則是欲三更將夜半時也。首句之意，謂中原已參橫斗轉，天將曉而大放光明之時將至矣；己今在海外，雖希光略遲，而天象已變則一也。 苦雨：《禮・月令》：「孟夏行秋令，則苦雨數來，五穀不滋。」《左傳》昭公四年魯大夫申豐論藏冰曰：「其藏之也周，其用之也偏，則冬無愆陽，夏無伏陰，春無淒風，秋無苦雨。」杜預注：「苦雨，霖雨為人所患苦。」終風：《詩・邶風・終風》：「終風且暴，顧我則笑。」《毛傳》：「終日風為終風。」二句、喻章惇等害賢之惡勢力亦有消散之時也。紀昀曰：「前半純是比體，如此措辭，自無痕迹。」

【注二】三句、王文誥曰：「問章惇也。」按：時章惇猶為相，未遭貶逐，故先生謂今之雲散月明，不知是誰所為也。（章惇於是年秋九月始免官，十月放潭州，明年二月貶為雷州司戶參軍。）歐陽修《采桑子》詞：「天容水色西湖好（潁州西湖），雲物俱鮮。」王文誥曰：「公自謂也。（喻己之胸懷坦蕩，本如天海之空涵，澄清到底，實絕無誣謗先帝神宗之事也。）凡此種聯句，必不可傅會典實，注繁則詩旨反為所晦。乃王（十朋）、施（元之）注紛然引載，史文釋語，無不入之，今盡刪」。王見大此論誠是，蓋此二句如傅會史文佛語之典實充之，反使詩旨晦昧，甚非先生意也。

【注三】魯叟，孔子也。陶公《飲酒》詩二十首之末篇起云：「羲農去我久，舉世少復真。汲汲魯中叟，彌縫使其淳。」《論語・公冶》：「子曰：道不行，乘桴浮於海。」先生是時量移廉州，渡海北行，去朝日近；與孔子當年欲乘桴及己三年前渡海往儋耳之情意迥不同，故云空餘此意也。先生三年前渡海時，宋王象之《輿地紀勝》卷一百二十五云：「軾初與轍相別，渡海，既登舟，笑謂曰：『豈所謂道不行，乘桴浮於海者耶？』」六句：謂渡海時所聽天風海水之音，與黃帝張樂於洞庭之野所奏鈞天廣樂之聲約相同也。《禮・樂記》：「大樂與天地同和，大禮與天地同節。」先生此時北渡，情興與三年前之南渡海峽不同，別是一番景象矣。《莊子・天運篇》：「北門成（黃帝臣，姓北門。）問於黃帝曰：『帝張《咸池》之樂於洞庭之野，吾始聞之懼，復聞之怠（意鬆懈），卒聞之而惑（入迷）；蕩蕩默默，乃不自得（有「子在齊聞《韶》，三月不知肉味」意。）。』帝曰：『汝殆其然哉。吾奏之以人，徵之以天，行之以禮義，建之以太清。夫至樂，先應之以人事，順之以天理，行之以五德（五常之德），應之以自然。然後調理四時，太和萬物；四時迭起，萬物循生。一盛一衰，文武倫經（經緯其理）。一清一濁，陰陽調和，流光其聲。蟄蟲始作，吾驚之以雷霆。其卒无尾，其始无首。一死一生，一僨（仆也）一起。所常无窮，而一不可待（一，皆也。），汝故懼也。吾又奏之以陰陽之和，燭之以日月之明，其聲能短能長，能柔能剛；變化齊一，不主故常；在谷滿谷，在阬滿阬。……』」

【注四】謂此次被貶逐而南遊，所見天海蒼茫之勝景，為平生遊覽山川之冠，雖九死於天南荒服之外，亦不足恨；況今日僥倖北還乎！其喜可知矣。《離騷》：「亦余心之所善兮，雖九死其猶未悔。」王逸注：「悔，恨也。」《文選》五臣注：「九，數之極也。以此遇害，雖九死無一生，未足悔恨。」

達徐聞，與秦觀會【時少游被流放編管雷州，子由已移循州（海豐），故不得與兄相見。】，同抵雷州（海康）。二十五日，先生將發，觀出其《自挽詞》一篇相視（今《淮海集》有自作挽詞，五古，十五韻。是年秋八月少游卒，年才五十二，成讖矣。）先生以為能齊死生，了物我，不足為怪。遂行，七月四日，至廉州貶所。八月，告下，遷舒州（安徽潛山縣）團練副使，永州（湖南零陵）居住。二十九日，與子過離廉。九月六日，至鬱林（廣西南部），有《次韻王鬱林》（王姓太守，其名無考。）七律云：

「晚途流落不堪言，海上春泥手自翻。【注一】漢使節空餘皓首，故侯瓜在有頹垣。【注二】平生多難非天意，此去殘年盡主恩。【注三】誤辱使君相抆拭，寧聞老鶴更乘軒。」【注四】

【注一】首句、謂己晚況不堪聞問也。二句，謂己在海南親自鋤泥種菜也。

【注二】《漢書・蘇武傳》：「仗漢節牧羊，臥起操持，節旄盡落。……武留匈奴凡十九歲，始以彊壯出；及還，須髮盡白。」又李陵《答蘇武書》：「丁年奉使，皓首而歸。」山谷《病起荊江亭即事十首》之六云：「死者已死黃霧中（謂呂大防、劉摯、梁燾、范祖禹等也。），三事不數兩蘇公（三事，三公也。）。豈謂高才難駕御？空歸萬里白頭翁。」又第七首結云：「玉堂端要直學士，須得儋州禿髮翁。」宋 任淵注云：「東坡歸自嶺海，鬢髮盡脱。」則皓首是習用蘇武事，先生實並白髮亦無矣。 四句：指在儋耳 南污池側蓋屋三間及種瓜菜也。謂瓜菜猶在，破屋亦餘頹垣，惟供後人憑弔而已。《史記・蕭相國世家》：「召平者，故秦 東陵侯，秦破，為布衣，種瓜於長安城中，瓜美，故世俗謂之東陵瓜。」此二句亦堆疊典實，然用之恰好，讀之使人無限惆悵，豈尋常堆砌者比哉！

【注三】此聯是東坡大句重句，亦敦厚之至也。意謂己平生多難，皆非天意（即謂非神宗 哲宗之意），只是被羣小所害耳，與聖上無關也。今日得北歸，自此而後，餘生歲月，皆君恩所賜也。紀昀曰：「五六，《詩》人之言。」蓋謂溫柔敦厚之旨也。學坡詩者，於此等句，幸三致意焉。

【注四】使君，指王鬱林。抆拭，拊摩也，慰安祈待之意。必先生與王鬱林相見時，王守有朝廷將大用先生之言，故末句云爾，謂己老無能也。《漢書・朱博傳》：「以高第（吏治優長）入守左馮翊（京兆尹、左馮翊、右扶風，漢時謂之三輔。）……長陵大姓尚方禁，少時嘗盜人妻見斫，創著其頰。府功曹（主選署功勞者）受賂，白除禁調守尉。博聞知，以它事召見，視其面，果有瘢。博辟左右問禁，『是何等創也？』禁自知情得，叩頭伏狀。博笑曰：『大丈夫固時有是，馮翊欲洒卿恥，抆拭（此謂厭飾）用禁，能自效不？』禁且喜且懼，對曰：『必死。』（謂以生命為報）博因敕禁，毋得泄語，有便宜輒記言，因親信之，以為耳目。」《左傳》閔二年：「冬十二月，狄人伐衛。衛懿公好鶴，鶴有乘軒（大夫車）者。將戰，國人受甲者皆曰：『使鶴；鶴實有祿位，余，焉能戰！』……狄入衛。」白居易《題謝公東山障子》七律五六：「鷹飢受緤從難退，鶴老乘軒亦不還。」

由鬱林東北行，將赴永州，歷容縣、藤縣，抵梧州。欲溯賀江上永。會賀江水涸，無舟，遂決計由廣州度嶺北上。九月杪，至廣州。十月，子邁、迨，孫簞、符（邁子）、籥（過子）及家人皆由惠州來至，重聚於羊城。游淨慧寺（即六榕寺），憩於六榕之下，為題「六榕」二字榜（今尚存），後遂名六榕寺。有「和孫叔靜【名鼛（音高，大鼓也。）】，老泉弟子，時在廣州，為提舉常平官。施元之注：「孫叔靜，名鼛，錢塘人，徙江都。年十五，游太學，老蘇先生亟稱之。哲宗擢提舉廣東常平，二子，娶晁无咎、黃魯直女。黨事起，家人危之，叔靜一無所顧。平生篤於行義，君子人也。徽時，與蔡京善，察其人，常曰：『蔡子，貴人也，然多才而德薄，志大而行不副，若不能謹守，恐貽天下憂。』京還朝，遇諸途，京曰：『我若用，願助我。』叔靜曰：『公能以正論輔人主，節儉以先百吏，而絕口不言兵，鼛何為者！』京默然，後卒如其言。仕為太僕卿，殿中少監，以顯模閣待制知曹州、單州，靖康二年卒，年八十六（少先生六歲），謚通靜。」】兄弟李端叔（之儀）唱和」五律云：

「病骨瘦欲折，霜髯簕更疎。【注一】喜聞新國政，兼得故人書。【注二】秉燭真如夢，傾杯不敢餘。【注三】天涯老兄弟，懷抱幾時攄？」【注四】

【注一】杜甫《投簡成華兩縣諸子》七古：「長安（一作夜）苦寒淩獨悲，杜陵野老骨欲折。」《說文》：「簕，篩也。」今字作鑷。唐馮贄《雲仙雜記》：「王僧虔（南齊人）晚年惡白髮，一日對客，左右進銅鑷，僧虔曰：『郤老先生至矣。』」

【注二】王十朋注引趙彥材次公曰：「《周禮》：『刑新國，用輕典。』【《秋官・大司寇》：「掌邦之三典（法也），以佐王刑邦國，法四方。一曰：刑新國（新闢地立君之國），用輕典；二曰：刑平國（承平守成之國），用中典；三曰：刑亂國（篡弒叛逆之國），用重典。」】新國，指言建中靖國時也。」按：此指徽宗初立時，仍是元符三年，明年始改元為建中靖國也。故人：指十餘年前與先生為詩友之李之儀端叔也。杜甫《酬韋韶州見寄》五律三四：「深慚長者轍，重得故人書。」（《史記・陳丞相世家》：「以弊席為門，然門外多有長者車轍」。）

【注三】五句，指與孫叔靜兄弟相逢；六句，謂盡情痛飲也。杜甫《羌村三首》五古之一結云：「夜闌更秉燭，相對如夢寐。」

【注四】老兄弟，亦謂孫叔靜兄弟。攄，舒也，《説文》無，本作舒。（抒，音柱，挹也。）班固《答賓戲》：「獨攄意乎宇宙之外，鋭思於毫芒之內。」又《西都賦》：「攄懷舊之蓄念，發思古之幽情。」又應瑒《慜驥賦》：「抱精誠而不暢兮，鬱神足（驥也）而不攄。」紀昀曰：「渾老有情，不用空調。」

留廣州逾月，十二月，遂乘舟行，至三水，溯北江而上清遠，至湞陽峽，得旨，復朝奉郎（正七品），提舉成都玉局觀，在外州軍任便居住，（提舉宮觀，乃宋所設祠祿之官，以佚老優賢者。玉局觀在成都城南，內有玉局壇，漢張道陵得道之所，餘見後《過嶺》七律。）遂罷湖外之行。至英州，上《提舉玉局觀謝表》，有云：「七年遠謫，不自意全；萬里生還，適有天幸。」【《史記・吳王濞列傳》：「條侯（周亞夫）將，乘六乘傳會兵滎陽，至洛陽，見劇孟（洛陽人，以任俠顯於諸侯。），喜曰：『七國反，吾乘傳至此，不自意全！』」謂己不意洛陽得全及見劇孟也。《淮南子・道應訓》：「尹需學御，三年而無得焉，私自苦痛，常寢想之，中夜夢受秋駕於師（高誘注：「秋駕、善御之術。」）；……曰：『臣有天幸，今夕故夢受之。』」又《史記・游俠列傳》：「郭解，字翁伯，少詩陰賊，慨不快意，身所殺甚眾，以軀借交報仇，藏命作姦，剽攻不休，及鑄錢掘冢，固不可勝數。適有天幸（天使僥幸不死），窘急常得脫，若遇赦。」宋謝伋《四六談麈》：「東坡嶺外歸，與人啟（是謝上表）云：『七年遠謫，不意自全（應是自意）；萬里生還，適有天幸。』所襯字，皆漢人語也。」】十二月初，抵韶州，留廿餘日，重遊南華寺，乃溯湞水東北行。

徽宗建中靖國元年辛巳，先生六十六歲。正月三日，抵南雄。四日，發大庾嶺，肩輿竹斷，至嶺下龍光寺求得大竹兩竿，留七絕一首而去，題云：「東坡居士過龍光，求大竹作肩輿，得兩竿，南華珪首座方受請為此山長老，乃留一偈院中。須（待也。《說文》作頦）其至授之，以為他時語錄中第一問。」詩云：

「斫得龍光竹兩竿，持歸嶺北萬人看。竹中一滴曹溪水，漲起西江十八灘。」【注一】

【注一】珪首座將自南華至此開堂，故句用曹溪，述其淵源，非公此時尚在韶州也。第三句、謂氣機相感，南華珪首座即來，故竹中已有一滴曹溪水也。十八灘，見前《過惶恐灘》七律「十八灘頭一葉身」。西江、謂江西贛州之章水也。宋王象之《輿地紀勝》卷三十二《贛州景物上》引《章貢志》云：「貢水，即東江也。……章水，即西江也。」又引蔣之奇《鬱孤臺》詩曰：「貢水在東章在西，鬱孤臺與白雲齊。」此詩亦頗成讖：宋曾敏行《獨醒雜志》卷三：「東坡北歸，至嶺下，偶肩輿折杠，求竹於龍光寺僧，惠兩大竿，且延東坡飯；時寺無主僧，州郡方令往南華招請，未至，公遂留詩以記之，詩云：『……』謂贛石也。東坡至贛，留數日，將發舟，一夕，江水大漲，贛石無一見，越日而至廬陵，舟中見謝民師（名舉廉），因謂曰：『舟行江漲，遂不知有贛石，此吾龍光詩讖也。』民師問其故，東坡因舉以詩之本末。」

至嶺上，憩於村店中，有老翁出見，謂天佑善人，作《贈嶺上老人》七絕云：

「鶴骨霜髯心已灰（謂嶺上老人），青松合抱（《獨醒雜志》作夾道）手親栽。問翁大庾嶺頭住，曾見南遷幾箇回？」【注一】

【注一】曾敏行《獨醒雜志》卷二：「東坡還至庾嶺上，少憩村店，有老翁出，問從者曰：『官為誰？』曰：『蘇尚書。』翁曰：『是蘇子瞻歟？』曰：『是也。』乃前揖坡曰：『我聞人害公者百端，今日北歸，是天佑善人也。』東坡笑而謝之，因題一詩於壁間，云：『……』」

正月五日，又有《過嶺二首》七律，其一云：

「暫著南冠不到頭，卻隨北雁與歸休。【注一】平生不作兔三窟，今古何殊貉一邱？【注二】當日無人送臨賀，至今有廟祀潮州。【注三】劍關西望七千里，乘輿真為玉局游。」【注四】

【注一】《左傳》成公九年：「晉侯（景公）觀於軍府，見鍾儀，問之曰：『南冠而縶者誰也？』有司對曰：『鄭人所獻楚囚也。』使稅之，召而弔之。再拜稽首。問其族，對曰：『泠（通伶）人也。』公曰：『能樂乎？』對曰：『先父之職官也，敢有二事！』使與之琴，操南音。公曰：『君王（楚共王）何如？』對曰：『非小人所得知也。』固問之，對曰：『其為大子也，師保奉之，以朝於嬰齊（令尹子重），而夕於側也（司馬子反。言其尊卿敬老。），不知其他。』公語范文子（士燮），文子曰：『楚囚，君子也。言稱先職，不背本也；樂操土風，不忘舊也；稱大子，抑無私也；名其二卿，尊君也。不背本，仁也；不忘舊，信也；無私，忠也；尊君，敏也。仁以接事，信以守之，忠以成之，敏以行之；事雖大，必濟。君盍歸之，使合晉、楚之成（平也，定也，猶盟。）。』公從之，重為之禮，使歸求成。」南冠，後世以為被囚繫者之稱。柳宗元《六言詩》：「一生拚卻歸休，謂著南冠到頭。冶長雖解縲絏，無由得見東周。」（《論語・陽貨》：「如有用我者，吾其為東周乎。」子厚自傷不用也。）五百家注：「《左傳》有南冠而縶者誰歟？南冠、楚冠也，坡翁嘗用此。」時先生北歸，故反子厚詩意用之，謂不到頭，是不到盡頭，即不到底也。紀昀曰：「不到頭三字有病。」非是，蓋紀氏徒滯著柳子厚詩之字面耳。《禮・月令》：「孟春之月……東風解凍，蟄蟲始振，魚上冰，獺祭魚，鴻雁來。」鄭玄注：「雁自南方來，將北反其居。」

【注二】三句，謂孤忠報國，不以己身之安危為慮也。四句、謂小人誤國，傾陷忠良，今古皆然也。《戰國策・齊策四》：「馮諼（謂孟嘗君）曰：狡兔有三窟，僅得免其死耳；今君有一窟（謂薛邑），未得高枕而臥也，請為君復營二窟（梁惠王以為上將軍及復重於齊。）」《漢書・楊惲傳》：「（惲與太僕戴長樂相失，長樂上書告惲罪。）惲聞匈奴降者道單于見殺，惲曰：『得不肖君，大臣為畫善計不用，自令身無處所；若秦（二世）時，但任小臣，誅殺忠良，竟以滅亡；令親任大臣，即至今耳。古與今（刺漢宣帝），如一丘之貉。』（貉，似狐而善睡。）先生用楊子幼語，頗刺神宗、哲宗於熙寧、元豐、紹聖、元符間之任用小人而害君子矣。孔子曰：「《詩》可以興，可以觀，可以羣，可以怨。」而怨之為用實最大。《詩》三百篇，變《風》變《雅》為多，《詩大序》不云乎？「至于王道衰，禮義廢，政教失，國異政，家殊俗，而變《風》變《雅》作矣。國史明乎得失之迹，傷人倫之廢，哀刑政之苛，吟詠情性以風其上，達於事變而懷其舊俗者也。」神宗、哲宗，親小人，遠賢臣，已肇國家亂亡之局，忠臣志士，能勿怨乎？不意其後之徽宗，益聽信蔡京、蔡卞、趙挺之、童貫等輩羣小之言，昏庸顛倒，小人盈朝，至追貶司馬光、東坡先生等四十四人官，立元祐黨人碑；於是君子之道盡消，小人之道盛長，則天下其有不亂，國家其有不亡者乎？先生「今古貉一丘」之言，豈但深慨神宗、哲宗哉！亦幾於預知徽宗未來之事矣。

【注三】五六句、先生蓋自況也。《新唐書・楊憑傳》：「字虛受，一字嗣仁，虢州弘農人。少孤，其母訓道有方，長、善文辭，與弟凝、凌皆有名。大曆（代宗）中，踵擢進士第，時號三楊。憑重交游，尚氣節然諾。……歷事節度府，召為監察御史，不樂，輒免去。累遷太常少卿，湖南、江西觀察使。性簡傲，接下脱略，人多怨之。……入拜京兆尹，與御史中丞李夷簡素有隙，因劾憑江西姦贓及它不法，……痛擿發，欲抵以死。……憲宗以憑治京兆有績，但貶臨賀（今廣西賀縣）尉。……憑所善客徐晦者，字大章，舉進士、賢良方正，擢櫟陽（在陝西。櫟，音藥。）尉；憑得罪，姻友憚累，無往候者；獨晦至藍田慰餞，宰相權德輿謂曰：『君送臨賀，誠厚，無乃為累乎？』晦曰：『方布衣時，臨賀知我，今忍遽弃邪？如公異時為姦邪譖斥，又可爾乎？』德輿歎其直，稱之朝，李夷簡遽表為監察御史。晦過謝，問所以舉之之由，夷簡曰：『君不負楊臨賀，肯負國乎？』」方回《瀛奎律髓》卷四十三《遷謫類》批云：「楊憑貶臨賀尉，惟徐晦送之，此事極切。」王十朋注引次公（趙彥材）曰：「韓退之責潮州，潮人為之立廟，先生嘗為作記也。」（哲宗元祐七年，先生五十七歲，以龍圖閣學士、充淮南東路兵馬鈐轄、知揚州軍州事，由潁州赴揚州，三月十二抵泗州，撰《潮州韓文公廟碑》）此兩句是用典實之流水對，字面是字字並排，而語氣則是直落，十四字作一解，若流水然。謂當日己被謫時，親友多畏禍不敢存問；今後嶺南人之思己，將如潮人之立廟以祀韓公矣。紀昀曰：「五六極典切，然出之他人則可，東坡自道則不可。」按：東坡先生之於惠州、海南及凡所經歷之地，所留雪泥鴻爪，無不為粵人所寶，信所謂「所過者化，所存者神」者，誠無愧於韓公當年，則有廟祀潮州之比，何不可之有哉！

【注四】結語、作故鄉之思也。劍關、謂劍門關。宋王象之《輿地紀勝》卷一百八十六《利州路・隆慶府・劍門縣》：「諸葛亮於此立劍門，以大劍山至此有隘束之路，故曰劍門縣，即姜維拒鍾會於此。」又《利州路・景物下》：「劍門關……在劍門縣。」玉局、玉局觀也。宋樂史《太平寰宇記》卷七十二《劍南西道一・益州・成都縣 華陽縣》云：「玉局潭，在（成都）城南柳堤玉局觀內，張道陵得道之所。」王十朋注引《天師二十四化記》：「玉局，在益州城南門，西回百步。漢桓帝永壽元年、正月七日，天師與老君自鶴鳴山來息此；化時，地上忽湧出玉局玉牀，方廣一丈，老君升座，重述道要，卻自升天；玉局陷入地中，因成洞宮，其徑莫窮。」北宋張君房《雲笈七籤》卷二十八《二十八治》：「第七玉局治，在成都南門內，以漢永壽元年正月七日，老君乘白鹿、張天師乘白鶴來至此，坐局腳玉牀，即名玉局治也。」又卷一百二十二《道教靈驗記・成都玉局化洞門石室驗》云：「成都玉局化洞門石室：昔老君降現之時，玉座局腳從地而湧，老君昇座傳道。既去之後，座隱地中，陷而成穴，遂為深洞，與青城（山）第五洞天相連。天師以為玉局上應鬼宿，不宜開穴通氣，不利分野，乃刻石以閉之。……開元中，徧修觀宇，崇顯靈迹，欲開洞門，使人究其深淺。發石室之際，晴景雷震，大風拔木，因不敢犯。」

其二云：

「七年來往我何堪！又試曹溪一勺甘。【注一】夢裏似曾遷海外，醉中不覺到江南。【注二】波生濯足鳴空澗，霧繞征衣滴翠嵐。【注三】誰遣山雞忽驚起？半巖花雨落毿毿。」【注四】

【注一】七年句：王十朋注：「案《年譜》（南宋初五羊王宗稷撰）：公以紹聖元年自定州貶惠州，凡四年；再貶儋耳，明年改元元符，至三年，乃量移廉州，凡七年。」又試句：謂上一月北歸抵韶州後，復游南華寺，又飲曹溪水也。《六祖壇經‧六祖大師事略》：「先是，西國智藥三藏，自南海經曹溪口，掬水而飲，香美異之，謂其徒曰：『此水與西天之水無別，溪源上必有勝地，堪為蘭若。』隨流至源上，四顧、山水回環，峯巒奇秀，歎曰：『宛如西天寶林山也。』乃謂曹侯村居民曰：『可於此山，建一梵刹，一百七十年後，當有無上法寶，於此演化，得道者如林，宜號寶林。』……遂成梵宮，蓋始於梁天監三年也。」《傳鐙錄》：「六祖初住曹溪，卓錫泉湧，清涼甘滑，贍足大眾。」

【注二】王十朋注引次公曰：「江南則虔州也。」方回《瀛奎律髓》云：「夢裏似曾遷海外，此聯甚佳，殊不以遷謫為意也。」紀昀曰：「三四真景。」王文誥曰：「真乃吉祥文字。」

【注三】韓愈《山石》七古：「山紅澗碧紛爛漫，時見松櫪皆十圍。當流赤足蹋澗石，水聲激激風吹衣。」嵐，《説文》無，大徐《新坿》：「嵐，山名。」翠嵐，山氣蒸潤也。晚唐皮日休《虎丘寺西小溪閒泛三絕》之一起句：「鼓子花明白石岸，桃枝竹覆翠嵐溪。」鄭谷《送吏部曹郎中免官南歸》排律：「郡迎紅燭宴，寺宿翠嵐樓。」又《野步》七絕起句：「翠嵐迎步夜何長！笑領漁翁入醉鄉。」其後南宋初張元幹詩：「南浦翻雲浪，西山滴翠嵐。」則用先生此處語矣。

【注四】毿毿，花落繽紛之皃。紀昀曰：「此言機心已盡，不必相猜之意，非寫景也。」又曰：「末句即海鷗何事更相疑意，非寫所見之景。」案：此兩句亦成詩讖矣；其後蔡京崛起，韓忠彥罷相，君子道消；真成山雞驚起，花落毿毿也。

又作《過嶺寄子由》七律【注一】云：

「投章獻策謾多談，能雪寃忠死亦甘。【注二】一片丹心天日下，數行清淚嶺雲南。【注三】光榮歸佩呈佳瑞，瘴癘幽居弄曉嵐。【注四】從此西風庾梅嶺，卻迎誰與馬毿毿？」【注五】

【注一】此詩、王十朋注本入紀行類，施元之原注本不載，新刻本《續補》下卷載凡二首，一是先生原作，一是子由和章，並子由作亦以為是先生詩，非也。王文誥《編注集成》本亦不載。《東坡七集》本則並前作《七年來往我何堪》一首皆題作《過嶺寄子由》，亦非。茲摘出先生原詩一首疏之，蓋傑構也。

【注二】首句：子由嘗官至尚書右丞、門下侍郎（副相），位在乃兄上；投章獻策，上疏論事極多，故先生云爾。楊惲《報孫會宗書》：「方當盛漢之隆，願勉旃，無多談！」次句：「寃忠」「死亦甘」，皆先生自鑄偉詞，沈刻有力；謂如能洗雪寃誣，使孤忠得白，則朝昭夕死，亦所甘心也。

【注三】二句兄弟同之，非只就己說也。警策遒鍊，沈鬱蒼涼，是先生七律重大句，千古下讀之，殊感不絕於余心也。淺學者每不解此等，滋可歎矣！

【注四】子由於去年四月即召還，復大中大夫，提舉上清太平宮，故三句云然。曉嵐：曉、一作晚。此二句是今昔之感，語氣倒裝。光榮歸佩呈佳瑞，今也；瘴癘幽居弄曉嵐，昔也，謂其謫居雷州時也。　光榮：歐陽修《讀李翺文》：「愈嘗有賦矣（昌黎《感二鳥賦》），不過羨二鳥之光榮，歎一飽之無時。」

【注五】末二句：謂南放之人極少生還者，又誰能如己弟之得邀天幸，自庾嶺北還而相將邀於嶺頭之人乘馬毵毵以遠迎之乎？唐釋源應《一切經音義》引東漢服虔《通俗文》云：「毛長曰毵毵。」此形容馬之頸毛尾毛也；上首之花雨落毵毵，則形容花草之片片絲絲也。孟浩然《高陽池送朱二》七古：「澄波澹澹芙蓉發，綠岸毵毵楊柳垂。」喻柳條之絲絲然如長毛也。

抵虔州（今江西贛縣）遇術士謝晉臣，有《贈虔州術士謝晉臣》七律云：

「屬國新從海外歸，君平且莫下簾帷。【注一】前生恐是盧行者，後學過呼韓退之。【注二】死後人傳戒定慧，生時宿直斗牛箕。【注三】憑君為算行年看，便數生時到死時。」【注四】

【注一】首句、以同姓之蘇武自喻也。《漢書・蘇武傳》：「武以始元（昭帝）六年春至京師，……拜為典屬國。」《漢書・百官公卿表》：「典屬國，掌降蠻夷者。」又蘇武牧羊北海上，先生則放逐海南，故並得云新從海外歸也。次句、以西漢嚴君平賣卜成都市以比術士謝晉臣也。此術士必亦有道者，非普通江湖日者比。《漢書》王吉、貢禹等傳序：「蜀有嚴君平（名遵）……君平賣卜於成都市，以為『卜筮者賤業，而可以惠眾人，有邪惡非正之問，則依蓍龜為言利害；與人子言，依於孝；與人弟言，依於順，與人臣言，依於忠。各因執導之以善，從吾言者，已過半矣。』裁日閱數人，得百錢足自養，則閉肆下帷，而授《老子》。……揚雄少時從游學，已而仕京師顯名，數為朝廷在位賢者稱君平德。」

【注二】先生篤信佛、道，故自以為是六祖後身；而立身行己，則又以儒術顯，故當時後學以為不減韓退之當年也。盧行者，即六祖。宋釋贊寧《高僧傳・唐韶州今南華寺慧能傳》：「釋惠能，姓盧氏，南海新興人也（新興、在雲浮東南，開平西北。）。……咸亨中，（高宗）往韶陽，遇劉志略（高行士），略有姑無盡藏（出家為尼號），恒讀《涅槃經》，能聽之，即為尼辨釋中義（時未往黃梅五祖處學佛，蓋生知者。）。怪能不識文字，乃曰：『諸佛理論，若取文字，非佛意也。』尼深歎服，號為行者。」（行者，修佛、道者之稱，亦男子有志出家而依住僧寺者之稱。六祖，俗家姓盧。）

【注三】五句，承盧行者來。《景德傳燈錄》卷五：「韶州海法禪師者，曲江人也。初見六祖，問曰：『即心即佛，願垂指喻。』祖曰：『前念不生即心，後念不滅即佛；成一切相即心，離一切相即佛。吾若具說，窮劫不盡。聽吾偈曰：『即心名慧，即佛乃定。定慧等持，意中清淨。悟此法門，由汝習性。用本無生，雙修是正。』」佛氏謂由戒生定，由定生慧，戒定慧亦稱三學也。六句、承韓退之來。王十朋注引子仁（林氏）曰：「先生蓋自謂生時與韓退之相似，命宮在斗牛箕，而身宮亦在焉。」（術者以人之生年納甲所屬五行定十二宮限，丑宮亦名磨蝎宮，斗牛箕三星在焉。昌黎是身宮在丑，先生則身命兩宮皆在焉，故平生禍福謗譽皆較昌黎為重也。）昌黎《三星行》（三星，即箕、南斗、牽牛。）五古云：「我生之辰，月宿南斗。牛奮其角（主辛勞），箕張其口（主是非口舌）。牛不見服箱，斗不挹酒漿；箕獨有神靈，無時停簸揚。」箱、車也。《詩・小雅・大東篇》：「睆彼牽牛，不以服箱。」又云：「維南有箕，不可以簸揚（指簸米）；維北有斗，不可以挹酒漿。」牛不以服箱，謂車馬服用不如人也；斗不挹酒漿、謂酒肉飲食匱乏也；箕獨有神靈，無時停簸揚者、箕星主口舌，謂己一生譽之者多，毀之者亦多也。以命家星盤之法推之，退之之命，立身是在丑宮初度至十二度。據《淮南子・天文訓》之十二宮限及二十八宿之星盤觀之，南斗為箕星及牽牛星所夾拱，故昌黎《三星行》云爾也。先生《志林》卷一云：「退之詩云：『我生之辰，月宿直斗。』乃知退之磨蝎（即丑宮）為身宮；而僕乃以磨蝎為命宮（身命同在此宮），平生多得謗譽，殆是同病也。」南宋葛立方《韻語陽秋》卷十七云：「尋常算五星者，以為命宮災福不及身宮之重。東坡以身命同宮，故謗譽尤重於退之。」明都穆《南濠詩話》（不分卷）云：「韓文公詩云：『我生之初，月宿南斗。』東坡謂公身坐磨蝎宮，而己命亦居是宮，蓋磨蝎即星紀之次，亦斗宿所纏也。（《漢書・律曆志》：「星紀：初、斗十二度，大雪；中、牽牛初，冬至；終於婺女七度。」星紀：即磨蝎宮，亦作摩羯。）星家言身命舍是者，多以文顯，以二公觀之，名雖重於當世，而遭逢排謗，幾不自容，蓋誠有相類者。」余年少時好奇，嘗涉獵星命之學，亦身命同在磨蝎宮，雖德學文章，未逮兩先生萬一，而平生亦多謗譽，蓋有由然者矣。孔子曰：「不知命，無以為君子也。」既已知其然，則安之可矣。

【注四】末句：生時，乘第六句；死時，乘第五句。張籍《贈任道人》七絕：「欲得定知身上事，憑君為算小行年。」查初白《蘇詩補注》：「按此詩五六聯分承三四兩句，末二句也總括五六，章法遒緊。」此詩甚佳，然初北歸便云：「死後人傳戒定慧。」及「便數生時到死時，」則又成詩讖矣。豈先生亦精命學，知己之將死，莫可如何耶？

二月，在虔州，其亡友孫立節介夫之子孫勴志康，自虔州屬感化縣來見。先生抱存沒之痛，為其父作《剛説》，舉孫介夫不肯任王安石所舉官而牾之，及為桂州判官時與長官力爭十二人命得直事；説云：「……吾以是益知剛者之必仁也。（真剛強正直者，是嚴邪正善惡黑白曲直義與不義之辨，真剛者必能柔，即必仁慈，非暴戾剛愎者比也。）方孔子時，可謂多君子，而曰『未見剛者。』（《論語・公冶》：「子曰：『吾未見剛者。』或對曰：『申棖。』子曰：『棖也慾，焉得剛！』多慾者必不勝物誘，而俛首低眉屈身敗德者隨之矣。是豈剛強不屈者哉！）而世乃曰『太剛則折。』（《淮南子・氾論訓》：「太剛則折，太柔則卷。」）折不折，天也。非剛之罪。為此論者，鄙夫患失者也。」（此諷世語，非詆《淮南》也。《論語．陽貨》：「子曰：鄙夫可與事君也歟哉！其未得之也，患得之；既得之，患失之。茍患失之，無所不至矣。」）江公著晦叔來虔為守，有《次韻江晦叔》二首五律，其二云：

「鐘鼓江南岸，歸來夢自驚。【注一】浮雲時事改，孤月此心明。【注二】雨已傾盆落，詩仍翻水成。二江爭送客。木杪看橋橫。」

【注一】精深華妙，起筆已佳，夢自驚者，夢且驚，而況不夢時乎？其謫嶺表時之憂患攻心，冤痛酸楚之情可見矣。

【注二】此兩句用唐人杜誦及杜甫詩意而以變化出之者，最為先生五律中警句，千秋傳誦。唐高仲武《中興間氣集》卷上載杜誦《哭長孫侍御》五律五六名句云：「流水生涯盡，浮雲世事空。」高仲武云：「杜君詩調不失，如『流水生涯盡，浮雲世事空』，得人生終始之理，故編之。」杜甫《江漢》五律三四警句云：「片雲天共遠，永夜月同孤。」仇兆鰲《杜少陵集詳注》云：「東坡自嶺外歸，次江晦叔詩云：『浮雲時事改，孤月此心明。』語意高妙，亦是善摹杜句者。詩家作法雖多，要在摹情寫景，各極其勝。」宋胡仔《苕溪漁隱叢話後集》卷二十六云：「……（東坡）後自嶺外歸，《次韻江晦叔》詩云：『浮雲時事改，孤月此心明。』語氣高妙，參禪悟道之人，吐露胸襟，無一毫窒礙也。」宋王應麟《困學紀聞》卷十八《評詩》云：「浮雲世事改，孤月此心明，坡公晚年，所造深矣。」、何義門曰：「再舉此二句，亡國遺臣以自喻也。」何謂王深寧以先生詩得己心之所同然也。）

三月，仍在虔州，聞章惇貶雷州司戶參軍（從九品），本州安置。【上一年十月，先貶武昌節度副使（從八品），潭州安置，至是年二月復貶雷州。蓋嘗與欽聖太后爭持，不欲立徽宗故也。】驚歎彌日，有《與黃師是書》（名寔，章惇外甥，母乃惇姊；然兩女皆適先生子，與先生友善，非黨惡者也。）云：「子厚（惇字）得雷，聞之驚歎彌日。海康（即雷州）地雖遠，無瘴癘，舍弟居之一年，甚安穩，望以此開譬太夫人也。」（開解師是母，即惇姊也。）《宋史・姦臣傳一・章惇傳》：「初，蘇轍謫雷州，不許占官舍，遂僦民屋。惇又以為強奪民居，下州追民究治，以僦券甚明，乃已。至是，惇問舍於是民，民曰：『前蘇公來，為章丞相，幾破我家，今不可也。』徙睦州（在浙江）卒。」王文誥《蘇詩總案》云：「兩公（先生及子由）貶至瓊州別駕，封賜猶存，服帶如舊（不奪回）；惇貶至司戶參軍，則封賜盡去，以綠袍（九品服）拜命矣。」

宋釋惠洪《冷齋夜話》卷七：「東坡……遷儋耳，久之，天下盛傳子瞻已仙去矣。後七年北歸，時章丞相方貶雷州，東坡至南昌，太守（葉祖洽）云：『世傳端明已歸道山，今尚爾遊戲人間耶？』東坡曰：『途中見章子厚，乃迴反耳。』」案：章惇由潭州貶所赴雷，與先生道中實不相值；《冷齋》此記，特宋人深惡章子厚，故云爾耳。月底，與劉安世溯贛江北行（安世時起知山東鄆州，由湖南赴任，與先生遇於虔。）江大漲，贛石盡沒，故先生有龍光詩讖之言。（前龍光寺七絕有「竹中一滴曹溪水，漲起西江十八灘」之句。）至永和，安世解舟別去。四月，過豫章（即南昌）；初、公得敕命提舉玉局觀，在外州軍任便居住時，本擬歸蜀，以財力不逮（囊金將盡），且歸常州（江蘇武進）；及在韶州南華寺時，李亮工具述龍舒風土之美。（今安徽舒城縣有龍舒山，龍舒河，宋時稱舒州。）於是有歸舒州意。至是，得子由書，勸先生同居潁昌（今河南許昌）；而李廌方叔時服官於許，亦以書相勸，但子由時亦窘乏，故居常居許之意未決，然已罷卜居龍舒之議矣。抵南康軍（今江西星子縣），復與劉安世、胡洞微入廬山，重游栖賢寺、三峽橋、至開元寺漱玉亭、陵谷草木；如失故態，惟山中道侶，契好如昔時，感歎不已。【見本集《答胡道師》。先生於神宗元豐七年甲子、四十九歲，初遊廬山，至是（徽宗建中靖國元年辛巳，六十六歲。）首尾已共十八年矣。】至九江，十六日，過湖口（在九江東），訪湖口人李正臣，所蓄壺中九華石，已為好事者取去。（前哲宗紹聖元年先生五十九歲南遷途中，經湖口時，有《壺中九華詩》七律，《序》云：「湖口人李正臣，蓄異石九峯，玲瓏宛轉若窗櫺然。予欲以百金買之，與仇池石為偶，方南遷，未暇也。名之曰壺中九華，且以詩記之。」），有七律一篇。題云：「予昔作《壺中九華詩》，其後八年，復過湖口，則石已為好事者取去，乃和前韻以自解云。」詩曰：

「江邊陣馬走千峯，問訊方知冀北空。【注一】尤物已隨清夢斷，【注二】真形猶在畫圖中。【注三】歸來晚歲同元亮，卻掃何人伴敬通？【注四】賴有銅盆修石供，仇池玉色自璁瓏。」【注五】

【注一】首句、喻好事者馳馬載石而去也。次句、謂訪問李正臣方知異材已渺也。杜牧《李長吉歌詩序》：「風檣陣馬，不足為其勇也。」《左傳》昭公四年：「冀之北土，馬之所生。」韓愈《送溫處士赴河陽軍序》：「伯樂一過冀北之野，而馬羣遂空。夫冀北、馬多於天下，伯樂雖善知馬，安能空其羣耶？解之者曰：吾所謂空，非無馬也；伯樂知馬，遇其良，輒取之，羣無留良焉；苟無良，雖謂無馬，不為虛語矣。」

【注二】先生自注：「劉夢得以九華為造化一尤物。」按：劉禹錫樂府有「九華山并引」，引云：

「九華山，池州青陽縣（在安徽）西南，九峯競秀，神采奇異。」其樂府末四句云：「九華山，九華山，自是造化一尤物，焉能籍甚乎人間！」《左傳》昭公二十八年叔向之母曰：「夫有尤物，足以移人，苟非德義，則必有禍。」

【注三】先生自注：「道藏有《五岳真形圖》。」班固《漢武帝內傳》：「帝又見王母巾笈中有卷子小書，盛以紫錦之囊，帝問：『此書是仙靈之方邪？不審其目可得瞻眄否？』王母出以示之曰：『此《五嶽真形圖》也。昨青城諸仙就我求請，今當過以付之。』」北宋張君房《雲笈七籤》卷七十九載東方朔《五嶽真形圖序》云：「五嶽真形者，山水之象也。盤曲迴轉，陵阜形勢高下參差，長短卷舒，波流似於舊筆，鋒芒暢乎嶺崿，雲林玄黃，有書字之狀。是以天真道君，下觀規矩。」

【注四】陶公有《歸去來辭》，先生謂晚節同之，殆「富貴非吾願，帝鄉不可期」之類也。敬通、東漢初馮衍字。《後漢書・馮衍傳》：「衍幼有奇才，年九歲能誦《詩》，至二十四而博通羣書。……（劉玄）更始二年，鮑永行大將軍事。……衍為立漢將軍。……及世祖（光武帝）即位，……永、衍審知更始已歿（為赤眉賊所殺），乃共罷兵，幅巾降於河內。帝怨衍等不時至，永以立功得贖罪，遂任用之；而衍獨見黜。……頃之，帝以衍為曲陽（在河北）令，誅斬劇賊郭勝等，降五千餘人，論功當封；以讒毀，故賞不行。……（與外戚陰就交善，光武懲西漢外戚之禍，皆繩以法，衍自詣獄，有詔赦不問。）西歸故都，閉門自保，不敢復與親故通。建武末，上疏自陳，猶以前過不用。衍不得志，退而作賦。（《顯志賦》有「念人生之不再兮，悲六親之日遠。」及「傷誠善之無辜兮，齎此恨而入冥」之句）顯宗（明帝）即位，又多短衍以文過其實，遂廢於家。衍娶北地（甘肅郡名）任氏為妻，悍忌不得蓄媵妾，兒女常自操井臼，老竟逐之，遂埳壈於時。……居貧年老，卒於家（京兆杜陵。）」江淹《恨賦》：「至乃敬通見抵，罷歸田里。閉關卻掃，塞門不仕。左對孺人，顧弄稚子（馮豹，字仲文。）。脫略公卿，跌宕文史。齎志沒地，長懷無已。」

【注五】先生自注：「家有銅盆，貯仇池石，正綠色，有洞，水達背。予又嘗以怪石供，佛印師作《怪石供》一篇。」仇池，山名，在甘肅成縣西。後人集先生雜帖序跋語，題曰《仇池筆記》，二卷。杜甫《秦州雜詩二十首》（五律）之十四起云：「萬古仇池穴，潛通小有天。」又第二十首五六云：「藏書聞禹穴，讀記憶仇池。」

五月一日，至金陵。得子由自許來書，望先生歸許同居甚切。先生以子由苦勸，不忍違其意，復定居許。欲自淮、泗溯汴河至陳留（汴京東南）出陸，西南往許昌。渡江至儀真。（宋儀真郡，清改儀徵，在長江北岸。）聞曾布、蔡京、趙挺之等輩復建紹述之議。（神宗用王安石變法，哲宗初即位，宣仁太皇太后罷之，及哲宗親政，章惇為相，復行前法，史稱紹述之政，或稱繼述。《中庸》：「夫孝者，善繼人之志，善述人之事者也。」此羣小所叚以藉口。然變法之事，神宗晚已悔之，惜其壽促，不及與民更之耳！哲宗用元凶而踵行亂政，豈孝也哉！）排擊元祐臣僚（宣仁太皇太后聽政時所起用羣賢），不遺餘力，先生知許昌不可居（距汴京近），乃決議歸毘陵（即常州，今江蘇武進縣）定居，因復子由書。【本集《與子由書》云：「子由弟：得黃師是（名寔）遣人齎來二月二十二日書（五月始到，蓋道途流徙，傳達不易也。），喜知近日安訊。兄在真州，與一家亦健。行計南北，凡幾變矣。遭值如此，可歎可笑！兄近已決計從弟之言，同居潁昌，行有日矣；適值程德孺（名之元）過金山（在鎮江西北），往會之，并一二親故皆在坐，頗聞北方事，有決不可往潁昌近地居者！（先生自注：「事皆可信，人所報：大抵相忌，安排攻擊者。北行漸近，決不靜爾。」）今已決計居常州，借得一孫家宅，極佳。浙人相喜，決不失所也。（常州，宋時屬兩浙路，先生最為浙人擁戴。）更留真十數日，便渡江往常。逾年行役（去歲五月量移廉州），且此休息。恨不得老境兄弟相聚，此天也；吾其如天何！亦不知天果於兄弟終不相聚乎？士君子作事，但只於省力處行，此行不遂相聚，非本意，為省力避害也。……林子中病傷寒，十餘日便卒，所獲幾何？遺恨無窮，哀哉！（先生四月已聞林子中卒矣。《宋史・林希傳》：「字子中，福州人。舉進士，……元祐初，歷秘書少監、起居舍人、起居郎、進中書舍人。……哲宗親政，章惇用事，嘗曰：『元祐初，司馬光作相，用蘇軾掌制，所以能鼓動四方。安得斯人而用之？』或曰：『希可。』惇欲使希典書命，逞毒於元祐諸臣，且許以為執政（副相）；希亦以久不得志，將甘心焉。遂留行（時將出知成都）復為中書舍人。……時方推明紹述，盡黜元祐羣臣，希皆密豫其議。自司馬光、呂公著、大防、劉摯、蘇軾、轍等數十人之制，皆希為之詞，極其醜詆，至以老姦擅國之語，陰斥宣仁，讀者無不憤歎。一日，希草制罷，擲筆於地曰：『壞了名節矣。』遷禮部、吏部尚書、翰林學士，擢同知樞密院。……後怨惇不引為執政，遂叛惇（歸曾布），邢恕論希罪，罷知亳州，移杭州。……徽宗立，徙大名。朝廷以其詞命醜正之罪奪職，知揚州，徙舒州，未幾卒，年六十七。」王文誥《蘇詩總案》云：「本集《與子由書》云：『林子中病傷寒，十餘日便卒，所得幾何！遺臭無窮，哀哉！』……夫以希之知識，而欲於此三姦臣（章惇、曾布、邢恕。）中踴跳取事，宜其身敗名裂而幽憤以死。公哀之者，乃憐希之愚，非幸希之死也。」）兄萬一有稍起之命，便具所苦疾狀力辭之，與迨、過閉户、治田、養性而已。千萬勿相念，保愛保愛。今託師是致此書。」】六月一日，與米黻（一作芾）遇於白沙東園（歐陽修有《真州東園記》），同遊西山，逭（音換，逃也。）暑於西山書院南窗竹林下。（米元章挽先生詩七律五首之五末云：「曾借南宿逃蘊暑，西山松竹不堪過。」自注云：「南窗，乃余西山書院也。」）將行，真州守傅質出餞，邀同程之元為會，既罷，招米芾夜話舟中。程之元及弟之才、之邵出銀二百星（猶両），以佐資斧，先生卻之。時方酷暑，先生維舟，以事未發；居海南久，無此熱，覺舟中熱不可堪，夜輒露坐；復飲冷過度，中夜暴下。至旦，憊甚，食黃蓍（即北蓍）粥，覺稍適。會米芾約明日為筵，旦，以四古印為質，先生於枕上玩賞之，緩其約於雨後，猶未以疾為意也。俄而瘴毒大作，暴下不止。芾時至問疾（本集《與米元章書》云：「嶺海八年，親友曠絕，亦未嘗關念；但念吾元章邁往凌雲之氣，清雄絕俗之文，超妙入神之字，何時見之，以洗我積年瘴毒耶？今真見之矣，餘無足言者。」），過曉夜扶持之。自是胸膈作脹，卻食飲，夜不能寐，輒端坐飽蚊子，體漸羸。一日，午睡方起，聞芾冒暑送麥門冬到東園，有《睡起聞米元章冒熱到東園、送麥門冬飲子》七絕云：

「一枕清風值萬錢，無人肯買北窗眠。【注一】開心暖胃門冬飲，知是東坡手自煎？」【注二】

【注一】首句翻用太白《襄陽歌》「清風朗月不用一錢買」意。北窗眠：陶公《與子儼等疏》：「常言五六月中，北窗下臥，遇涼風暫至，自謂是羲皇上人。」

【注二】《神農本草經》卷上：「麥門冬，味甘平，生川谷。治心腹結氣，傷中傷飽，胃絡脈絕，羸瘦短氣。久服輕身，不老不飢。」

越兩日，困臥不起，而河水污濁，熏蒸几席，因移舟通濟寺，泊於閘外。（本集《與米元章書》云：「某兩日病不能動，口亦不欲言，但困臥爾，……河水污濁不流，熏蒸成病。今日當遷，過通濟寺泊，雖不當遠去左右，只就活水快風，一洗病滯，稍健，當奉談笑也。」）遂為書屬子由曰：「即死，葬我於嵩山下，子為我銘。」（子由所為《亡兄子瞻端明墓誌銘》云：「公始病，以書屬轍曰：『即死，葬我於嵩山下，子為我銘。』轍執書哭曰：『小子忍銘吾兄！』」先生致子由此書，今本集無矣。）子過、讀米芾所作《寶月觀賦》，誦聲琅琅，先生臥聽未半，躍然而起，書謂芾曰：「公不久當有大名，不勞我輩說也。」。【本集《與米元章書》云：「兩日病有增無減，雖遷閘外，風水稍清，但虛乏不能食，口殆不能言也。兒子得《寶月觀賦》，琅然誦之；老夫臥聽之，未半，躍然而起，恨二十年相從（米時五十一歲，後六年卒，年五十七。），知元章不盡。若此賦，當過古人，不論今世也，天下豈如我輩憒憒耶！公不久當自有大名，不勞我輩說也。」】意頗欣適，疾稍減，杖而能行，遂發儀真。十二日過潤州，聞蘇頌卒，傷悼不已。（頌字子容，卒年八十二。紹聖中，以太子少師致仕。）命過哭其喪，召僧徒薦之，作《薦蘇子容功德疏》。十四日，頌外孫李偁與頌諸孫來謝，（頌子京，字世美，嘗為許州觀察判官，已先頌卒矣。）先生泣不能起。時大江南北，人咸以司馬光當年望先生（神宗崩，哲宗初即位，宣仁太皇太后聽政，起用司馬光為相，今哲宗崩，欽聖太后同聽政，故天下屬望也。），所至聚觀如堵，競傳入相。先生門人章惇子援（哲宗元祐三年先生五十三歲知貢舉時所取科頭也。），適在京口（即潤州、鎮江。），聞之甚懼，不敢修謁，乃以書求通。【宋 趙彥衛《雲麓漫鈔》卷九全載此書，共七百餘言，有云：「『邇來聞諸道路之言，士大夫日夜望尚書進陪國論。今也使某得見，豈得泊然無意哉！尚書固聖時之蓍龜，竊將就執事者，穆卜而聽命焉。（《書・金縢》：「既克商二年，王有疾，弗豫。二公曰：『我其為王穆卜。』」《孔傳》：「言王疾當敬卜吉凶。」援之穆卜，是謂敬卜東坡先生而祝之為相也。）……旬數之間，尚書奉尺一（詔書），還朝廷，登廊廟，地親責重；所忖度者幸而既中，又不若今日之不克見，可以遠跡避嫌，杜讒慝之機，思患而豫防之為善也。』（《易・既濟卦・象辭》：「水在火上，《既濟》。君子以思患而豫防之。」）先生得書，大喜，顧謂其子叔黨曰：『斯文，司馬子長之流也。』命從者申楮和墨，書以答之：『某頓首，致平學士，某自儀真得暑毒，困臥如昏醉中。到京口，自太守以下皆不能見，茫然不知致平在此。伏讀來教，感歎不已！某與丞相定交四十餘年，雖中間出處稍異，交情固無增損也。聞其高年，寄跡海隅，此懷可知。但已往者更說何益，但論其未然者而已。……（以下是慰安章援，及教其寄用物及藥往海康。真仁者之言，不惟不念舊惡而已。）所云穆卜，反（覆）究繹，必是誤聽。紛紛見及已多矣，得安此行為幸，幸更徐聽其審。又見今病狀，死生未可必，自半月來，日食米不半合（音鴿，十合為升。），見食即先飽。今且歸毘陵，聊自欺：「此我里，庶幾且小休，不即死。」書至此，困憊，放筆太息而已。某頓首再拜，致平學士閣下，六月十四日。』此紙乃一揮，筆勢翩翩。後又寫白朮方，今在其孫洽（章援孫）教授君處。……元祐三年，先生知舉時，致平為舉子，初、致平之文法荊公。既見先生知舉，為文皆法坡，遂為第一。逮揭榜，方知子厚子。」劉克莊《後村題跋》卷二、《跋章援致平與坡公書》云：「邢和叔（名恕）有居實（字惇夫），章子厚有致平，皆不能諫乃翁之失（邢居實是君子，章致平仍小人也。後村此言未盡是。），信乎人之勇於為不善者，雖父子之間不能迴也，蘇、章本布衣交；子厚當國，乃竄坡公於海南。及子厚謫雷，坡公書云『聞丞相高年，寄跡海隅，此情可知。』且勸其養丹儲藥。君子無纖毫之過，而小人忿忮，必致之死。小人負丘山之罪，而君子哀憐，猶欲其生，此小人君子用心之所以不同歟？致平在當時諸家子弟中尤豪俊，知愛其父，而不知斯立（劉摯子。摯於紹聖四年，被章惇流放於今廣東新興之新州，十二月卒。）、叔黨之徒，各愛其父。知海康風土之惡，而不知海南風土有惡於海康者，又可悲也。」】十五日，舟赴毘陵，先生體氣稍復，著小冠，披半臂（短袖衫），坐倉中，運河兩岸千萬人圍隨而行。公曰：「莫看殺軾否？」【《晉書·衛玠傳》：「玠字叔寶。……風神秀異。……京師人聞其姿容，觀者如堵。玠勞疾遂甚，永嘉（懷帝）六年卒，時年二十七，時謂玠被看殺。」宋 邵博《聞見後錄》卷二十：「李文仲言：東坡自海外歸毗陵，病暑，着小冠，披半臂，坐船中，夾運河岸千萬人隨觀之。東坡顧坐客曰：『莫看殺軾否？』其為人愛慕如此。」（亦見宋 周煇《清波雜志》卷三「晁伯強至毘陵，祠東坡於學宮中」注語。）】至奔牛埭（在常州西北），錢世雄復來迎（世雄字濟明，常州人。先生在烏臺詩獄時，世雄以選人收有先生文字不申繳，被罰銅二十斤。先生北歸，世雄迎於儀真 金山。），先生臥榻上，徐起，謂曰：「萬里生還，乃以後事相託也；惟吾子由不復一見而決，此痛難堪爾。」因以《易傳》、《書傳》、《論語說》三書付世雄，藏之名山。【宋 何薳《春渚紀聞》載錢濟明《跋施能叟所藏東坡帖》後云：「六月，自儀真避疾臨江，再見於奔牛埭。先生獨臥榻上，徐起，謂某曰：『萬里生還，乃以後事相託也；唯吾子由，不復一見而決，此痛難堪！餘無足言矣！』久之，復曰：『某在海外，了得《易》、《書》、《論語》三書，今盡以付子，願勿以示人，三十年後，會有知者。』」（先生未及葬而黨禍復起，越二年（崇寧二年），詔毀東坡所有文字。至高宗 建炎三年（上距二十七年），始復先生端明殿學士官，先生囑世雄勿以所著示人，而待以三十年後者，幾於前知矣。）因取藏篋，欲開而鑰失匙。某曰：『某獲侍言，方自此始，何遽及是也？』即遷寓孫氏館。」】舟抵毘陵，遷寓孫氏館，遂上表請老，以本官致仕（朝奉郎，正七品，提舉成都玉局觀）。錢世雄日必造見，慨然追論往事，並出嶺海詩文示之。（錢濟明《跋》又云：「日往造見，見必移時，慨然追論往事，或出嶺海詩文相示，時發一笑。覺眉宇間，秀爽之氣，照映坐人。」）七月，旱甚，張黃筌（五代前蜀王衍臣，入宋，與徐熙齊名。）所畫龍於中庭，每夜焚香致禱，一如作郡時。（本集《與錢濟明書》云：「家有黃筌畫龍，拔起兩山間，陰威凜然。作郡時，常以禱雨有應，今夕具香燭試禱之。濟明雖家居，必不廢閔雨意，可來燔一炷香否？舊所藏畫，今正曝臨，只今來間看否？」）先生愛民之心，沒身無改也。親知餽遺，皆卻不受，惟錢世雄所餽飲品及蒸作則受之。世雄或未至，則促之以來，抵掌為笑。十二日，欣然欲舉筆硯，為世雄書《江月》五詩。（五言古，紹聖二年六十歲在惠州時作，以少陵「殘夜水明樓」為韻，而每首起用「一更山吐月」至「五更山吐月」。）十三日，跋《桂酒頌》。【見本集《與錢濟明書》。王文誥《蘇詩總案》云：「公在惠日（紹聖二年），嘗書小字《桂酒頌》（七言）寄錢濟明，當即跋此本也，此跋本集不載。」】十四日，疾稍增；至十五日，熱毒轉甚，齒間出血如蚯蚓者無數。飲人參、茯苓、麥門冬濃湯，餘藥皆罷；而氣寖上逆，不安枕席。錢世雄見疾不可為，以神藥進，先生曰：『神藥希代之寶，理貫幽明，未敢輕議。』（見本集《與錢濟明書》）遂不服。（此夫子「丘之禱久矣」之意也。）十八日，命邁、迨、過侍側。謂曰：「吾生無惡，死必不墜。」（不墜畜生、餓鬼、地獄三惡道也。）子由所作《墓誌銘》云：「未終旬日，獨以諸子侍側，曰：『吾生無惡，死必不墜，慎無哭泣以怛化。』」王文誥《總案》以為怛化之說乃子由增之。《莊子・大宗師篇》：「叱避，無怛化。」郭象注：「夫死生猶寤寐耳，於理當寐不願人驚之，將化而死，亦宜無為怛之也。」陸氏《釋文》：「怛，丁達反，驚也。」）二十一日，覺有生意，命迨、過強扶而起，行可數步。二十三日，杭州徑山寺維琳長老（先生帥杭時使主持徑山寺，相別已十餘年。），出山遠道來視疾，先生方睡，投剌暫去；先生覺，見剌驚歎，乃作書邀與夜涼對榻深談。二十五日，疾革（革，讀作急亟之亟，急也。），復作書與維琳別。（本集《與徑山維琳書》云：「某嶺海萬里不死，而歸宿田里，遂有不起之憂，豈非命也夫！然死生亦細故爾，無足道者。惟為佛、為法、為眾生自重。」）二十六日，徹縣。【此用王氏《總案》。《禮・喪大記》：「疾病，外內皆埽，君大夫徹縣（鐘磬），士去琴瑟，寢東首於北牖下，……屬纊（人臨終前，將棉絮置其口鼻附近，以觀察其氣息之有無。）以俟絕氣。」】維琳說偈，先生答之（此是絕筆詩，今題作《答徑山琳長老》）曰：

「與君皆丙子，各已三萬日。【注一】一日一千偈，電往那容詰！【注二】大患緣有身，無身則無疾。【注三】平生笑羅什，神呪真浪出。」【注四】

【注一】先生生於仁宗景祐三年丙子（維琳亦然）十二月十九日，卒於徽宗建中靖國元年辛巳七月二十八日，實二萬三千五百七十餘日，此云三萬日，舉成數耳。

【注二】梁釋慧皎《高僧傳・晉長安鳩摩羅什傳》：「鳩摩羅什，此云童壽，天竺人也。……什年七歲，從師受經，日誦千偈，偈有三十二字。凡三萬二千言。……師授其義，即自通達。無幽不暢。」《金剛經》四句偈：「一切有為法，如夢幻泡影，如露亦如電，應作如是觀。」那容詰者，「法尚應捨」（金剛經）意也。

【注三】《老子》：「吾所以有大患，為吾有身，及吾無身，吾有何患？」此二句亦是先生在惠州時所作《思無邪齋銘》之起句，《銘》作「無病」，此易為「疾」。

【注四】《高僧・鳩摩羅什傳》：「杯度比丘（出家受具足戒者之稱）在彭城，聞什在長安，乃歎曰：『吾與此子戲別三百餘年，杳然未期，遲有遇於來生耳。』什未終日，少覺四大不愈，（《圓覺經》卷上：「我今此身，所謂毛髮爪齒，髓腦垢色，皆歸於地；唾涕膿血，津液涎沫，痰淚精氣，大小便利，皆歸於水；暖氣歸火；動轉歸風。四大各離，今者妄身，當在何處？即知此身，畢竟無體。」）乃口出三番神呪（咒），令外國弟子誦之以自救；未及致力，轉覺危殆，於是力疾，與眾僧告別。」先生笑羅什神呪浪出者，視此生如無物，應盡便須盡也。（先生之詩，絕筆於此矣。）

二十七日，上燥下寒，氣不能支。二十八日，將屬纊，聞觀已離（耳先聾）。維琳叩耳大聲曰：「端明且勿忘。」先生曰：「西方不無，但箇裏（猶勉強）着力不得。」錢世雄曰：「至此更須着力。」答曰：「着力即差。」語遂絕。【此見宋 傅藻《紀年錄》。宋 周煇《清波雜志》卷三云：「東坡疾稍革，徑山老維琳來問疾，坡曰：『萬里嶺海不死，而歸宿田里，有不起之憂，非命也耶？然死生亦細故耳。』後二日，將屬纊，聞根先離，琳叩耳大呼：『端明勿忘西方。』曰：『西方不無，但箇裏着力不得。』語畢而終。」釋惠洪《石門題跋》云：「東坡以建中靖國元年七月二十七（應是八）日歿於常州，時錢濟明侍其旁，白曰：『端明平生學佛。此日如何？』坡曰：『此語亦不受。』遂化。（《跋李豸弔東坡文》）」如先生者，蓋自有去處，何必定往西方哉！先生《潮州韓文公廟碑》云：「其生也有自來，其逝也有所為。」又曰：「是孰使之然哉？其必有不依形以立，不恃力而行，不待生而存，不隨死而亡者矣。」《易•乾文言》：「夫大人者，與天地合其德，與日月合其明，與四時合其序，與鬼神合其吉凶。」若昌黎、東坡必「不待生而存，不隨死而亡」，其精神固必周徧於天地間，其運無乎不在，何必定生西也哉！】邁問後事，不答。是日公薨。實七月二十八日丁亥也。年六十六。子三：邁、迨、過。（第四子遯，生不滿歲而卒。）孫六：簞、符（邁子）、箕、籥（過長子）、筌、籌，皆在旁，視斂成禮。【先生存時六孫，後為十二孫，有籍、節、笈、篳、籧、箾（音朔）。】明年壬午，改元崇寧，閏六月二十日，葬於汝州郟城縣（今河南郟縣）鈞臺鄉上瑞里嵩陽峨嵋山。【此子由經營其事也。其《亡兄子瞻端明墓誌銘》云：「公始病，以書屬轍曰：『即死，葬我嵩山下，子為我銘。』」又《欒城後集》卷二十《祭亡兄端明文》（建中靖國元年九月初五，命子遠往祭）曰：「喪來自東，病不克近。卜葬嵩陽，既有治命。三子孝敬，罔留于行。陟岡望之（《詩•魏風•陟岵》：「陟彼岡兮，瞻望兄兮。」），涕泗雨零。」又崇寧元年五月朔日《再祭亡兄端明文》：「先壟在西，老泉之山。歸骨在旁，自昔有言。勢不克從，夫豈不懷。地雖郟鄏，山曰峨眉。天實命之，豈人也哉！我寓此邦，有田一廛。（《周禮•地官》：「遂人，……夫一廛，田百畝。」）。子孫安之，殆不復遷。」】子由為《墓誌銘》。著有《易傳》九卷（存），《書傳》十三卷（存），《論語說》五卷（亡），《東坡集》四十卷，《後集》二十卷，《奏議》十五卷，《內制》十卷，《外制》五卷，《和陶詩》四卷。（《仇池筆記》二卷及《志林》五卷乃後人所輯先生之題跋記等而成耳）初、先生未葬，黨禍復起（崇寧元年五月六日，曾布主其事。），先生與司馬光等皆追削官爵，子孫不許官京師。九月（葬後三月），詔籍（錄其罪）宣仁太皇太后聽政時之所謂元祐姦黨，待制（殿閣文臣）以上三十三人，先生為首惡，而宰執二十四人，則以文彥博為首惡。餘官四十八人，秦觀、黃庭堅為首，其餘內臣八人，武臣四人，計一百十九人。御書深刻，立碑於端禮門。崇寧二年癸未四月，詔毀（蔡京所為）《東坡文集》、傳說、奏議、墨跡、書版、碑銘、崖誌一切文字。【宋 王明清《揮麈錄・第三錄》卷之二《九江碑工李仲寧不肯刊黨籍姓名》條云：「九江有碑工李仲寧，刻字甚工，黃太史（山谷）題其居曰琢玉坊。崇寧初，詔郡國刊元祐黨籍姓名，太守呼仲寧使劖之。仲寧曰：『小人家舊貧窶，止因開蘇內翰、黃學士詞翰，遂至飽暖。今日以姦人為名，誠不忍下手。』守義之曰：『賢哉！士大夫之所不及也。』餽以酒而從其請。」（亦見南宋初張淏《雲谷雜記》卷三引邵伯温《聞見前錄》）宋朱弁《曲洧舊聞》卷八：「崇寧、大觀間，海外詩（指東坡嶺南作）盛行，後生不復有言歐公者。朝廷雖嘗禁止，賞錢增至八十萬，禁愈嚴而傳愈多，往往以多相誇。士大夫不能誦坡詩，便不覺氣索，而人或謂之不韻。」宋費衮《梁谿漫志》卷七《禁東坡文》條云：「宣和間，申禁東坡文字甚嚴。有士人竊攜《坡集》出城，為閽者所獲，執送有司，見集後有一詩云：『文星落處天地泣，此老已亡吾道窮！才力謾超生仲達，功名猶忌死姚崇。〔《蜀志・諸葛亮傳》裴松之注引晉 習鑿齒《漢晉春秋》曰：「……百姓為之語曰：死諸葛、走生仲達。」唐 鄭處晦《明皇雜錄》：「（張說）曰：『死姚崇猶能算生張說，吾今日方知才之不及遠矣。』」〕人間便覺無清氣，海內何曾識古風？平日萬篇誰愛惜？六丁收拾上瑤宮。』（六丁、神名，可致遠方物者。瑤宮，上帝宮也。）京尹義其人，且畏累己，因陰縱之。」】及黃庭堅、程頤（伊川）等所著書。九月，詔宗室不得與姦黨子孫及有服親者婚姻，內有已定未過禮者，並改正。崇寧三年甲申六月，重籍元祐姦黨（蔡京主其事），增至三百九人。宰臣執政官二十七人，以司馬光為首惡。待制以上四十九人，仍以先生為首惡。餘官一百七十七人，仍以秦觀、黃庭堅為首。武臣二十五人，內臣二十八人。不忠宰臣王珪、章惇二人，則真姦真小人亦預其列。蓋是蔡京以報私怨，涇、渭同流，薰蕕並器矣。【南宋 寧宗 嘉定四年，沈暐以其家藏碑本，重鑱諸廣西 融州（今融縣）真仙巖，其末云：「右元祐黨籍，蔡氏當國實為之。徽廟遄悟（崇寧五年正月），乃詔黨人出籍。高宗中興，筏（《說文》：「海中大船。」此作大也。）加褒贈，及錄其子若孫，公道愈明，節義凜凜，所為詘於一時而信於萬世矣。其行實大概，則有國史在，有公議在。餘官第六十三人，乃暐之曾大父（沈千）

也。暐幸託名節後，敬以家藏碑本，鑱諸玉融之真仙巖，以為臣子之勸云。」沈氏所刻碑，章惇、曾布、王珪、李清臣等亦在，非盡當年諸君子矣。】文亦徽宗御書，刊石於文德殿門東壁，蔡京頒之天下，各州郡皆使立碑；至崇寧五年丙戌正月，彗星長竟天，太白晝見。（太白星但辰昏時見耳，晝不見也。《史記・天官書》：「察日行以處位太白。」唐司馬貞《史記索隱》引《韓詩》曰：「太白晨出東方為啟明，昏見西方為長庚。」《漢書・天文志》：「太白，曰西方，秋、金。義也，言也。義虧言失，逆秋令，傷金氣，罰見太白。……未當出而出，當入而不入，天下起兵，有至破國。未當出而出，未當入而入，天下舉兵，所當之國亡。」）雷擊黨籍碑，碎之；詔除朝堂外處黨禁石刻。【魏了翁《鶴山題跋》卷七《跋丹稜劉氏黨籍》云：「崇寧定元祐為姦黨；第元符上書人為邪等，以附元祐之末。且姦邪之名，人所甚惡，而子孫矜以為榮，作史者又以姦魁邪上為最榮。然則謂隨、夷溷，謂跖、蹻廉，千數百年間用事之臣，蓋一轍也。（卞隨，湯讓之天下而不受，見《莊子・讓王篇》。蹻、音腳，楚莊王時大盜也。賈誼《弔屈原文》：「世謂隨、夷為溷兮，謂跖、蹻為廉。」）明倪元璐《題元祐黨人碑》云：「當毀碎時，蔡京厲聲曰：『碑可毀，名不可毀也。』嗟乎！烏知後人之欲不毀之更甚於京乎？諸賢自涑水（涑，音束。司馬光，山西夏縣西涑水鄉人，有《涑水紀聞》十六卷。）眉山數公，凡百餘人（除兩先生外，實三百七人，元璐所見殆是首次所刻之一百十九人本，則皆君子也。），史無傳者，不賴此碑，何由知其姓氏哉！故知擇福之道，莫大乎與君子同禍，小人之謀，無往而不福君子也。」倪氏此論，嚴氣正性，烈日秋霜；議論精絕，辭氣勁絕，信涑水、眉山知己也。】徽宗政和間（崇寧五年後改元大觀，又四年改元政和。），崇信道教，嘗於寶籙宮設醮，道士出神朝天，久而方起。還，言：「奎宿（二十八宿中西方白虎七宿之首。）方奏事，即本朝蘇軾也。（宋張端義《貴耳集》卷上：「徽考寶籙宮設醮，一日，嘗親臨之，其道士伏章，久而方起。上問其故，對曰：『適至帝所，值奎宿奏，方畢。章始達。』上問曰：『奎宿何神？』答曰：『即本朝蘇軾也。』上大驚。因是，使嫉能之臣，譖言不入。雖道士之言，出于懭恍，然不為無補也。」）因詔贈龍圖閣待制。欽宗靖康元年，金人圍京師，檄取《東坡文集》及司馬光《資治通鑑》，詔復翰林侍讀學士。南宋初，高宗建炎二年，詔復端明殿學士，盡還合得恩數（一切封贈）。紹興（建炎四年後改元）元年，特贈朝奉大夫，資政殿學士。紹興九年，詔賜汝州郟城縣墳寺為旌賢廣惠寺。孝宗乾道六年，賜謚文忠，特贈太師。王淮季海為孝宗行《贈蘇文忠公太師敕》（淮時為翰林學士、知制誥，後為左右丞相兼樞密使。）云：「朕承絕學於百聖之後，探微言於六籍之中。將興起於斯文，爰緬懷於故老。雖儀刑之莫覿，尚簡策之可求。揭為儒者之宗，用錫帝師之寵。故禮部尚書、端明殿學士、贈資政殿學士、謚文忠蘇軾：養其氣以剛大，尊所聞而高明。【《大戴禮・曾子疾病》：「君子尊其所聞，則高明矣；行其所聞，則廣大矣。」（亦見《羣書治要》引《曾子》）董仲舒《賢良對策中》：「曾子曰：尊其所聞，則高明矣；行其所知，則光大矣。」養氣，見《孟子・公孫丑上》。】博觀載籍之傳，幾海涵而地負，遠追正始之作，殆玉振而金聲。【韓愈《南陽樊紹述墓誌銘》：「必具海含地負，放恣橫從，無所統紀，然而不煩於繩削，而自合也。」《毛詩序》：「《周南》《召南》，正始之道，王化之基。」孔穎達疏：「正其初始之大道。」《孟子・萬章下》：「孔子之謂集大成，集大成也者，金聲而玉振之也。」王應麟《困學紀聞》卷十《評文》：「『王輔嗣（弼）吐金聲於中朝（洛陽），此子（衛玠 叔寶）復玉振於江表（金陵），微言之緒，絕而復續。不意永嘉（晉懷帝）之末，復聞正始之音。』（此引王敦語，見《晉書・衛玠傳》）晉人之稱衛玠，蓋所尚者清談也。正始、魏齊王芳年號。胡武平（名宿、北宋人。）啟，以『正始之遺音』，對『奪朱之亂《雅》』，陸務觀嘗擇其誤。（陸游《老學庵筆記》卷六引胡宿原文云：「手提天鐸，鏘正始之遺音；夢授神椽，擯奪朱之亂色。」胡宿之正始，是用《毛詩序》，謂正其初始，非用王敦意，指魏齊王芳時也。又胡宿文是《上知府劉學士啟》、放翁謂是《上呂丞相啟》。）王季海行《東坡贈太師制》云：『博觀載籍之傳，幾海涵而地負，遠追正始之作，殆玉振而金聲。』恐亦襲武平之誤也。若正始之清談，非所以稱坡公。」按：王季海以正始對載籍（《史記・伯夷列傳》：「夫學者載籍極博，猶考信於六藝。」載籍，記事之典籍也。）似亦用《毛詩序》耳，非必誤也。】知言自況於孟軻，論事肯卑於陸贄？（《孟子・公孫丑上》：「我知言，我善養吾浩然之氣。」先生有《擬校正陸贄奏議上進劄子》云：「伏見唐宰相陸贄，才本王佐，學為帝師，論深切於事情，言不離乎道德。」）方嘉祐（仁宗）全盛，嘗膺特建之招；至熙寧（神宗）紛更，乃陳長治之策。（仁宗嘉祐六年，先生年二十六，歐陽修以才識兼茂，薦之秘閣，試六論，文義粲然。仁宗御崇政殿，策試賢良方正能直言極諫者，先生對制策，入三等；自宋初以來，制策入三等，惟吳育與先生而已。除大理寺評事，簽書鳳翔府判官。神宗熙寧四年二月，時王安石為相，先生《上神宗皇帝》萬言書，力言新法不便；又再上神宗書，皆不報。）歎異人之間出，驚讒口之中傷。（《漢書》公孫弘等傳贊：「羣士慕嚮，異人並出。」孔融《薦禰衡表》：「維嶽降神，異人並出。」《詩・小雅・十月之交》：「黽勉從事，不敢告勞。無罪無辜，讒口囂囂。」嵇康《與山巨源絕交書》：「所怨，至欲見中傷者。」）放浪嶺表，而如在朝廷；斟酌古今，而若斡造化。不可奪者，嶢然之節；莫之致者，自然之名。（《論語・子罕》：「子曰：三軍可奪帥也，匹夫不可奪志也。」《孟子・萬章上》：「莫之為而為者天也，莫之致而致者命也。」）經綸不究於生前，議論常公於身後。（《易・屯卦・象辭》：「雲雷、

《屯》。君子以經綸。」先生評陶公《乞食詩》云：「飢寒常在身前，功名常在身後。二者不相待，此士之所以窮也。」王季海謂先生於生前不能盡展其經綸之才，而死後卻得議論之公也。）人傳元祐之學，家有眉山之書。（謂先生之學，至此而大行也。）朕三復遺編，久欽高躅（迹也）。王佐之才可大用，恨不同時。君子之道闇而章，是以論世。（《漢書・董仲舒傳贊》：「劉向稱董仲舒有王佐之材，雖伊、呂亡以加；筦、晏之屬，殆不及也。」《史記・司馬相如列傳》：「上讀《子虛賦》而善之，曰：朕獨不得與此人同時哉！」《中庸》：「君子之道闇然而日章，小人之道，的然而日亡。」《孟子・萬章下》：「頌其《詩》，讀其《書》，不知其人可乎！是以論其世也，是尚友也。」）儻九原之可作，庶千載以聞風。【《禮・檀弓下》：「（晉國）趙文子（名武）與叔譽（叔向也）觀乎九原（晉之卿大夫葬地），文子曰：『死者如可作也，吾誰與歸？』」《孟子・盡心下》：「聖人，百世之師也，伯夷、柳下惠是也。故聞伯夷之風者，頑夫廉，懦夫有立志，聞柳下惠之風者，薄夫敦，鄙夫寬。奮乎百世之上，百世之下，聞者莫不興起也，非聖人而能若是乎？而況親炙之者乎？」】惟而英爽之靈，服我袞衣之命。（而，汝也。《左傳》昭公二十五年：「心之精爽，是謂魂魄。」《晉書・王濟傳》：「濟少有逸才，風姿英爽，氣蓋一時」《詩・豳風・九罭》：「我覯之子，袞衣繡裳。」之子，周公也，袞衣，上公之服。）可特贈太師，餘如故。【《宋史・王淮傳》稱其於孝宗乾道時「除翰林學士、知制誥，訓詞深厚，得王言體」信然。（《史記・儒林傳序》：「詔書律令下者，明天人分際，通古今之義，文章爾雅，訓辭深厚。」《禮・緇衣》：「王言如絲，其出如綸，王言如綸，其出如綍。」綍、音弗，大索也。】乾道九年，孝宗復親撰《蘇文忠公集序》並《贊》，《序》有云：「故贈太師謚文忠蘇軾，忠言讜論【讜、直也，善也，正也。《漢書・敘傳》：「成帝謂班伯（班固曾伯祖）曰：吾久不見班生，今日復聞讜言。」顏師古注：「讜言，善言也。」】立朝大節，一時廷臣，無出其右。負其豪氣，志在行其所學。放浪嶺海，文不少衰。力斡造化，元氣淋漓。窮理盡性（出《易・説卦》），貫通天人。山川風雲，草木華實，千類萬狀，可喜可愕，有感於中，一寓之文。雄視百代，自作一家，渾涵光芒，至是而大成矣。」《贊》云：「雖古文章，言必己出；綴詞緝句，文之蟊賊。（韓愈《南陽樊紹述墓誌銘》：「惟古於詞必己出，降而不能乃剽賊。後皆指前公相襲，從漢迄今用一律。」）手扶雲漢，斡造化機。氣高天下，乃克為之。猗嗟若人？冠冕百代。忠言讜論，不顧身害。凜凜大節，見於立朝。（《公羊傳》桓公二年：「孔父正色而立於朝，則人莫敢過而致難於其君者，孔父可謂義形於色矣。」）放浪嶺海，侶於漁樵。歲晚歸來，其文益偉。波瀾老成，無所附麗。（杜甫《敬贈鄭諫議十韻》五排：「思飄雲物動，律中鬼神驚。毫髮無遺恨，波瀾獨老成。」）昭晰無疑，優游有餘。（韓愈《答尉遲生書》：「昭晰者無疑，優游者有餘。」）跨唐越漢，自我師模。（揚雄《法言・學行篇》：「師者，人之模範也。」自我師模，謂前無古人也。）賈（誼）、馬（遷）豪奇，韓、柳雅健，前哲典刑，未足多羨。敬想高風，恨不同時。掩卷三歎，播以聲詩。」（謂詩以頌之）詔有司重刊《東坡文集》。宋理宗端平二年正月，詔從祀孔子廟庭，位列張載、程顥、程頤上。【《宋史・理宗本紀二》：「端平二年正月甲寅日，詔議胡瑗（安定）、孫明復（名復）、邵雍（康節）、歐陽修、周敦頤（濂溪）、司馬光、蘇軾、張載（橫渠）、程顥（明道）、程頤（伊川）等十人，從祀孔子廟庭，升孔伋（子思）十哲。」七年後（理宗淳祐元年），復升朱子而黜王安石，謂：「王安石謂天命不足畏，祖宗不足法，人言不足恤。為萬世罪人，豈宜從祀孔子廟庭，黜之！」又閱二十六年（度宗咸淳三年），詔「以顏淵、曾參、孔伋、孟軻配享（四配）；顓孫師（子張）升十哲（閔子騫、冉伯牛、仲弓、宰我、子貢、冉有、季路、子游、子夏及子張」。顧亭林《日知錄・從祀條》云：「周、程、張、朱五子之從祀，定於理宗淳祐元年；顏、曾、思、孟之配享，定於度宗咸淳三年。自此之後，國無異論，士無異習。歷元至明，先王之統亡，而先王之道存，理宗之功大矣。」】此南宋懲姦錮黨崇德報功之朝廷典章也。先生在告日，蜀人咸望公歸；俄而老翁泉竭，彭山復青；蜀人方以為異，而先生訃音至矣。【子由《欒城後集》卷十八《東塋老翁井齋僧疏》：「伏以先君（洵）太子太師（贈官），兆（墓塋）自東山，躬卜靈宅，泉出右麓，流于西南，旱暵不乾，霖潦不溢。實有常德，紀于耆舊，越自近歲，漸致枯竭，……失其常性，厥咎在人。」宋張端義《貴耳集》卷上：「東坡、天人也。凡作一文，必有深旨。」又云：「東坡會葬，有齊筵，李方叔（廌）作致語（祭告之文）云：『皇天后土，鑒一生忠義之心；名山大川，還千古英靈之氣。』蜀有彭老山，東坡生則童（禿也），東坡死復青。」宋五羊（今廣州）王宗稷《蘇文忠公年譜》云：「子由作先生《墓誌》云：『先生七月被病，卒於毘陵。吳、越之民，相與哭於市，其君子相與弔於家。訃聞於四方，無賢愚，皆咨嗟出涕。太學之士數百人，相率飯僧惠林佛舍。』嗚呼！先生文章為百世之師，而忠義尤為天下大閑。加之好賢樂善，常若不及。是宜訃聞之日，士人惜哲人之痿，朝野嗟一鑑之逝。（《禮・檀弓上》：「泰山其頹乎？梁木其壞乎？哲人其萎乎？」何遜、范雲、劉孝綽《擬古三首聯句》之一范雲云：「明鏡不可鑑，一鑑一情傷。」）皆出於自然之誠，不可以彊而致也。」《宋史・蘇軾傳》：「軾與弟轍，師父洵為文，既而得之於天。嘗自謂作文『如行雲流水，初無定質，但當行於所當行，止於所不可不止。』（見先生《答謝民師書》，謝名舉廉。）雖嬉笑怒罵之詞，皆可書而誦之。其體渾涵光芒，雄視百代。有文章以來，蓋亦鮮矣。」又曰：「自為舉子，至于出入侍從，必以愛君為本。忠規讜論，挺挺大節，羣臣無出其右。但為小人忌惡擠排，不使安於朝廷之上。」又《論》曰：「入掌書命（翰林學士），出典方州（八州守），器識之閎偉，議論之卓犖，文章之雄雋，政事之精明；四者皆能以特立之志為之主，而以邁往之氣輔之。故意之所向，言足以達其有猷（謀慮），行足以遂其有為；至於禍患之來，節義足以固其有守（《書・洪範》：「凡厥庶民，有猷，有為，有守，汝則念之。」），皆志與氣所為也。仁宗初讀軾、轍制策，退而喜曰：『朕今日為子孫得兩宰相矣。』神宗尤愛其文，宮中讀之，膳進忘食，稱為天下奇才。二君皆有以知軾，而軾卒不得大用。一歐陽修先識之，其名遂與之齊。（先生《送鼂美叔發運右司年兄赴闕》七古自注：「嘉祐初，與子由寓興國浴室，美叔忽見訪，云：『吾從歐陽公遊久矣，公令我來與子定交，謂子必名世，老夫亦須放他出一頭地。』」）豈非軾之所長不可掩抑者，天下之至公也。相不相，有命焉。嗚呼！軾不得相，又豈非幸歟？或謂：『軾稍自韜戢，雖不獲柄用，亦當免禍。』雖然，假令軾以是而易其所為，尚得為軾哉！」

編後語

先嚴陳湛銓教授遺著《周易講疏》、《蘇東坡編年詩選講疏》及《元遺山論詩絕句講疏》三書得以順利付梓，實蒙何文匯教授鼎力玉成，深表銘感。《周易講疏》完稿於五十年代後期至七十年代後期，歷時較長。其中《周易乾坤文言講疏》刊行於一九五八年，由香港聯合書院中國文學會出版。其後所注「六子」，約完稿於一九六四年；而詳釋《繫辭傳》，則完稿於一九七三年。又於七十年代後期，注釋「餘卦」（《泰》《否》《既濟》《未濟》《咸》）。現存之《繫辭傳》、「六子」及「餘卦」講義，乃七十年代由先嚴親筆撰寫並影印。《元遺山論詩絕句講疏》約完稿於一九六七年。其中《元遺山論詩絕句三十首》一至二十六首，曾刊於一九六八年出版之《香港浸會學院學報》第三卷第一期。該書之初稿為油印講義，由長兄樂生鈔寫。《蘇東坡編年詩選講疏》約完稿於一九六八年。該書之初稿亦為油印講義，由二兄赤生鈔寫。年前余等撿拾先嚴遺稿，得較完整之講義三套，擬整理成書，刊行天下。議定達生負責，先行將《周易講疏》及《元遺山論詩絕句講疏》兩書稿件轉為電子文稿，後得何文匯教授協助，聯繫香港商務印書館，復會同海生、香生檢視校正，補綴拾遺。長兄樂生書名題籤。春秋代序，寒往暑來，倏忽二載矣。三書蒙「伍福慈善基金」贊助出版，謹表謝忱。又蒙何乃文教授、何文匯教授、鄧昭祺教授分別為《蘇東坡編年詩選講疏》、《周易講疏》、《元遺山論詩絕句講疏》惠賜序文，謹致衷心謝意。惟編校過程疏漏在所難免，大雅君子，祈為見諒。

二零一四年，歲次甲午，炎炎盛夏，編者謹誌。